स्त्री-प्रश्न

नमिता सिंह

वाणी प्रकाशन

वाणी प्रकाशन

4695, 21-ए, दरियागंज, नयी दिल्ली 110 002

शाखा

अशोक राजपथ, पटना 800 004

फ़ोन : +91 11 23273167 फ़ैक्स : +91 11 23275710

www.vaniprakashan.in
vaniprakashan@gmail.com
sales@vaniprakashan.in

STREE-PRASHN
by Namita Singh

ISBN : 978-93-5229-648-4
Feminism

प्रथम संस्करण

मूल्य : ₹ 495

सिटी प्रेस, दिल्ली-110 095 में मुद्रित

वाणी प्रकाशन का लोगो मक़बूल फ़िदा हुसेन की कूची से

अपनी दादी

रेवती देवी

और माँ

दयावती पंत

को कृतज्ञता पूर्वक याद करती हूँ
जिन्होंने बिना मुखर हुए अनेक आधारभूत
स्त्री-प्रश्नों को प्रस्तुत करते हुए इस मुकाम तक
पहुँचने में जाने-अनजाने मेरी मदद की!

पूर्व कथन

स्त्री प्रश्न आज समाज और राजनीति के केन्द्र में हैं। स्त्री अधिकारों पर औचित्य के सवाल पश्चिम में अठारहवीं सदी से ही चर्चा का विषय बने जब योरोप की औद्योगिक क्रान्ति के फलस्वरूप पूँजीवाद के साथ धार्मिक वर्चस्ववादी सामंती व्यवस्था से टकराहट की स्थितियाँ बनीं। विज्ञान और तकनीकी ज्ञान ने विभिन्न क्षेत्रों में उत्पादन प्रणाली को उन्नत कर पूँजी के वर्चस्व को व्यवस्थागत रूप देकर सुदृढ़ किया। औरतों ने घर की चारदिवारी से बाहर पैर रखा और बढ़ते श्रमिक समाज का हिस्सा बनीं। आर्थिक व्यवस्था में उनके योगदान ने उन्हें आत्मविश्वास दिया और समाज की स्वतंत्र इकाई के रूप में उन्हें प्रतिष्ठा प्रदान की। आत्मनिर्भरता और आत्मविश्वास स्त्री-स्वातंत्र्य का मुख्य आधार हैं।

भारत में स्त्री स्वाधीनता के प्रश्न उन्नीसवीं सदी से पहले उठना सम्भव ही नहीं थे। औपनिवेशिक भारत का दो सौ वर्षों का इतिहास अन्तर्द्वन्द्वों और अन्तर्विरोधों का इतिहास है। एक ओर राजनैतिक दासता के साथ भारत के प्राकृतिक संसाधनों और सम्पदा की भयावह रूप से लूट, दूसरी ओर किसानों, शिल्पी समाज और परम्परागत हस्तकलाओं का दलन और कारीगरों का चरम शोषण। वर्ण विभाजित समाज में जहाँ बंदिनी स्त्री सामान्य सामाजिक अधिकारों से दूर थी वहीं अस्पृश्यता जो भारतीय समाज की पहचान के रूप में स्थापित थी, उसके कारण एक वृहद मानव समाज भी मानवोचित अधिकारों से च्युत था। इसके साथ ही ब्रिटिश उपनिवेशवादी शासन से पहले एकीकृत भारतीय राष्ट्र का स्वरूप भी सम्भव नहीं था।

परम्परागत शिक्षा पद्धति से अलग अंग्रेजी शिक्षा का प्रचार-प्रसार इस औपनिवेशिक सत्ता के संचालन और व्यवस्था के लिए आवश्यक बनने लगा तो अंग्रेजी शिक्षा प्राप्त विशिष्ट भारतीयों के अलावा मध्यवर्ग भी विकसित हुआ। स्वाधीनता, समानता और बन्धुत्व जैसी शब्दावली और उसके निहितार्थ अब पढ़े-लिखे आधुनिक भारतीय समाज में प्रचलित हुए। ऐसे ही समय स्त्रियों के प्रति

अन्यायपूर्ण सामाजिक व्यवस्था के विरुद्ध आन्दोलन आरम्भ हुए। उन्नीसवीं सदी के समाज सुधार आन्दोलनों-ब्रह्मसमाज, तत्वबोधिनी सभा, आर्य समाज, प्रार्थना समाज जैसे संगठनों के माध्यम से नवजागरण काल में सामाजिक परिवर्तन का वातावरण निर्मित हुआ जिसमें सती प्रथा, बालविवाह, विधवा स्त्रियों की दुर्दशा के साथ विधवा विवाह, स्त्री शिक्षा और स्त्री-पुरुष समानता के सवाल उठाये जाने लगे।

इक्कीसवीं सदी तक आते-आते भारतीय सन्दर्भ में लगभग दो सौ वर्षों का सफ़र हिन्दुस्तानी स्त्री ने तय किया है। परम्परानिष्ठ समाज के प्रतिरोध के बावजूद समाज सुधारकों ने सामाजिक स्वरूप को बदलने में सफलता पायी लेकिन स्वाभाविक है कि यह बदलाव की प्रक्रिया कभी तेज तो कभी धीमी रही। आज़ादी के बाद लोकतान्त्रिक राजनीति में व्यवस्थागत प्रावधानों ने स्त्री समाज की दशा भी बदली। लेकिन हम जानते हैं कि राज्य व्यवस्था के स्वरूप में परिवर्तन के बाद सामाजिक संरचना में परिवर्तन की गति धीमी होती है। सदियों से चली आ रही मानसिकता का आधार जब व्यवस्थागत सामाजिक नियम-कानून हों और जिन्हें धार्मिक व्यवस्था द्वारा नीतिगत आधार प्रदान किया गया हो, वहाँ सामाजिक मान्यताओं और रीति-नीति को बदलना आसान नहीं होता। आधुनिक शिक्षा और वैश्विक संस्कृति के आदान प्रदान ने विचारों में काफी बदलाव किया है लेकिन यह अभी सीमित है। आज भी देश की लगभग 70 प्रतिशत जनता ग्रामीण है जहाँ सामंती मूल्य परम्परागत रूप से विद्यमान हैं। बदलते समय के साथ समय-समय पर शासन व्यवस्था का स्वरूप बदला है और उसी के साथ वर्गीय प्राथमिकताएँ बदली हैं। किसी भी धार्मिक रूप से कट्टरवादी समाज में स्त्री समानता के प्रश्न उठाना और स्त्री-सशक्तीकरण की बात करना आसान नहीं होता। भारत की धार्मिक व्यवस्था में समाज वर्णविभाजित है और सामंती मूल्यों का पोषक है। दूसरी ओर लोकतान्त्रिक व्यवस्था में संविधान द्वारा सभी नागरिकों को समान अधिकार प्राप्त हुए हैं। आज इक्कीसवीं सदी तक आते-आते आर्थिक स्थितियाँ तेजी से बदली हैं। भूमंडलीकरण की नीतियों के अन्तर्गत वैश्विक संस्कृति भारतीय जनमानस में व्याप्त हो रही है तथा बाज़ारवादी संस्कृति का तेजी से विस्तार हो रहा है। इसका सर्वाधिक प्रत्यक्ष प्रभाव मध्यवर्ग में दिखाई देता है जिसके कारण स्त्री समाज की आशा-आकांक्षा के साथ मानसिकता में परिवर्तन होना अपरिहार्य है। दूसरी ओर बहुलतावादी राष्ट्रीय चरित्र के विरुद्ध ही नहीं बल्कि आधुनिक जीवन पद्धति के विरुद्ध भी लगातार पुनरुत्थानवादी धार्मिक वातावरण का निर्मित होना सामाजिक स्तर पर द्वन्द्वात्मक स्थितियों को जन्म दे रहा है।

शासन-व्यवस्था का चरित्र सामाजिक संरचना में बदलाव की स्थितियाँ पैदा करता है जिसमें स्त्री समाज के विकास और समानता आधारित समाज की संरचना के सवाल बहस का विषय बनने लगते हैं। इन अन्तर्विरोधों के बीच

स्त्री सशक्तीकरण और स्त्री समानता के प्रश्न शासन व्यवस्था से भी किसी सीमा तक जुड़ जाते हैं। इसके बावजूद सामान्य स्तर पर समय-समय पर उठने वाले स्त्री प्रश्न और स्थितियों पर इस पुस्तक में संवाद करने की कोशिश की है। भारतीय सन्दर्भों के साथ-साथ वैश्विक स्तर पर भी इन विषयों पर चर्चा की गयी है। स्वाधीन भारत में एक लम्बे समय बाद स्त्री-विमर्श पर बहस करते हुए कुछ सैद्धांतिक अवधारणाएँ हम लोगों ने निर्मित की थीं। जन-संगठनों में विभिन्न वर्ग की महिलाओं के बीच काम करते हुए अनुभव हुआ कि स्त्री प्रश्नों पर वर्गीय दृष्टि से भी स्त्री-समूहों को सम्बोधित करना होगा। इतना ही नहीं, वर्ण के आधार पर तथा सम्प्रदाय के आधार पर भी इन समूहों की समस्याओं को उनकी सामाजिक स्थितियों के अनुसार अतिरिक्त तवज्जो देनी होगी। भारतीय समाज केवल वर्ग ही नहीं जाति, उपजाति, धर्म, सम्प्रदाय तथा क्षेत्रीयता में विभाजित है। स्त्री विमर्श का स्वरूप तथा प्राथमिकताएँ इसके अनुसार बदल जाती हैं। इसीलिए एक सामान्य सम्बोधन तथा समस्याओं का सामान्यीकरण नहीं हो सकता। इसके अतिरिक्त स्त्री प्रश्न विशुद्ध रूप से स्त्री-पुरुष के आधार पर भी व्याख्यायित नहीं किये जा सकते। पितृसत्तात्मकता सामंती समाज का आधार है और वहाँ स्त्री की स्थिति पराधीनता की ही होती है। फिर भी केवल स्त्री बनाम पुरुष के रूप में समस्या के समाधान तक नहीं पहुँचा जा सकता। पितृसत्तात्मकता सामाजिक व्यवस्था का रूप रहा है जिसने अपनी रीति-नीति को धार्मिकता का आधार प्रदान किया। इसीलिए स्त्री पराधीनता के मुद्दे पर धार्मिक व्यवस्था और मान्यताओं पर जब तक सवाल नहीं उठाये जायेंगे, धर्म की भूमिका पर चर्चा नहीं की जायेगी तब तक सही निष्कर्षों तक नहीं पहुँचा जा सकेगा। हमें यह भी नहीं भूलना चाहिए कि प्रारम्भिक चरणों में पुरुष समाज के विचारवान लोगों द्वारा ही परम्परागत रूप से चली आ रही स्त्री पराधीनता का प्रतिरोध किया गया जो इस दिशा में क्रान्तिकारी काम था। ऐसे प्रयास न सिर्फ भारत बल्कि योरोप तथा दूसरे महाद्वीपों में भी पुरुष समुदाय की मदद से किये गये। मात्र स्त्री बनाम पुरुष की अवधारणा हमारे दृष्टिकोण को संकुचित करती है और व्यवस्था की भूमिका को बच निकलने का रास्ता देती है।

स्त्रियों के प्रति होने वाले अन्याय और समानता के महत्त्वपूर्ण विषय को भटकाने की कोशिश में 'औरत ही औरत की दुश्मन है' जैसी अवधारणा भी अक्सर प्रस्तुत की जाती है। पितृसत्तात्मकता इस आधार पर अपने चरित्र पर पर्दा डाल देती है और पीड़ित ही गुनहगार बन जाता है। सहस्त्राब्दियों से समाज के पुरोधा और धार्मिक व्यवस्था स्त्रियों की भूमिका क्या हो, उन्हें क्या करना चाहिए, क्या नहीं करना चाहिए, धार्मिक व्यवस्था उन्हें किस प्रकार जीने की इजाज़त देती है और उसके लिए कौन से नियम-कानून मान्य हैं...जैसा पूरा नैतिक शास्त्र पढ़ाती रही

है। उसके दिल-दिमाग में ये मान्यताएँ इस कदर भर दी गयीं कि पूरे समाज की यह ज़िम्मेदारी बन गयी कि वह पीढ़ी-दर-पीढ़ी इन मूल्यों को अग्रसरित करता रहे। यह विरासत पुरुष समाज को मिली और पराधीन स्त्री समाज को भी मिली। अब अगर कोई स्त्री इन परम्परागत मान्यताओं के विरुद्ध व्यवहार करती है तो उस पर पुरुषों के अलावा स्त्री समाज का भी वही परम्परागत व्यवहार और सोच समझ में आने वाली बात है। आपराधिक कृत्य तो कोई भी किसी के खिलाफ़ कर सकता है। पुरुष अगर पुरुष के विरुद्ध साजिश करता है तो यह नहीं कहा जाता कि पुरुष ही पुरुष के विरुद्ध है। अपराध और सामान्य प्रवृत्ति तथा सामाजिक मानसिकता में फर्क करना चाहिए। सास-बहू के बीच टकराव और हिंसात्मकता आत्मविश्वास की कमी के कारण तथा असुरक्षा की भावना के कारण भी उपजती है। धर्म-सम्मत अवधारणा है कि बचपन में पिता, यौवन में पति तथा वृद्धावस्था में पुत्र ही स्त्री का संरक्षक होता है-उसका कोई स्वतंत्र अस्तित्व नहीं होता। ऐसे में वह पुरुष जो पति है और पुत्र भी है...उससे प्राप्त संरक्षण के लिए दोनों स्त्रियाँ परस्पर आमने-सामने आ जायें तो इसमें आश्चर्य क्या? यदि ये दोनों स्त्रियाँ आत्मनिर्भर हों, आर्थिक-सामाजिक असुरक्षा न हो तो ऐसी स्थिति भी उत्पन्न न हो। ग्रामीण समाज में जहाँ आर्थिक तनाव, गरीबी हो और घोर सामंती वातावरण हो वहाँ ऐसी परिस्थितियाँ अधिक दिखाई देती हैं।

समाज के विकास का उद्देश्य बिना सभी वर्गों को साथ लिए पूरा नहीं हो सकता। स्त्री की भूमिका उत्पादन के साथ पुनरुत्पादन के साथ भी जुड़ी है इसलिए उसकी सामाजिक भूमिका अधिक महत्वपूर्ण हो जाती है। इस पुस्तक में स्त्रीवाद से सम्बन्धित सवालों को उठाते हुए सिर्फ अकादमिक अध्ययन ही नहीं, बल्कि लोगों के बीच काम करते हुए प्राप्त होने वाले व्यवहारिक अनुभवों के आधार पर चर्चा की गयी है। समाज के विभिन्न वर्ग और समुदायों की स्थितियों को भी इस चर्चा में सम्मिलित करने का प्रयास किया है। स्त्री-आन्दोलन के इतिहास को न सिर्फ भारतीय बल्कि पश्चिमी अवधारणा के साथ स्त्री-विमर्श के समग्र स्वरूप को प्रस्तुत करते हुए कोशिश की है कि सामान्य पाठकों के बीच भी स्त्री प्रश्नों का महत्व बने जिसको समझने की आज समाज में बहुत आवश्यकता है।

मुझे उम्मीद है कि स्त्री-विमर्श के आधारभूत प्रश्नों को समझने में यह पुस्तक मदद करेगी। इसके प्रारूप को बनाने में श्री अजय बिसारिया ने जो मदद की मैं उसके लिए उनकी बहुत आभारी हूँ।

04 अक्टूबर, 2016 **नमिता सिंह**

अनुक्रम

विकास

स्त्री-आन्दोलन : इतिहास और वर्तमान

हम अक्सर कहते हैं कि मानव सभ्यता का विकास स्त्री-जाति की पराधीनता का इतिहास भी है। यह ठीक उसी तरह है कि मानव सभ्यता के इतिहास में विकास का प्रत्येक चक्र निम्न दास अथवा वंचित वर्ग के श्रम के शोषण चक्र से जुड़ा हुआ है। सामंती समाज में वर्गीय सम्बन्धों पर आधारित क्रियाओं-अन्तःक्रियाओं पर आधारित ये इतिहास सम्मत निष्कर्ष सटीक हैं। दरअसल ये स्थितियाँ व्यवस्था जनित हैं और समाज के वर्चस्ववादी समूह द्वारा निर्मित सामाजिक नियम-कानूनों से संचालित होती हैं। शासन-व्यवस्था और सामाजिक शक्ति के केन्द्र परस्पर सहयोगी होते हैं और अक्सर धार्मिक समूह राज्य और समाज के संचालन में निर्णयकारी भूमिका में होते हैं। थोड़े बहुत उलटफेर के साथ किसी व्यक्ति विशेष की भूमिका, या किसी विशेष कालखंड अथवा परिस्थितियों में होने वाले बदलाव के कारण वाह्य स्वरूप में कुछ बदली हुई स्थितियाँ दिखाई दे सकती हैं लेकिन मूलभूत सामाजिक संरचना और क्रियाकलापों में ज्यादा अन्तर नहीं हो सकता।

व्यवस्था की शक्तियाँ और सामाजिक समूहों के शक्ति केन्द्र सामाजिक स्वरूप का निर्धारण करते हैं। आदिम समाज के बाद आग की खोज और फिर फल-वनस्पति उत्पादों के रूप में भोजन संग्रह वाले कालखंड के बाद का समय पशु पालन आधारित है। यह वह समय है जब घुमन्तू चरवाहों के रूप में समूह थे और कबीलाई पद्धति शुरू हो चुकी थी। आदिम समाज से लेकर कबीले या गण समूहों में मातृसत्तात्मक समाज ही था और वंश अथवा सन्तान की पहचान माता के रूप में होती थी। आदिम समाज के स्वच्छन्द यौन सम्बन्ध हों या सामाजिक विकास का कबीलाई रूप हो वहाँ एक गण के पुरुष दूसरे गण की स्त्रियों से यौन सम्बन्ध बनाते थे, इसीलिएं पुरुष आधारित सन्तति की पहचान मुश्किल थी पहचान माता के नाम पर ही होती थी। कबीलों (गणों) की सम्पत्ति की विरासत भी केवल स्त्री से सम्बन्धित रक्त-सम्बन्धियों के लिए ही थी। कबीलाई समाज में युद्ध अनिवार्य थे। पशुधन मुख्य सम्पत्ति थी और युद्ध की लूट में पशु तथा

पराजित दास थे। जीवन यापन के लिए गण समूहों द्वारा स्थाई निवास और संगठित समाज की शुरुआत के साथ-साथ कृषि उत्पादन की पहचान और उसके लाभकारी स्वरूप से भी अब परिचय हुआ था। कृषि के रूप में उत्पादन प्रक्रिया के आरम्भिक दौर में भी समूह गत यौन सम्बन्ध प्रचलित रहे और मातृसत्तात्मक सामाजिक स्वरूप बना रहा।

कृषि के विकास के साथ सामाजिक संरचना भी बदलने लगी और संगठित सामाजिक स्वरूप विकसित होने लगा। पशुधन के विकास और अतिरिक्त उत्पादन के कारण व्यापार के रूप में विनिमय प्रक्रिया आरम्भ हुई। पशु पालन करके और जानवरों की नयी नस्लों को तैयार करते हुए दौलत का एक ऐसा स्रोत खुला जिसकी पहले कल्पना नहीं की जा सकती थी। उसकी बदौलत नये सामाजिक सम्बन्धों का जन्म हुआ। पशुओं के रेवड़ परिवार की सम्पदा थे। इसी तरह दास भी उनकी सम्पत्ति थे। कृषि के विकास के साथ दासों की जरूरत बढ़ी और उनके श्रमबल से समृद्धि का रास्ता बना। सामूहिक जीवन पद्धति के साथ कृषि भी अभी सामूहिक रूप में थी। कृषि के विकास और अतिरिक्त उत्पादन में एक ओर स्त्री समूह शामिल था तो दूसरी ओर दासों-भूदासों के श्रम का इसमें योगदान भी था।

सामाजिक अर्थव्यवस्था के कृषि के रूप में स्थापित होने के बाद निरन्तर इसका विस्तार हुआ। भूमि आधारित आर्थिक उत्पादन ज्यों-ज्यों समृद्ध हुआ उसी के साथ समाज का स्वरूप मातृसत्तात्मक से पितृसत्तात्मकता में बदलने लगा। अब कृषि उत्पादन का अतिरिक्त उत्पाद आवश्यकता की पूर्ति के बाद व्यापार के प्रयोजन हेतु उपलब्ध था। इस व्यापार ने हर सम्भव अधिकतम कृषि उत्पाद के लिए प्रयास किये जिसके परिणाम स्वरूप एक ओर कृषि आधारित तकनीकों और प्रयुक्त होने वाले साधन, उपकरणों का विकास हुआ, वहीं दूसरी ओर मुफ्त श्रम को प्राप्त करने के उपाय खोजे जाने लगे। ज़ाहिर है मानव-संसाधन के रूप में ही यह श्रम उपलब्ध हो सकता था और दास या गुलाम या कृषि दास अथवा शूद्रों के रूप में विभिन्न सामंती समाजों ने अपने-अपने तरीकों, नियम-साधनों के रूप में इसके लिए व्यवस्था की। कालांतर में श्रम-शोषण एक सीमा के बाद अमानवीय स्तर के शोषण स्वरूपों में बदल गया। न केवल इतिहास बल्कि अलग-अलग देशों-भाषाओं के साहित्य में ये शोषण गाथाएँ अंकित हैं तो सामाजिक अन्याय के विरुद्ध समय-समय पर होने वाली प्रतिकार गाथाएँ भी वैश्विक समाज की धरोहर हैं। जैसे-जैसे सम्पत्ति बढ़ती गयी, नारी की तुलना में पुरुष का महत्व बढ़ता गया। उत्तराधिकार की पुरानी प्रथा भी उलट होने लगी। पुरुष के स्वयं के बच्चे सम्पत्ति के हकदार हो सकें (रेवड़, दास-दासी, कृषि जनित आय) तो नये

नियमों के अनुसार व्यवस्था की जाने लगी कि गण के पुरुष सदस्यों के वंशज गण में रहेंगे और स्त्रियों के वंशज गण से अलग कर दिये जायेंगे। इस प्रकार नारी के नाम से वंश चलना और माता के द्वारा विरासत का अधिकार मिलना बन्द हो गया।

सामंती समाज का विकास और उत्कर्ष स्त्री-दासता की गाथा है। कृषि आधारित अर्थ व्यवस्था और विकसित हो रही सामाजिक संरचना में भूस्वामित्व महत्वपूर्ण था। राज्य व्यवस्था कृषि उत्पाद का दाय या अंश जो कर के रूप में था, वसूल करती थी। दूसरा साधन राज्यों का विस्तार और युद्ध होते थे। कृषि जब व्यक्तिगत स्तर पर परिवार के ढांचे का हिस्सा बनने लगी तो पुरुष को अब सम्पत्ति की विरासत अपने द्वारा उत्पन्न पुत्रों के लिए चाहिए थी। सन्तति की पहचान अब पुरुष से होनी थी और इसके लिए स्त्री का एक ही पुरुष से यौन सम्बन्ध होना आवश्यक था। सन्तति की पहचान और अतिरिक्त उत्पाद के रूप में सम्पत्ति का संग्रह पितृसत्तात्मक सामाजिक स्वरूप का आधार बना।

पितृसत्तात्मकता की स्थापना के बाद 'सभ्य युग' के रूप में सामाजिक विकास का इतिहास अंकित हुआ जिसका मुख्य आधार एकनिष्ठ विवाह था। "पुरुष और नारी के बीच पहला श्रम विभाजन बच्चा पालने को लेकर हुआ..." (परिवार-व्यक्तिगत सम्पत्ति और राज सत्ता की उत्पत्ति-एंगेल्स)। स्त्री का सम्बन्ध उत्पादन प्रणाली से था और पुनरुत्पादन से भी था। कृषि के विकास और विस्तार से अब केवल पुरुष उत्पादक की भूमिका में हो गया था। अपनी पुनरुत्पादकता के कारण स्त्री की भूमिका अब मात्र सन्तानोत्पादकता तक सीमित हो गयी थी। "मातृ सत्ता का विनाश नारी जाति की एक ऐसी पराजय थी जिसका पूरे विश्व के इतिहास पर प्रभाव पड़ा...वह पुरुष की वासना की दासी, सन्तान उत्पन्न करने की एक यंत्र मात्र बनकर रह गयी।" (एंगेल्स-वही)

परिवार की उत्पत्ति के साथ अब पुरुष परिवार का मुखिया था। प्रारम्भिक अर्थों में परिवार (Famila) दरअसल भूदासों का समूह था जो परिवार के मुखिया की सम्पत्ति थी। लैटिन भाषा में (Famulus) का अर्थ है घरेलू दास। बाद में नये सामाजिक संगठन के रूप में परिवार को स्पष्ट करने के लिए इसका प्रयोग किया जाने लगा। मार्क्स के अनुसार 'आधुनिक परिवार में न केवल दास प्रथा बल्कि कम्मी प्रथा (अर्धदास प्रथा) भी बीज रूप में निहित है क्योंकि परिवार का सम्बन्ध शुरू से ही खेती के काम करने वालों से रहा है।' सन्तति की पहचान और वंशबेल की वृद्धि के लिए स्त्री का परिवार के भीतर मुखिया की सम्पत्ति के रूप में रहना जरूरी था। अब कबीलों के परस्पर युद्घों में सम्पत्ति के रूप में

पशुधन था, कृषि उत्पाद थे, दास थे और परिवार की स्त्रियाँ भी थीं। भूस्वामी के रूप में अब पुरुष समाज के शीर्ष पर था। उसका गौरव भूमि के अलावा दासों और स्त्रियों के स्वामित्व पर आधारित था। सामंती व्यवस्था ज्यों-ज्यों मजबूत होती गयी, स्त्रियों की भूमिका घर-परिवार के अन्तःपुर तक सीमित होती गयी। भूस्वामी की विरासत पुत्रों के लिए और स्त्री की भूमिका पुत्रोत्पत्ति तक सीमित थी। अतिरिक्त कृषि उत्पाद ने जहाँ व्यापार के लिए रास्ते खोले वहीं भोग विलास को सामंती समाज का मानो अनिवार्य स्वरूप बना दिया।

स्त्री दासता से मुक्ति की कल्पना सामंती समाज में करना असम्भव था। राज्य सत्ता, सामंती समाज और सहायक धार्मिक वर्चस्व का गठजोड़ आधी आबादी के ऊपर स्थापित किये अपने प्रभुत्व को कैसे छोड़ सकता था। इसे ऐतिहासिक परम्पराओं ने निरन्तर मजबूत ही किया था और अब वह संस्कृति के रूप में शोषित और शोषक वर्ग, दोनों में ही समान रूप से सबके दिलो-दिमाग में बस गया था।

भारत में बन्दी स्त्री की मुक्ति का अभियान 19वीं सदी के पूर्वार्द्ध से ही शुरू हुआ, ज़ब समाज सुधार आन्दोलन शुरू हुए। यह समय अलग-अलग नामों से इतिहास में दर्ज हुआ जो मूलतः नवजागरण काल के रूप में जाना गया। योरोप में नवजागरण काल ने (रेनेसाँ) औद्योगिक क्रान्ति के साथ राजनैतिक-सामाजिक जीवन में प्रवेश किया। नये आविष्कारों और तकनीकी विकास के साथ नये उद्योग धंधों की नींव पड़ी और नया पूँजीपति वर्ग उभर कर आया।

योरोप के देशों और फिर उत्तरी अमरीका के देशों में उद्योगों की स्थापना तथा पूँजीपति वर्ग के उदय और विस्तार के साथ स्त्रियों की जीवन पद्धति और भूमिका में भी बदलाव आया। श्रमिक स्त्री के रूप में यह उसकी नयी भूमिका थी जिसने सामाजिक संरचना को बदला। सामंती समाज की स्त्री के श्रमिक रूप में रूपांतरित होने के साथ-साथ मध्यवर्ग के उपभोक्तावादी समाज में परिवर्तित होने की प्रक्रिया ने नयी समस्याओं के साथ ही स्त्री रूपांतरण के नये आयाम भी प्रस्तुत किये। पश्चिम की स्त्री चेतना और हलचल ने स्त्री आन्दोलन के विभिन्न चरणों को रेखांकित किया जो लगभग तीन शताब्दियों के कालखंड का लेखा-जोखा है।

पश्चिमी नारीवाद की अवधारणा और विभिन्न नारीवादी आन्दोलन

स्त्रियों की अँधेरी दुनिया में रोशनी के प्रवेश की, घर-परिवार की चारदीवारी के भीतर सामाजिक-धार्मिक बन्धनों में जकड़ी स्त्री मुक्ति की कहानी लगभग अठारहवीं शताब्दी से ही शुरू हुई। विश्व के अलग-अलग देशों में यह बदलाब कहीं जल्दी तो कहीं और देर से शुरू हुआ। अलग-अलग क्षेत्रों और कालखंडों में

हो रहे बदलाव तो एक जैसे थे लेकिन अनेक परिस्थितियाँ अलग थीं और रास्ते और स्वरूप भी अलग थे।

योरोप में स्त्रियों की सामाजिक स्थिति में बदलाव की प्रक्रिया औद्योगिक क्रान्ति के फलस्वरूप निर्मित हो रहे परिवर्तनों के द्वारा शुरू हुई। भारतीय सन्दर्भों में यह परिवर्तन उन्नीसवीं शताब्दी के राजनैतिक-सामाजिक बदलाव और सुधारवादी आन्दोलनों के परिणामस्वरूप था। दोनों की स्थितियों और प्रवृत्ति में भी अन्तर था।

स्त्रीवाद या नारीवाद या नारी विमर्श (फेमिनिज़्म) की जब बात की जाती है तो इसका तात्पर्य स्त्रियों के लिए समान अधिकार तथा उनका कानूनी संरक्षण है। प्रारम्भिक चरणों में यह संघर्ष समानता और सम्मानजनक जीवन यापन के लिए, मानवोचित अधिकारों के लिए था। सामाजिक बदलाव की प्रक्रिया के प्रारम्भिक चरण में आधारभूत स्थितियों के लिए ही संघर्ष होता है। फिर पैरों के नीचे जमीन आने के बाद संघर्ष में विविध आयाम जुड़ते हैं। स्त्री-आन्दोलन ने अपने लोकतान्त्रिक अधिकारों के लिए तथा राजनैतिक-सामाजिक और आर्थिक रूप से समानता के लिए बड़े समूहों को प्रभावित किया।

योरोप में स्त्रियों का घर से बाहर निकलना और काम करने का सिलसिला औद्योगिक क्रान्ति के फलस्वरूप शुरू हुआ। पश्चिमी योरोप में विशेष रूप से ब्रिटेन से शुरू हुई औद्योगिक क्रान्ति से आधुनिक पूँजीवादी समाज का निर्माण शुरू हुआ जिसने अठारहवीं शताब्दी के अन्तिम दशकों से और तेजी पकड़ी। उत्पादन के साधन अब उन्नत हो गये थे। भाप और बिजली की ताकत के अन्वेषण के बाद नयी टेक्नोलोजी ने मशीनों को उन्नत कर उत्पादन क्षमता में अभूतपूर्व वृद्धि की। लोहे को गलाने के लिए अब कोयला भट्टी नहीं, ब्लास्ट फर्नेस थी और उससे पिटवां लोहा सहज उपलब्ध था। बाजार में विभिन्न उत्पादों की अब भरमार हो रही थी। उद्योगों में श्रम का पूंजीकरण शुरू हुआ। पूंजीवादी व्यवस्था के विकास के साथ उत्पादन अनिवार्य रूप से बाजार की माँग से जुड़े और राज्य व्यवस्था का उपनिवेशवादी विस्तार भी हुआ।

औद्योगिक समाज के निर्माण में फ्रांस, जर्मनी आदि योरोपीय देश ब्रिटेन का अनुसरण कर रहे थे। अठारहवीं शताब्दी के अन्त तक संयुक्त राष्ट्र अमरीका भी औद्योगिक उत्पादन के क्षेत्र में ब्रिटेन के बराबर आने लगा था। इस औद्योगिक क्रान्ति और उसके परिणाम स्वरूप सामाजिक संरचना में बदलाव की प्रक्रिया में ब्रिटेन की अग्रणी भूमिका रही। इससे पहले ब्रिटेन कृषि क्रान्ति के दौर से गुजर चुका था। ब्रिटिश सामंत जो विशेषाधिकार प्राप्त कुलीन वर्ग के थे और बड़े

भूस्वामी थे जिनमें ईसाई धार्मिक नेता-पुरोहित भी शामिल थे, वे राज्य व्यवस्था में निर्णायक भूमिका निभाते थे। परस्पर हितों के टकराव के कारण उनका राज्य सत्ता से टकराव अनिवार्य हो चला था। 1688 के निर्णायक संघर्ष में अभिजात्य वर्ग के बड़े भूस्वामियों की शक्ति असीमित हो गयी और सिंहासन पर आसीन सम्राट शक्तिहीन हुआ। भूस्वामियों ने चारागाहों को कृषि भूमि में शामिल कर लिया और अपनी भूमि सम्पदा की बाड़बन्दी शुरू कर उस पर अपने आधिपत्य को अधिक मजबूत किया। कृषि में नये उन्नत साधनों और तकनीक के प्रयोग से जहाँ कृषि उत्पादन में वृद्धि हुई वहीं कृषि से जुड़े और आर्थिक दुरावस्था से घिरे ग्रामीण समाज का एक बड़ा हिस्सा जो निर्धनता की स्थितियों में था, वह काम की तलाश में शहरों की ओर पलायन करने लगा। शहरों में उद्योगों के मालिकों के लिए श्रमिकों की यह खेप वरदान के रूप मे थी।

इन सारे परिवर्तनों के दौरान स्त्री समाज कहाँ था? इन सामाजिक-आर्थिक परिवर्तन वाले कालखंड में स्त्री जीवन में भी बदलाव की प्रक्रिया शुरू हुई। आर्थिक हालात से निपटने के लिए स्त्रियाँ घर से बाहर निकलीं और उन्होंने भी टैक्सटाइल फैक्टरियों, कोयले की खानों के अलावा घरेलू सेविका के रूप में और दुकानों में श्रमिक के रूप में काम करना शुरू किया। विविध उत्पाद बाजार के साथ उपभोक्ता समाज का भी निर्माण कर रहे थे और मध्यवर्ग तेजी से उभर रहा था। श्रमिक महिलाओं की स्थिति दो स्तरों पर थी। एक ओर जीविका के लिए उन्हें घर से बाहर निकलने का अवसर मिला। इसमें विवाहित और अविवाहित लड़कियाँ दोनों ही थीं। अन्य श्रमिकों की तरह उनके श्रम का मूल्य था और पहले की भांति पति के अधीनस्थ रहने की जगह अब घर-परिवार के पोषण में उनकी सक्रिय भूमिका बन रही थी। इसने उन्हें आत्मविश्वास प्रदान किया जो समाज में उनके स्वतंत्र अस्तित्व निर्माण की ओर पहला कदम था।

दूसरी ओर इस नयी भूमिका में पूँजीवादी व्यवस्था जो श्रम-शोषण आधारित मुनाफे की संस्कृति है, उसने श्रमिक स्त्रियों के लिए अनेक समस्याएँ भी उपस्थित कीं। श्रमिक स्त्रियाँ अक्सर अस्वास्थ्यकारी वातावरण में काम करने के लिए मजबूर थीं। औरतों को फैक्टरियों में कठिन श्रम के साथ पारिवारिक जिम्मेदारियाँ भी वहन करनी थीं। अक्सर उन्हें निम्न स्तर के काम सौंपे जाते और पुरुष श्रमिक निरीक्षण कार्य में लगाये जाते। महिला श्रमिकों को बहुधा पुरुषों की अपेक्षा कम वेतन पर काम करना पड़ता। सबसे दुखद स्थिति यह थी कि महिलाओं (और बालश्रमिकों के भी) काम करने के घंटे बहुत अधिक थे। कभी-कभी यह 15-16 और इससे भी अधिक हो जाते थे। कार्ल मार्क्स ने अपनी ऐतिहासिक पुस्तक

'पूँजी' के प्रथम भाग में उस कालखंड की श्रमिक स्त्रियों और बच्चों के लम्बे काम के घंटों का, उनके गिरते स्वास्थ्य और मालिकों की भीषण शोषणकारी नीतियों का विस्तार से वर्णन किया है। यह स्थिति कमोवेश फ्रांस, जर्मनी, अमेरिका आदि अन्य पश्चिमी देशों में भी ऐसी ही थी।

घर-परिवार के प्रति कर्त्तव्यों के अलावा सार्वजनिक जीवन में स्त्री की भूमिका पर फ्रांस की क्रान्ति के बाद फ्रांस में भी बहस की शुरुआत हुई। फ्रांस में निपट गरीबी से जूझ रही जनता 1789 की प्रसिद्ध क्रान्ति की संवाहक बनी जिसमें स्त्रियों की महत्वपूर्ण भागीदारी थी। फ्रांस की क्रान्ति ने विश्व को स्वाधीनता-समानता-बन्धुत्व जैसा सन्देश दिया जिसने दुनिया के विभिन्न स्तरों पर मुक्ति आन्दोलनों को प्रभावित किया। 19वीं सदी से मध्यवर्ग उभरने लगा। अब मध्यवर्गीय महिलाएँ बाजार और खरीदार के रूप में उपभोक्तावादी समाज का मुख्य हिस्सा थीं। जब उपभोक्ता वस्तुएँ होंगी, नये-नये उत्पाद होंगे और बाज़ार होगा तो विज्ञापन भी होगा। विज्ञापन अब उद्योग का रूप लेने लगा जो उस समय भी आज की तरह अधिकतर स्त्री केन्द्रित होता था। स्त्री अब नये बन रहे पूँजीवादी समाज में केन्द्रीय स्थान ग्रहण करने लगी थी। योरोप में मध्यवर्ग में आ रहे इन परिवर्तनों के फलस्वरूप स्त्रियाँ शिक्षा की ओर उन्मुख हुईं। नर्स, टीचर तथा ऑफिस सेक्रेटरी जैसे रोजगार उनके लिए उपयुक्त समझे गये। वह खेलों में और खेल प्रतियोगिताओं में हिस्सेदारी करने लगी थीं। यह मध्यवर्गीय स्त्री के रूपांतरण और घर-परिवार से बाहर निकल कर स्वतंत्र व्यक्तित्व निर्माण की ओर बढ़ता कदम था। सामाजिक-राजनैतिक मुद्दे उसे समझ आने लगे थे। उन्नीसवीं सदी के उत्तरार्द्ध में योरोप और पश्चिम की मध्यवर्गीय स्त्रियों में यह परिवर्तन अब स्पष्ट रूप से दिखाई देने लगा और सार्वजनिक जीवन में उनकी स्थिति सशक्तीकरण की दिशा इंगित कर रही थी।

मेरी वॉल्ट्सनक्राफ्ट की पुस्तक 'स्त्री अधिकारों का ऑचित्य-साधन' (अ विंडिकेशन ऑफ दी राइट्स ऑफ वीमन-1792) इस दिशा में पहला प्रयास था जब समाज के सामने स्त्री की क्षमताओं को नज़रअन्दाज करके उसे घर-परिवार के दायरों तक सीमित करने की पुरुषों की प्रवृत्ति पर सवाल खड़े किये गये थे। उसने परिवार को ऐसा ट्रेनिंग सेंटर माना जहाँ स्त्री को सजी-धजी प्यारी सी बनने की शिक्षा दी जाती है लेकिन परिवार में उसकी वास्तविक भूमिका एक आज्ञाकारी दासी से अधिक नहीं होती। उन्नीसवीं शताब्दी के अन्त में जॉन स्टुअर्ट मिल की पुस्तक—स्त्री पराधीनता (सब्जेक्शन ऑफ वीमेन-1869) प्रकाशित हुई। जॉन स्टुअर्ट मिल ने अपना अधिकांश समय ईस्ट इंडिया कम्पनी के एक

अफसर के रूप में बिताया। वह ब्रिटिश संसद के सदस्य भी रहे। ब्रिटिश ऑफिसर होने के साथ एक बहुत बड़े चिन्तक-लेखक भी थे। लिंग भेद पूर्ण समाज पर टिप्पणी करते हुए मिल ने कहा कि "स्त्रियोचित स्वभाव (फेमिनिज़्म) जैसी बात जो स्त्रियों के लिए निर्धारित की जाती है वह एक नकली चीज है और कुछ दिशाओं में बाध्यतापूर्ण दमन और कुछ दिशाओं में अप्राकृतिक फैलाव का परिणाम है।" मिल ने स्त्री पराधीनता का कारण समाज द्वारा निर्मित व्यवस्था को बताया। इसी कड़ी में यहाँ अंग्रेजी की लेखिका वर्जीनिया वुल्फ़ का जिक्र करना समीचीन होगा जो नारीवादी सोच की लेखिका थी और अपने लेखों-भाषणों में उन्होंने घर-परिवार और समाज के स्तर पर स्त्री क्षमताओं को पहचानने और एक व्यक्ति के रूप में अपने स्वतंत्र व्यक्तित्व के निर्माण पर बल दिया। बीसवीं सदी के चौथे दशक में लिखी उनकी पुस्तक 'वन्स ओन रूम' स्त्री अधिकारों के विमर्श में सन्दर्भ के रूप में आज भी याद की जाती है। योरोप में श्रमिक वर्ग के उदय और उनके संघर्ष एक ओर थे तो मध्यवर्ग की जागरूक स्त्रियों की बढ़ रही सक्रियता का परिणाम हुआ कि वहाँ समान अधिकारों के लिए संघर्ष की शुरुआत वोट के अधिकार के लिए हुई और उसके लिए प्रदर्शन आदि का सिलसिला भी शुरू हुआ। घर से बाहर निकल आर्थिक आत्मनिर्भरता और सामाजिक जीवन में अपनी उपस्थिति से आश्वस्त अब महिलाएँ जागरूक थीं और पुरुष समाज के बीच स्वयूम की स्थिति का आकलन करते हुए समान अधिकारों के लिए संघर्ष की राह पर चल पड़ी थीं। पुरुषों के समान वोट के अधिकार के लिए उनका आन्दोलन योरोप के लगभग सभी देशों में किसी न किसी रूप में कहीं उग्र तो कहीं सन्तुलित रूप में था। बीसवीं सदी के पहले दशक में अमरीकी श्रमिक महिलाओं ने कई दशकों के संघर्ष के बाद सफलता प्राप्त की थी। काम के घंटों में कटौती के साथ उनकी अनेक अन्य माँगें भी स्वीकार की गयीं।

स्त्रियों की आन्दोलनकारी भूमिका और समान अधिकारों के लिए संघर्ष ने विचार और दर्शन के रूप में स्त्री सरोकारों को मुखर किया। सामाजिक रूप से सक्रिय अनेक स्त्रियों ने अपने व्यापक अनुभवों और चिन्तन के आधार पर स्त्री समानता के प्रयासों को आन्दोलनकारी स्वरूप प्रदान किया। इसने विश्वस्तर पर लैंगिक असमानता के प्रश्नों को उठाया और स्त्रीवाद या स्त्रीविमर्श या फेमिनिज़्म जैसी संज्ञा प्रदान कर चिन्तन और अध्ययन की एक नयी दिशा का निर्माण किया। आज भारत सहित विश्वस्तर पर विश्वविद्यालयों में स्त्री अध्ययन केन्द्र हैं। असंख्य संस्थाएँ स्त्री कल्याण और स्त्री सरोकारों पर न केवल अकादमिक कार्य कर रही हैं बल्कि व्यवहारिक स्तर पर जरूरतमन्द स्त्री समूहों के बीच संवाद और सहायता

प्रदान करने का काम भी रही हैं। ये कार्यक्षेत्र मध्यवर्ग से लेकर धार्मिक, जातीय, अल्पसंख्यक, आदिवासी, रंगभेद आधारित, वंचित, शोषित समाजों के बीच हैं।

सुसंगठित रूप में स्त्री अधिकारों के लिए आन्दोलन उन्नीसवीं सदी के उत्तरार्ध और बीसवीं सदी के शुरुआती दशक से ही माने जा सकते हैं। लैंगिक असमानता की पोषक सामाजिक व्यवस्था के बदलाव और स्त्री अधिकारों के लिए संघर्ष नारीवादी आन्दोलनों का आधार रहा है। योरोप के नारीवादी आन्दोलनों को मुद्‌दों पर आधारित तीन कालखंडों में चिन्हित किया जा सकता है। पहला काल खंड उन्नीसवीं सदी से लेकर बीसवीं सदी के पूर्वार्द्ध तक माना जा सकता है जो स्त्री के घर से निकल विभिन्न स्तरों पर श्रमिक की भूमिका के साथ मध्यवर्गीय चेतना के उदय का परिणाम थी। दूसरा कालखंड बीसवीं सदी के सातवें दशक से और तीसरा अन्तिम दशक से माना जा सकता है। इन विभिन्न कालखंडों में भिन्न-भिन्न प्रकार के विचार और उनके आधार पर अनेक सैद्धांतिक दर्शन प्रस्तुत हुए जो निश्चित रूप से अलग-अलग दृष्टिकोणों से थे और विभिन्न स्त्री समूहों की स्थितियों को संज्ञान में लेकर निर्मित हुए थे।

स्त्रीवादी आन्दोलन की पहली व्यापक लहर वोट के अधिकार के लिए थी। इंग्लैंड में 1905 में वोट के अधिकार के लिए होने वाले आन्दोलनों में अनेक महिलाओं की गिरफ्तारियाँ भी हुईं। अन्ततः 1918 में निजी मकान का स्वामित्व रखने वाली, 30 वर्ष से ऊपर की और फिर 1927 में 21 वर्ष से ऊपर की सभी श्रेणी की महिलाओं को वोट का अधिकार मिला। ब्रिटेन में आन्दोलन की अग्रणी नेता एमेलिन पैंक्हर्स्ट को 'टाइम' पत्रिका ने बीसवीं सदी की सौ सर्वाधिक प्रभावशाली महिलाओं में मानते हुए लिखा कि 'उसने पुरातन स्वरूप बदलते हुए एक ऐसी नयी स्त्री का निर्माण किया है जहाँ से अब पीछे लौटना सम्भव नहीं।' इसका प्रभाव योरोप के अन्य औद्योगिक समाज वाले देशों पर भी पड़ा। स्त्री मताधिकार के लिए आन्दोलन तेज हुए और धीरे-धीरे वहाँ की औरतों को भी यह अधिकार मिला। संयुक्त राष्ट्र अमरीका में अग्रणी स्त्री नेतृत्व की भूमिका में लुकेशिया मॉट, एलिजाबेथ कैडी स्टेनटन और सूसन एन्थनी थीं जो न केवल स्त्री-मताधिकार के लिए बल्कि अमरीका में गुलामी की प्रथा के अन्त के लिए भी आन्दोलनरत थीं। मार्गरिट सेंगर और वोल्टाटीन डी क्लेर जैसी नेत्रियाँ उस समय भी स्त्रियों के लैंगिक, प्रजनन सम्बन्धी और आर्थिक अधिकारों की माँग कर रही थीं। संयुक्त राष्ट्र अमरीका के सभी राज्यों को स्त्री मताधिकार 1919 में प्राप्त हुआ। प्रारम्भिक स्त्री आन्दोलनों ने स्त्री अधिकारों के साथ-साथ वैश्विक समाज के सामने प्रस्तुत बड़े सामाजिक-राजनैतिक प्रश्नों को भी अपने आन्दोलन का

हिस्सा बनाया। इसी तरह 1910 में द्वितीय सोशलिस्ट इंटरनेशनल कोपेनहेगेन में आयोजित हुई जिसमें 17 देशों की महिला प्रतिनिधियों ने हिस्सा लिया। संयुक्त राष्ट्र अमरीका की श्रमिक स्त्रियों के अपने अधिकारों के लिए लम्बे संघर्ष और विजय को महत्व देते हुए इसमें अन्तरराष्ट्रीय महिला दिवस मनाने का प्रस्ताव भी स्वीकृत हुआ। इसमें महिलाओं के सम्मान और समान अधिकारों के लिए तथा विश्वस्तर पर सभी देशों की स्त्रियों के वोट देने के अधिकार हेतु आन्दोलन का प्रस्ताव पारित किया गया। इसके अतिरिक्त द्वितीय सोशलिस्ट इंटरनेशनल में स्त्री अधिकारों के लिए आन्दोलन के साथ ही विश्व में राजनैतिक स्तर पर होने वाले घटनाक्रमों के परिप्रेक्ष्य में प्रथम विश्वयुद्ध के विरुद्ध जनमत निर्माण का प्रयास भी किया गया और इसके लिए हस्ताक्षर अभियान चलाया गया। यहाँ यह उल्लेख करना आवश्यक होगा कि प्रथम विश्वयुद्ध और द्वितीय विश्वयुद्ध के दौरान भारत सहित विश्व स्तर पर स्त्री आन्दोलन तेज हुए और स्त्रियों की भूमिका समाज और राजनीति में उल्लेखनीय रूप से रेखांकित की गयी। इसके बाद फिर मानो स्त्रियाँ अपने घरों को लौट आयीं और परम्परागत पितृसत्तात्मकता प्रभावी होने लगी। अलग अलग समाजों में इसके कारण अलग-अलग हो सकते हैं जो एक पृथक अध्ययन का विषय हैं।

स्त्री आन्दोलन की दूसरी लहर बीसवीं सदी के सातवें दशक से मानी जा सकती है जिसका मुख्य फोकस पुरुषों के समान स्त्रियों को भी समान राजनैतिक और कानूनी अधिकारों को प्राप्त करना था। साथ ही सामाजिक, कानूनी और परम्परागत सांस्कृतिक स्तर पर व्याप्त असमानता के विरुद्ध संघर्ष भी था। वोट के अधिकार के लिए संघर्ष दुनिया के अनेक हिस्सों में बीसवीं सदी के सातवें-आठवें दशक तक भी चला। उदाहरण के लिए फ्रांस में स्त्रियों को पूरी नागरिकता के साथ वोट का अधिकार 1944 में दिया गया। स्विट्ज़रलैंड में 1971 के फेडरल इलेक्शन में वोट का अधिकार मिला लेकिन स्थानीय संस्थाओं में वोट का अधिकार केवल 1991 में स्त्रियों को प्राप्त हुआ। स्विट्ज़रलैंड के पड़ोसी, दुनिया के सम्भवतः सबसे छोटे देश लिंचेंस्टीन में भी यह अधिकार केवल 1984 में मिल सका।

विश्व के अन्य भागों में भी व्यवस्था परिवर्तन के साथ स्त्री अधिकारों की शुरुआत हुई। चीन में बीसवीं सदी के मध्य परम्परागत सामंती समाज व्यवस्था और औपनिवेशिक शासन से मुक्ति के बाद सत्तारूढ़ कम्युनिस्ट पार्टी ने स्त्रियों को वोट का अधिकार दिया तथा उनको समाज की मुख्य धारा में समावेशित करने के लिए उनके श्रम को समाजोन्मुख बनाते हुए उनके सशक्तीकरण हेतु अनेक कार्यक्रम शुरू किये। रूस में भी 1917 की क्रान्ति के बाद वहाँ की समाजवादी सरकार ने

स्त्रियों को समान अधिकार प्रदत्त किये और उनके सशक्तीकरण के लिए तथा उन्हें राष्ट्र की मुख्य धारा का हिस्सा बनाकर उनके लिए अनेक परियोजनाएँ शुरू की।

अरब क्षेत्र में स्त्रीवाद अरब राष्ट्रीयता का एक हिस्सा था। 1899 में मिस्र में कासिम अमीन अरब स्त्रीवाद के बड़े पैरोकार के रूप में नज़र आये और स्त्री समूह के सामाजिक सुधारों के लिए उन्होंने प्रयास किये। उनके प्रयासों से ही काहिरा विश्वविद्यालय की स्थापना हुई और वहाँ के राष्ट्रीय आन्दोलन का सशक्तीकरण हुआ। 1923 में हुदा शारवी द्वारा मिस्र के स्त्रीवादी संगठन का गठन हुआ जो अरब स्त्रियों के अधिकार आन्दोलन की पहचान बना। मिस्र में 1956 में गणतान्त्रिक राज्य की स्थापना के बाद गमाल अब्देल नासिर ने राज्य प्रायोजित स्त्रीवादी कार्यक्रमों की शुरुआत की और वोट के अधिकार के साथ लैंगिक आधार पर किसी भी प्रकार के भेदभाव पर कानूनी रोक भी लगायी। बाद के इस्लामिक आन्दोलनों में सत्ता परिवर्तन के साथ धार्मिक कट्टरता आधारित शासन व्यवस्था में फिर स्त्री अधिकार समाप्त कर दिये गये। ईरान में 1905 में संवैधानिक क्रान्ति शुरू हुई जिसका उद्देश्य व्यवस्था को जनतान्त्रिक स्वरूप प्रदान करना था। स्त्री अधिकारों के लिए होने वाला आन्दोलन इस क्रान्ति के साथ सम्मिलित हुआ। स्त्री आन्दोलन का फ़ोकस शिक्षा और कैरियर में समान अवसर के अतिरिक्त विवाह सम्बन्धों और कानूनों में समान अधिकारों के लिए था। कालांतर में नयी शासन व्यवस्था में स्त्रियों को समानता आधारित अधिकार प्राप्त हुए लेकिन 1979 की इस्लामिक क्रान्ति के बाद कट्टर धार्मिक नेताओं वाली राज्य व्यवस्था में स्त्री-समानता के ये अधिकार समाप्त हो गये तथा परम्परागत पर्दा प्रथा के साथ स्त्री की भूमिका घर के भीतर तक पुनः सीमित हो गयी। इधर हाल के वर्षों में परिवर्तन के कुछ संकेत दिखाई दे रहे हैं लेकिन पर्दा प्रथा अभी भी वहाँ अनिवार्य है। सऊदी अरब और उस जैसे कुछ छोटे इस्लामिक देश की स्त्रियाँ अभी भी समान नागरिक अधिकारों से वंचित हैं। तालिबान प्रभावित मुस्लिम आबादी के क्षेत्रों के समान वहाँ भी स्त्रियाँ सार्वजनिक स्थलों पर अकेले नहीं जा सकतीं और अनिवार्य रूप से पूरा पर्दा करती हैं।

लैटिन अमरीकी देशों जैसे क्यूबा, निकरागुआ, ब्राजील, बेनेजुएला, वोलिविया में तानाशाही व्यवस्था के विरुद्ध संघर्ष के बाद स्थापित वहाँ की समाजवादी सरकारों ने स्त्री समानता और अधिकारों को व्यवस्था के मुख्य एजेंडा का हिस्सा बनाया। पश्चिमी पूँजीवादी देशों की सरकारों की आँख का काँटा बने इन राष्ट्रों ने समाजवादी राज्य की स्थापना के साथ स्त्री अधिकारों का सम्मान करते हुए उन्हें कानून और व्यवहार में समान अधिकार प्रदान किये।

वैश्विक स्तर पर एक सामान्य प्रवृत्ति देखी गयी कि स्वतंत्रता प्राप्ति हेतु व्यापक जन-आन्दोलनों में स्त्रीवादी आन्दोलनों ने शिरकत की और अहम् भूमिका निभाई। चाहे वह फौजी तानाशाह अथवा राजतंत्र अथवा उपनिवेशवादी व्यवस्था के विरुद्ध हो। स्त्रियों की समान अधिकार की माँग राष्ट्रीय आन्दोलनों के साथ जुड़ गयी। प्रथम विश्व युद्ध और द्वितीय विश्वयुद्ध के दौरान भी अनेक राज्य व्यवस्थाओं ने आवश्यकता के अनुरूप स्त्रियों को विभिन्न कार्यक्षेत्रों में अनेक उत्तरदायित्वों से जोड़ा। अन्तिम परिणति के बाद चाहे स्वतंत्रता प्राप्ति हो या विश्वयुद्धों की समाप्ति हो, भेदभावपूर्ण सामाजिक व्यवस्था के विरुद्ध स्त्री आन्दोलनों की प्रखरता धूमिल हुई और उन्हें मिलने वाला व्यापक जनसमर्थन भी मद्धिम हुआ।

स्त्री आन्दोलन की दूसरी लहर बीसवीं सदी के सातवें दशक से अधिक स्पष्ट और तीव्र हुई। दरअसल वैश्विक स्तर पर स्त्रीवाद की आधारभूमि का निर्माण हो चुका था। द्वितीय विश्वयुद्ध की समाप्ति के बाद विभिन्न राष्ट्रों में तेजी से राजनैतिक परिवर्तन हो रहे थे और राज्य व्यवस्थाओं का स्वरूप बदल रहा था। पिछली सदी से आरम्भ हुए आन्दोलनों की पृष्ठभूमि में पिछड़े, वंचित, स्त्री समूहों की भागीदारी और उत्पन्न हुए आत्मविश्वास ने अधिकारों के इस संघर्ष को नयी दिशा भी दी। भारत सहित अनेक नवस्वतंत्र राष्ट्रों के अलावा पश्चिम के तथा योरोप के राष्ट्रों में व्यवस्था बदलाव ने स्त्री समानता के संघर्ष को नये आयाम दिये। अब संघर्ष अन्याय और वंचना झेल रही स्त्री के संवैधानिक और सामाजिक स्तर पर समान अधिकारों के लिए था। दरअसल सामाजिक स्तर पर संघर्ष कठिन रहा है क्यों कि यहाँ मुठभेड़ परम्परागत सामाजिक व्यवहार और स्त्री के प्रति प्राचीन काल से चली आ रही अवधारणा से रहा है जिसको धार्मिक विश्वास और रीतिरिवाजों से बने संस्कार मजबूत करते हैं।

1949 में फ्रांस की प्रसिद्ध लेखिका और सामाजिक कार्यकर्ता सिमोन द बुआ ने 'सेकिंड सेक्स' पुस्तक लिखी। इसमें अपने मित्र अस्तित्ववादी फ्रांसीसी लेखक-चिन्तक ज्याँ पाल सार्त्र से सहमत होते हुए स्त्रीवादी-अस्तित्ववाद के प्रकाश में पूर्व प्रचलित स्त्री नैतिकता की अवधारणा को खंडित किया। लैंगिक आधार पर सामाजिक असमानता का विरोध करते हुए उनका प्रसिद्ध वाक्य है—"स्त्री पैदा नहीं होती-बनाई जाती है।" क्योंकि पुरुष समाज उसे अपने समान नहीं बल्कि (निम्नतर) 'अन्य' की श्रेणी में रखता है। विवाह और प्रजनन सम्बन्धी स्त्री अधिकारों और गर्भपात को कानूनी मान्यता हेतु चल रहे उस समय के आन्दोलन में "मैंने गर्भपात कराया है" जैसे घोषणा पत्र पर सीमोन ने भी हस्ताक्षर किये।

बीसवीं सदी की एक अन्य स्त्रीवादी आन्दोलनकारी अमरीका की बैट्टी फ्रीडमैन

और उनकी चर्चित पुस्तक 'द फेमिनिन मिस्टीक' (1963) सीमोन की 'द सेकिंड सेक्स' के समान उल्लेखनीय है। बैट्टी फ्रीडमैन ने घर के अन्दर बन्द स्त्री का परम्परागत पत्नी और माँ तक सीमित पहचान का विरोध किया। स्त्री की क्षमता और योग्यता उसे समाज में अलग पहचान दे और वह स्वतंत्र अस्तित्व का निर्माण कर अपना स्थान बनाये-इस पर बल देते हुए विशेष रूप से मध्यवर्गीय स्त्री को फ़ोकस कर अमरीकी समाज की संरचना को बदलने का प्रयास किया। स्त्रीवादी कार्यकर्ता-लेखिका कैरॉल हानिश ने इस दौर में "व्यक्तिगत राजनीतिक है" जैसी अवधारणा पर बहस करते हुए कहा कि पितृसत्तात्मक व्यवस्था में घर-परिवार के भीतर स्त्री की जो स्थिति है वह मात्र पारिवारिक या व्यक्तिगत नहीं है बल्कि चली आ रही स्त्री विरोधी राजनीति का ही परिणाम है। पुरुषप्रधान व्यवस्थागत राजनीति स्त्री जाति की निम्नस्तर स्थिति और लैंगिक असमानता के लिए उत्तरदायी है।

सत्तर के दशक में 'वीमेन्स लिबरेशन' जैसा आन्दोलन अमरीका में बहुत प्रचलित हुआ। इसमें एक कार्यक्रम 'ब्रा बर्निंग' का भी था। वह एक तरह से चली आ रही प्रचलित नैतिक अवधारणाओं तथा स्त्री के स्वरूप और उसकी मन लुभावन भूमिका के अस्वीकार्य का आन्दोलन था। स्त्रीवाद के परिदृश्य में यह स्त्री को अलग रूप-रंग में देखने की परम्परा और उसे 'अलग' समझने की मानसिकता का विरोध था जिसका परिणाम सामाजिक असमानता में समझा जा सकता था। यह प्रचलित नैतिकतावाद का विरोध भी था जिसका असर भारत के स्त्रीवादी आन्दोलन सहित अन्य देशों में भी व्यापक रूप से पड़ा।

'वीमेन्स लिबरेशन' का यह आन्दोलन अधिकतर उत्साही मध्यवर्ग में प्रचलित और लोकप्रिय हुआ लेकिन इसका विरोध अनेक महिला सिविल राइट कार्यकर्ताओं ने किया। अफ्रीकी-अमरीकन महिला ग्लोरिया जीन वॉटकिन्स ('बेल हुक्स' के नाम से चर्चित) नामक प्रमुख महिला नेत्री ने स्त्री समाज को बांटनें वाली प्रवृत्तियों और मुद्दों को स्त्री मुक्ति आन्दोलन में शामिल न करने की आलोचना की। ज़ाहिर है इस मुक्ति आन्दोलन ने अफ्रीकी मूल की अमरीकी स्त्रियों के प्रश्नों और अधिकारों को समावेशित नहीं किया था और यह मूलतः उच्च-मध्यवर्गीय श्वेत अमरीकी स्त्रियों तक सीमित था। अल्पसंख्यक अश्वेत अमरीकी स्त्रियों के प्रश्नों को वॉटकिंस ने अपनी पुस्तक 'फेमिनिस्ट थ्योरी फ्रॉम मार्जिन टु सेंटर' (1984) में भी विस्तार से उठाया जिसमें आम तौर पर श्वेत स्त्रियों के मुकाबले रंगभेदी मानसिकता के कारण अश्वेत-अमरीकी स्त्रियाँ अलग प्रकार की सामाजिक-राजनैतिक असमानता का शिकार थीं।

बीसवीं सदी के आठवें-नवें दशक तक विश्व के अधिकांश देशों में लोकतान्त्रिक

व्यवस्थाएँ किसी न किसी रूप में स्थापित हो चुकी थीं। संविधान प्रदत्त और सामाजिक स्तर पर स्त्री के समान अधिकार सैद्धांतिक रूप से मान्य तो हो रहे थे, स्त्रीवादी संगठनों के समय-समय पर विभिन्न मुद्‌दों पर आन्दोलन और उनकी सक्रियता से कानूनों में बदलाव भी हुए और अधिकारों के प्रति जागरूकता भी स्पष्ट होने लगी। स्त्री आन्दोलन की तीसरी लहर में एक तरह से दूसरे कालखंड में उठाये जाने वाले मुद्‌दों का नये सामाजिक-राजनीतिक परिप्रेक्ष्य में विस्तार हुआ। बीसवीं सदी के आठवें-नवें दशक से विश्व स्तर पर राज्य व्यवस्थाओं में बड़े परिवर्तन दिखाई दिये। समाजवादी सोवियत ब्लॉक खत्म होकर बिखर गया और पूँजीवादी अमरीका के नेतृत्व में पश्चिमी देशों की साम्राज्यवादी नीतियाँ मजबूत हुईं। इक्कीसवीं सदी के पहले दशक में विश्वव्यापी मन्दी की लहर के कारण बेरोजगारी का नया स्वरूप निर्मित हुआ। इसी समय में दूर संचार माध्यमों का अपरिमित विस्तार और मीडिया की व्यापक सामाजिक भूमिका के साथ और वैश्विक स्तर पर विभिन्न व्यवस्थाओं द्वारा कमोबेश सहमत अथवा असहमत होते हुए भी उदारवादी-बाजारोन्मुखी आर्थिक व्यवस्था का अंगीकार बीसवीं सदी के अन्तिम खंडों के प्रमुख घटनाक्रम बने। इसके साथ ही लातिन अमरीकी देशों क्यूबा, वेनेजुएला, ब्राजील, बोलिविया जैसे देशों में पुनः समाजवादी विचारधारा का उभार हुआ और समाजवादी-कम्युनिस्ट सरकारों का गठन हुआ।

स्त्री आन्दोलन ने भी नये बन रहे वातावरण में स्त्री अस्मिता के प्रश्न उठाये और स्त्री अधिकारों की प्राप्ति हेतु कानूनी लड़ाई के लिए जनसंगठनों की ताकत को विस्तारित किया। योरोप में अब वर्गीय चेतना प्रखर हो रही थी अतः विभिन्न स्त्री समाजों के मुद्‌दे भी अलग महसूस किये जाने लगे। मुख्य रूप से अब स्त्री यौनिकता पर परम्परागत मनोभावों का विरोध करते हुए उसे स्त्री की शक्ति के रूप में पहचान देने का प्रयास हुआ। दरअसल बीसवीं सदी के उत्तरार्ध में 'नारी आन्दोलन' (वीमेन लिबरेशन) की व्यापकता और स्त्री अस्मिता और समानता को साहित्य-संस्कृति और समाज में केन्द्रीयता में लाने के प्रयास तेज़ी से हुए। इसके साथ ही दूसरे वर्गों (राजनीतिक-सामाजिक) में जो प्रतिक्रियाएँ हुईं, अब स्त्रीवादियों द्वारा उनका आक्रामक रूप से प्रतिरोध भी किया जाने लगा। अब लैंगिक समानता के साथ 'स्त्री यौनिकता' को उसके व्यक्तित्व का, उसके सम्मान और अस्मिता के रूप में स्थापित करने का प्रयास हुआ जो इस समय के साहित्य और सांस्कृतिक गतिविधियों में स्पष्ट दिखाई देता है। बीसवीं सदी के मध्य स्त्री सशक्तीकरण हेतु उसके लिए 'क्या उचित है और क्या अनुचित है'...जैसी व्याख्या जनित धारणाओं को भी अब स्त्रीवादियों ने चुनौती दी।

इस बीच मनोवैज्ञानिक करॉल गिलिगन तथा कुछ अन्य नारीवादियों ने परम्परागत विचारधारा के अनुरूप स्त्री-पुरुष के बीच कुछ मूलभूत भिन्नताओं को स्वीकार किया और उसके अनुरूप स्त्री अधिकारों की माँग का समर्थन किया। इसके विपरीत 'स्त्री-पुरुष में मूलभूत लैंगिक भिन्नता की अवधारणा केवल समाज द्वारा निर्मित है'—यह विचार आज भी स्त्री आन्दोलनों की आधारभूमि है। अश्वेत नारीवादियों ने लैंगिक असमानता के साथ नस्ली भेदभाव को भी स्त्री आन्दोलन का हिस्सा बनाने पर जोर दिया। ग्लोरिया अंजालदुआ, बेल हुक्स, ऑड्री लोर्ड, मैक्सिन हाँग किंग्स्टन जैसी अनेक अश्वेत स्त्रीवादी लेखिकाओं-कार्यकर्ताओं ने व्यापक स्त्री प्रश्नों के मध्य नस्लगत और रंगभेद आधारित प्रश्न उठाये। इसी के आधार पर एलिस वॉकर जैसी चर्चित अश्वेत अमरीकी लेखिका और सामाजिक कार्यकर्ता ने 'फेमिनिज़्म' के स्थान पर 'वोमनिज़्म' शब्द का प्रयोग किया जो व्यापक रूप से सभी स्त्री समूहों को समावेशित करता है।

उन्नीसवीं सदी के उत्तरार्द्ध में नारीवादी आन्दोलन को समाजवादी विचारधारा का आधार भी मिला। जर्मन सोशलिस्ट डेमोक्रेटिक पार्टी के ऑगस्ट बेबेल ने लैंगिक आधार पर समाज में व्याप्त स्त्रियों की असमानता का विरोध करते हुए पुस्तक लिखी और स्त्रियों को समान अधिकारों के लिए किये जा रहे प्रयासों को आन्दोलन का रूप भी दिया। 1907 में समाजवादी स्त्रियों की पहली इंटरनेशनल कांफ्रेंस स्टुटगार्ट में हुई जहाँ विश्व की स्त्रियों के लिए वोट के मताधिकार का समर्थन करते हुए उसे वर्ग संघर्ष का माध्यम बनाने का आह्वान किया। क्लारा जेटकिन इस आन्दोलन की प्रमुख नेत्री थीं जो लम्बे समय तक समाजवादी समाज के निर्माण में स्त्री अधिकारों और उनकी भूमिका को नीतिगत रूप देने हेतु सक्रिय रहीं। इसी क्रम में क्लारा जेटकिन के प्रयासों से 1910 में कोपेनहेगेन में दूसरी इंटरनेशनल सभा का आयोजन हुआ जिसमें स्त्रियों को 'काम का अधिकार' के साथ उन्हें राजनीति में समान अवसर और समान आर्थिक अधिकारों की माँग की गयी। इसी सभा में विश्व के क्षितिज पर मंडरा रहे (प्रथम) विश्व युद्ध की सम्भावना के परिप्रेक्ष्य में राष्ट्रों से शान्ति की अपील की गयी, क्योंकि युद्ध जैसी अस्थिर और अशान्ति के समय सबसे अधिक कष्ट महिलाएँ ही उठाती हैं। शान्ति की इस अपील पर दुनिया की लाखों महिलाओं ने हस्ताक्षर किये। 1917 में सोवियत रूस की क्रान्ति के बाद वहाँ श्रमजीवी किसान-मजदूरों की सरकार बनी। उस समय रूस की साधारण जनता में गरीबी और निम्नस्तरीय जीवन का बोलबाला था। हजारों की संख्या में स्त्रियाँ अपने परिवारों का भरणपोषण देहव्यापार के द्वारा कर रही थीं। क्लारा जेटकिन से नवनिर्वाचित

सरकार के अध्यक्ष लेनिन ने स्पष्ट कहा कि देश की उन्नति और विकास के लिए स्त्री समाज को उत्पादन की प्रक्रिया से जोड़कर मुख्य धारा में लाना होगा। स्त्रियों की क्षमता और उनका जीवन केवल पत्नी और माँ के रूप में चूल्हे-चौके और गृहस्थी में समाप्त हो जाता है। इसलिए राज्य व्यवस्था बच्चों के लालन-पालन की जिम्मेदारी उठायेगी ताकि स्त्रियाँ राष्ट्र के विकास में पूरा योगदान दे सकें और इसी से उन्हें परम्परागत शोषण से मुक्ति मिलेगी और राजनैतिक-सामाजिक रूप से समानता और सम्मान मिलेगा। कहना न होगा कि सत्तर-अस्सी के दशक में रूस में डॉक्टर, इंजीनियर और अध्यापक के रूप में महिलाओं की संख्या पुरुषों से कहीं अधिक थी। विज्ञान, राजनीति से लेकर समाज के हर क्षेत्र में उनकी प्रभावी उपस्थिति थी।

दरअसल मार्क्स ने वर्गीय आधार पर आधुनिक समाज में स्त्रियों के शोषण और उनकी निम्नतर स्थितियों के लिए बड़ी सीमा तक पूँजीवादी व्यवस्था को जिम्मेदार समझते हुए कहा कि स्त्रियों का संघर्ष चाहे वह परिवार में हो या कार्यक्षेत्र में, व्यक्तिगत के बजाय सामूहिक स्तर पर वर्गीय संघर्ष के रूप में होने से बदलाव की स्थिति बनती है। अमीर-गरीब के अथवा श्रमिक-मालिक के मध्य व्याप्त वर्गीय शोषण के समाप्त होने से लैंगिक शोषण भी स्वतः समाप्त हो जायेगा। फ्रेडरिक एंगेल्स ने भी वर्गीय शोषण को लैंगिक शोषण से जोड़ते हुए स्त्री श्रमिक समाज को व्यापक वर्ग संघर्ष में हिस्सेदारी के लिए आह्वान किया। उत्पादन सम्बन्धों से स्त्री को अलग कर केवल घर की देखभाल तक सीमित करना ही उसके शोषण और सामाजिक असमानता का कारण है। क्लारा जेटकिन, इलीनोर मार्क्स और एजेंक्जेन्ड्रा कोलेन्तायी जैसी नेत्रियाँ भी लैंगिक असमानता के निवारण हेतु पुरुष समाज के विरुद्ध युद्ध छेड़ने की नीति से सहमत नहीं थीं। उनके विचार से आर्थिक आत्म निर्भरता और लैंगिक समानता हेतु वर्ग संघर्ष ही प्रभावी माध्यम था।

अनेक नारीवादी नेत्रियाँ इससे सहमत नहीं थीं कि केवल वर्ग संघर्ष के आधार पर स्त्री समानता के विभिन्न आयाम स्त्री समाज को उपलब्ध हो सकते हैं। स्त्रियों का शोषण पितृसत्तात्मक समाज का परम्परागत गुण है अतः लैंगिक समानता के विभिन्न रूपों को अलग से सम्बोधित करना होगा और विभिन्न प्रयास करने होंगे।

आधुनिक समय में विभिन्न क्षेत्रीय और वर्गीय समाजों ने अपने सशक्तीकरण और अधिकारजनित समानता के मुद्‌दे स्वयं तय किये हैं और इसके लिए राजनीतिक रूप से सशक्तीकरण को आवश्यक माना है। इनका विचार है कि परम्परागत रूप से चली आ रही वर्चस्ववादी पुरुष सत्ता के विरुद्ध स्त्रीवर्ग का

संघर्ष आवश्यक है और इसके साथ ही राजनीतिक स्तर पर राज्य व्यवस्था में संघर्ष भी उतना ही अनिवार्य है। तभी परिस्थितियों में परिवर्तन हो सकता है। जर्मेन ग्रियर, एल.सूसन ब्राउन जैसी लेखिका और आन्दोलनकारियों का अनेक अन्य स्त्रीवादी नेत्रियों ने भी सहयोग और समर्थन दिया।

साहित्य और समाज में आज उत्तर आधुनिकतावादी दौर की पहचान की जा रही है। इस के अनुरूप 'उत्तर स्त्रीवाद' अब तक चले आ रहे प्रश्नों और स्थितियों को नये परिप्रेक्ष्य में देख रहा है। स्त्रीवादी दृष्टिकोण को आधुनिक परिप्रेक्ष्य में व्यापक बनाकर जीवन और समाज के हर क्षेत्र में लागू करने, नयी अवधारणाएँ और मंतव्य खोजने का प्रयास भी हो रहा है। साहित्य, पर्यावरण और समाज शास्त्र के नियमों के अलावा नृशास्त्र, अर्थशास्त्र, दर्शनशास्त्र, इतिहास, मनोविज्ञान, मीडिया, सिनेमा तथा कला रूपों आदि लगभग सभी क्षेत्रों में स्त्रीवादी दृष्टि से पुनर्व्याख्या का सिलसिला भी शुरू हो गया है। साहित्य में स्त्रीवादी लेखन की अनेक धाराएँ और उपधाराएँ हैं जो विशुद्ध स्त्री केन्द्रित से लेकर व्यापक सामाजिक समावेशन तक विस्तारित हैं। स्त्रीवादी आलोचना विशेष रूप से आज चर्चित है। लैंगिकता, राजनीति और सत्ता के परम्परागत सम्बन्धों को विश्लेषित करना "स्त्री समानता" के लिए जरूरी है। स्त्रियों द्वारा रचा गया साहित्य स्त्री रचनात्मकता और भाषाई विशेषता के अन्तर्गत आज विशेष अध्ययन के विषय हैं।

इक्कीसवीं सदी के उत्तर उपनिवेशवादी आन्दोलन

आज पश्चिम के विकसित और विकासशील देशों में, विशेष रूप से जहाँ लोकतान्त्रिक राज्यव्यवस्थाएँ हैं और महिलाओं की राजनीति तथा सामाजिक क्षेत्रों में विभिन्न स्तरों पर भागीदारी है, बहुत सीमा तक उन्हें अधिकार प्राप्त हैं। समानता के स्तर भी अलग-अलग हैं। वर्गीय चेतना आज अधिक प्रखर है। जाति, नस्ल, क्षेत्र आधारित आन्दोलन और संगठन हैं। उत्तर उपनिवेशवादी संस्कृति पर आज बहस हो रही है। पूर्व उपनिवेशों में नस्लगत और जाति-वर्ग गत शोषण के कारण स्त्रियाँ नये प्रकार के शोषण का शिकार हुईं। उन्हें मूक-बधिर, असंस्कृत और हीनतर समूह के रूप में तथा उनके मुकाबले पश्चिम के साम्राज्यवादी राष्ट्रों की स्त्रियों को आधुनिक, श्रेष्ठ, शिक्षित-सुसंस्कृत रूप में प्रस्तुत किया गया। उपनिवेशवादी शोषण की मानसिकता ने उन क्षेत्रों की संस्कृति, परम्परा और सभ्यता की भी आलोचना की तथा साम्राज्यवादी नीतियों के अन्तर्गत सांस्कृतिक वर्चस्ववाद की स्थापना का प्रयास किया। भारत सहित तीसरी दुनिया के अन्य पूर्व औपनिवेशिक राष्ट्रों में आज यह प्रतिक्रियात्मक रुझान देखा जा

सकता है जिसके कारण पुनः एक पुनरुत्थानवादी, सैकड़ों वर्ष पुरानी परम्परागत संस्कृति (जो जाति और लिंग की असमानता और शोषण पर आधारित थी) को गौरवान्वित करने और पुनर्स्थापित करने का प्रयास हो रहा है। अपने भारतीय समाज में भी यह सांस्कृतिक पुनरुत्थानवाद की प्रवृत्ति देखी जा सकती है जहाँ पुरानी-'गौरवशाली-महान' परम्परा के नाम पर स्त्रियों के अधिकारों और कार्यक्षेत्र को सीमित करने के प्रयास चल रहे हैं और आधुनिक जीवन पद्धति को बाधित कर स्त्रियों को हिंसात्मक रूप से निशाना बनाया जा रहा है।

उत्तर उपनिवेशवादी नारीवाद ने अब पश्चिम के राजनैतिक-सामाजिक जीवन में लैंगिक समानता के संघर्षों से अलग अपनी गतिविधियों का स्वरूप निर्धारित करने की प्रवृत्ति दिखाई है। यद्यपि इसके भी राजनैतिक कारण हैं और व्यवस्था जनित सन्देश हैं।

यौनिकता के प्रश्न

बीसवीं सदी के अस्सी-नब्बे के दशक में स्त्री यौनिकता के प्रश्न नारीवादी आन्दोलनों के केन्द्र में आ गये। मध्यवर्गीय शिक्षित और कामकाजी स्त्रियों के बीच 'मेरे शरीर पर मेरा अधिकार' का नारा चर्चित हुआ और अनेक अग्रणी नेत्रियों, रचनाकर्मियों, संस्कृतिकर्मी-कलाकारों को इसने आकर्षित भी किया। इससे पहले भी पचास के दशक से प्रजनन सम्बन्धी अधिकारों की माँग नारीवादी आन्दोलन करते रहे थे। कई देशों में (परिस्थितियों के अन्तर्गत) गर्भपात कानून भी लागू हुआ। गर्भ नियोजन तकनीक उन्नत हुई और इसने स्त्रियों को अपने कार्य क्षेत्र और घर-परिवार के बीच सामंजस्य स्थापित करने की सुविधा दी। प्रारम्भिक चरणों में अमरीका की मागरिट सेंगर और ब्रिटेन में मेरी स्टोप्स इस दिशा में अग्रणी नेतृत्व में थीं।

सदी के अन्तिम दशकों में नारीवादी आन्दोलनों के माध्यम से स्त्रियाँ अपनी यौनिकता के प्रति सजग हुई। कैथरिन मैक्किनॉन का तर्क था कि स्त्री यौनिकता उसकी स्वयत्तता है जिस पर केवल उसका नियंत्रण हो सकता है। पितृसत्तात्मकता में स्त्री यौनिकता और स्वयं स्त्री के शरीर पर अधिकार के प्रश्न सदैव पुरुष समाज द्वारा निर्धारित किये जाते रहे हैं और पुरुषों द्वारा स्त्रियों (पत्नियों) पर की जाने वाली यौन हिंसा का भी यही कारण रहा है। पत्नी के रूप में स्त्री यौन सम्बन्धों के लिए एक तरह से पति की कानूनन गुलाम है और धर्म सम्मत यह अधिकार प्रत्येक समाज और संस्कृतियों में लागू होता है। स्त्री यौनिकता को वस्तु के रूप में तथा स्त्री शरीर को मनचाहे रूपों में प्रदर्शित और प्रचारित करने का सिलसिला भी पितृसत्तात्मक समाज में आरम्भ से रहा है। स्त्री भोग विलास की वस्तु समझी

गयी और पुरुष समाज ने उसे मनचाहे रूपों में प्रस्तुत किया। इसके परिणाम स्वरूप बहुधा स्त्री शरीर का प्रस्तुतीकरण जो विभिन्न स्तरों पर होता रहा उसमें अश्लीलता का मुद्दा भी नारीवादी आन्दोलनों ने उठाया। स्त्री देह के सार्वजनिक प्रदर्शन को अश्लीलता और स्त्री गरिमा के विरुद्ध घोषित करते हुए इसके विरोध में नारी आन्दोलनों में स्वर उठे। 'मेरी देह मेरा अधिकार' जैसी प्रवृत्ति का प्रस्तुतीकरण अनेकबार अतिवाद की चपेट में आया और उसके विरोध में भी स्वर उठे।

बीसवीं सदी के अन्त से ही एक बहुत सीमित समूह के रूप में आधुनिकतावादी, उच्च-मध्यवर्गीय स्त्रियों ने स्त्री स्वातंत्र्य और समानता की उत्तर आधुनिक व्याख्या करते हुए घोषित किया कि उनकी देह उनकी अपनी सम्पत्ति है और इस पर सिर्फ उनका अधिकार है जो परम्परागत पुरुषवादी व्यवस्था के सामाजिक नियमों से परे है। इसका एक प्रतीकात्मक प्रदर्शन 2012 में कनाडा से 'स्लट वॉक' के रूप में शुरू होकर दुनिया के अनेक देशों के कुछेक शहरों में भी हुआ। छोटे कपड़ों में जा रही एक महिला को एक पुलिसकर्मी ने उसके लिबास पर टोका तथा कहा कि इसीलिए पुरुषों द्वारा छेड़खानी की घटनाएँ होती हैं। इस टिप्पणी के विरोध में महिलाओं ने छोटे कपड़े पहनकर प्रदर्शन किया। इसी तरह से कुछ संकीर्ण पुरातनवादी संगठनों के 'नैतिक पुलिसिया रवैये' से नाराज भारत के अनेक शहरों में 'सार्वजनिक चुंबन' के रूप में प्रदर्शन हुए।

इक्कीसवीं सदी का वैश्विक स्वरूप इसकी बाजारवादी अर्थव्यवस्था है। उपभोक्तावाद बाजारवादी संस्कृति का चेहरा है। बाजारवाद का अनिवार्य अंग है विज्ञापन। आज विज्ञापन उद्योग का असीमित विस्तार हुआ है और स्त्री इस उद्योग के केन्द्र में है। दूर संचार क्रान्ति ने आज समाज का चेहरा बदल दिया है। अर्थ-संस्कृति परम्परा और आधुनिकता जैसी शब्दावली को नयी उन्नत टैक्नोलोजी नये रूप में परिभाषित कर सर्वथा एक दूसरा रूप दे रही है। स्त्री देह आज हाई टेक्नोलॉजी के माध्यम से विभिन्न तरीकों से मनोरंजन के साधन के रूप में उपलब्ध हो रही है। स्त्रीदेह का वस्तुकरण पुरानी मान्यताओं, नैतिकता के मानदंडों को ध्वस्त कर हर क्षेत्र में स्थापित हो रहा है। इक्कीसवीं सदी में व्यापार के अलावा सर्वव्यापी मीडिया के हाथों में वस्तु बनी स्त्रीदेह के सवालों ने स्त्री अधिकारों के लिए होने वाले विमर्शों को नया मोड़ दे दिया है। जैसे समलैंगिकता (लेस्बियनिज़्म) को देह की स्वायत्तता और अधिकार की परिधि में लाने की पैरोकारी अनेक नारीवादियों ने की है। इन सभी बहसों का स्वरूप और विस्तार भविष्य तय होगा।

स्त्री-आन्दोलन विश्व के अलग-अलग समाजों में स्थानीयता के स्वरूप के साथ मुख्य रूप से व्यवस्था के अंग रहे हैं। इनमें स्त्री समानता और अधिकार

के भिन्न-भिन्न स्तर हैं। कट्टरवादी वर्चस्व वाले क्षेत्रों में स्त्रियाँ आज भी पर्दे के भीतर पितृसत्तात्मकता के निकृष्टम रूप में जीने के लिए अभिशप्त हैं। यह प्रतीक है कि स्त्री प्रश्न वास्तविकता में राजनीति के और राजनीति जनित व्यवस्था के प्रश्न हैं। जनतान्त्रिक अधिकारों के प्रश्न हैं। आज वैश्विक संस्थाएँ भी स्त्री प्रश्नों को अपने संज्ञान में ले रही हैं और उसे अपनी नीतिगत योजनाओं से सम्बद्ध कर रही हैं। यह व्यापक स्त्री आन्दोलनों का ही परिणाम है। संयुक्त राष्ट्र मानव विकास रिपोर्ट-2004 के अनुसार घरेलू स्तर पर हो या बाहरी कार्यक्षेत्र हो, स्त्रियाँ पुरुषों से अधिक काम करती हैं। 2001 में संयुक्त राष्ट्र की पैन पैसिफिक साउथ ईस्ट एशिया वीमेन्स असोसियेशन के 21वें अन्तरराष्ट्रीय सम्मेलन में कहा गया कि पूरे विश्व के स्तर पर स्त्रियाँ आबादी का 51 प्रतिशत हैं लेकिन पुरुषों की तुलना में 66 प्रतिशत काम करती हैं लेकिन उनकी आमदनी मात्र 10 प्रतिशत है और उनमें से अपनी निजी सम्पत्ति की हकदार 1 प्रतिशत से भी कम हैं।

जाहिर है स्त्रीवादी आन्दोलनों ने पिछले समय में काफी कुछ हासिल किया है लेकिन स्त्री-पुरुष समानता का आंकड़ा अभी काफी दूर है। विश्व के अनेक समाजों में स्त्रियाँ अभी भी घोर सामंती मध्यकालीन स्थितियों में जी रही हैं।

स्त्री आन्दोलन-भारतीय सन्दर्भ

भारतीय सन्दर्भों में स्त्री पराधीनता से मुक्ति के लिए किये जाने वाले प्रयास प्रारम्भ में समाज सुधारकों द्वारा किये गये। बदलाव की यह प्रक्रिया उन्नीसवीं सदी से प्रारम्भ हुई। योरोप की औद्योगिक क्रान्ति ने पूँजीवाद की स्थापना की और उसका तेजी से विकास हुआ तो परिणामस्वरूप उपनिवेशवादी राजनीति पल्लवित हुई। नयी वैज्ञानिक खोजों और निरन्तर उन्नत हो रही टेक्नोलॉजी ने नये उद्योगों की स्थापना की और बहुतायत से बने माल के लिए बाजार का निर्माण उपनिवेशों के माध्यम से हुआ। भारत अपने विशाल प्राकृतिक स्रोतों और संसाधनों के अलावा उन्नत हस्तशिल्प के कारण जो दुनिया के शीर्ष पर था अब पूँजीवादी लूट-खसोट और बहुस्तरीय शोषण का शिकार हुआ। व्यापार हेतु भारत में आयी ब्रिटिश ईस्ट इंडिया कम्पनी ने उन्नीसवीं सदी तक भारत के अधिकांश भूभाग पर राजनैतिक सत्ता कायम कर ली। किसानों से मालगुजारी और लगान के रूप में मानो वे पूरा खून ही चूस लेना चाहते थे। खनिज सम्पदा के भारी भरकम स्रोत भी लुटने लगे और इंग्लैंड भेजे जाने लगे।

ईस्ट इंडिया कम्पनी से मुलाजिम के तौर पर जुड़े अनेक भारतीय अंग्रेजी शिक्षा प्राप्त कर प्रशासन से जुड़े थे तो अनेक जमींदार-सामंत भी कम्पनी के सहायक और

कृपा पात्र थे। पश्चिमी शिक्षा से सम्पर्क और भारतीय समाज में व्याप्त सामाजिक कुरीतियों तथा अनेक स्तरों पर भेदभाव और असमानता पूर्ण सामाजिक संरचना के प्रति उनकी दृष्टि अब आलोचनात्मक होने लगी। स्त्रियों के प्रति आमतौर पर किया जाने वाला सामाजिक व्यवहार और उनके लिए कठोर सामाजिक नियम इस नये आधुनिक भारतीय समाज के चेतनासम्पन्न लोगों को असह्य लगने लगे। सामाजिक विकास के लिए उनके चिन्तन और प्रयासों में स्त्री समाज की दशा में सुधार अब प्राथमिकता के रूप में थी। फ्रांसीसी क्रान्ति के बाद नये बन रहे आधुनिक योरोप में लोकतान्त्रिक राज्य व्यवस्था की स्वतंत्रता-समता-बन्धुत्व जैसी शब्दावली शिक्षित भारतीय समाज के संज्ञान में भी थी और वे इन नये विचारों से उद्वेलित हो रहे थे। साम्राज्यवादी शोषण के स्तर पर किसान-मजदूर मानो अपने जीवन का अर्थ ही खो रहे थे। पूरी मालगुजारी बसूल न कर पाने की स्थितियों में जमींदारियाँ नीलाम हो रही थीं। इन्हें बहुधा ईस्ट इंडिया कम्पनी के भारतीय कारिंदे, अदालतों के कर्मचारी और गाँव-शहर के महाजन खरीद लेते थे। ये नये शहरी सामंत थे जिनमें से अनेकों ने व्यापारी बनकर या उद्योग लगाकर योरोपीय ढंग से वाणिज्य-वित्तीय कारोबार शुरू किया। इस प्रकार भारत में देसी पूँजीपति वर्ग के उभार की शुरुआत भी हुई। समाज-सुधार आन्दोलनों में इस वर्ग की ऐतिहासिक भूमिका है। यह वर्ग पढ़ा लिखा था, पश्चिमी सभ्यता और विचारों से प्रभावित था अतः कालांतर से होने वाले स्त्री जीवन के प्रति सुधार आन्दोलनों में तथा स्वाधीनता आन्दोलनों में भी इनकी महत्त्वपूर्ण भूमिका रही। भारत में सस्ते श्रम के उपभोग हेतु उद्यम आरम्भ हुए, विनिमय-व्यापार को सुविधाजनक बनाने के लिए बन्दरगाहों को विकसित करने का, डाक-संचार व्यवस्था शुरू करने का और सुगम आवागमन हेतु रेल लाइन बिछाने का काम भी हुआ। यह नये काम सामाजिक जीवन में बदलाव के माध्यम थे। बदलाव की प्रक्रिया एकांगी नहीं होती। किसी विशेष उद्‌देश्य से परिवर्तनशील प्रक्रिया अन्य अनेक प्रक्रियाओं को जन्म देती है जो उपफल (बाइप्रोडक्ट) के रूप में कभी-कभी मुख्य उद्‌देश्य से अधिक अर्थपूर्ण और महत्वपूर्ण हो जाते हैं। उन्नीसवीं सदी के भारतीय समाज में होने वाले ये भौतिकवादी परिवर्तन वैचारिक और सामाजिक परिवर्तनों के संवाहक भी बने।

योरोप के नवजागरण के विपरीत भारत में नयी चेतना और विचारों का परिदृश्य एकदम भिन्न था। प्रारम्भिक अवस्था में यह समाज सुधार आन्दोलन थे जिन्होंने बंदिनी अवस्था की भारतीय स्त्री के जीवन की त्रासदी को समझते हुए उन स्थितियों को बदलने के प्रयास किये और अपने विचारों को संगठित रूप में आन्दोलनकारी स्वरूप दिया। बंगाल के राममोहन राय जो स्वयम् सम्पन्न

जमींदार परिवार से थे वे अपने भाई की विधवा पत्नी को जबरन सती करने की घटना से बहुत आहत थे। सती प्रथा के विरुद्ध यह पहला प्रयास था। उन्होंने समाज के शिक्षित, चेतना सम्पन्न लोगों के साथ मिलकर 1818 में 'ब्रह्म समाज' संगठन की स्थापना की। समाज सुधारकों में विशेष रूप से स्त्री जीवन के लिए किये जाने वाले कामों के कारण वह अग्रणी पंक्ति में गिने जाते हैं। अपने अथक प्रयासों से वह 1829 में सती प्रथा को प्रतिबंधित करने का कानून बनवाने में सफल रहे। पत्रकारिता के क्षेत्र में भी वह अग्रणी थे और उन्होंने बंगला, फ़ारसी और हिन्दी में पत्र-पत्रिकाएँ निकालीं। इनमें भी राष्ट्रीय प्रश्नों के अलावा समाज सुधार और स्त्रियों की दशा में सुधार सम्बन्धी लेख होते थे।

उन्नीसवीं सदी के सभी समाज सुधार आन्दोलन विशेष रूप से स्त्री केन्द्रित थे और कुछ विशिष्ट परिवारों की स्त्रियों को अपवाद स्वरूप छोड़ दें तो सामान्यतः वे सामाजिक जीवन में अनुपस्थित थीं। बंगाल के ब्रह्म समाज आन्दोलन के साथ ईश्वरचन्द्र विद्यासागर, केशवचन्द्र सेन जैसे लोग सम्बद्ध थे। सती प्रथा के प्रतिबन्ध के बाद इन लोगों के प्रयासों से विधवा विवाह को कानूनी मान्यता मिली और सदी के अन्त में बालविवाह का विरोध मुखर हुआ। समाज में विधवा स्त्रियों विशेष रूप से बाल विधवाओं की भीषण दुर्गति और दयनीय अवस्था के कारण सामाजिक कुरीतियों के विरुद्ध ये आन्दोलन सक्रिय विरोध कर रहे थे। दूसरी ओर परम्परागत हिन्दू समाज भी इन सुधार प्रयासों का हर सम्भव विरोध कर रहा था। उनका कहना था कि सती प्रथा और बालविवाह को प्रतिबंधित करने वाले कानून हिन्दू धर्म और संस्कृति पर कुठाराघात है और कि विधवा पुनर्विवाह का समर्थन और बालविवाह का निषेध हिन्दू स्त्रियों को चरित्रहीन बनाकर पथभ्रष्ट करेगा। इन कानूनों के विरोध में हिन्दू समाज के अनेक संगठनों ने इंग्लैंड में महारानी के पास हजारों लोगों के हस्ताक्षरों के साथ अपनी पिटीशन भी दायर की। यह तथ्य भी ध्यान रखने योग्य है कि इसी समय कलकत्ता की महिला चिकित्सकों ने भी लड़कियों के विवाह की उम्र बढ़ाने के लिए समाज सुधारकों का समर्थन किया। 1890 में सोलह सौ 'हिन्दू' स्त्रियों ने भी बालविवाह के विरुद्ध और विवाह के लिए कानूनी उम्र बढ़ाने के लिए महारानी विक्टोरिया के सम्मुख याचिका प्रस्तुत की।

ब्रह्मसमाज के समानांतर महाराष्ट्र में प्रार्थना सभा की स्थापना हुई जिसके अग्रणी महादेव गोविन्द रानाडे थे। इसके मुख्य कार्यक्रमों में स्त्री शिक्षा के लिए किये जाने वाले प्रयासों के अतिरिक्त बालविवाह का विरोध तथा विधवा विवाह का समर्थन था। उत्तर भारत में स्त्री जीवन में सुधारों के लिए प्रयत्नशील दयानन्द सरस्वती द्वारा आर्य समाज आन्दोलन शुरू किया गया। देश में एक नयी चेतना

और जागृति का वातावरण निर्मित हो रहा था जिसमें इन सामाजिक कुरीतियों का जो स्त्रियों के दुखमय जीवन का कारण थीं, विरोध हो रहा था। ये सभी आन्दोलन स्त्री शिक्षा के लिए भी प्रयत्नशील थे और इसके लिए शिक्षा संस्थाएँ आरम्भ कर लड़कियों को शिक्षित करने के लिए विभिन्न माध्यमों से प्रचार कर रहे थे।

जैसे पहले भी कहा जा चुका है, भारतीय नवजागरण और समाज सुधार आन्दोलन एक ओर पश्चिमी शिक्षा और नयी चेतना की देन थे तो दूसरी ओर नयी उभरती राष्ट्रीय चेतना और उपनिवेशवादी रीतिनीति के प्रतिरोध का भी प्रतिफलन थे। उदाहरण के लिए उन्नीसवीं सदी के आरम्भ से ही अनेक ईसाई मिशनरी संस्थाएँ शिक्षा के क्षेत्र में, विशेष रूप से लड़कियों की शिक्षा के लिए बहुत सक्रिय थीं। लगभग पूरे देश में ये स्कूल और कालेज खोल रहे थे। 1810 में सबसे पहले लड़कियों के लिए स्कूल अंग्रेजों ने और मिशनरियों ने शुरू किये। मुस्लिम लड़कियाँ भी यहाँ पढ़ने आ रही थीं। 1827 तक हुगली जिले में ही वे 12 कन्या पाठशालाएँ खोल चुके थे। अंग्रेजों द्वारा चलाई जाने वाली अन्य अनेक संस्थाएँ हिन्दुस्तानी लड़कियों के बीच शिक्षा के प्रसार में दिलचस्पी ले रही थीं और स्कूल खोल रही थीं। इन मिशनरी स्कूलों में अधिकतर लड़कियाँ गरीब परिवारों से थीं। अब बंगाल में हिन्दू और ब्राह्मण कन्या पाठशालाएँ भी खोली जाने लगीं जिनमें अधिकतर ऊँची जाति की और सम्पन्न परिवारों की लड़कियाँ पढ़ने जाने लगीं।

भारतीय समाज सुधारक ईसाई मिशनरियों द्वारा खोले गये स्कूलों और बड़े पैमाने पर शिक्षा के प्रसार से सशंकित थे। उनका विचार था कि शिक्षा के साथ-साथ ये मिशनरी ईसाई धर्म का प्रचार कर रहे हैं और बालक-बालिकाओं को धर्मांतरण के लिए भी प्रेरित कर रहे हैं। इसी कारण से बंगाल में ब्रह्म समाज हो, तत्ववोधिनी सभा हो, इन संगठनों ने भी लड़कियों के लिए स्कूल खोले और उनके लिए पाठ्य पुस्तकें तैयार कराईं। भारतीय संस्कृति और भाषा के अध्ययन के साथ इस प्रकार पाठ्यक्रम बनाये गये कि लड़कियाँ गृहकार्य में दक्ष हों। उत्तर भारत में आर्य समाज के संस्थापक दयानन्द सरस्वती और बाद में उनके अनुयायियों द्वारा दयानन्द ऐंग्लो वैदिक (डीएवी) स्कूल और कालेजों की लम्बी शृंखला का निर्माण हुआ। बाल विवाह के विरोध और विधवा पुनर्विवाह का समर्थन भी बहुत सक्रिय रूप से आर्य समाज ने किया।

स्त्री शिक्षा के क्षेत्र में ज्योतिबा फुले और उनकी पत्नी सावित्री फुले को स्मरण करना आवश्यक है। उन्नीसवीं सदी के मध्य में भारतीय समाज के जनजीवन में नवजागरण की उत्ताल लहरों के बीच उल्लिखित सामाजिक कुरीतियों पर जब अनेक समाज सुधारक अपनी सोच और क्रियात्मकता को केन्द्रित कर रहे

थे, दलित चिन्तक और समाज सुधारक ज्योतिबा फुले ने दलित समाज के प्रति वर्णवादी हिन्दू समाज की छुआछूत जैसी असमानता पर आधारित परम्पराओं पर ध्यान दिया। उन्होंने सर्वप्रथम अछूत कन्याओं के लिए पाठशालाएँ खोलीं। अपनी पत्नी सावित्री बाई को शिक्षित किया और उन्हें दलित कन्याओं की शिक्षा का दायित्व सौंपा। 1852 तक फुले तीन कन्या पाठशालाएँ तथा दलितों के लिए एक स्कूल खोल चुके थे। इन कार्यों के लिए ज्योतिराव फुले और सावित्री फुले को न सिर्फ सवर्ण समाज बल्कि स्वयम् के दलित और पिछड़े समाज के लोगों के विरोध का सामना भी करना पड़ा। दलित कन्याओं की शिक्षा और सामाजिक उत्थान के लिए उनके प्रयासों को संगठित रूप देने के लिए उन्होंने बाद के वर्षों में 'सत्यशोधक समाज' संस्था की स्थापना की।

इस दौरान तेजी से उभरते प्राकृतिक विज्ञान के अनेक नये जैव-सिद्धान्त प्रतिपादित हुए। प्रजातिवादियों ने अनुवांशिक श्रेष्ठता के सिद्धान्त के आधार पर स्थापित करने का प्रयास किया कि 'अंग्रेजी शासन प्रकृति प्रदत्त' है। यानि वंशवादियों का कहना था कि 'अंग्रेज अनुवांशिक रूप से शासन करने के लिए ही उपयुक्त हैं। इसलिए वे निम्न जातियों को अपना शिकार बनाते हैं' (राधाकुमार-स्त्री संघर्ष का इतिहास)। इसका विरोध भी चेतना सम्पन्न, पढ़े लिखे वर्ग ने किया। भारतीय समाज सुधारकों ने सिद्ध करने का प्रयास किया कि हेयता या निम्नता अनुवांशिक नहीं बल्कि समाज व्यवस्था के परिणाम स्वरूप है। पश्चिमी जीवन से तुलनात्मक स्तर में भारतीय स्त्री के उत्थान और सशक्तीकरण की अब महती आवश्यकता थी। अतः समाज सुधारकों ने स्त्री की हीन स्थिति के लिए उत्तरदायी परम्पराओं और प्रथाओं जैसे सती, बालविवाह, परदा प्रथा की आलोचना करते हुए उसे स्त्री जीवन का कलंक बताया। साथ ही स्त्रियों को उन्नतशील बनाने के लिए उनकी शिक्षा और विधवा पुनर्विवाह के आन्दोलन तेज कर दिये। विधवाओं का दुर्गतिपूर्ण जीवन विश्व के अन्य समाजों के बीच भारतीय परम्परा की निम्नतर स्थितियों का परिचायक रहा है।

इसके साथ ही एक अन्य आन्दोलन जो तीव्र हुआ वह फैक्ट्री कानून लागू करने के लिए था। भारत में अब उद्योगों की स्थापना हो रही थी। अंग्रेजों द्वारा शुरू किये गये उद्योगों के अलावा देसी पूँजीपति-उद्यमी वर्ग भी उभर रहा था। ऐसी स्थितियों में अब स्त्रियाँ भी श्रमिक के रूप में काम कर रही थीं। 1890 तथा 1891 में इंडियन फैक्ट्रीज़ अमेंडमेंट एक्ट बना। इसके अन्तर्गत बाल श्रमिक की न्यूनतम आयु 7-14 वर्ष और काम के घंटे नौ से सात कर दिये गये। इसी प्रकार स्त्रियाँ जो कारखानों में काम करती थीं उनके काम के लिए ग्यारह घंटे

निर्धारित किये गये जिसमें डेढ़ घंटे का मध्यान्ह विश्राम के लिए अवकाश था।

हिन्दूवादी और परम्परावादी भारतीय समूहों के प्रबल विरोध के बावजूद 1860 में लड़कियों के विवाह के लिए रजामन्दी की उम्र 10 वर्ष निर्धारित करने का कानून पास कर दिया गया। इसके बाद यह आन्दोलन थम सा गया। सदी के अन्तिम वर्षों में बरहम मालाबारी ने पुनः इस मुद्दे को उठाया। मालाबारी पारसी थे लेकिन उन्हें हिन्दू समाज के पढ़े लिखे प्रबुद्ध वर्ग का व्यापक समर्थन प्राप्त था। दरअसल फूलमणि देवी नामक 10 वर्षीय बालिका वधू विवाह की पहली रात ही अत्यधिक स्राव के कारण मृत्यु को प्राप्त हो गयी। अखबारों में छपी इस घटना ने एक बार फिर बाल विवाह विरोध के आन्दोलन को तीव्रतर किया। आन्दोलन के समर्थकों की राय थी कि इसके कारण ही भारत का भौतिक और आध्यात्मिक पतन हो रहा है। कच्ची उम्र में शादी और फिर प्रसव के कारण अनेक कठिनाइयों का सामना करना पड़ता है। बहुधा 'स्त्रियों की मृत्यु तक हो जाती है। लघुवय माताओं के बच्चों के सिर को असमय दबा दिये जाने के कारण ऐसे बच्चे समय से पूर्व ही मर जाते हैं या शरीर या दिमाग से कमजोर होकर सारी उम्र मूर्खों की भांति बिताते हैं।' (सर्जन-मेजर डी.एन. पारिख, गोकुलदास तेजपाल हास्पीटल, बांबे-उद्धृत स्त्री संघर्ष का इतिहास, राधा कुमार)

सदी के उत्तरार्ध में शुरू हुए आर्य समाज आन्दोलन ने तो लड़कियों की विवाह की उम्र 16 वर्ष करने के लिए प्रचार किया। इन सारे प्रयासों के फलस्वरूप 1891 में एज ऑफ कंसेंट, लड़की के लिए 10 से बढ़ाकर 12 वर्ष कर दी गयी। सामाजिक अन्तर्विरोध इस अवसर पर भी देखने को मिले। परम्परागत हिन्दू समाज तो विरोध कर ही रहा था, सामाजिक रूप से सुधारों के प्रति सक्रिय प्रबुद्धजनों ने भी एक समय में बालविवाह को प्रतिबंधित करने और विवाह में रजामन्दी की उम्र लड़कियों के लिए बढ़ाई जाने का विरोध किया। 1839 में स्थापित तत्वबोधिनी सभा के संस्थापक रवींन्द्रनाथ टैगोर ने भी इन प्रतिबन्धों का विरोध करते हुए इन्हें भारतीय संस्कृति और परम्पराओं पर ब्रिटिश शासकों का अनुचित हस्तक्षेप कहा और अपने इस मंतव्य को राष्ट्रवाद से जोड़ा।

लेखन के स्तर पर इस कालखंड की दो कृतियों का उल्लेख करना उचित होगा जो उन्नीसवीं सदी के उत्तरार्ध में बदल रहे सामाजिक परिदृश्य और उभरती हुई स्त्री चेतना को प्रदर्शित करते हैं। 1882 में 'स्त्री-पुरुष तुलना' मराठी में ताराबाई शिंदे द्वारा लिखी गयी पुस्तिका है जिसमें स्त्री समाज के प्रति होने वाले अन्याय और असमानता की तीव्र आलोचना करते हुए स्त्री और पुरुषों के गुणों की तुलना करते हुए वो सिद्ध करने का प्रयास करती हैं कि स्त्री में भी पुरुषों के

समान योग्यता और क्षमता है। पुरुषों में भी अनेक दुर्बलताएँ और अवगुण हैं। फिर स्त्रियों को हीन सिद्ध कर उन्हें निम्नतर जीवन जीने के लिए क्यों विवश किया जाता है। इसी तरह उत्तर भारत में 1882 में ही 'एक अज्ञात हिन्दू औरत' द्वारा 'सीमन्तनी उपदेश' पुस्तिका लिखी गयी। पुस्तक की भाषा और विषय से ज्ञात होता था कि अनाम लेखिका शिक्षित थी और आर्य समाज से प्रभावित थी। सीमन्तनी उपदेश में लेखिका ने समाज में चार दीवारी के भीतर बंदिनी स्त्री के निम्नतर जीवन और हीन स्थितियों पर आक्रोश प्रकट करते हुए पुरुष समाज की मानसिकता और सामाजिक स्वरूप की चर्चा की है और दुख प्रकट किया है कि स्त्रियों को किन भयानक स्थितियों में जीवन व्यतीत करना पड़ता है। पूरा जीवन वे अमानवीय असमानता और अन्याय का शिकार होती हैं। ये दोनों ही पुस्तकें स्त्री शिक्षा के फलस्वरूप बदल रही स्त्री की मानसिकता और भेदभावपूर्ण सामाजिक चेतना की प्रतीक हैं। एक उल्लेखनीय तथ्य यह भी है कि येन केन प्रकारेण कुछ शिक्षा प्राप्त कर अनेक स्त्रियों ने हिन्दी, अंग्रेजी, बंगला, उर्दू तथा अन्य भारतीय भाषाओं में अपनी आत्मकथाएँ लिखीं और अपने समय के समाज और परिस्थितियों का जीवंत वर्णन किया है।

उन्नीसवीं सदी के अन्त से इन समाज सुधार आन्दोलनों का प्रत्यक्ष प्रभाव दिखाई देना शुरू हो गया था। इस बीच इंडियन नेशनल कांग्रेस की स्थापना हो चुकी थी और आरम्भिक प्रशासनिक सुधार कार्यक्रमों से आगे अब इसकी राष्ट्रीय चेतना का स्वरूप प्रखर हो रहा था। 1916 में होमरूल लीग की स्थापना के साथ भारतीयों द्वारा 'अपनी सरकार' अभियान भी शुरू हुआ। 1917 में ऐनी बेसेंट (जो होमरुल लीग की संस्थापकों में थी) उन्होंने मार्गेट कूजिंस, सरोजनी नायडू समेत अन्य अनेक कांग्रेसी महिलाओं के साथ स्त्रियों के वोट देने के अधिकार की माँग की। ऐनी बेसेंट का विचार था कि होमरुल आन्दोलन में स्त्रियों की सहभागिता से आन्दोलन की शक्ति दस गुना बढ़ जायेगी।

अब तक स्त्री शिक्षा का उद्देश्य उनके स्त्रियोचित गुणों का विकास कर उनकी मानसिक और व्यवहारिक क्षमता में वृद्धि करना था ताकि उनके व्यक्तित्व का विकास हो, वे अपने परिवार और सन्तति को उन्नतशील बना सकें। धीरे-धीरे उच्च तथा मध्यवर्गीय परिवारों की जो स्त्रियाँ शिक्षित थीं वे अब राष्ट्रवादी आन्दोलनों में सक्रिय भूमिका निभाने लगीं और शीर्ष नेतृत्व की पंक्ति में उन्हें भी स्थान मिलने लगा। राष्ट्रीय स्वाधीनता आन्दोलन जैसे-जैसे तेज हुआ विभिन्न वर्गों और समूहों की स्त्रियों की उपस्थिति आन्दोलनों के विभिन्न कार्यक्रमों में अधिक दिखाई देने लगी। स्त्री चेतना और सशक्तीकरण अब राष्ट्रीयता का पर्याय

बनने लगे। घर के पारम्परिक वातावरण से निकल कर हर वर्ग और समुदाय की स्त्रियाँ धरना और जुलूसों में हिस्सेदारी करने लगी थीं और गिरफ्तारी भी देती थीं।

अनेक पढ़ी लिखी स्त्रियों ने लेखन और पत्रकारिता के क्षेत्र में महत्वपूर्ण भूमिका निभाई और राष्ट्रीय आन्दोलन के लिए महिलाओं को जागरूक किया। अनेक पत्र-पत्रिकाओं का महिलाएँ सम्पादन कर रही थीं। अशिक्षा, बाल विवाह, पर्दा प्रथा, जादू टोना जैसी सामाजिक कुरीतियों और अन्धविश्वासों के विरुद्ध लगातार विभिन्न पत्र-पत्रिकाओं में सामग्री प्रकाशित होती थी जिनमें महिलाओं द्वारा भी लेख आदि लिखे जाते थे। स्त्री सशक्तीकरण के पहले चरण में 'शिक्षित स्त्री और स्वस्थ स्त्री' ही अभियान का उद्देश्य था और स्त्री का सर्वोपरि गुण 'मातृत्व' के रूप में स्थापित किया जाता था जो अन्तिम परिणति के रूप में राष्ट्रीयता का स्वरूप लेने लगा। स्वस्थ स्त्री और स्वस्थ मातृत्व को आधार मानते हुए 1908 में इंडियन फैक्ट्री कमीशन ने स्त्रियों के काम के घंटे निश्चित करने की आवश्यकता पर बल तो दिया लेकिन व्यवहारिक तौर पर अधिक सुधार नहीं हुआ। अलबत्ता बीसवीं सदी के पहले दशक में 'शिशु कल्याण' जैसे कार्यक्रमों की योजना बनने लगी जिसमें गर्भावस्था में देखभाल और प्रसव के समय उचित सहायता के रूप में 'शिशु कल्याण योजना' सामने आयी। इस प्रकार श्रमिक माता की भूमिका भी स्वस्थ श्रमिक पैदा करने वाली स्त्री के रूप में ही स्थापित करने का प्रयास हुआ।

सरोजनी नायडू ने अपने एक भाषण में कहा—'पालना झुलाने वाले हाथ ही विश्व पर शासन करते हैं।' कांग्रेस के एक शीर्ष नेता सुरेन्द्र नाथ बनर्जी ने भी स्वाधीनता आन्दोलन में देशवासियों का आह्वान करते हुए कहा—''मित्रो, आप चाहे किसी भी जाति या वर्ण के हों, आइये हम सब अपने मतभेद भुलाकर मातृत्व के झंडे तले एकजुट हो जायें (उद्धृत-राधा कुमार-स्त्री संघर्ष का इतिहास)

हिन्दी और बंगला में पत्र-पत्रिकाओं का प्रकाशन उन्नीसवीं सदी के पूर्वार्द्ध से ही शुरू हो गया था। अन्तिम दशक तक आते आते पढ़ी लिखी स्त्रियों की भागीदारी अब साहित्य और पत्रकारिता में भी बढ़ रही थी। 'कमला' पत्रिका (स्थापना 1907, सम्पादक जीवानन्द शर्मा) में पुष्प कुमारी नामक महिला जो पत्रिका के महिला खंड की सम्पादक थीं, लगातार धार्मिक अन्धविश्वासों, पर्दा प्रथा, बालविवाह आदि के विरुद्ध लिख रही थीं। 1907 में ही कुमुदिनी मित्रा ने 'सुप्रभात' नामक पत्र शुरू किया। 1924 में 'महिला महत्व' का सम्पादन रमादेवी और पार्वती देवी कर रही थीं। पत्रिका में स्त्रियों के बीच राष्ट्रीय चेतना के प्रसार हेतु सामग्री प्रकाशित होती थी। 1931 से प्रकाशित पत्रिका 'नारी गौरव' की सम्पादक यशोदा देवी थीं। उनके पत्र में एक स्तम्भ 'बालिका लेखमाला' के

रूप में था। 1938 से आरम्भ हुई पत्रिका 'महिला' की सम्पादक सीता देवी थीं। सौदामिनी मेहता इस पत्रिका की नियमित लेखिका थीं और वे स्त्रियों की शिक्षा, उनके उत्थान और राष्ट्रीय आन्दोलन में उनकी भागीदारी से सम्बन्धित लेख लिखा करती थीं। सुभद्रा कुमारी चौहान कांग्रेस के राष्ट्रीय आन्दोलन की अग्रिम पंक्ति में थीं और राष्ट्रीय भावनाओं से ओतप्रोत हिन्दी की महत्वपूर्ण लेखिका भी थी। दूसरा प्रमुख नाम महादेवी वर्मा का है। राष्ट्रवादी चेतना के साथ स्त्री अस्मिता की प्रबल पक्षधर उनकी पुस्तक 'शृंखला की कड़ियाँ' (1938) एक महत्वपूर्ण पुस्तक है। दूसरी अन्य महत्वपूर्ण पत्र-पत्रिकाएँ भी लगातार स्त्री केन्द्रित सामग्री प्रकाशित करती थीं। अन्य अनेक स्त्रियाँ जो राष्ट्रीय आन्दोलन में सक्रिय थीं, उनमें श्रीमती रामेश्वरी नेहरू ने 1909 में 'स्त्री दर्पण' नामक मासिक पत्रिका का सम्पादन किया। रूपकुमारी नेहरू ने लड़कियों के लिए पत्रिका 'कुमारी दर्पण' का प्रकाशन किया। 'गृहलक्ष्मी' पत्रिका भी स्त्रियों को समाज और राष्ट्र से जुड़े प्रश्नों पर सम्बोधित करती थी। महाराष्ट्र में पंडिता रमाबाई केवल सामाजिक-राजनैतिक कार्यकर्ता ही नहीं बल्कि लेखन के लिए भी जानी गयीं। उनकी पुस्तक 'हाई कास्ट हिन्दू वुमन' भारतीय समाज की स्त्रियों की त्रासदी का लेखा जोखा है। इसके अतिरिक्त काशीबाई कानितकर, पार्वती बाई, रुक्मणी बाई आदि भी लेखन के माध्यम से जानी जाती थीं। 'इंडियन लेडीज़ मैगज़ीन' की सम्पादक कमला सत्यनन्दन थीं। बंगाल में बंगला और अंग्रेजी में लिखने वाली रुकैया सखावत हुसैन का सम्पूर्ण लेखन स्त्री जीवन के विविध पक्षों पर था। उनकी कृति 'अबरोध बासिनी' में हिन्दू और मुस्मिल दोनों समाजों की स्त्रियों में पर्दा प्रथा की भीषण और अमानुषिक त्रासदी के अनुभवों की गाथा है।

इस दौरान राष्ट्रीय चेतना के उभार तथा गौरवपूर्ण इतिहास-संस्कृति का स्मरण कराने हेतु अतीत के गर्भ से और इतिहास के पन्नों से निकालकर भारतीय गौरव के प्रतीक पुरुषों (महाराणा प्रताप, शिवाजी आदि) और धार्मिक मिथकों जैसे माँ दुर्गा, माँ काली को भारत माता के शक्ति स्वरूप में स्थापित करने का प्रयास भी राष्ट्रवादियों द्वारा किया जाने लगा। गोखले द्वारा बीसवीं सदी के पहले दशक में गणेश चतुर्थी को व्यापक स्तर पर आयोजित कर पूरे हिन्दू समाज को एकजुट कर राष्ट्रीय स्वाधीनता संग्राम से जोड़ने की कोशिश की गयी। इससे पुनरुत्थानवादी राजनीतिक परिदृश्य भी बनने लगा जिससे आगे चलकर साम्प्रदायिक स्तर पर अनेक धाराएँ और अन्तर्धाराएँ विकसित हुईं। बंगाल में दुर्गा पूजा और काली पूजा के सामूहिक आयोजन होने लगे जिनका निरन्तर विस्तार हुआ। माँ दुर्गा और माँ काली के मिथक से जोड़कर उसे स्त्री समुदाय का शक्तिरूप पुनरुत्थानवादियों

द्वारा राष्ट्रीय चेतना की एक समानांतर धारा निर्मित करने का प्रयास था।

बीसवीं सदी के मध्य तक आते-आते स्त्री सशक्तीकरण और राष्ट्रवादी चेतना पर्याय हो चुके थे और राष्ट्रीय आन्दोलन में उनकी सहभागिता लगातार बढ़ रही थी। पहला बड़ा आन्दोलन नमक सत्याग्रह और नमक कानून तोड़ने का था जिसमें गाँधी का दांडी मार्च जो 12 मार्च 1930 से 6 अप्रैल 1930 तक चला उसमें लाखों स्त्रियों ने भागीदारी की। यह सम्भवतः पहला राष्ट्र व्यापी आन्दोलन था जिसमें पूरे देश की स्त्रियाँ बड़ी संख्या में शामिल हुई। गाँधी ने दांडी मार्च में अपने साथ शामिल लोगों में किसी स्त्री को शामिल नहीं किया था और इससे स्त्रियों का शीर्ष कांग्रेसी नेतृत्व नाराज भी था। दरअसल गाँधी का दृष्टिकोण राष्ट्रीय आन्दोलन में स्त्री सहभागिता को सम्मिलित करने का तो था लेकिन वे उनकी भूमिका को सीमित भी रखना चाहते थे। दांडी मार्च के अन्तिम दिन केवल सरोजनी नायडू एकमात्र महिला थीं जो उनके साथ शामिल हुईं और उन्होंने गिरफ्तारी दी। राष्ट्रीय आन्दोलन में अन्य अनेक पक्षों के अलावा स्त्री की भूमिका के सन्दर्भ में भी अनेक अन्तर्विरोध थे जो समय-समय पर सतह पर दिखाई देते थे। मसलन शीर्ष नेतृत्व की ऐनी बेसेंट और मैडम भीकाजी कामा हिन्दुस्तानी स्त्री की आध्यात्मिक और हिन्दूवादी धार्मिक छवि की समर्थक थीं। ये परिस्थितियों का दबाव था कि देश की सामान्य स्त्रियाँ धीरे-धीरे आन्दोलनों में हिस्सा ले रही थीं और जाति-धर्म-लिंग भेद जैसी कोई सीमा राष्ट्रीय चेतना की उत्ताल तरंग के सामने कारगर नहीं थी। नमक सत्याग्रह में लाखों औरतों ने इसमें शामिल होकर नमक बनाया और कानून तोड़ा। कमलादेवी चट्टोपाध्याय, ऐनी बेसेंट, मार्गेट कूजिंस तथा सरोजनी नायडू जैसी सभी नेत्रियों ने इसे यादगार आन्दोलन की संज्ञा दी। यह भी याद रखने की बात है कि बड़ी संख्या में पढ़ी लिखी, उच्च कुलीन तथा राजनैतिक रूप से सक्रिय नेताओं के परिवार की स्त्रियाँ भी जो राष्ट्रीय आन्दोलन के विभिन्न कार्यक्रमों में नेतृत्व कर रही थीं उनमें हिन्दू स्त्रियों के अलावा मुस्लिम, पारसी और मार्गरेट कूजीन्स व ऐनी बेसेंट जैसी विदेशी महिलाएँ भी थीं। समाज और आन्दोलन के प्रति इनके दृष्टिकोण और कार्यविधि में मतभेद हो सकता था लेकिन गाँधी का राजनीति और समाज के हर वर्ग पर व्यापक प्रभाव के कारण जनव्यापी आन्दोलन का चरित्र मूलतः राष्ट्रवादी और स्वाधीनता के उद्देश्य के लिए ही रहा। राष्ट्रीय आन्दोलन ने यह भी प्रमाणित किया कि महिलाओं के अपने सरोकारों के अलावा बड़े-सामाजिक और राष्ट्रीय प्रश्नों पर उनकी आन्दोलनकारी भूमिका निर्णायक भी हो सकती है। ऐसा ही अठारहवीं शताब्दी में फ्रांस की क्रान्ति के समय भी हुआ था।

कांग्रेस के आन्दोलन में अब विदेशी वस्त्रों का बहिष्कार और शराबबन्दी आन्दोलन में धरना और आबकारी लाइसेंस की नीलामी रोकना जैसे कार्यक्रम शामिल किये गये जिनमें महिलाएँ आगे आगे थीं। स्त्री आन्दोलनकारियों के विभिन्न कार्यक्रमों को संचालित करने के लिए अब अनेक संगठन थे जिनमें महिला राष्ट्रीय संघ, लेडीज़ पिकेटिंग बोर्ड, स्त्री स्वराज्य संघ और स्वयंसेविका संघ प्रमुख थे। इसके साथ ही सूत कातने, खादी बुनने जैसे कार्यक्रम भी गाँधी जी की प्रेरणा से शुरू हुए जिनमें घरेलू महिलाओं की अप्रत्यक्ष रूप से बड़ी संख्या शामिल थी। ऐसे सामाजिक वातावरण में जहाँ समझा जाता है कि स्त्री पति की आज्ञा से ही घर से बाहर निकलती और काम कर सकती है, राष्ट्रीय आन्दोलन के प्रखर वातावरण में ये अवधारणाएँ कमजोर हुईं। यह महत्वपूर्ण था कि पितृसत्तात्मक समाज में वे बड़ी संख्या में इन कार्यक्रमों में भाग लेती तथा जेल भी जाती दिखाई दीं।

स्वतंत्रता प्राप्ति के बाद स्त्रियों की आन्दोलनकारी भूमिका धीरे-धीरे समाप्त हो गयी। स्त्री सशक्तीकरण हेतु अभी बहुत कुछ किया जाना था। उस समय स्त्री साक्षरता दर मात्र 9 प्रतिशत थी। अब स्त्रियों को लोकतान्त्रिक राज्य व्यवस्था में सभी संवैधानिक अधिकार समान रूप से प्राप्त थे। अब सब कुछ सरकार के कार्यक्रमों पर और शासन व्यवस्था की प्रगति की अवधारणा पर निर्भर था। अब अंग्रेज के रूप में शोषणकारी-दमनकारी शत्रु भी नहीं था। दरअसल भारतीय समाज में लैंगिक आधार पर असमानता और पुरुष-वर्चस्ववाद कभी बहस का विषय नहीं बन पाया था। लिंग आधारित स्त्री पराधीनता की मजबूत परम्परा भारतीय समाज व्यवस्था के अभिन्न अंग के रूप में स्वीकृत थी और धार्मिक आख्यानों, पुराण कथाओं के रूप में धर्म सम्मत और सर्वमान्य थी कि उस पर प्रश्नचिह्न लगाना स्त्री समाज के लिए लगभग असम्भव था।

स्वतंत्रता के बाद किसी बड़े आन्दोलन में स्त्रियों की बड़ी संख्या में भागीदारी तेलंगाना आन्दोलन में हुई। भूमि पुनर्वितरण और भूमि सुधारों की माँग को लेकर होने वाले खेतिहर किसानों के आन्दोलन सरकार की दमननीति का शिकार हुए लेकिन आंध्र प्रदेश के तेलंगाना में आन्दोलन कम्युनिस्टों और माओवाद से प्रभावित नेताओं के हाथ में था। वहाँ तेलंगाना के ढाई हजार गाँव 'मुक्त' करा लिए गये और वांछित भूमि पुनर्वितरण के साथ सुधार कार्यक्रम लागू हुए। तेलंगाना आन्दोलन में हड़तालों और रैलियों में हजारों की संख्या में स्त्रियाँ शामिल थीं। कम्युनिस्ट पार्टी पर प्रतिबन्ध लगने के बाद छापामार (गुरिल्ला) युद्ध में भी वे तरह-तरह से मदद करती थीं। भूमि सुधार आन्दोलन के दौरान पुरुषों को

स्त्रियों और पत्नियों के प्रति समानता और सम्मानजनक व्यवहार के लिए भी प्रेरित किया जाता था। जाहिर है किसी आन्दोलन में पुरुषों के साथ स्त्रियों की भागीदारी और सक्रियता हमेशा समानतापूर्ण वातावरण बनाने में मददगार साबित हुई है। छठे-सातवें दशक में विशेष रूप से उत्तराखंड में स्त्रियों की वृहद भागीदारी जंगल के वृक्षों के कटान रोकने के लिए होने वाले आन्दोलन में रही है। जंगल और पर्यावरण पहाड़ी जीवन और जन-जीवन के लिए कितना आवश्यक है, वहीं के निवासी इसे समझ सकते हैं। 'जंगल पर अपना अधिकार' जैसे आन्दोलन में स्त्रियों की बराबर की सहभागिता रही है। सरकारी कुव्यवस्था और भीषण भ्रष्टाचार के कारण आज देश के अनेक हिस्सों में, विशेषरूप से विकास से वंचित जनजातीय और आदिवासी क्षेत्रों में नक्सलवादी लड़ाके जिन्हें माओवादी भी कहा जा रहा है, सक्रिय हैं। सशस्त्र क्रान्ति में विश्वास रखने वाले तथा छापामार पद्धति से प्रशासन और पुलिस व सेना के जवानों पर हमला करने वाले इन समूहों में पर्याप्त संख्या में स्त्रियाँ भी हैं—ऐसा अनेक रिपोर्टों में कहा जाता है।

सातवें-आठवें दशक में स्त्रियों द्वारा अन्य बड़े आन्दोलनों में शराबबन्दी प्रमुख मुद्दा रहा। उत्तराखंड के अलावा पूर्वोत्तर के राज्यों में भी यह समस्या रही है जहाँ पुरुषों की अपेक्षा स्त्रियाँ श्रमशील हैं और परिवार सँभालती हैं लेकिन पुरुष शराब के व्यसनी हैं। समय-समय पर शराबबन्दी आन्दोलन जगह-जगह पर चले। महिलाओं का मानना था कि परिवार की बदहाली और स्त्रियों के प्रति हिंसा का कारण शराब है।

स्त्रियों के प्रति हिंसा के मामलों में स्त्रियों ने सदैव आन्दोलनकारी रुख अपनाया। समाज में पुरुषों के वर्चस्ववादी सोच के साथ जब सत्ता की ताकत जुड़ जाती है तब स्त्रियों के प्रति हिंसा भी भयानक रूप में होती है। नब्बे के दशक में हैदराबाद में एक मुस्लिम औरत से पुलिस वालों ने बलात्कार किया और विरोध करने पर उसके रिक्शाचालक पति को मार डाला। इसके विरोध में हैदराबाद में हजारों की संख्या में उग्र प्रदर्शन हुआ जिसमें अन्ततः पुलिस को गोली चलानी पड़ी। बाद में सत्र न्यायालय से लेकर सुप्रीम कोर्ट तक ने पर्याप्त सबूतों के अभाव में पुलिस वालों को छोड़ दिया। (सन्दर्भ : स्त्री संघर्ष का इतिहास-राधा कुमार) आज भी यौन हिंसा के विरुद्ध स्वतः स्फूर्त आन्दोलन समय-समय पर उठते ही रहे हैं। 1972 के महाराष्ट्र में पुलिस वालों ने मथुरा नामक आदीवासी लड़की को थाने ले जाकर बलात्कार किया। घर परिवार और गाँव के लोगों के दवाब से पुलिस वाले गिरफ्तार तो हुए लेकिन सत्र न्यायालय से लेकर सुप्रीम कोर्ट तक ने इस केस में भी उन्हें वरी कर दिया। कारण यह कहा गया कि मथुरा के अन्य

किसी या किन्हीं व्यक्तियों से सम्बन्ध हैं। यह प्रचलित पुरुषवादी मानसिकता का प्रतीक था जिसके अनुसार यदि किसी स्त्री के अन्य पुरुष से सम्बन्ध हैं तो वह अवश्य पतिता है और हर पुरुष को उससे सम्बन्ध बनाने या बलात्कार करने का अधिकार मिल जाता है। मथुरा केस के सम्बन्ध में पूरे देश में हलचल हुई और स्त्रियों के प्रति होने वाले यौन अपराधों के प्रति दृष्टिकोण में बदलाव और न्यायिक प्रक्रिया में बदलाव की बात भी जोर शोर से उठाई गयी।

बीसवीं सदी के अन्तिम दशक में कामकाजी महिलाओं के कार्यस्थल में यौन उत्पीड़न सम्बन्धी विशाखा केस के बारे में सर्वोच्च न्यायालय ने पहली बार स्पष्ट रूप से पीड़ित महिलाओं के पक्ष में निर्णय दिया। राजस्थान में महिला विकास कार्यक्रम के अन्तर्गत भंवरी देवी 'साथिन' के रूप में कार्यरत थी। बालविवाह के विरुद्ध प्रचार और उसे रोकने की जिम्मेदारी निभाते हुए वह गाँव के दबंगों के विरोध में खड़ी हुई तो उसे सामूहिक रूप से बलत्कृत किया गया। जनवादी महिला संगठनों के उग्र प्रदर्शनों और उनके द्वारा भंवरी देवी को सभी प्रकार की कानूनी सहायता उपलब्ध कराने के बावजूद सभी आरोपी हाई कोर्ट से छूट गये और कहा गया कि ये समाज के सम्मानित व्यक्ति हैं अतः ऐसा असामाजिक कृत्य नहीं कर सकते। दबंगों की सहायता करने वाले पुलिसकर्मी भी छूट गये। इस निर्णय के बाद एक बार फिर 'विशाखा' तथा अन्य जनसंगठनों ने केस उठाया। पूरे देश में ही नहीं अन्तरराष्ट्रीय स्तर पर भी इसकी गूँज सुनाई दी। अन्ततः 1997 में सर्वोच्च न्यायालय ने भंवरी देवी केस के प्रकाश में कामकाजी महिलाओं के यौन उत्पीड़न को रोकने हेतु कार्यस्थल के लिए जारी निर्देशों का पालन अनिवार्य करते हुए हर विभाग, संस्थान चाहे सरकारी हो या निजी स्तर का हो, आंतरिक शिकायत निवारण कमेटी बनाने का आदेश दिया। इसके अतिरिक्त यौन उत्पीड़न की परिभाषा को भी विस्तारित किया गया। विशाखा केस स्त्री यौन उत्पीड़न के विरुद्ध नारी संगठनों द्वारा चलाये गये आन्दोलन की एक महत्त्वपूर्ण ऐतिहासिक जीत थी। ऐसा ही दूसरा प्रकरण जिसमें लगभग सम्पूर्ण देश की पढ़ी लिखी सम्भ्रान्त मध्यवर्गीय महिलाएँ-लड़कियाँ संगठित रूप में उठ खड़ी हुई और उतनी ही बड़ी संख्या में पुरुष समाज भी साथ खड़ा हुआ, वह दिसम्बर, 2012 का निर्भया प्रकरण था। यह निर्मम अमानुषिक यौन हिंसा के विरुद्ध स्वतः स्फूर्त आन्दोलन था जिसने सम्पूर्ण भारतीय जनमानस को झकझोर दिया। 2013 में जस्टिस जे.एस. वर्मा कमेटी द्वारा इस कांड के मद्देनजर यौन हिंसा के विरुद्ध कानून में बदलाव और अनेक आवश्यक बिन्दुओं के जोड़ने की सिफारिश की गयी थी। संसद द्वारा इस कमेटी के अधिकांश सुझावों को स्वीकार कर लिया

गया लेकिन (पति द्वारा) वैवाहिक बलात्कार को नहीं माना गया। भारतीय समाज का बहुसंख्यक पुरुष वर्ग विवाह संस्था के भीतर स्त्री के शरीर पर अपना पूर्ण अधिकार समझता है जिसमें स्त्री की सहमति या असहमति के कोई अर्थ नहीं। उन्नीसवीं सदी के उत्तरार्द्ध में फूलमणि देवी प्रकरण में जब दस वर्षीया फूलमणि देवी की पति के साथ संसर्ग के बाद शादी की पहली रात्रि में ही मृत्यु हो गयी तो अदालत में बालविवाह के विरुद्ध केस दायर करने वाले बरहम मालाबारी ने इसे पति द्वारा बलात्कार की संज्ञा दी थी (और लड़कियों की विवाह योग्य उम्र बढ़ाने की सिफारिश की थी)। उस समय भी राष्ट्रवादी-उदारवादी समाज सुधारक सामान्य पुरुष वर्ग के साथ इस वैवाहिक बलात्कार जैसी बात पर खामोश थे। जस्टिस वर्मा कमेटी की सिफारिशों में वैवाहिक बलात्कार वाले मुद्‌दे को बहुसंख्यक पुरुष समाज ने खारिज कर दिया जिसमें शासन प्रशासन तथा बौद्धिक समाज के विभिन्न वर्गों के लोग भी शामिल थे।

विशाखा निर्णय से पहले 1987 में भी एक उल्लेखनीय घटना हुई जिसने भारतीय समाज की पुरुषवादी मानसिकता का असली चरित्र स्पष्ट करते हुए उन्नीसवीं सदी के पूर्वार्द्ध के सामाजिक वातावरण का स्मरण करा दिया। राजस्थान के देबराला में रूपकुंवर नामक पढ़ी लिखी ग्रेजुएट लड़की को, जिसका विवाह हुए केवल छह महीने हुए थे, सती के रूप में जलाकर मार दिया गया। राजस्थान के अनेक क्षेत्रों में सती समर्थक संगठन हैं, राणी सती मंदिर है और ये विभिन्न हिन्दूवादी संगठनों से आर्थिक सहायता प्राप्त करते हैं। नारीवादियों ने इस कांड का विरोध किया और राजस्थान सहित देश भर में प्रदर्शन हुए। सबसे दुखद पक्ष ये था कि राजस्थान के अनेक राजनेता, मंत्रियों ने इस सती प्रकरण का समर्थन किया। इससे भी अधिक दुखद था कि जनसत्ता (29.9.87-बनवारी), इंडियन एक्सप्रेस (5.10.87-आशीष नन्दी), स्टेट्स मैन (5.11.87-पैट्रिक डी. हैरीगेन) ने अपने अपने लेखों में भारतीय नारीवादी आन्दोलन की आलोचना की। लेखक त्रय के अनुसार नारीवादी एक ऐसे समाज पर बाजार प्रभावित समानता और आजादी का दृष्टिकोण थोपने की कोशिश कर रहे थे जिसने आत्म बलिदान का सर्वोत्तम उदाहरण पेश किया था, उनकी गरिमा और गौरवशाली छवि को निहित स्वार्थी तत्वों द्वारा क्षति पहुँचाई जा रही है। (स्त्री संघर्ष का इतिहास-राधा कुमार)

प्रबुद्ध पुरुष समाज द्वारा संस्कृति के नाम पर नारी विरोधी मानसिकता की यह पुनरावृत्ति थी। क्षुब्ध नारीवादी संगठनों ने पूरी छानबीन और जांच के बाद पाया कि रूपकुंवर जो बचने के लिए घुड़साल में छिप गयी थी, उसे खींचकर लाया गया था, नशे के ढेर सारे इंजेक्शन लगाये गये थे और फिर चिता में बिठाकर

लकड़ी और नारियल के छिलकों से ढक कर आग लगाई गयी थी। दरअसल, जैसा अक्सर पहले भी होता आया है, इस घटना की पृष्ठभूमि में धन-सम्पत्ति का लालच भी था। रूपकुंवर अपने साथ दहेज में तीस तोले सोना लाई थी जो उसकी सम्पत्ति थी। पति की मृत्यु के बाद परिवार की सम्पत्ति में भी उसकी हिस्सेदारी बनती थी। इस बीच खबर मिलने पर पहुँचे प्रेस वालों की पिटाई की गयी। पुलिस की जीप स्थल तक पहुँची ही नहीं, बीच से लौट आयी। रूपकुंवर को 'सती' करने के बाद वह परिवार सामाजिक प्रतिष्ठा का केन्द्र बनने की राह पर आ गया और 'सती व्यापार' भी फलने फूलने लगा। इस पूरे कांड का जनवादी महिला समिति, एन.एफ.आई.डब्ल्यू., प्रगतिशील महिला संगठन, समता सहित अनेक संगठन व्यापक विरोध कर रहे थे। हिन्दूवादी संकीर्ण समुदाय के साथ विभिन्न पार्टियों के राजनेताओं ने सती समर्थन में राजनीति करनी शुरू कर दी क्योंकि ये वोट बैंक को मजबूत करने का मामला भी था। यूँ समय-समय पर मंहगाई विरोधी स्त्री आन्दोलन भी होते रहे हैं। अधिकतर ये आन्दोलन राजनैतिक दलों द्वारा किये जाते रहे हैं जिसमें उनके दल के महिला संगठन की विशेष भागीदारी रहा करती है। इसी के साथ यह भी सच है कि राजनैतिक दलों के महिला संगठन पार्टी के कार्यक्रमों में सहायता करने वाले समूह मात्र हैं। स्त्री समानता और अधिकार तथा सामाजिक न्याय के प्रश्नों पर उनकी भूमिका नगण्य होती है। उनके दल के किसी नेता-पदाधिकारी द्वारा स्त्री विरोधी कृत्य करने या बयान देने पर भी उनकी कोई प्रतिक्रिया या सक्रियता नहीं होती।

'मेरा शरीर-मेरा अधिकार' जैसी अवधारणा आज भारतीय समाज के मध्य-उच्चवर्ग के बीच स्वीकार्य हो रही है। समाज के विशिष्ट स्त्री वर्ग ने, विशेष रूप से नारीवादी लेखिकाओं ने इसे अपने लेखन का विषय भी बनाया है। वैचारिक स्तर पर मान्य 'मेरी देह - मेरा अधिकार' आर्थिक और सामाजिक रूप से आत्मनिर्भर सम्पन्न और विशिष्ट वर्ग में ही प्रचलित हो सका है जहाँ परिवार का वातावरण नितांत आधुनिक है और परस्पर हस्तक्षेप रहित व्यक्तिवादी स्वरूप में हैं।

आज इक्कीसदी सदी में भी स्त्री प्रश्न बरकरार हैं। पुनरुत्थान वादी मानसिकता उपयुक्त राजनैतिक माहौल में फिर पल्लवित होने लगती है। धर्म, सम्प्रदाय और जाति की राजनीति में जो वातावरण तैयार होता है उसका शिकार भी सर्वाधिक महिलाएँ ही होती हैं। 2002 के गुजरात दंगों में मुस्लिम समाज की स्त्रियों के साथ जो हिंसा और अमानवीयता का तांडव हुआ, उसने स्त्री विमर्श के प्रश्नों को पुनः व्याख्यायित करने की आवश्यकता को रेखांकित किया। इसी प्रकार से दलित-सवर्ण संघर्षों में दलित स्त्रियों पर हिंसात्मक यौन आक्रामणों पर अन्य स्त्री

समाजों की चुप्पी भी स्त्री अस्मिता की अवधारणा पर प्रश्नचिह्न लगाती है। आज विभिन्न धार्मिक समूहों के स्वयभू नेता साम्प्रदायिक आधार पर कभी अलग-अलग समुदाय के लड़के-लड़कियों के मेलजोल और दोस्ती पर पाबन्दी लगाते हैं, कभी प्रेम सम्बन्धों की परिणति 'सम्मान' हत्याओं में होती है। भारतीय संस्कृति और धर्म के नाम पर इन अमानुषिक स्त्री विरोधी कृत्यों का अपेक्षित विरोध भी नहीं होता।

आज देश के महिला संगठन अधिकतर राजनीतिक पार्टियों के अनुषांगिक संगठन के रूप में हैं। वे अपनी पार्टी लाइन के आधार पर काम करते हैं जिनका मुख्य उद्‌देश्य पार्टी के जनाधार और वोट बैंक के लिए महिला समूहों को तैयार करना है। स्त्री अस्मिता, स्त्रियों के प्रति यौन हिंसा, असमानता जैसे मुद्‌दे उनके यहाँ गौण हैं। ये अधिकतर मध्यवर्गीय संगठन हैं। अगर कभी ये प्रकरण उठाये भी गये तो वो विशुद्ध पार्टी के राजनैतिक स्वरूप और जरूरत के अनुसार होते हैं। कम्युनिस्ट पार्टियों के महिला संगठन अधिकतर श्रमिक स्त्रियों और कामकाजी स्त्रियों के बीच हैं जहाँ वर्गीय हितों के आधार पर कार्यक्रम होते रहे हैं। पिछले वर्षों में कम्युनिस्ट पार्टियों का जनाधार बहुत कमजोर हुआ है और इसीलिए आन्दोलनकारी भूमिका भी क्षीण हुई है। यूँ अपनी संगठनात्मक अवधारणा में इन संगठनों का मूलचरित्र पूँजीवाद और साम्राज्यवाद विरोध अवश्य रहा है और वैचारिकता के आधार पर दलित-निम्नवर्गीय स्त्रियों के बीच उनकी पहुँच भी रही है। श्रमिक स्त्रियों के संगठनों की सक्रियता अस्सी-नब्बे के दशक तक कम्युनिस्ट पार्टी के कार्यक्रमों का आवश्यक अंग थी।

भारतीय समाज में बलात्कार और यौनहिंसा आज सम्भवतः स्त्री प्रश्नों में सर्वाधिक प्रमुख हो गये हैं। एक ओर भारतीय संस्कृति-परम्परा-पारिवारिक सम्मान जैसी धारणाएँ, दूसरी ओर समय की माँग और वातावरण के अनुरूप स्त्रियों में शिक्षा, आत्मनिर्भरता तथा तीसरी ओर नयी आर्थिक नीतियों के फलस्वरूप बाजारवादी अर्थव्यवस्था और उपभोक्तावाद के साथ चौथा आयाम वैश्वीकृत संस्कृति के साथ नित नयी विकसित हो रही टैक्नोलोजी तक बहुत बड़े भारतीय वर्ग की, विशेषकर युवा वर्ग की पहुँच...ये सभी मिलकर जो परिदृश्य निर्मित कर रहे हैं उसमें आधारभूत स्त्री प्रश्न कभी धुँधले होते हैं तो कभी स्पष्ट भी दिखाई देते हैं। स्त्री समानता और सामाजिक न्याय के लिए अभी लम्बा रास्ता बनाना है, नये विचारों के साथ नये तरीकों का अन्वेषण भी करना है।

साहित्य में स्त्री सर्जनात्मकता : ऐतिहासिक सन्दर्भ

आदिम समाज मातृसत्तात्मक था। उत्पादन का साधन केवल जानवरों का शिकार और जंगलों में घूमते हुए भोजनोपयोगी खाद्य सामग्री का संग्रहण था जिसमें स्त्री की नेतृत्वकारी भूमिका थी। सामाजिक विकास के इस प्रारम्भिक चरण में जहाँ केवल मानव समूह थे और स्त्री-पुरुष मात्र यौनिक इकाई, स्त्री का नेतृत्व उसकी सर्जनात्मकता के कारण ही था जो सन्तानोत्पति के अलावा जीवनोपयोगी उत्पादन के काम में प्रमुख भूमिका के रूप में तथा समूह के संचालन के रूप में मान्य था।

सामाजिक विकास के अगले चरण में जब उत्पादन के साधन के रूप में कृषि-आधारित व्यवस्था स्वरूप ग्रहण करने लगी और स्थायी रूप से मानव समूह विभिन्न क्षेत्रों में बसने लगे तो उत्पादन और भोजन सम्बन्धी व्यवस्था का मुख्य कार्यभार पुरुषों के हाथ में आ गया। पशु पालन, कृषि-उत्पाद तथा उनके विकास और आवश्यकता से अधिक अतिरिक्त उत्पादों के संग्रहण ने लेन-देन की प्रणाली विकसित की और व्यापार की ओर प्रेरित कर पुरुष वर्चस्व के सामाजिक स्वरूप का विस्तार कर उसकी सामाजिक स्थिति को मज़बूत किया। इसके साथ ही परिवार का स्वरूप धीरे-धीरे व्यवस्थित-संगठित होने लगा तो स्त्री को अन्तःपुर की ओर धकेल दिया गया। उत्पादन सम्बन्धी व्यवस्था में स्त्री की भूमिका नगण्य होने लगी तो सामाजिक विकास के परिदृश्य से भी वह गायब होने लगी। समूहों के बीच परस्पर संघर्ष से प्राप्त भूमिधन और पशुधन के साथ अन्तःपुर में अवस्थित स्त्रियाँ भी सम्पत्ति के रूप में गिनी जाने लगीं। सन्तान की पहचान जब पुरुष से होने लगी तो स्त्री जीवन को सन्तानोत्पादकता तक सीमित कर दिया गया। कृषि-आधारित विकसित सामंती समाज में स्त्रियाँ अब पुरुष की सम्पत्ति थीं जिनका संरक्षण न केवल उसका दायित्व था, बल्कि समाज में उसकी प्रतिष्ठा का प्रतीक भी था। स्त्री की भूमिका अब उत्पादन प्रक्रिया में नहीं बल्कि पुनर्रूत्पादकता तक अर्थात केवल उसकी यौनिकता तक सीमित हो गयी। अब वह पुरुष की भोग्या थी, सन्तानोत्पत्ति का साधन भर थी। इसके साथ ही परिवार की संरचना की

अवधारणा विकसित हुई, उत्तराधिकार के प्रश्न उठे तथा स्त्री की भूमिका और अधिक सीमित हो वंशबेल के दायित्व तक सिमट गयी।

भूमि का स्वामित्व, पशुधन और सम्पत्ति की रक्षा पुरुष के शौर्य और पराक्रम पर निर्भर था लेकिन स्त्री जो उसी की तरह हाड़-मांस की बनी थी, मन और मस्तिष्क के गुणों से परिपूर्ण थी, विचार और संवेदना के संवेगों से संचालित थी-उसे जड़ और मूक बनाना, विचार शून्य, उद्वेग और संवेदना रहित बनाना कैसे होता? उत्तर वैदिक काल तक वर्णव्यवस्था स्थापित हो चुकी थी। बड़े भू-स्वामियों का वर्चस्व, मुख्य उत्पादन के संसाधन के रूप में कृषि का विस्तार दासों और शूद्रों के रूप में सस्ते या मुफ़्त श्रम की माँग करता था इसलिए लम्बे समय तक संहिताओं और स्मृतियों के रूप में सामाजिक नियम-कानूनों का निर्माण होता रहा। उपनिषद, पुराण आदि धर्मग्रन्थों ने सामाजिक और राजनैतिक व्यवस्था के सन्दर्भ में जहाँ चारों वर्णों की भूमिका को न सिर्फ स्थापित किया बल्कि उसे पुरुष वर्चस्ववादी दृष्टि से व्याख्यायित करते हुए नीति-रीति बना नियम बद्ध कर कठोरता से लागू किया। सामाजिक संगठन में ब्राह्मणों की आधिकारिक भूमिका पूर्णतः मान्य हो चुकी थी। राज्य व्यवस्थापक और सामाजिक व्यवस्थापक के रूप में क्षत्रिय और ब्राह्मण समुदाय परस्पर सहयोगी थे। स्त्री जो अब मात्र भोग्या के रूप में थी और जननी का दायित्व वहन कर रही थी वह भी चतुवर्णीय ब्राह्मणवादी व्यवस्था के नियम-कानूनों से संचालित थी। इस प्रकार दास, शूद्र और स्त्रियों के अमानवीय शोषण के सामाजिक नियम अब धर्मशास्त्रों द्वारा सम्मत थे जिसे राज्य व्यवस्था का समर्थन प्राप्त था और जिनके विरुद्ध जाने का किसी समाज-इकाई या समूह का साहस नहीं था, क्योंकि इस दशा में कठोर दंड विधान की व्यवस्था थी।

इस पृष्ठभूमि के साथ आज के सन्दर्भों में स्त्री सर्जनात्मकता की बात करना शताब्दियों की यात्रा की पड़ताल करना जैसा है। मानव समाज के विकास का इतिहास वास्तव में शूद्रों और स्त्रियों के निरन्तर बढ़ते अवमूल्यन और शोषण का इतिहास है।

◆◆◆

धर्म सम्मत सामाजिक नियम-कानूनों ने स्त्री को घर की चारदीवारी के भीतर सीमित कर उसे सामाजिक विकास की मुख्य धारा से अलग किया लेकिन उससे भी अधिक आपराधिक कृत्य हुआ उसे मानसिक-वैचारिक स्तर पर गुलामी की जंजीरों से जकड़ना। आज 21वीं सदी में जब बड़े सामाजिक परिवर्तनों के हम गवाह हैं लेकिन मानसिक गुलामी की ज़हनियत को दूर करना कितना मुश्किल

है और इस बदलाव में कितने युग बीतेंगे...कहा नहीं जा सकता। इसके बावजूद स्त्री सर्जनात्मकता ने पिछड़े डेढ़-दो सौ वर्षों में न केवल अपनी प्रभावी उपस्थिति दिखाई है बल्कि इतिहास में नये आयाम भी रचे हैं। आज स्त्री-लेखन साहित्यिक चर्चा में एक मुख्य विषय है। समकालीन स्त्री रचनाकारों ने ऐतिहासिक-सामाजिक विकास क्रम की स्थितियों में बड़ी सीमा तक संविधान-प्रदत्त बराबरी के अधिकारों का उपयोग करते हुए अभिव्यक्ति की स्वतंत्रता प्राप्त की है। सदियों से दबी-कुचली स्त्री की आवाज़ को शब्द दिये हैं और समकालीन सन्दर्भों में स्त्री-स्वातंत्र्य और समानता के विभिन्न आयामों को अपनी सर्जनात्मकता द्वारा साहित्य में स्थापित किया है। आज न सिर्फ हिन्दी बल्कि अन्य भारतीय भाषाओं में स्त्री-जीवन के प्रश्नों और मनोभावों को लेखन का विषय बनाकर भारतीय साहित्य को समृद्ध किया गया है। स्त्री-लेखन आज साहित्य के केन्द्र में है लेकिन इस स्थिति तक पहुँचने के लिए प्रारम्भिक अवस्थाओं में जिन सर्जक-साधकों ने संघर्ष किये, वह बेहद महत्वपूर्ण हैं। आज समाज-संस्कृति की जिस ठोस धरती पर स्त्री-लेखन अपने मज़बूत पैरों पर खड़ा है, उस बंजर-पथरीली, काँटों भरी भूमि को हथियाने, उसे गोड़ कर समतल करने और आगे आने वाली रचनाकार पीढ़ी के लिए रास्ता बनाने का काम जो पूर्ववर्ती रचनाकारों ने किया, उनके अनथक संघर्ष का ऐतिहासिक महत्व है जो सर्जनात्मकता की राह में रोशनी बिखेरता हुआ प्रेरणा पुंज है। इसे स्त्री सर्जनात्मकता का ऐतिहासिक विकास क्रम ही कहा जा सकता है। यहाँ यह जोड़ना आवश्यक है कि यह परिवर्तन नवजागरण काल से पहले सम्भव नहीं था। हम इतिहास की बहसों में नहीं जाना चाहते। आज कल इस पर बहस हो रही है कि इसे नवजागरण काल कहा जाय या पुनर्जागरण कहना ठीक होगा। इतिहासकार इस समय के व्यक्तियों व समाज सुधार आन्दोलनों की विसंगतियों, द्वन्द्वों और उसके सार्थक-अनर्थक पक्षों पर बौद्धिक बहस कर रहे हैं। तत्कालीन परिस्थितियों में बन रहे नये इतिहास के प्रत्यक्ष अनुभव और प्रमाणित स्थितियों के आधार पर कहना समीचीन होगा कि अंग्रेज़ों के बढ़ते राजनैतिक प्रभाव ने जो सामाजिक वातावरण निर्मित किया और जिसे लोगों ने नवजागरण काल कहा, स्त्री जीवन के प्रति बदलाव का वातावरण उसी से पैदा हुआ। अंग्रेज़ी राज्य को सामाजिक भावभूमि पर मजबूती देने के लिए मिशनरियों की भूमिका अग्रणी थी। उन्होंने सामान्यतः शिक्षा का वातावरण बनाया और उसके साथ ही स्त्री शिक्षा के क्षेत्र में पहल की। बंगाल में ब्रह्म समाज आन्दोलन और उत्तर भारत में आर्य समाज आन्दोलन अंग्रेज़ों और मिशनरियों के शिक्षा प्रसार कार्यक्रमों के (कुछ हद तक) प्रतिक्रिया स्वरूप उपजे क्योंकि यह सन्देह व्यक्त किया जा रहा

था कि मिशनरी अंग्रेज़ी शिक्षा के साथ-साथ ईसाईयत की शिक्षा पर जोर देते हैं और धर्मांतरण के लिए प्रोत्साहित करते हैं। भद्र समाज अंग्रेज़ी शिक्षा-दीक्षा के माध्यम से दुनिया के दूसरे भागों की समाज व्यवस्था, संस्कृति से परिचित हो रहा था। अपने भारतीय समाज की रूढ़ियों, वर्ण व्यवस्था से उपजी भेदभाव की पद्धति, सती प्रथा, बाल विवाह जैसी कुरीतियों और विधवाओं की दुर्गति के बारे में परम्परावादी सोच से अलग नयी संवेदनशील दृष्टि से विचार कर रहा था। इसलिए स्त्री प्रश्नों पर, उनके प्रति दमनकारी परम्परागत व्यवस्था पर सवाल इसी काल में उठाये जा सकते थे। यंग बंगाल मूवमेंट के साथ ब्रह्मसमाज का बढ़ता प्रभाव और राम मोहन राय के अथक प्रयासों के बाद 1932 से सती प्रथा निषेध कानून ने इस नवोन्मेषकारी वातावरण की शुरुआत कर दी थी।

इस नये बनते वातावरण में सबसे पहले स्त्री शिक्षा का प्रश्न ही केन्द्र में आया क्योंकि परिवर्तन के दरवाजे शिक्षा की कुंजी से ही खुलते हैं जहाँ से नयी सृजन की राहें निकलती हैं।

इस क्रम में सावित्री बाई फुले सम्भवतः पहली महिला शिक्षिका, पहली महिला शिक्षाविद के साथ ही पहली महिला कवयित्री और पहली महिला मुक्तिदात्री के रूप में स्मरण की जायेंगी। महाराष्ट्रीयन समाज के पिछड़े वर्ग से आने वाली इस अविस्मरणीय महिला का विवाह महात्मा कहलाये गये समाज सुधारक, लेखक और विचारक ज्योतिबा फुले से हुआ था। उच्च जातियों की संकीर्णता और रूढ़वादिता के कारण नारकीय जीवन जीने को विवश अछूतों के सम्मान और अधिकार के लिए संघर्ष करने वाले ज्योतिबा फुले ने घर-परिवार, समाज का विरोध सहा और इसमें सावित्री बाई फुले कदम-दर-कदम साथ रहीं। पति की प्रेरणा और मदद से स्वयम् पढ़ना-लिखना सीखा, शिक्षित हुईं और फिर 1848 में प्रथम बालिका विद्यालय की स्थापना कर बालिकाओं को शिक्षा देने के काम में जुट गयीं। विद्यालय जाते समय रास्ते में सवर्ण समाज द्वारा उन पर गंदगी-कीचड़ फेंका जाता, अपशब्द कहे जाते लेकिन सारी कठिनाइयाँ सहते हुए उन लोगों ने और भी विद्यालय खोले और शिक्षा के साथ-साथ सामाजिक न्याय के सभी आन्दोलनों में अग्रणी रहे। ज्योतिबा स्वयम् कवि थे लेकिन सावित्री बाई फुले भी कविताएँ लिखती थीं। स्त्री अधिकारों के लिए संघर्ष करते हुए उन्होंने लेख भी लिखे जिनका बाद में प्रकाशन हुआ। जाहिर है संघर्षों की आँच में तपे हुए हाथों की कलम से ही प्रेरणा के स्वर निकलते हैं।

श्रीमती रास सुन्दरी देवी (1817) उच्च कुलीन बंगाली परिवार से थीं जिनका विवाह बारह वर्ष की अवस्था में एक जमींदार परिवार में हुआ। स्त्री शिक्षा निषेध

की परम्परानुसार रास सुन्दरी देवी भी शिक्षा से वंचित रहीं लेकिन लिखने-पढ़ने की अदम्य आकांक्षा से उन्होंने जो प्राप्त किया उसने उन्हें स्त्री-लेखन के इतिहास में अग्रणी स्थान दिलाया। अपनी जन्म स्थली, छोटे से गाँव पाबना में उनके घर के निकट एक ईसाई मिशनरी महिला द्वारा लड़कों के लिए पाठशाला खोली गयी। वे पाठशाला से लगे अपने घर के कक्ष में सटकर बैठ जातीं और जो सुनतीं उसे आत्मसात करने की कोशिश करतीं। शादी के बाद बच्चे हुए, स्कूल जाने लगे। अपने बेटे की कॉपी और किताब से पृष्ठ फाड़कर वे रसोई घर में छिपाकर रखतीं और समय मिलने पर छिप-छिपकर अध्ययन करतीं और लिखने का अभ्यास करतीं। इसी क्रम में उन्होंने अपनी जीवनी बांग्ला में 'आमार जीबोन' (मेरा जीवन) लिखी।

जब उनके पति का देहांत हो गया, उसके बाद ही 1876 में वह पुस्तक प्रकाशित हुई। यह उनकी संस्मरणात्मक जीवनी है जिसमें उन्होंने अपने बचपन, बाल अवस्था में विवाह और विवाह के बाद अपनी ससुराल की स्थितियों और जीवन-परिस्थितियों का और साथ ही अपने पढ़ने-लिखने और शिक्षित होने की उत्कट आकांक्षा के लिए की गयी जद्दोजहद का वर्णन है। बाद में इसके संशोधित रूप में उन्होंने अपनी जीवनी का दूसरा भाग भी जोड़ा और उस समय उनकी आयु 88 वर्ष की थी। 'आमार जीबोन' को विस्तृत जीवनी की प्रथम पुस्तक होने का गौरव प्राप्त है जिसे एक कुलीन वर्ग की एक महिला ने लिखा और उसने इसके लिए स्वयम् ही अपने को शिक्षित किया। पुस्तक छपने में विलम्ब का वही कारण कि सामाजिक परम्पराओं के अनुसार स्त्रियों का शिक्षित होना, लिखना पढ़ना निषेध था और परम्पराओं के विरुद्ध आचरण था। यही कारण है कि नवजागरण काल में अनेक कुलीन घरानों ने और शिक्षा ग्रहण करने की इच्छुक स्त्रियों ने ईसाई धर्म ग्रहण कर लिया। बंदिनी स्त्री को सामान्य मनुष्यत्व के अधिकार प्रदान करने और उन पर होने वाले विविध अत्याचारों और सामाजिक कुरीतियों को दूर करने के लिए न केवल बंगाल में बल्कि मद्रास, महाराष्ट्र और उत्तरी भारत, पंजाब में भी इन विचारों का आन्दोलन के रूप में प्रचार-प्रसार हुआ। अंग्रेज़ों में स्त्री-पुरुष को समान अधिकार, स्त्री को शिक्षा के अवसर तथा समाज में उचित सम्मान मिलते देखकर बहुत लोग स्वेच्छा से ईसाईयत की ओर आकर्षित हुए। लेखक माइकेल मधुसूदन दत्त भी जो यंग बंगाल मूवमेंट का हिस्सा थे, उन्होंने ईसाई धर्म अंगीकार किया। बाद में पंडिता रमाबाई और महाराष्ट्र में ही कृपाबाई सत्तिनन्दन ने भी तत्कालीन 'नवमूल्यबोध' और 'नयी सामाजिक व्यवस्था' से प्रभावित होकर ईसाई धर्म स्वीकार किया। कृपाबाई सत्तीनन्दन ने 'सगुना' नाम

का आत्म कथात्मक उपन्यास लिखा जो स्त्री दृष्टि से लिखा गया अपने समय का दस्तावेज है। न केवल तत्कालीन हिन्दू समाज में स्त्री की दयनीय स्थिति का, बल्कि ईसाई समाज में अंग्रेज और भारतीय ईसाई समाज के अन्तर्द्वन्द्वों को भी रेखांकित करता है। कृपाबाई सत्तिनन्दन के पिता हरिपंत बंबई प्रेसीडेंसी में ईसाई धर्म ग्रहण करने वाले पहले ब्राह्मण नवयुवक थे। उनके साथ उनका पूरा परिवार ईसाई हो गया। 'सगुना' उपन्यास का प्रथम प्रकाशन (1887-88) में मद्रास क्रिश्चियन कॉलेज की पत्रिका में धारावाहिक रूप से हुआ। इसका उपशीर्षक था-ए स्टोरी ऑफ नेटिव क्रिश्चियन लाइफ।' कृपाबाई (1861-1894) की मृत्यु के बाद यह उपन्यास पुस्तक रूप में छपा। 1998 में पुनर्प्रकाशन के समय इसका शीर्षक कर दिया गया, 'सगुना-द फर्स्ट ऑटोबायग्राफिकल नॉवेल इन इंगलिश बाय एन इंडियन वुमेन'। (पत्रिका 'आइना'-अवधेश कुमार मिश्र/ वी. आर. रामन-अंक-2, सं.-मंजु शुक्ला) दकन क्षेत्र में सती-प्रसंग, बाल विवाह और उसके फलस्वरूप स्त्री के जीवन की विभीषिका, परदा प्रथा, पुरुषों के बहुविवाह, वैधव्य और उससे उठने वाली समस्याओं को यह उपन्यास छूता है।

आज से सवा सौ साल पहले 1882 में महाराष्ट्र की ताराबाई शिंदे ने मराठी में एक छोटी सी पुस्तक 'स्त्री-पुरुष तुलना' लिखी। इस पुस्तिका में ताराबाई ने पराधीन स्त्री समाज के सन्दर्भ में उस काल के तीन विषयों को प्रस्तुत किया है—(1) विधवाओं की दयनीय स्थिति और उन्हें पुनर्विवाह की अनुमति (2) पुरुष प्रधान संस्कृति में विवाहित स्त्री का पुरुष द्वारा शोषण (3) पुरुष के दुर्गुण। ताराबाई पुस्तक में स्त्री-पुरुष के गुणों-अवगुणों की चर्चा करती हैं। उनकी आकांक्षा है कि सारे जग में स्त्रियों की स्थिति पर विचार हो और उसे समानता मिले। शास्त्रों पर आधारित रूढ़िवादी परम्पराएँ कितनी गलत हैं, यह वे तर्क सम्मत ढंग से सामने रखती हैं। लगभग एक शताब्दी बाद 1975 में इस पुस्तक की पहचान की गयी और श्री मालशे जी ने सबसे पहले इसे छपवाकर व्यापक पाठक जगत के सामने रखा। (हिन्दी अनुवादक : जुई पालेकर)। ताराबाई शिंदे नवजागरण में अंग्रेज़ों द्वारा शिक्षा (विशेष रूप से स्त्री शिक्षा) के प्रचार-प्रसार को उत्साहजनक मानती हैं। उत्तर भारत और बंगाल में स्त्री शिक्षा की मुहिम बहुत तीव्र थी। विधवा विवाह के पक्ष तथा बाल विवाह के निषेध समाज सुधार आन्दोलनों के प्रमुख मुद्दे थे। महाराष्ट्र में यह प्रयास (बावजूद प्रार्थना समाज जैसे आन्दोलनकारी संगठनों के) बहुत धीमे और कमजोर थे। ताराबाई शिंदे ने समाज सुधारकों की उस प्रवृत्ति का भी विरोध किया जहाँ वे स्त्री सशक्तीकरण के लिए अंग्रेज़ों द्वारा उठाये गये कदमों की आलोचना करते थे और उसे अपने

धार्मिक मामलों में हस्तक्षेप समझते थे। 'स्त्री-पुरुष तुलना' में उन्होंने लिखा, 'जब से यह राज शुरू हुआ, स्त्रियों को शिक्षा का वरदान मिला और उनमें इतनी मानसिक दृढ़ता आयी कि वे हर तरह की मानसिक और व्यवहारिक कठिनाइयों का हिम्मत से मुकाबला कर सकें। उनके दिल-दिमाग़ में घर बना कर बैठा अज्ञान का अन्धकार दूर हुआ और उनमें यह समझ आनी शुरू हुई कि उनके लिए क्या भला और क्या बुरा है? किससे कैसा बर्ताव करना चाहिए और जीवन की गाड़ी सही ढंग से कैसे चलानी चाहिए? उन्हें यह भी समझ आने लगा कि सत्य क्या है, धर्म और पतिव्रत क्या है?' ताराबाई शिंदे की स्त्री चेतना का सबसे महत्त्वपूर्ण पक्ष उनकी यह समझ है कि मध्यवर्गीय पुरुष ब्रिटिश शासन द्वारा पेश नयी शिक्षा और सभ्यता को अपने लिए पूरी तरह हथिया लेना चाहते हैं, उसे स्त्रियों तक पहुँचने देना नहीं चाहते। आधुनिक ज्ञान एक शक्ति है। उससे लैस होकर पुरुष खुद को शक्तिशाली बनाना चाहते थे, और स्त्रियों को कमज़ोर ही रखना चाहते थे। अपने इस स्वार्थ को पुरुष सुधारकों ने राष्ट्रवाद के सिद्धान्त के आवरण में पेश किया कि ब्रिटिश शासन और सब मामलों में कानून बना सकता है और ज़रूर बनाए, लेकिन हमारे धर्म के मामले में हस्तक्षेप न करे। भारत अंग्रेज़ों का उपनिवेश भले ही बना रहे, लेकिन घर-परिवार पुरुषों का अपना उपनिवेश था, जहाँ ब्रिटिश शासन के कानून नहीं पहुँच सकते थे। राष्ट्रवाद की शक्ल में इस सिद्धान्त को सबसे पहले तिलकपंथियों ने पेश किया और थोड़ा-बहुत विरोध करने के बाद सुधारकों ने भी इस 'राष्ट्रवाद' के आगे सिर झुका दिया। (वीर भारत तलवार, तद्भव)

बंगाल में ब्रह्मसमाज के पुरोधा केशवचन्द्र सेन, रवीन्द्रनाथ टैगोर आदि भी स्त्रीशिक्षा की मुहिम में शामिल थे लेकिन स्त्री-सशक्तीकरण और स्त्री मुक्ति के लिए किये जा रहे अंग्रेज़ों के प्रयासों को भारत की संस्कृति और आस्था में हस्तक्षेप समझते हुए उनका विरोध भी कर रहे थे। महाराष्ट्र में प्रार्थना समाज के संस्थापक और प्रखर आन्दोलनकर्ता महादेव गोविन्द रानाडे वहाँ के ब्राह्मण समाज के विरोध का सामना नहीं कर सके। वे स्त्रीशिक्षा के साथ-साथ बालविवाह का विरोध और विधवा विवाह के समर्थक थे लेकिन विधुर हो जाने पर उन्होंने दस वर्ष की कन्या रमाबाई के साथ विवाह रचाया। सती प्रथा पर कानूनी तौर पर प्रतिबन्ध लगने के बाद विशेष रूप से बंगाल में सती होने की घटनाएँ यकायक बढ़ गयीं। ''अंग्रेज़ सरकार को कभी भी हमारे धर्म के मामले में हाथ नहीं डालना चाहिए।'' रूढ़िवादी समाज के लोगों द्वारा निरन्तर विरोध करने और ऐसा शोर मचाने पर ताराबाई ने सख्त प्रतिक्रिया की—''अंग्रेज़ों और तुम्हारे धर्म के बीच अब फ़र्क़ बचा ही क्या

है? सिवाय अपनी जाति से बाहर विवाह न करने के। अंग्रेज़ों की कौन सी प्रथा है जिसकी नकल भारतीय पुरुषों ने नहीं की?'' यह छोटी सी पुस्तक आज से लगभग डेढ़ सौ साल पहले उभरती हुई स्त्री चेतना का विस्फोट थी।

1882 में ही उत्तर भारत में आर्य समाजी विचारों से प्रभावित 'एक अज्ञात हिन्दू औरत' ने 'सीमन्तनी उपदेश' नामक पुस्तक लिखी जो न सिर्फ दबी-कुचली भारतीय स्त्री के जीवन का चीत्कार है बल्कि स्त्री के प्रति होने वाले अमानवीय शोषण और असम्मान पर पूरी तरह से प्रहार करता है।

पहली बार इस पुस्तक का प्रकाशन 01 फरवरी 1982 ई. में हुआ। बाद में डॉ. धर्मवीर के प्रयासों से उनकी लम्बी भूमिका के साथ यह 1988 में पुनः प्रकाशित हुई। डॉ. धर्मवीर के अनुसार–'ऐसा प्रतीत होता है कि महिला पढ़ी-लिखी, कुलीन परिवार की थी, निःसन्तान थी, पंजाब की थी। धारदार भाषा में यह पुस्तक सम्भवतः पहले फारसी लिपि में लिखी गयी और किसी अन्य ने इसका देवनागरी में लिप्यांतरण किया।'

तेईस शीर्षकों के अन्तर्गत लिखे गये विषयों में कुछ इस प्रकार हैं–हिन्दी औरतों की हालत, जूती, हिन्दी औरतों की पोशाक, प्राचीन औरतों की हालत से आजकल की औरतों की निस्बत, औरतों के खराब होने के सबब, बदमाशों की हालत, मुसीबतें, जवाब एक औरत का, विधवा की दूसरी शादी, एक निहायत दर्दनाक विधवा औरत का हाल, पुरुष की हर रोज़ मार खाने से रांड रहना अच्छा है, आजकल औरतों की गुजरान, रांडों पर सितम, औलाद की ख्वाहिश, पतिव्रता धर्म आदि। इन पर तत्कालीन समाज में औरतों की स्थिति पर कठोर टिप्पणियाँ हैं। 'निवेदन' में लेखिका अपनी 'तमाम हिन्दी बहनों को पिंजरे में बन्द पक्षी के रूप में' देखती हैं और कहती हैं कि–'खुद इस जेलखाने से निकलने की तदबीर करनी चाहिए।' 'शुक्र' लेख में वे हिन्दी औरतों को उन लोगों को 'औतार' मान शुक्रिया अदा करने की बात करती है जो औरतों के हित और उनकी समानता, शिक्षा के अधिकार की बात कहते हैं और पत्र-पत्रिकाओं में लिखते रहते हैं। इनमें स्वामी दयानन्द सरस्वती के नाम का भी जिक्र है। 'हिन्दी औरतों की हालत' में वे हिन्दुस्तान की औरतों को ललकारती हैं और लम्बी नींद से जगाने की कोशिश करती हैं। 'कुछ कथा का हाल लिखा जाता है'–लेख में लेखिका धर्मशास्त्रों में स्त्री के पातिव्रत्य धर्म की जिसकी कहानियाँ सुना-सुनाकर स्त्रियों को मूढ़ साबित कर मूक-बधिर की तरह रहने की शिक्षा दी जाती रही है, उसकी धज्जियाँ उड़ाती हैं–'ऐ नेक भोली गरीब हिन्दनियों...तुमको पतिव्रता महात्म्य सुनाते हैं और तुम्हारे खाविन्दों को कोकशास्त्र और नायिका भेद, बहार ऐश और

लज्जतुल निसा की पोथियाँ सुनाकर कहते हैं—इस दुनिया में जिसने दो चार दस बीस कन्याओं से संग नहीं किया, उसका पैदा होना ही निष्फल है।' सवा सौ डेढ़ सौ साल पहले इस गुमनाम लेखिका ने जो अपना नाम उजागर करने का साहस नहीं कर सकी, अपने समय की 'हिन्दी' औरतों की स्थितियों पर गम्भीरता से सोचा और विचारों को शब्द दिये, आगे आने वाली पीढ़ी की स्त्रियों के लिए पथ प्रशस्त किया कि वे अपनी पूरी पहचान के साथ अपने मन और मस्तिष्क को समाज के सामने रखने का साहस करेंगी। सबसे बड़ी बात कि यह अज्ञात हिन्दू औरत, 'हिन्दी' स्त्रियों में भेद नहीं करती। उसने शास्त्रों द्वारा किये गये 'ब्राह्मणी', 'क्षत्रिया', 'वैश्या' और 'शूद्रा' के अन्तर को भी स्वीकार नहीं किया है। वह सम्यक् रूप से समस्त स्त्री समाज के लिए चिन्ता करती है। सीमंतनी उपदेश में पूरी संवेदना के साथ लेखिका समाज में स्त्री के प्रति भेदभाव, उनकी शिक्षा का निषेध, पतिव्रता के नाम पर होने वाले अत्याचार, वैधव्य की दारुण स्थिति, विधवा विवाह के लिए उचित तर्क प्रस्तुत करते हुए स्त्रियों का औलाद के लिए अन्धा मोह और ज़ेवर, पोशाकों के प्रति आसक्ति की भी आलोचना करती हैं। नवजागरण काल के समाज सुधारों को सचमुच हृदय से आत्मसात कर उस 'एक अज्ञात हिन्दू औरत' ने 'हिन्दी' स्त्रियों को जिस प्रखरता और बेबाकी के साथ सम्बोधित किया वह निश्चय ही एक क्रान्तिकारी काम था।

उन्नीसवीं सदी के उत्तरार्ध और बीसवीं सदी के पूर्वार्द्ध की अवधि में जिन भारतीय महिलाओं ने अपनी मेधा, विद्वत्ता और सामाजिक क्षेत्र में आन्दोलनकारी व्यक्तित्व से समाज के बड़े हिस्से को प्रभावित किया तथा स्त्री स्वातंत्र्य को सार्थक रूप में ग्रहण कर अपनी शर्तों पर जीवन जिया, पंडिता रमाबाई उनमें अग्रणी हैं। संस्कृत की प्रकांड विद्वान, शास्त्रों की विदुषी जिन्होंने भूख देखी, अकाल से मृत्यु का ग्रास बनते अपने ऋषि तुल्य विद्वान पिता व माता को देखा। अपने भाई के साथ भ्रमण करते हुए विद्वत सभाओं में भाषण-प्रवचन कर आजीविका के लिए जीवन संघर्ष किया, जाति-भेद की परवाह न करते हुए प्रेम विवाह किया और वैधव्य के बाद पूरी तरह समाज को समर्पित हो गयीं। बाल विवाह, वैधव्य, सती प्रथा में बालिका का भस्म होना जैसे अमानवीय कृत्य उन्हें विचलित करते। अन्ततः उन्होंने ईसाई धर्म ग्रहण कर लिया और इंग्लैण्ड जाकर अंग्रेज़ी का ज्ञान हासिल किया। वे कांग्रेस के अधिवेशनों में शामिल हुईं और स्त्री विरोधी कुप्रथाओं के खिलाफ़ अधिवेशन को संवेदित करने का भी प्रयास किया। समाज द्वारा तिरस्कृत विधवाओं, असहाय स्त्रियों, बालिकाओं के लिए आश्रम खोला और उन्हें स्वावलम्बी बनाने के लिए शिक्षित करने व प्रशिक्षण के कार्यक्रम चलाए। घोर आलोचनाओं

व संकटों के बीच भी दृढ़ रहीं। उनकी आत्मकथा बेहद प्रेरित करती है जो अपने समय के भारतीय समाज, आन्दोलनों की स्थिति, स्त्रियों के प्रति समाज की संवेदनहीनता, समाज सुधारकों के चिन्तन और कार्यशैली की विसंगतियों और द्वन्द्वों तथा राजनैतिक परिस्थितियों का ऐतिहासिक दस्तावेज है। 1888 में उनकी पुस्तक 'दा हाई कास्ट हिन्दू वुमन' न सिर्फ़ प्रकाशित हुई बल्कि बेहद चर्चित भी हुई। वे लगातार पत्र-पत्रिकाओं में स्त्रियों की विभिन्न समस्याओं को केन्द्र में रखकर लेख और पत्र लिखती रहती थीं। 1882 में शिक्षा सम्बन्धी परिस्थितियों के आकलन और वस्तुपरक सुझावों के लिए हंटर कमीशन का गठन हुआ तो पंडिता रमाबाई ने स्त्री शिक्षा सम्बन्धी अनेक महत्वपूर्ण और व्यवहारिक सुझाव भी दिये। स्त्रियों के स्वास्थ्य और चिकित्सा सम्बन्धी उनके सुझाव तथा महिला चिकित्सकों द्वारा ही स्त्रियों की जाँच और इलाज के लिए उनका आग्रह अन्ततः फलीभूत हुआ। भारत में महिलाओं की चिकित्सा के लिए डफ़रिन महिला अस्पतालों की एक पूरी शृंखला तैयार हो गयी।

पंडिता रमाबाई सरस्वती को ये उपाधियाँ उनकी विद्वता के आधार पर विद्वत सभा के लोगों ने प्रदान कीं। अपने प्रखर चिन्तन, संघर्ष और क्रान्तिकारी-सामाजिक आन्दोलनकर्ता के रूप में भारतीय स्त्रीत्व की सर्जनात्मकता का प्रतीक कही जा सकती हैं।

'एक अज्ञात हिन्दू औरत' की तरह 'बंग महिला' (जन्म 1882) के नाम से राजेंद्रबाला घोष ने भी बीसवीं सदी के पहले दो दशकों में अपनी रचनात्मकता के साथ साहित्य में प्रवेश किया और अपनी सिर्फ़ जगह ही नहीं बनायी बल्कि हिन्दी कथा साहित्य के लिए नयी भावभूमि भी तैयार की। जहाँ स्त्रियों के लिए शिक्षा का न सिर्फ निषेध हो, बल्कि उसे धर्म विरुद्ध भी समझा जाये, ऐसे समय में उत्तर प्रदेश के मीरजापुर के पढ़े लिखे बंगाली परिवार की पुत्री भी अपने असली नाम से लिखने का साहस नहीं जुटा सकी। शिक्षित परिवार होने के बावजूद तत्कालीन परम्परा के अनुसार उनकी शिक्षा दीक्षा घर पर ही हुई जहाँ पिता और भाइयों द्वारा निर्मित पढ़ने लिखने का वातावरण था। बंग महिला ने हिन्दी में कहानियाँ लिखीं, लेख लिखे और मुख्यतः स्त्री समाज को सम्बोधित करते हुए उसके पिछड़ेपन और घर की चारदीवारी में कैद होकर रहने को ही अपनी नियति बना लेने की प्रवृत्ति पर प्रहार भी किया। बीसवीं सदी के पहले दशक में कहानी के स्वरूप को विधा के रूप में स्थापित करने वाली पत्रिका 'सरस्वती' (सं. महावीर प्रसाद द्विवेदी) में उनके नाम से तीन कहानियाँ छपीं, 'कुंभ में छोटी बहू', 'चन्द्रदेव मेरी बातें' तथा 'दुलाई वाली'। विडंबना ही कही

जायेगी कि उनकी पहली दो रचनाओं पर सन्देह करते हुए इन्हें बंगला कृतियों का अनुवाद माना गया। बीसवीं सदी के पहले दशक की कहानियों के संकलन में डा. भवदेव पांडेय ने 'कुंभ में छोटी बहू' को बंग महिला द्वारा लिखी गयी कहानी के रूप में स्थान दिया है। डॉ. भवदेव पांडेय स्वयम् मीरजापुर के रहने वाले थे और राजेंद्रबाला घोष (बंग महिला) की प्रकाशित और अप्रकाशित पांडुलिपियों को हस्तगत कर उन्होंने गहन शोध कार्य किया था। वे इसे बंग महिला की मौलिक रचना मानते हैं। किन्हीं कारणों से स्वयं बंग महिला ने जो इस कहानी पर टिप्पणी दी कि यह उनकी माँ द्वारा लिखित कहानी का अनुवाद है—सत्य नहीं है। उनकी माँ इतनी पढ़ी-लिखी नहीं थीं। यह मौलिक रचना कहीं प्रकाशित नहीं हुई। उनकी माँ के नाम से अन्य कहीं कुछ नहीं छपा। भाषा-शैली भी बंग महिला की अन्य कहानियाँ के समान ही है। 'कुंभ में छोटी बहू' कहानी में पहली बार ग्रामीण समाज के परिवेश में एक निम्नमध्यवर्गीय परिवार को कथा के केन्द्र में रखा गया है। विषय वस्तु की दृष्टि से भी कुंभ के महात्म्य और गंगा स्नान से जुड़ी धार्मिकता को केन्द्र में रख आलोचनात्मक स्वर में लिखी गयी यह एक साहसिक कहानी थी जिसने कथा साहित्य के उद्‌देश्य और फलक को विस्तार देने की शुरुआत की। पहली बार विस्तार से पात्रों का चरित्र चित्रण, प्रभावी संवाद और पारिस्थितिक वर्णन है। आगे चलकर कथा-सम्राट प्रेमचन्द ने इसी भावभूमि पर आधारित अपनी कहानियों और उपन्यासों की रचना की। उस समय जब हिन्दी गद्य का विकास हो रहा था तथा कथानक अधिकतर समाज सुधार दृष्टि से निर्मित होते थे उस समय 'कुंभ में छोटी बहू' ने आधुनिक कथा साहित्य के निर्माण की नींव तैयार की। अफ़सोस ये है कि हमारे साहित्य-इतिहास के लेखक-विद्वानों ने उन्हें केवल 'दुलाई वाली' जैसी कहानी लेखिका तक सीमित कर दिया। 'दुलाई वाली' एक रोचक, हास्य व्यंग्य से परिपूर्ण सधी हुई रचना है जो 1907 में 'सरस्वती' में छपी थी।

प्रारम्भ में बंग महिला की रचनाएँ साहित्यिक पत्रिका 'आनन्द कादंबिनी' (सं. प्रेमघन) में छपीं। फिर 'समालोचक', 'सरस्वती' सहित सभी तत्कालीन पत्र-पत्रिकाओं में वे सम्मानपूर्वक छपती रहीं। उनकी कहानियों और लेखों के अलावा उनके द्वारा अनूदित साहित्य का संग्रह 'भारतेन्दु स्मारक ग्रन्थ मालिका' शृंखला के प्रथम अंक में छपा जिसका नामकरण शृंखला सम्पादक रामचन्द्र शुक्ल ने 'कुसुम संग्रह' किया।

'चन्द्रदेव से मेरी बातें' आख्यायिका जो 1904 में सरस्वती में छपी, बंग महिला के साहसिक लेखन का दस्तावेज है। हिन्दी में सम्भवतः पहली बार आत्म कथ्यात्मक शैली में सामयिक स्थितियों का उद्‌घाटन सम्बोधन के स्तर पर किया

गया है। उन्होंने अंग्रेज़ शासकों के अनुग्रह पर जीने वाले भारतीयों पर व्यंग्य कर उनकी भरपूर खिल्ली उड़ाई है। 'आत्मकथ्य और अभिकल्पना शैली के मिश्रित रूप से कथा लेखन की जो विधा व्यवहृत हुई वह आज के ललित निबन्धों के रूप में सामने आयी है'–(बंग महिला : नारी मुक्ति का संघर्ष-भवदेव पाण्डेय)। अपने लेखों में शिक्षा की ओर उन्मुख करते हुए बाल विवाह तथा विधवाओं की स्थिति पर उन्होंने बेबाकी से अपनी राय रखी। उन्होंने लिखा कि भारतीय स्त्री का जीवन रसोईघर से लेकर शय्या तक सीमित हो जाता है। तत्कालीन ब्रिटिश साम्राज्य से नजदीकी बढ़ाने के लिए उत्सुक मध्यवर्गीय हिन्दुस्तानी नौजवानों पर उन्होंने अपनी रचनाओं में बहुत व्यंग्य किया है। बंग महिला ने अपने लेखों में निरन्तर स्त्री शिक्षा के लिए जोरदार वकालत की और बाल विवाह, विधवाओं की स्थिति के साथ-साथ स्त्री-पुरुषों के बीच भेदभाव और स्त्रियों को शिक्षा के अधिकार से वंचित रखने पर क्षोभ जताया है। उन्होंने योरोप की महिलाओं को शिक्षा और सम्मान में बराबरी का स्थान, अपनी इच्छा और पसन्द से विवाह करने के तथा वैवाहिक जीवन अनुकूल न होने पर सम्बन्ध विच्छेद के अधिकार की भी सराहना की, हालाँकि उनके इन प्रगतिशील विचारों की भरपूर आलोचना भी होती रही। बंग महिला अपनी कलम के माध्यम से बीसवीं सदी के आरम्भिक काल में नारी मुक्ति अभियान की एक महत्वपूर्ण इकाई बनीं।

लगभग इसी काल खंड में रुकैया खातून, (1884) का जन्म रंगपुर (जो अब बंगला देश में है) जिले के पेराबाउड में एक जमींदार परिवार में हुआ था। परिवार के कड़े नियम, बचपन से ही कट्टर पर्दा प्रथा, सिवाय कुरान के शिक्षा का निषेध जैसे परिवार के कड़े नियम उन्होंने झेले। रुकैया की शिक्षा के प्रति तीव्र इच्छा देख रात को मोमबत्ती जलाकर उनके भाई अंग्रेजी के प्रारम्भिक पाठ पढ़ाने लगे। सोलह वर्ष की अवस्था में भागलपुर के डिप्टी मजिस्ट्रेट सैयद सखावत हुसैन से जो अधेड़ उम्र के विधुर थे, विवाह हो गया। विवाह के बाद पति ने उनकी शिक्षा के प्रति तीव्र इच्छा देखकर अंग्रेजी सीखने में मदद की। रुकैया ख़ातून 13 वर्ष बाद ही विधवा हो गयीं लेकिन फिर उन्होंने भागलपुर में सखावत मेमोरियल गर्ल्स स्कूल शुरू किया। कुछ समय बाद ही पारिवारिक कारणों से अन्ततः स्कूल को कलकत्ते स्थानांतरित करना पड़ा। 11 बच्चियों से शुरू हुआ यह स्कूल उनकी मृत्यु के बाद सरकारी नियंत्रण में आ गया और आज 'सखावत मेमोरियल गवर्मेन्ट गर्ल्स स्कूल' के रूप में एक प्रतिष्ठित शिक्षा केन्द्र है।

रुकैया खातून की एक बेहद चर्चित और बहु उद्धृत कहानी है : ड्रीम ऑफ सुल्ताना (हिन्दी अनुवाद : सुल्ताना का सपना) जिसमें एक लड़की जो अपने

चारों ओर के स्त्री पराधीनता के सामाजिक वातावरण से मुक्ति पाना चाहती है वह कल्पना में सपना देखती है जो यथार्थ की परिस्थितियों से बिल्कुल उलट है। सपने में सुल्ताना को वही स्थितियाँ उपलब्ध हैं जिनका उपभोग दैनन्दिनी में लड़के या पुरुष समाज करता है। अंग्रेज़ी में लिखी गयी इस कहानी का अनेक भाषाओं में अनुवाद हुआ।

स्त्री शिक्षा के लिए समर्पित रुकैया सखावत हुसैन का साहित्य में भी बड़ा योगदान है। वे उन प्रारम्भिक महिलाओं में हैं जिन्होंने स्त्री विरोधी सामाजिक और धार्मिक रूढ़ियों के विरुद्ध तर्कपूर्ण ढंग से लिखा और साथ ही साहित्य-सृजन में योगदान दिया। बांग्ला भाषा में उनकी अनेक पुस्तकें हैं-मोतीचूर-प्रथम खण्ड (1904), मोतीचूर-द्वितीय खंड (1922)। मोतीचूर में अनेक निबन्ध ठोस तर्कों पर आधारित हैं। उन्होंने साहसपूर्वक लिखा—'धर्मों की पुस्तकें आचरण-संहिताओं तथा पुरुषों द्वारा दिये गये निर्देशों के अतिरिक्त और कुछ भी नहीं हैं। पुरुष सन्तों द्वारा दी गयी व्यवस्थाएँ (आज्ञाएँ) यदि महिला सन्तों द्वारा दी गयी होती तो एकदम उलट दी जातीं।''

उनकी अन्य पुस्तकें हैं, पद्मराग (1924), अवरोधवासिनी (1931)। अबरोधवासिनी में पर्दाप्रथा की कट्टरता के विविध प्रसंग हैं जो स्त्रियों के जीवन की दारुण घटनाओं पर आधारित हैं जिसे पढ़कर रोंगटे खड़े हो जाते हैं। बाल्यावस्था से लेकर जीवन के अन्तिम समय तक पर्दा के ये रूप स्त्री जीवन का अभिशाप थे। 'एक अज्ञात हिन्दू औरत' के समान 'अवरोध वासिनी' में उन्होंने भारतीय समाज में महिलाओं के अमानवीय बन्दीकरण के ठोस उदाहरण दिये हैं। अपनी अधिकांश रचनाओं में उन्होंने मुस्लिम महिलाओं को बलपूर्वक उनके घरों की चारदीवारी के भीतर दारुण कैद में डाले जाने के विरुद्ध विवेकपूर्ण तर्क दिये तथा शिक्षा के अधिकार पर जोर दिया। स्त्री-पुरुष के बीच असमानताओं का वर्णन करते हुए उन्होंने सभी सम्प्रदायों को दोषी ठहराया। 'एक अज्ञात हिन्दू औरत' के समान उन्होंने भी स्त्रियों के आभूषणों के प्रति लालसा को धिक्कारते हुए उन्हें दासता का प्रतीक कहा। उनके निबन्धों में समाज सुधार की जरूरतों पर तथा स्त्रीशिक्षा और उसके सशक्तीकरण पर बल दिया गया है। उन्होंने कविताएँ भी लिखीं और अभी भी उनकी अनेक अप्रकाशित पांडुलिपियाँ प्रकाशन की प्रतीक्षा कर रही हैं। पद्मराग उनका एकमात्र उपन्यास है जिसमें स्पष्ट सन्देश है कि विवाह स्त्री जीवन का अन्तिम लक्ष्य नहीं है। 9 दिसम्बर 1932 को जब उनकी मृत्यु हुई, पिछली रात लिखा गया उनका अधूरा लेख-'महिलाओं के अधिकार' मेज पर मिला।

बीसवीं सदी की शुरुआत में जन्मी (1909) प्रख्यात मलयालम लेखिका

ललितांबिका अन्तर्जनम का लेखन भी मलियाली समाज की महिलाओं (विशेष रूप से कुलीन नम्बूदिरी ब्राह्मण स्त्रियों) के परम्परागत शोषण और दारुण अत्याचार को केन्द्र में रखता है। केरल के उच्चकुलीन (नम्बूदिरी) ब्राह्मण परिवारों में केवल बड़े पुत्र को वैधानिक रूप से विवाह का अधिकार था। परिवार के अन्य पुरुष 'सम्बन्धम' प्रथा द्वारा दूसरी जाति की स्त्रियों से सम्बन्ध बना सकते थे और सामान्यतः मातृसत्तात्मक संरचना वाले 'नायर' समाज की स्त्रियों के साथ उनका सम्बन्ध होता था। नायर स्त्रियों से प्राप्त सन्तानों को किसी प्रकार के वंशानुगत अधिकार प्राप्त नहीं होते थे। नम्बूदिरी कन्याएँ अक्सर इसी कारण अविवाहित रह जाती थीं और इसीलिए अगर 80 वर्ष का नम्बूदिरी पुरुष किसी बालिका से भी विवाह कर ले तो यह उस बालिका का सौभाग्य गिना जाता था।

नम्बूदिरी स्त्रियाँ दुनिया से कटी हुई रहती थीं और भोर से लेकर रात तक श्रम करते उनका जीवन धुएँ भरी रसोई और सीलन भरे आँगन से लेकर पति की शय्या तक में बीत जाता था। उन्हें खिड़की से बाहर देखने तक की मनाही थी और अगर कभी बाहर निकलना ही पड़े तो मोटी चादर में लिपटी पूरी तरह से पर्दे में, बड़े से छाते के भीतर वे मुँह छिपाये रहतीं। इसी के विपरीत निम्न जाति की स्त्रियों को कुलीन समाज के सामने सीना ढकने की मनाही थी और उन्हें कमर तक वक्षस्थल खुले रखने होते थे।

ललितांबिका अन्तर्जनम ने स्वयं के प्रयासों से, लुकछिप कर पढ़ना-लिखना सीखा। वे कुलीन नम्बूदिरी स्त्रियों के बन्दी जीवन से बेहद आहत थीं। छिप-छिपकर रात में लैंप की मद्धिम रोशनी में लिखने-पढ़ने के कारण उनकी आँखें कमजोर हो गयी थीं। इन परिवारों में एक प्रथा और थी। किसी भी स्त्री के चरित्र के बारे में यदि किसी ने सन्देह किया तो स्मार्त विचारम पद्धति से पुरुष समाज उस स्त्री का पारिवारिक अदालत में विचार करता। अधिकांश में अन्ततः स्त्री ही दोषी पायी जाती। स्मार्त साधनम् प्रक्रिया के द्वारा उसका अन्तिम संस्कार कर उसे घर से बाहर निकाल दिया जाता और वह मृत घोषित कर दी जाती। वह स्त्री भटकने, आत्महत्या करने अथवा अपनी मर्जी मुताबिक जहाँ शरण मिले जाने को स्वतंत्र होती। आपसी रंजिश या मनमानी न कर पाने के कारण कितनी ही स्त्रियों को स्मार्त साधनम द्वारा मृत घोषित कर जीते जी मार दिया जाता। इस अमानवीय प्रथा को केन्द्र में रखकर ललितांबिका अन्तर्जनम ने बड़ी उम्र में अपना सुप्रसिद्ध उपन्यास 'अग्नि साक्षी' लिखा जो पहले 'मातृभूमि' में धारावाहिक छपा और फिर 1976 में पुस्तकाकार में आया। 'अग्निसाक्षी' मलयालम साहित्य में क्लासिक उपन्यास का स्थान रखता है। इसके अतिरिक्त उनके नौ कहानी संग्रह और छह

कविता संग्रह हैं। उनका लेखन स्त्रियों के प्रति समाज की अमानवीय परम्पराओं, पाखंड और उनके बन्दी जीवन के प्रतिरोध में खड़ा होता है और स्त्री यौनिकता तथा स्वातंत्र्य के प्रश्नों को संवेदनशील रूप में प्रस्तुत करता है। बीसवीं सदी की जागरूक और साहसी स्त्री लेखन में ललितांबिका अन्तर्जनम अग्रणी हैं।

मलयालम साहित्य में नयी दृष्टि से स्त्री यौनिकता के प्रश्नों को कमलादास (माधवी कुट्टी) जिन्होंने जीवन के अन्तिम वर्षों में अपना धर्म परिवर्तन कर कमला सुरैया नाम रख लिया था, ने अपनी बेहद चर्चित पुस्तक 'एंते कथा' (माय स्टोरी-मेरी कहानी) में स्त्री के अन्तर्मन को टटोलते हुए उसके मनोभाव, इच्छा-आकांक्षाओं के साथ प्रेम और देह के प्रश्नों को भी समेटा। इस सन्दर्भ में पंजाबी लेखिका अमृता प्रीतम का आत्मकथात्मक उपन्यास 'रसीदी टिकट' ऐसे ही बेबाक तरीके से स्त्री के विचार स्वातंत्र्य और सामाजिक वर्जनाओं के सम्मुख स्त्री-पुरुष सम्बन्धों पर सर्जनात्मक रूप से सक्रिय संवेदनशील स्त्री का पक्ष प्रस्तुत करता है। 'रसीदी टिकट' का रचनाकाल भी बीसवीं शताब्दी का उत्तर-मध्यकाल है।

स्त्री लेखन के इस ऐतिहासिक क्रम में तीन अन्य लेखिकाओं का उल्लेख करना आवश्यक है जिन्होंने बीसवीं शताब्दी के पूर्वार्द्ध में अपनी सशक्त उपस्थिति दर्ज की और नयी राहों का निर्माण किया। 1907 में जन्मी महादेवी वर्मा ने आधुनिक हिन्दी साहित्य के विकास के प्रारम्भिक चरणों में कविता और गद्यलेखन, दोनों में ही अपनी सशक्त उपस्थिति दर्ज कराई और छायावाद के एक प्रमुख स्तम्भ के रूप में स्थापित हुईं। केवल साहित्य ही नहीं उनका अनुराग संगीत, कला के क्षेत्र में भी था। वे गाँधी जी की अन्य भक्त थीं, खादी पहनती थीं, चर्खा चलाती थीं और स्वाधीनता आन्दोलन में सहयोगी थीं। बाद में स्त्री शिक्षा के लिए उनकी प्रतिबद्धता उनके द्वारा लड़कियों के लिए शुरू किये गये कन्या विद्यापीठ के रूप में हुई। वे संगीत में निपुण और उच्चकोटि की कलाकार भी थीं। कविता में उस संवेदनशील कवयित्री का सहज मानवीय प्रेम आध्यात्मिकता के आवरण में आबद्ध हो मूर्त हुआ जिसने छायावाद की रहस्यवादी भाव विधा का सृजन किया। लौकिक-अलौकिक प्रेम के बीच कड़ी बनी उनकी कविताएँ दीपशिखा, नीरजा, रश्मि, यामा और सांध्यगीत में संग्रहित हैं। सम्भवतः प्रेम और अनुराग-विराग की मुक्त भावनाओं को निस्संकोच जैसे कमलादास और अमृता प्रीतम ने व्यक्त किया, वह तत्व महादेवी वर्मा की शैली में अनुपस्थित था। इसीलिए 'आधुनिक मीरा' जैसा विशेषण महादेवी पर सटीक बैठता है। आज से पाँच सौ साल पहले घर-परिवार, समाज और परम्पराओं की रीति-नीति को ध्वस्त कर अपनी अस्मिता और भावाभिव्यक्ति के अधिकार को सुरक्षित रखने हेतु मीरा ने अपना जीवन

और सर्जनात्मकता इष्ट देव के नाम को समर्पित कर दी और साहित्य को अपनी काव्य प्रतिभा से न सिर्फ समृद्ध किया, विद्रोह के स्वरों को भी मुखर किया। महादेवी ने भी एक पारलौकिक, निर्गुण सत्ता को अपनी भावनाएँ समर्पित कर उन्हें काव्य रूप प्रदान किया।

महादेवी जी ने गद्य के रूप में स्मृति की रेखाएँ, अतीत के चलचित्र और शृंखला की कड़ियाँ जैसी कृतियाँ दीं। 'शृंखला की कड़ियाँ' उनके सामाजिक चिन्तन और स्त्री की पराधीनता के स्वरूप को इंगित करती हुई महत्वपूर्ण पुस्तक है। स्त्री विमर्श के क्षेत्र में फ्रांस की नारीवादी लेखिका सीमोन द बउवा की पुस्तक 'दा सेकिंड सेक्स' जो 1940 में आयी, प्रारम्भिक पुस्तक समझी जाती है। शृंखला की कड़ियाँ जो 1936 में प्रकाशित हुई, उसमें महादेवी स्त्री पराधीनता की मानसिकता पर विस्तार से चर्चा करती हैं और सशक्तीकरण हेतु शिक्षा तथा स्वावलम्बन पर जोर देते हुए मानसिक दासता से मुक्ति पाने का आग्रह करती हैं। निश्चित रूप से इस पुस्तक के लेख पराधीन भारत में स्त्री स्वातंत्र्य के प्रश्नों को सिलसिलेवार प्रस्तुत करते हैं।

महादेवी वर्मा के अलावा 20वीं शताब्दी के प्रारम्भिक वर्षों में दो अन्य क्रान्तिकारी भारतीय स्त्रियों का जन्म हुआ जो राष्ट्रीय स्वाधीनता आन्दोलन में अग्रणी थीं और अपने व्यापक सामाजिक सरोकारों के साथ-साथ अपने कालजयी लेखन के लिए जानी जाती हैं। सुभद्रा कुमारी चौहान (जन्म 16 अगस्त, 1904) न केवल साहित्य में बल्कि भारतीय जनमानस में अपनी कविता 'खूब लड़ी मर्दानी वह तो झांसी वाली रानी थी' के माध्यम से अमर रहेंगी। नौ वर्ष की अवस्था में नीम के पेड़ पर लिखी कविता प्रतिष्ठित पत्रिका 'मर्यादा' में छपी। हमेशा खादी पहना और अपने कर्मठ तथा राष्ट्रीय आन्दोलन से सक्रिय रूप से जुड़े पति ठाकुर लक्ष्मणसिंह के साथ कंधे से कंधा मिलाकर आन्दोलनों में अग्रणी भूमिका निभाई। 1923 और 1942 में वे जेल भी गयीं। जब उनकी रचनाकार बेटी सुधा चौहान का विवाह प्रेमचन्द के लेखक बेटे अमृतराय से हुआ उस समय दोनों पति-पत्नी जेल में थे। राष्ट्रीय भावनाओं से ओत-प्रोत उनकी ओजपूर्ण कविताएँ-झांसी की रानी के अतिरिक्त वीरों का कैसा हो बसन्त तथा जलियाँ वाले बाग में बसन्त बहुत चर्चित हैं। उनके तीन काव्य संकलन त्रिधारा, मुकुल और ये कदंब का पेड़ प्रकाशित हुए।

सुभद्रा कुमारी चौहान एक कुशल गद्यकार भी थीं और विभिन्न सामाजिक-राजनैतिक पक्षों को केन्द्रित कर उन्होंने अनेक कहानियाँ लिखीं। उनकी कहानियों के तीन संग्रह, बिखरे मोती, उन्मादिनी और सीधे सादे चित्र उपलब्ध हैं। उनकी

कहानियों में सामाजिक प्रश्न हैं, जात-पाँत, धार्मिकता की सीमाएँ ध्वस्त करते कथानक हैं और स्त्री-अस्मिता, स्वाभिमान के प्रसंग हैं। उनकी कहानियाँ उनके आसपास के परिवेश और जीवनानुभवों से उपजी हैं इसीलिए उनमें ईमानदारी के साथ-साथ भावों की गहराई है जो पाठक के हृदय में उतरती है। राष्ट्रीय आन्दोलन और महात्मा गाँधी के जीवन-दर्शन से निर्मित समाज-सुधार के आदर्श उन्होंने अपने जीवन में व्यवहारिक तौर पर ग्रहण किये। धर्म-जाति-समुदाय आधारित किसी प्रकार के भेदभाव का उनके जीवन में कोई चिह्न नहीं था और यह उनके जीवन-व्यवहार की ओढ़ी हुई नहीं, बल्कि सामान्य जीवन गति थी। नवजागरण काल से लेकर गाँधी के जीवनकाल में इन आदर्श स्थितियों पर बहुत चर्चा हुई, व्यापक उपदेश-विमर्श हुए लेकिन व्यवहार में इसे अपने जीवन का ढंग बनाने का साहस कुछ ही लोगों में देखा गया। सुभद्रा कुमारी चौहान इस रूप में एक महान व्यक्तित्व थीं। उनके घर, चौके के दरवाजे सभी के लिए खुले थे और यह कोई प्रदर्शन-आडंबर नहीं था बल्कि वह उनका सामान्य व्यवहार था। उनकी आत्मकथा 'हिन्दी साहित्य के निर्माता' शृंखला में साहित्य अकादमी ने प्रकाशित की जिसे उनकी पुत्री सुधा चौहान ने 'जैसा जीवन जीया' लिखा है, उसमें उन्होंने ऐसे अनेक प्रसंगों का वर्णन किया है। जबलपुर में एक बार जब वहाँ कांग्रेस की सरकार थी और वे कांग्रेसी विधायक थीं, मेहतरों ने हड़ताल की। सरकार हड़ताल तोड़ना चाहती थी और उनका दमन कर रही थी। ऐसे में सुभद्रा जी उन मेहतरों के घरों में जातीं, उनकी औरतों-बच्चों को धीरज बँधाती और स्नेह वश वे उनको चाय बनाकर देते, वे पूरे सम्मान से उसे ग्रहण करतीं। इसी तरह उनका घर, चौका और खानपान सभी के लिए खुला था, कवि, लेखक, भद्रजन, अछूत, गरीब, अमीर, किसी प्रकार के भेदभाव के लिए कोई जगह नहीं थी और सभी को, जो खाने पीने के लिए उपलब्ध होता, वे परोस देतीं। उनका न सिर्फ़ साहित्य, बल्कि उनका जीवन भी उतना ही प्रेरणास्पद है।

आज साहित्य में और सामाजिक जीवन में भी स्त्री विमर्श का दायरा बेहद संकुचित हो गया है और केवल स्त्री अधिकार और स्त्री अस्मिता के लिए की जाने वाली जद्दोजहद पर ही चिन्तन करता है। ये आधारभूत सामाजिक प्रश्न जो सामाजिक अलगाव और भेदभाव की पुरातन पद्धति से जुड़े हैं, इन्हें स्त्री विमर्श के दायरे में लाकर विमर्श का हिस्सा बनाने का प्रयास नहीं किया जाता। सम्भवतः इसीलिए स्त्री और पुरुष समाज के बीच परम्परागत अलगाव और भेदभाव की स्थितियों में वांछित सुधार नहीं हो पा रहा है। इस रूप में सुभद्राकुमारी चौहान का जीवन आदर्श की परिधि में आता है। उनकी कथनी और व्यवहार में भेद नहीं

था। इसके अतिरिक्त स्त्री प्रश्नों के साथ-साथ राष्ट्रीय स्वाधीनता के प्रति चिन्ता और क्रियाशीलता ने उन्हें एक प्रमुख आन्दोलनकारी के रूप में स्थापित किया। उनके विचारों और कर्म की समरूपता के कारण ही उनकी लेखनी की प्रखरता से ओतप्रोत उनकी रचनाएँ, भारतीय समाज का एक अनिवार्य हिस्सा बन गयी हैं। स्त्री अस्मिता के नये आयामों से उन्होंने आने वाली पीढ़ियों का मार्ग प्रशस्त किया। निरन्तर जीवन संघर्ष के विविध रूपों से गुजरते हुए यह महान व्यक्तित्व अदम्य आशावाद से हमेशा परिपूर्ण रहा—मैंने हँसना सीखा है/मैं नहीं जानती रोना। बरसा करता पलपल पर/मेरे जीवन में सोना...कहते हैं होती जाती/खाली जीवन की प्याली। पर मैं उसमें पाती हूँ/ प्रतिपल मदिरा मतवाली। ...सुख भरे सुनहले बादल/ रहते हैं मुझको घेरे/ विश्वास, प्रेम, साहस हैं/ जीवन के साथी मेरे।

1905 में जन्मी एक और क्रान्तिकारी महिला जो राजनीति और सामाजिक मोर्चे पर सक्रिय रहीं और अपने साहित्य के माध्यम से दबे-कुचले पिछड़े समाज की सच्चाइयों को व्यापक पाठक वर्ग के सामने प्रस्तुत करने पर रूढ़िवादी समाज के गहन विरोधों को झेला, उन डा. रशीद जहाँ ने अपने समकालीन फैज़ अहमद फ़ैज जैसे युवा रचनाकारों को भी वैचारिक स्तर पर प्रेरित किया तथा सामाजिक स्तर पर उन्हें जागरूक करने का बीड़ा भी उठाया। डॉ. रशीद जहाँ के पिता शेख अब्दुल्ला (कश्मीर के पूर्व वज़ीरे आजम नहीं) मुस्लिम स्त्री शिक्षा में अग्रणी थे और 1906 में उन्होंने घोर विरोध के बावजूद अपनी पत्नी के सहयोग से मुस्लिम लड़कियों के लिए अलीगढ़ में एक स्कूल खोला। अंग्रेज़ी पढ़े-लिखे, प्रगतिशील विचारों के माता-पिता की यह सबसे बड़ी सन्तान थीं। यह मुस्लिम गर्ल्स स्कूल आज विशाल वृक्ष के रूप में अलीगढ़ मुस्लिम विश्वविद्यालय के वीमेन्स कॉलेज के रूप में प्रख्यात है। रशीद जहाँ ने अलीगढ़ के बाद लखनऊ के आई.टी. कॉलेज से शिक्षा प्राप्त की और फिर लेडी हार्डिंग्ज से मेडिकल का कोर्स कर लखनऊ में मेडिकल आफिसर के रूप में तैनात हुईं। कॉलेज में रहते हुए कॉलेज मैगज़ीन के लिए उन्होंने पहली कहानी 'द टॉम टॉम बीट्स' लिखी जिसका उर्दू अनुवाद बहुत बाद में 'सलमा' के रूप में आया। सदैव खादी की धोती पहनने वाली रशीद जहाँ महात्मा गाँधी के स्वाधीनता आन्दोलन से बहुत प्रभावित थीं और स्वाधीनता आन्दोलन की गतिविधियों में भरसक सहयोग करती थीं। लखनऊ में महिला चिकित्सक के रूप में वे व्यापक महिला समाज के सम्पर्क में आयीं। उन्होंने देखा कि मुस्लिम समाज में अभिजात्य वर्ग की कुलीन कही जाने वाली महिलाएँ थीं तो निम्न वर्ग की, जीवन के लिए जद्दोजहद करने वाली महिलाएँ भी थीं। सामंती समाज की इन कुलीन महिलाओं की स्थिति नरक से भी बदतर थी।

अपने पति के लिए सिर्फ बच्चे पैदा करना और हमेशा सौत के डर से आक्रांत पर्दे के पीछे मूक-बधिर की तरह ज़िन्दगी गुजार देना उनकी नियति थी। उनकी त्रासद ज़िन्दगियों को उन्होंने पूरी संवेदना के साथ नजदीकी से देखा और यही उनके आगे के लेखन की भावभूमि और सामाजिक राजनीतिक क्षेत्र में कर्मभूमि बनी। कॉलेज के दिनों में लिखी गयी 'सलमा' कहानी (1923) में भी स्त्री के अपने बारे में स्वयम् निर्णय लेने के अधिकार को उन्होंने विषय बनाया था।

सज्जाद ज़हीर समेत चार युवा रचनाकारों का संग्रह 'अंगारे' 1932 में जब प्रकाशित हुआ तब रूढ़िवादी मुस्लिम समाज ने उन कहानियों को अश्लील, धर्म और परम्परा के विरुद्ध कहकर उसका भीषण विरोध किया। यूँ तो 'अंगारे' में सज्जाद जहीर, अहमद अली और महमूदज़्ज़फर के साथ रशीद जहाँ की कहानी 'दिल्ली की सैर' और नाटक 'पर्दे के पीछे' सम्मिलित थे लेकिन रशीद जहाँ का विरोध सबसे ज़्यादा इसलिए हुआ कि महिला होकर उसे मुस्लिम समाज के अन्तरंग वातावरण की आलोचना करने की हिम्मत कैसे हुई। उनके नाक-कान काट लेने का फ़तवा जारी किया गया। उग्र विरोध के चलते अन्ततः 'अंगारे' प्रतिबंधित हो गयी। 'दिल्ली की सैर' कहानी में एक सम्पन्न परिवार का पति अपनी पर्देदार बुर्कापोश पत्नी को लखनऊ से दिल्ली लाकर और स्टेशन पर ही छोड़कर दोस्तों से शहर में मिलने-जुलने चला जाता है। भूखी, प्यासी, डरी-सहमी अकेली पत्नी जो पहली बार अपने शहर से बाहर गयी थी, पूरे समय स्टेशन पर सामान के साथ सामान की तरह ही पड़ी रही। शाम को खा-पीकर और घूम-घामकर पति महोदय आये और वापिसी की यात्रा हुई। यह एक सीधीसादी स्त्री की घोर उपेक्षा और उसके प्रति संवेदनहीनता की कहानी थी। 'पर्दे के पीछे' नाटक में कुलीन परिवार की औरतों की घुटन, आँसू, विवशताएँ, देह के शोषण और बीमारियों से जूझते अपने अस्तित्वहीन जीवन का वर्णन है जिसको विषय बनाने और सच्चाई बयान करने के कारण पुरुष समाज की खीझ और गुस्से को उन्होंने झेला।

रशीद जहाँ ने ढेर सारी कहानियाँ और नाटक लिखे। वे नाटक लिखतीं और समय-समय पर उनका मंचन भी होता। उनकी कुछ कहानियाँ 'वह तथा अन्य कहानियाँ' संग्रह में सम्मिलित हैं। अधिकांश कहानियाँ तथा नाटक स्त्री समाज की विडंबनाओं और त्रासद जीवन को प्रदर्शित करती हैं। धार्मिक संस्कारों और मान्यताओं की झाड़ में पितृसत्ता ने औरत को मात्र सन्तान पैदा करने की मशीन समझ लिया है। इस धारणा को उन्होंने अपनी कहानियों, नाटकों के अलावा लेखों में भी कहा और महिला संगठनों के बीच जाकर अपने भाषणों के दौरान भी बार-बार जिक्र किया और उन्हें शिक्षित होने के लिए प्रेरित किया। उनकी

कहानियों में साम्प्रदायिकता के प्रश्न भी उठाये गये हैं। सामाजिक पाखंड और स्त्री-पुरुष के प्रति समाज के दोहरे मानदंडों पर भी केन्द्रित किया है।

रशीद जहाँ वैचारिक रूप से समृद्ध राजनीतिक कार्यकर्ता भी थीं और अपने वामपंथी पति महमूदज़्ज़फर के साथ सभी राजनीतिक-सामाजिक गतिविधियों में सहयोग करती थीं। 1936 में जब प्रगतिशील लेखक संघ की स्थापना हुई और लखनऊ में उसका स्थापना सम्मेलन हुआ, उसमें उनकी अग्रणी भूमिका थी। उन्हीं के प्रयासों से प्रेमचन्द यद्यपि अस्वस्थ थे, लेकिन वे आये और उन्होंने अध्यक्ष के रूप में अपना चर्चित अध्यक्षीय भाषण दिया।

लेखन और कार्यक्षेत्र दोनों में उन्होंने अपने अदम्य साहस और जिजीविषा का परिचय दिया। कठिन परिस्थितियों में जरूरत पड़ने पर उन्होंने पत्रकारिता भी की और वरिष्ठ राजनैतिक कार्यकर्ताओं के जेल चले जाने पर क्रान्तिकारी पत्रिका 'चिंगारी' का सम्पादन, लेखन और प्रकाशन किया। समाज के साथ उनके निकटतम सम्पर्क और व्यापक सरोकारों से उनका लेखन अपने समय का जीवंत और प्रेरणास्पद दस्तावेज है। उनकी कहानियों ने उर्दू कथा साहित्य की आगे आने वाली एक सम्पूर्ण पीढ़ी को प्रभावित किया और एक यथार्थवादी प्रगतिशील धारा का निर्माण किया।

सुप्रसिद्ध उर्दू कथा लेखिका इस्मत चुगताई ने स्वयं रशीद जहाँ के बारे में लिखते हुए कहा—सन् 1938 में रशीदा आपा अंगारों वाली रशीदा आपा बन चुकी थीं। अब उनकी सुलगती हुई बातें पल्ले भी पड़ने लगी थीं। ...मिट्टी से बनी रशीदा आपा ने सारे बुत मुनहदिम (ध्वस्त) कर दिये थे, ज़िन्दगी की नंगी सच्चाई सामने आकर खड़ी हो गयी थी...।' स्वयम् इस्मत चुगताई (जन्म, 1915) ने सामाजिक यथार्थ का वही रास्ता अख्तियार किया और जीवन को उसकी समस्त विद्रूपताओं, पाखंडों और परम्परागत स्त्री के शोषण के विविध रूपों को अपनी कहानियों का केन्द्र बिन्दु बनाया। विभाजन से पहले ही उनकी कहानी 'लिहाफ़' पर अश्लीलता का आरोप लगा क्योंकि सामंती समाज के भीतर औरत की घुटन और विकृतियों की इस कहानी में चर्चा थी। लाहौर में चले मुकदमे में अन्ततः यह आरोप निराधार सिद्ध हुआ। इस्मत चुगताई ने विपुल साहित्य लेखन किया और अपने बेबाक लेखन और विशिष्ट भाषा शैली के कारण जहाँ प्रसिद्धि पाई वहीं कट्टरवादी मुस्लिम समाज के विरोधों का भी समय-समय पर सामना किया। अपनी मृत्यु के समय उन्होंने अन्तिम इच्छा के रूप में कब्र में दफ़नाने के बजाय दाहसंस्कार की बात की। परिणामतः उन्हें मृत्यु के बाद भी अपने समुदाय से अभद्र और विरोधपूर्ण उद्‌गार झेलने पड़े।

इस्मत चुगताई की पहली कहानी 'गेंदा' थी जो उर्दू की सर्वोत्कृष्ट पत्रिका 'साकी' में छपी। उनका पहला उपन्यास 'ज़िद्दी' 1941 में आया। मासूमा, सैदाई, जंगली कबूतर, दिल की दुनिया, अजीब आदमी तथा बांदी उनके अन्य उपन्यास हैं। उनके अनेक कहानी संग्रहों में कलियाँ, चोटें, एक रात, छुई-मुई, दो हाथ, दोज़खी, शैतान प्रमुख हैं। उनके लगभग सभी कहानी संग्रह हिन्दी में लिप्यांतरित हो चुके हैं। तीन संग्रह अंग्रेज़ी में भी प्रकाशित हुए। उनकी आत्मकथा 'कागज़ी है पैरहन' भी हिन्दी में अब उपलब्ध है। इस्मत ने मुस्लिम समाज की स्त्रियों की विशेष रूप से निम्नमध्यवर्गीय लड़कियों की दबी-कुचली ज़िन्दगियों की मनोदशा और समाज के परम्परावादी-पिछड़ेपन की मानसिकता को बहुत शिद्दत से अपनी कहानियों और उपन्यासों का विषय बनाया है।

◆◆◆

उपरोक्त संघर्षशील महिलाओं की चर्चा बेहद संक्षिप्त है। हिन्दी तथा दूसरी भारतीय भाषाओं में और भी प्रेरक नाम और उनका कृतित्व मिलेगा। सांकेतिक रूप में कुछ प्रतिनिधि नामों की चर्चा ही यहाँ सम्भव है।

आज इक्कीसवीं सदी में स्त्रियों की दशा-दिशा पर दृष्टिपात करें तो देखते हैं कि लगभग दो शताब्दियाँ बीत गयीं। स्त्री समाज इन दो सौ सालों में बहुत कुछ बदला है। छह-सात साल की कच्ची उम्र में विवाह, कुलीनता के अभिशाप स्वरूप पति की चिता से बँधी साँसें, बाल विधवाओं का नारकीय जीवन, सामान्य स्त्री का आँगन भर में सिमटा आकाश, बन्द कपाटों के भीतर बन्द मन-मस्तिष्क के भीतर कोई खुली खिड़की नहीं...अज्ञान, अशिक्षा के अन्धकार में भटकता जीवन...ऐसी विकट परिस्थितियों के मध्य स्त्री ने राह टटोली, दीपक दिखाते हाथों का सम्बल लिया और फिर रोशनी की एक मद्धिम किरण भर पर्याप्त थी रास्ते बनाने के लिए। आज स्त्री अस्मिता के प्रश्न समाज के केन्द्र में हैं। स्त्री सर्जनात्मकता ने केवल अपना पथ प्रशस्त नहीं किया, पूरे समाज के सम्मुख मानव जीवन का सर्वोत्तम प्रस्तुत किया। जीवन सार्थक्य के आयाम विस्तारित किये।

नवजागरण काल की अनेक चर्चित-अचर्चित आन्दोलनकारी, समाज-सुधारक महान विभूतियाँ जिन्होंने बंदिनी स्त्री समाज की एक-एक बेड़ी को खोलने के लिए अनथक संघर्ष किया, उनके सम्मुख हम नतमस्तक हैं। इक्कीसवीं सदी में हम स्त्रियाँ जिन्होंने स्वतंत्रता, समानता और विकास के अधिकार प्राप्त कर सृजन क्षेत्र में और समाज में अपने लिए स्थान बनाया, परम्परा जनित परिवार अथवा व्यवस्था जनित समाज के स्तर पर होने वाले अन्याय के प्रतिरोध के लिए अपनी

पूर्ववर्ती महिलाओं के संघर्षों से ऊर्जा और प्रेरणा प्राप्त की-हम उनके प्रति भी नतमस्तक हैं। उनका यह संघर्ष स्वयम् के संस्कारों के साथ था और समाज की परम्पराओं, रूढ़ियों से ग्रस्त मूढ़ समाज के द्वारा निर्मित भीषण विरोध के साथ था। इसलिए स्त्री समाज आज ऋणी है नवजागरण काल के पुरोधाओं का। यद्यपि उनके भी अपने अन्तर्विरोध थे, सामाजिक वातावरण से निर्मित प्रतिरोध के सम्मुख दुर्बलताएँ भी थीं फिर भी एक बार गतिमान होने के बाद नदी की धारा वापिस नहीं लौटती...घात-प्रतिघात सहती आगे बढ़ना ही नियति होती है। आज जब हम पलट कर पीछे देखते हैं तो पिछली दो शताब्दियाँ लहूलुहान शब्दों को थामे कलम की स्याही को रोशनी में बदलकर चमकती दिखाई देती हैं।

नवजागरण काल द्वारा प्रदत्त जीवन-मूल्यों और संघर्षों को स्वाधीनता संग्राम के दौरान निर्मित राजनीतिक-सामाजिक परिदृश्य में गति मिली। आज़ादी के लिए अपना सर्वस्व बलिदान करने की भावना केवल राजनीतिक स्वतंत्रता तक सीमित नहीं थी। दलित प्रश्न थे, स्त्री स्वातंत्र्य और समानता के प्रश्न थे और भावी समाज की रूपरेखा, रंगत की चिन्ताएँ थीं। लोकतान्त्रिक व्यवस्था के स्वरूप और समाज की प्रगति को निर्धारित करने वाले सामाजिक मूल्य आज भी हमारे सम्मुख हैं। सामाजिक विविधताओं के साथ समानता और न्याय की अवधारणा को जीवन मूल्यों में तब्दील करना और उसे परम्परा के निर्माण की वस्तु बनाना आज स्त्री सर्जनात्मकता की कसौटी है और चुनौती भी है। स्त्री समाज के प्रति होने वाले अन्याय और असमानता के विरुद्ध स्त्री लेखन आज प्राथमिक सरोकारों में है। इसके साथ ही दूसरे सामाजिक समूहों की पीड़ा चाहे वे दलित हों, आदिवासी हों, अल्पसंख्यक धार्मिक समूह के लोग हों, उनके प्रति होने वाले अन्याय भेदभाव और असमानता के प्रश्न भी स्त्री-सर्जनात्मकता के दायरे में आने चाहिए। खानों में बँटा प्रतिरोध अन्ततः स्त्री-सशक्तीकरण को भी संकुचित करता है। सामाजिक अन्याय के प्रतिरोध की गाथा का एक सर्जनात्मक उदाहरण मन्नू भंडारी का 'महाभोज' है। स्त्री लेखन ने चिन्तन और परिवर्तन के विविध आयामों को अपने लेखन में मूर्त किया है। विशेष रूप से तेजी के बदलते भारतीय समाज और स्त्री स्वातंत्र्य के नये अर्थ लेखिकाओं ने सृजित किये हैं। स्त्री यौनिकता के प्रश्न आज दबे-ढके वर्जित क्षेत्र नहीं हैं। वे जीवनतत्व के साथ गुंथे सहज, स्वाभाविक हैं। स्वतंत्र भारत में पहली बार 'मित्रो मरजानी' में कृष्णा सोबती सुमित्रावंती के रूप में एक अविस्मरणीय चरित्र प्रस्तुत करती हैं और परिवार की संरचना के बीच देह के सन्दर्भ में स्त्री यौनिकता के प्रश्न को फ़ोकस करती हैं।

मन्नू भंडारी और उषा प्रियंवदा जैसी 'नयी कहानी' दौर की लेखिकाओं

ने सोद्देश्य इन प्रश्नों को उठाया। स्त्री स्वातंत्र्य की अवधारणा को न केवल शिक्षा वरन् उसके स्वावलम्बन और आर्थिक पक्ष से भी जोड़ा, जिसमें सामाजिक उत्पादन की प्रक्रिया का एक हिस्सा बनने का आग्रह था जो सामाजिक विकास का स्वाभाविक अंग है। आज स्त्रियाँ, दलित स्त्रियाँ अपने जीवनानुभवों को, अप्रिय प्रसंगों को सामने लेकर आ रही हैं। यह भी साहसपूर्ण कदम है। ये परम्परा राशसुन्दरी देवी द्वारा उन्नीसवीं सदी में लुकछिपकर अक्षर ज्ञान प्राप्त कर अपने मनोभावों को अपनी आत्मकथा 'आमार जीबोन' की परम्परा से जोड़ती है।

महिला लेखन में अभी कई गह्वर खुलने हैं। जड़ सामाजिक परम्पराएँ जो आज भी पितृसत्तात्मक मानसिकता वाले समाज में जस की तस व्याप्त हैं, उन पर नये सिरे से विचार कर उन्हें चेतना और विचार के स्तर पर केन्द्रित करने की जरूरत है। यह व्यवस्था जनित मूल प्रश्न हैं। व्यवस्था की यह सामाजिक रीति-नीति हज़ारों वर्ष पुरानी मानसिकता से जुड़ी है। सामाजिक भेदभाव के प्रश्न आज भी सामाजिक स्तर पर महत्वपूर्ण हैं। आज एक दूसरे प्रकार का अमानवीयकरण दिखाई देता है जो दूर जाकर भारतीय समाज के दूसरे धार्मिक समुदायों और जातियों के प्रति जड़ जमाये पूर्वाग्रहों से लबालब है। व्यवस्था का तंत्र इन प्रश्नों को राजनीति में सत्ता साधन के यंत्र के रूप में इस्तेमाल करता है।

स्त्री सर्जनात्मकता के सामने ये नयी चुनौतियों से भरे रणक्षेत्र हैं। केवल देह का अधिकार और स्त्री बनाम पुरुष के बीच का द्वन्द्व अपने लोकतान्त्रिक अधिकारों के लिए संघर्षरत स्त्री की चेतना को संकीर्ण दायरे में निबद्ध कर देगा। अगर सामाजिक न्याय की व्यवस्था आहत होगी तो विभाजन की रेखाएँ गहरी होंगी। विभाजन की प्रक्रिया अगर एक बार शुरू हो जाती है तो धीरे-धीरे पूरे समाज की अस्मिता अलग-अलग स्तरों पर खंडित होने लगती है। आज समाज के सामने सबसे बड़ी चुनौती इस विभाजन दर विभाजन को रोकने की है। राज्य व्यवस्था सत्ता समीकरणों से संचालित होती है। एक ओर सामाजिक विकास की अवधारणा है तो दूसरी ओर जातिगत-धर्मगत-सम्प्रदायगत विभाजन की मानसिकता उत्तरोत्तर बढ़ रही है। स्त्री सर्जनात्मकता के लिए यह भी विचारणीय है। वरना समाज में अगर जाति-धर्म-समुदाय के आधार पर भेदभाव और विभाजन के प्रभाव में स्त्री समाज भी है, वो भी राजनीति द्वारा निर्मित घृणा और पूर्वाग्रह से ग्रसित है तो फिर कैसे समग्र स्त्री समुदाय सुरक्षित और विकसित होगा। ये अपने समय के ज्वलंत प्रश्न हैं—राजनीति जनित सामाजिक प्रश्न हैं और इन्हें भी लेखन में समेटना होगा। अपने समय की इन ऐतिहासिक परिस्थितियों का प्रतिरोध भी स्त्री-सर्जनात्मकता का दायित्व होगा।

बँधे कदमों से ऊँची छलांग

बहुत छोटी थी मैं। हमारे पड़ोस में एक मुखर्जी परिवार था। हमारी गली के मुहाने पर जाकर सड़क मुड़ जाती थी। उनका मुख्य दरवाजा दूसरी सड़क पर था, इसलिए इस परिवार से मुलाकात नहीं होती थी। उनके कई बच्चे थे। हम भी छह भाई-बहन थे। हमारी आपस में बातचीत हो जाती थी। शाम के समय पार्क में अक्सर साथ खेलते भी थे। पिताजी से मुखर्जी बाबू की मुहल्ले में आते-जाते दुआ सलाम हो जाती हो लेकिन दुबली पतली छः बच्चों की माँ श्रीमती मुखर्जी शायद ही कभी दिखाई दी हों।

एक दिन दोपहर को दरवाजे की खटखटाहट हुई। बाहर निकल कर देखा तो सामने श्रीमती मुखर्जी थीं। बड़ी सी बिन्दी। चौड़ी लाल माँग। कंधे के पीछे से आंचल लिए, कुछ झेंपी सी- शरच्चन्द्र के उपन्यासों जैसी स्त्री। यह विडम्बना ही थी कि वे बगल के घर में रहने वाली हमारी पड़ोसन थीं और उन्हें अपना परिचय देना पड़ा था,

—"हाम मिसेज मुखर्जी, आपका पड़ोसी..." सचमुच यह हमारे लिए शरम की बात थी। बहरहाल वो अन्दर आयीं। आधा पौना घंटा बैठीं, बतियायीं। ना-ना करते हुए चाय भी पी। पता चला कि उनके पति कलकत्ता गये हुए हैं। (शायद इसलिए थोड़ी फुरसत हुई थी)। अब और तो नहीं, सिर्फ उनका एक ही वाक्य याद है जो दिल के रास्ते सीधे दिमाग के भीतर कहीं गहरे में बैठ गया और बचपन से लेकर आज तक स्मृतियों के उबड़-खाबड़ मैदान में सोच का रास्ता बनाता रहा है, औरतों की जिन्दगी को पढ़ने और समझने के लिए। एक जमीन तैयार करता रहा है। उन्होंने जैसे अपना हृदय खोलने की कोशिश की थी। नये लोगों के सामने अक्सर यह कोशिश आसान भी हो जाती है।

"आदमी लोग समझता औरत कुछ काम नहीं करता। सब काम अपने आप हो जाता। औरत को थकनी नहीं होता। आदमी थकता, बच्चा लोग थकता लेकिन औरत को कभी थकनी नयी होता...।"

उस समय हम लोग उनकी गोल मटोल हिन्दी पर खूब हँसे थे। आमतौर पर कभी शक्ल न दिखाने वाली श्रीमती मुखर्जी घर की चारदीवारी के भीतर पति और बच्चे, बच्चे और पति-इस चकरघिन्नी से निकल खुली हवा में सांस लेने की कोशिश कर रही थीं। आज लगता है कि कितनी छोटी कोशिश थी उनकी घर से बाहर आने की, लेकिन उसके लिए उन्हें कितनी मेहनत करनी पड़ी होगी। कितनी हिम्मत जुटानी पड़ी होगी।

इसके विपरीत हमारी माँ को घर और बाहर दोनों ही सँभालने होते थे। परिवार तो हमारा भी बड़ा था लेकिन घर-बाहर की जिम्मेदारियों ने माँ के भीतर आत्मविश्वास और आत्मनिर्भरता का भाव पैदा किया था। श्रीमती मुखर्जी के आंगन के बराबर खुले आकाश को विस्तार देने की गरज़ से माँ भी एक बार उनसे मिलने गयीं थीं लेकिन मुखर्जी बाबू को शायद यह आना-जाना पसन्द नहीं था, इसलिए दो परिवारों के बीच सामाजीकरण की प्रक्रिया ज्यादा नहीं चली लेकिन उनकी 'थकनी' हमारे बीच अक्सर चर्चा का विषय बनी रही।

कितने छोटे-छोटे ऐसे प्रयास किये होंगे हमारी औरतों ने। छोटे-छोटे कदमों से कितने हजार साल का सफर तय किया कि आज हम कुछ भाग्यशाली खुद अपने भाग्य का निर्धारण कर सकने का अवसर पा सके हैं। हमारे परिवारों की अनाम औरतों ने अपनी अँधेरी कोठरियों से बाहर निकल कर आने वाली सन्तानों के लिए उजाले रास्तों का निर्माण किया। उनकी छोटी-छोटी लगातार कोशिशों से ये उजाले आज हमें मयस्सर हुए हैं।

दरअसल अपने संस्कारों से लड़ना और पैरों में बेड़ियाँ कसने वाली पंरपरागत आदतों से छुटकारा पाना बहुत कठिन होता है। पुराने पारिवारिक ढांचे के भीतर इस तरह की मुश्किलें रही हैं तो कोशिशें भी रहीं जहाँ हर आगे उठने वाले कदम पर कितनी आँखों के ढेरों सवाल होते थे। वहाँ औरतों की आवाज अक्सर इतनी धीमी होती थी कि खुद अपने कान भी धोखा खा सकते थे। ऐसे में मेरी दादी ने पड़ोस में रहने वाली अपनी बहन से इस बात पर झगड़ा कर लिया कि उसने उनकी बेटियों के बारे में उल्टा-सीधा क्यों कहा। जहाँ मुहल्ले में अठारह-बीस साल से ज्यादा की कोई कुंवारी लड़की नहीं होती थी वहाँ उनकी दोनों बेटियाँ अभी तक अविवाहित थीं। दोनों उच्च शिक्षा प्राप्त थीं और नौकरी कर रही थीं। नौकरी भी कैसी? एक बुआ समाज कल्याण विभाग में जहाँ तबादले की पूरी गुंजाइश थी। दूसरी, एक कालेज में पढ़ा रही थीं। एक बेटी तीस की हो चली थी दूसरी सत्ताइस साल की। आधी शताब्दी पहले यह स्थिति अक्षम्य थी। हमारा पढ़ा-लिखा प्रतिष्ठित परिवार। दादी बिना योग्य वर के कैसे उन्हें धकेल

देती। किस्सा कोताह यह कि दादी अपनी बहन के घर दोपहर में गयीं, जैसा वह लगभग रोज करतीं थीं। खाना खाने के बाद, तैयार होकर मुहल्ले में एक चक्कर लगाना दिनचर्या का हिस्सा था। यह सम्भवतः उनकी 'आउटिंग' का एक तरीका भी था। श्रीमती मुखर्जी के शब्दों में कहें तो उनका मुहल्ले में एक चक्कर लगा कर आना और थोड़ी गपशप करना अपनी 'थकनी' उतारने का एक तरीका था। अब वहाँ अगर और औरतें जुटी हों, सभी रिश्ते-बिरादरी की हों- तो शादी-ब्याह की चर्चा भी होना लाजिमी था। बहन ने कह दिया-

—"अरी बहिना, तेरी लड़कियाँ तो बुढ़ा रही हैं। कब तक नौकरी कराओगी। दोनों अभी तक कुंवारी बैठी हैं। तुम्हें रात में नींद कैसे आती है...।"

शान्त स्वभाव की दादी तो अप्रत्याशित रूप से उबल पड़ी। और तो उन्होंने जो कहा होगा लेकिन यह कहते हुए कि—"मुझे तो खूब नींद आती है। कोई चोरी की है मैंने जो रात को न सोऊँ? मेरी लड़कियाँ पढ़ी लिखी हैं, अपने पैरों पर खड़ी हैं...जब चाहेंगी शादी हो जायेगी।"

आज से लगभग पचास-पचपन साल पहले नितान्त घरेलू महिला ने यह निर्णय लिया। आज तो आये दिन माँ-बाप द्वारा अपनी बेटियों की, पढ़ी लिखी बेटियों की हत्याएँ की जा रही हैं। एक ओर बेटियों को पढ़ाना-लिखाना परिवार के स्टेटस को अलंकृत करना है। बेटी को शिक्षित करना उसे सशक्त, आत्मनिर्भर बनाना ही उद्देश्य नहीं होता। अक्सर मजबूरी भी होती है कि अनपढ़ लड़की कहीं बिनब्याही न रह जाय। पढ़ने लिखने के बाद जब बेटी अपना स्वतंत्र निर्णय लेने की बात करती है- चाहे वह कैरियर बनाने के लिए हो, अपनी मर्जी से जीवन साथी चुनने की बात हो तो उसका पैर खूंटे से बाँधना मानो जरूरी हो जाता हो। खूंटा तुड़ाने की कोशिश की, अपना भविष्य खुद बनाने की कोशिश की तो जान देकर भी अक्सर कीमत चुकानी पड़ सकती है। कई किस्सों में तो अपनी जाति में ही मनपसन्द की शादी करने की छूट माँ-बाप अपनी लड़कियों को नहीं दे रहे हैं। परिवार के सम्मान के नाम पर होने वाली हत्याओं का जोर जैसे बढ़ता जा रहा है। कैसा यह परिवार का सम्मान है जो हवा के झोंके से धराशायी हो जाता है और लड़कियाँ अपने खून से उसकी कीमत चुकाने के लिए विवश होती हैं।

मुझे लगता है कि दादी की इस चेतना का कारण उनकी अतिशय अध्ययनशीलता था। दर्जा चार पास दादी का एक मात्र शौक किताबें पढ़ना था। मेरे दादा उस समय नवलकिशोर प्रेस में मैनेजर थे। घर में लिखने-पढ़ने का माहौल था। हम बच्चों से लेकर बड़ों तक सभी को किताबों का शौक। दादी भी कहानी, उपन्यास, इतिहास से लेकर सामान्य ज्ञान जो मिल जाय, वह पढ़ती रहती। घर

का वातावरण ऐसा कि वहाँ पुस्तकों का भंडार दिखता। सचमुच किताबों से अगर किसी की दोस्ती हो, उसके ज़रिये उसे दुनिया-जहान की स्थितियों का ज्ञान हो तो वह कैसे कूप-मंडूक बन कर रह सकता है।

दादी से उनकी बेटियों ने क्या ग्रहण किया या नहीं, यह अलग बात है, इस माहौल से हमारी माँ की जो ट्रेनिंग हुई तो वह और ज्यादा मुखर हो गयीं। बहुत सी तकलीफदेह और अपमानजनक परम्पराएँ जिनको मानते रहना दादी की और माँ की मजबूरी थी, हमारी माँ ने एक झटके में अलग कर दीं। मसलन पहाड़ के कुलीन ब्राह्मणों की परम्परागत रसोई की व्यवस्था में पकाने वाले और खाने वाले के लिए सिर्फ एक धोती लपेट कर पकाना और खाना अनिवार्यता होती थी। यानि सिले हुए कपड़े निषेध थे। लकड़ी के चूल्हे और कोयले की अंगीठी से लम्बे-चौड़े संयुक्त परिवार का खाना बनाना हँसी-खेल नहीं था। इसीलिए तो कहा है कि औरतों की जिन्दगी का एक बड़ा हिस्सा रसोई में बीतता है या फिर बच्चे पैदा करने में। दादी ने तो शादी के बाद बारह साल की उम्र से जो नियम पालन किये उसे तो ढोना ही था। दादी सिर्फ एक धोती लपेटकर खाना बनाती। सवेरे से रसोई में घुसी दादी बारह-एक बजे से पहले बाहर नहीं निकलती थी, कारण हमारे दादा खाना देर से खाते थे। इस बीच अगर उसे टायलेट जाने की जरूरत होती तो वह बाहर आती, दूसरी धोती बदलती। फिर टायलेट से आकर मुँह-हाथ, पैर धोती, फिर वापस उसी रसोई वाली धोती को धारण करती और रसोई में पुनः पटरे पर आसीन हो जाती। बार-बार कपड़ों की इस अदला-बदली के चक्कर में दादी की कोशिश रहती कि जितनी देर वह रोक सके, टॉयलेट जाने से बचे। सबको खिलाने के बाद ही खाना खाकर वह दोपहर बाद बाहर आती और ठीक से कपड़े पहनती। अब महसूस होता है कि जाड़ों में यह रसोई करना कितना जान लेवा होता होगा।

खाना खाने की प्रथा भी एक धोती वाली थी। स्त्री-पुरुष सभी के लिए यह नियम था। स्त्रियों का मतलब विवाहित स्त्रियों से था। हमारा परिवार पढ़ा-लिखा प्रगतिशील था। इसलिए मेरे दादा, पिता, चाचा वगैरह ने इस परम्परा का पालन कभी नहीं किया। सभी रहन-सहन में आधुनिक थे, लेकिन मेरी दादी और माँ के लिए इन परम्पराओं की अनिवार्यता थी।

माँ ने कुछ समय बाद इन्कार कर दिया कि वह एक धोती लपेट कर खाना नहीं खा सकती। लाख रसोईघर के कोने में बैठकर वह खाना खाये, नंगेपन के अहसास से उसके गले में खाने का ग्रास अटकता है। वह न तो कपड़े उतार कर खाना खायेगी और न ही ऐसे खाना पकायेगी। मेरी माँ ने जब ऐसा कहा तो मेरी

दादी पहले तो चुप रहीं। फिर उन्होंने मौन रह कर इसकी अनुमति दे दी। वे इस स्थिति की परेशानी से स्वयम् वाकिफ़ थीं इसलिए उन्होंने माँ से कुछ नहीं कहा।

एक जंग जीतने के बाद आदमी में स्वतः हिम्मत आती है और आगे बढ़ते कदम तेज हो जाते हैं। दूसरी जंग हमारी अम्मां ने जीती जब उसने एक दिन ऐलान किया कि—बहुत हुआ, अब वह हर महीने के अपने तकलीफ के तीन दिन अलग कोठरी में टाट के बोरे पर बैठकर नहीं झेलेगी। उसका तर्क था अपनी ननदों को देखते हुए जो लगभग उसकी हमउम्र थीं लेकिन उनकी शादी नही हुई थी, अतः इन बन्धनों से मुक्त थीं। माँ ने सही कहा था कि एक ही छत के नीचे तीन जवान औरतों के बीच भेदभाव कैसा? सिर्फ इसलिए कि वो शादीशुदा है और उनकी ननद गैर शादीशुदा? कहना न होगा कि फिर जीत उसी की हुई थी।

यही मजबूती हमारी माँ ने अपनी बेटियों की शादी के समय दिखाई थी। शुरू-शुरू में हमारी माँ की आलोचना करने वाले बाद में मन ही मन राहत भी महसूस करते थे क्योंकि उन्होंने बहुतों के लिए राह आसान कर दी थी। मेरी शादी के समय पिताजी कुछ असमंजस मे थे। तब सबके सामने तालठोक कर माँ ने कहा था—हाँ, मेरी बेटी गैर जात में शादी कर रही है। जिसे पसन्द न हो, वो शादी में न आये।

ताज्जुब कि सभी आये! दूसरों के घरों में भी कुछ-कुछ पक रहा था इसीलिए आगे सबके लिए राह पकड़ना आसान था। वहाँ वो पंचायत नहीं थी जहाँ प्रेम विवाह करने पर पेड़ पर लटका कर फाँसी दे दी जाती है या शायद उड़ा दिया जाता है।

ऐसे ही अँधेरे कोनों में सिमटी सिकुड़ी अनाम औरतों ने अपनी ताकत को पहचाना है और उजाले में छलांग लगाई है।

◆◆◆

दया से उपजी निरीहता किसी को भी कमजोर बना सकती है। यह निरीहता तब आत्मघाती हो जाती है जब बाकी वाह्य परिस्थितियाँ सांसारिक नज़रों से देखने पर अति उत्तम की श्रेणी में आती हैं। मेरी नानी की वह दूर की बहन भी थीं और सुख दुख बाँटने वाली सहेली भी। घर में इतनी सम्पन्नता कि कोई भी ईर्ष्या करेगा। रूपरंग भी अच्छा, आकर्षक। लेकिन सब बेकार था क्योंकि पति तो उस ओर कभी मुँह भी न करे। घर में पहले तो सौभाग्य बंटाने के लिए विधवा भाभी थी तो घर के बाहर दूसरी अनेक भाभियाँ थीं। न थी तो सिर्फ अपनी ब्याहता न थी। आज से लगभग सत्तर-अस्सी बरस पुराना समाज। औरत का सौभाग्य सिर्फ

पति और बच्चों से ही तय होता था। धन दौलत जरूरत से ज़्यादा हो जाय तो आदमी के भटकने के पूरे इंतजाम खुद ब खुद हो जाते हैं। नानी की वो सहेली ऐसी सुहागन जिसने अकेले में कभी पति का मुँह भी न देखा। फिर धीरे-धीरे मुखदर्शन की सम्भावनाएँ भी समाप्त होने लगीं। पति रहने लगे दिल्ली। सुना कि बड़ी कोठी ले रखी थी।

एक दिन परिवार के सदस्यों में खुसर-पुसर मंत्रणा हुई और फिर शकुन्तला की माफिक उनके गृहवासी उन्हें दिल्ली में पति के घर पर छोड़ आये। सोचा, कभी न कभी तो पिघलेगा पति का मन। घर के बाहर बरामदे में एक दिन, दूसरा दिन, तीसरा दिन। नौकर खाना दे जाय चाय-पानी बस। चौथे दिन भीतर बुलाई गयीं। दो-तीन दिन घर के अन्दर रहने का सौभाग्य मिला। सोचा, कि दिन बहुर गये। लेकिन एक दिन रहीं। दुल्हन बनीं। पति ने नौकर का साथ करके वापिस भेज दिया। उस स्वाभिमानी औरत ने फिर कभी न ससुराल का रुख किया और न पतिगृह की ओर झांका। घर-परिवार किसी की नहीं सुनी। अब उनकी कोख भरी थी। जीने का मकसद था। आज से अस्सी साल पहले की इस औरत ने लिखना-पढ़ना सीखा। मिडिल पास किया और एक स्कूल में नौकरी करके अपना पेट पाला, अपने बेटे का भी। बेटा बाद में एक बहुत बड़ा नाम बना। वह जो भी बना माँ के स्वाभिमान और स्वावलम्बन से निर्मित हुआ। अपने पैरों की मजबूती से ही हमारे समाज की औरतों ने अपने लिए जीवन की राह बनाई है। अपने अँधेरे दूर करने के लिए औरतों ने असंख्य-असंख्य अपनी देह और मन जलाये हैं। उधार की रोशनी से जीवन की राह नहीं बनती। खुद जो जले हैं उन्होंने दूसरों के लिए मार्ग प्रशस्त किये हैं। कभी-कभी ताज्जुब होता है कि आज के वैज्ञानिक शिक्षा के दौर में हमारी नौजवान पीढ़ी सबसे ज्यादा तर्कहीनता से ग्रस्त हैं। आज तर्क की जगह आस्था है और आस्था के सामने सवाल नहीं होते। हमारी दसवीं पास माँ ने मुझे धार्मिक आस्थाओं और पौराणिक मिथकों को तर्क की कसौटी पर कसना सिखाया और एक तर्कपूर्ण चिन्तन पद्धति प्रदान की। हालाँकि यह सायास नहीं था। यूँ ही आदतन था। मैं शायद हाईस्कूल में थी। घर की परम्परानुसार हर मंगलवार माँ को सुन्दर कांड का पाठ करना होता था। यह नियम दादी के जमाने से चला आ रहा था। उसने तीन बार रामचरितमानस का गुटका उठाया लेकिन हर बार यूँ ही रख दिया। जैसे उसका मन नहीं हो रहा था उसदिन।

"क्यों! पाठ नहीं करोगी क्या आज।"

वह हँसने लगी। और कहा,

—क्या नाम लूँ इन देवी देवताओं का। सब एक से एक दुराचारी और पाखंडी।

मैं ताज्जुब में पड़ गयी। भगवान के बारे में...

"क्या सचमुच... कैसे?"

—"अरे अब देखो। भला कहीं खीर खा कर किसी के बच्चा पैदा होता है। दशरथ के यहाँ खीर से ही चार बालक पैदा हो गये..." और माँ हँसने लगी।

मेरे लिए यह माँ का स्वरूप एक दम नया था। मैं तेरह-चौदह साल की थी। शायद अम्मां की सहेली बन चली थी जहाँ हास-परिहास हो सकता हो।

मेरे संस्कारी मन ने सवाल किया—

—तो फिर तुम पूजा क्यों करती हो?

"पूजा भगवान की करती हूँ। ये तो देवी-देवता हैं।"

ये एक और नयी बात। ऐसा तो कभी किसी ने नहीं कहा था। मुझे उलझन में देख अम्मां हँस पड़ी,

—"और देखो! महाभारत में ऋषि को देखकर ही बच्चे पैदा हो गये। फुहऽऽऽ! अरे यह सब ऋषियों की औलादें थीं। ये करम कोई आज्ञा लेकर करता है तो कोई चोरी छिपे।"

हमारी साधारण सी अम्मां ने जाने-अनजाने मिथक और यथार्थ का भेद समझा दिया था। ये सब तो हमने बाद में पढ़ा और समझा। वैज्ञानिक सोच, तर्क, आस्था, परम्परा और इतिहास...जैसी शब्दावली से बाद में परिचय हुआ-जिसका संकेत भर अम्मां ने बहुत पहले बचपन में कर दिया था। अन्ध आस्था के बीच तर्क की एक ऐसी राह सुझाई जिसकी समाज में आज ज़्यादा ज़रूरत है।

काँटे भरे रास्तों से जूझते हुए हमारी पुरानी पीढ़ी की इन अनाम महिलाओं ने जो राह बनायी उसमें चलकर ही हम आज नयी ऊँचाइयाँ छूने काबिल बने हैं।

'औरत ही औरत की दुश्मन है' का सच

पढ़े लिखे, प्रबुद्ध और संवेदनशील समझे जाने वाले लोगों के बीच भी अक्सर बहस के दौरान एक सामान्य सा लगने वाला फ़िकरा तैरता रहता है कि...औरत ही औरत की दुश्मन है। विश्वविद्यालय के एकेडमिक स्टाफ कालेज में विश्वविद्यालय तथा महाविद्यालयों के अध्यापकों के लिए पुनश्चर्या कार्यक्रमों में 'स्त्री विमर्श' या 'स्त्रियों के लिए न्याय' जैसे विषयों पर व्याख्यान देने के अनेक अवसर मिले। लगभग प्रत्येक व्याख्यान में चर्चा के दौरान पुरुष अध्यापकों की ओर से यह मुद्दा जोर-शोर से उठाया जाता है कि अव्वल तो यह कहना गलत है कि स्त्रियाँ हीन अवस्था में हैं। उनकी सामाजिक स्थिति निम्नतर है। अगर ऐसा है भी तो वह स्वयम् अपनी हीन अवस्था के लिए जिम्मेदार है। ...दरअसल औरत ही औरत का शोषण करती है...औरत ही औरत की दुश्मन है...वग़ैरह-वग़ैरह। इसीलिए ऐसा लगता है कि यह विषय व्यापक चर्चा की माँग करता है। समस्या को उसके मूल से पकड़े बिना सही नतीजों पर नहीं पहुँचा जा सकता।

यूँ तो-स्त्री माया है...स्त्री पाप की जड़ है...औरत ही वह चीज़ है जो आदमी को 'सच्चरित्रता' से भटकाती है...पथ भ्रष्ट करती है...इस तरह के आरोप स्त्री के ऊपर कमोबेश हर धर्म के शास्त्रों में बताये गये हैं। इसी कारण तरह-तरह की सजाएँ और दंड प्रावधान भी धर्मशास्त्रों में दिये गये हैं। ईसाई, यहूदी, इस्लाम के धर्मग्रन्थों के अलावा हिन्दू धर्म की ढेर सारी संहिताओं, स्मृतियों और पुराणों में अनगिनत प्रकरण हैं, जो स्त्री जाति की निम्न श्रेणी को वर्णित करते हैं और उसे काबू में रखने के लिए नाना प्रकार के तरीके सुझाते हैं। उसके लिए समाज में रहने के ऐसे कठोर नियम बनाते हैं कि उसे टस से मस खिसकने की गुंजाइश न हो। पति और बच्चे और परिवार की सेवा ही उसका धर्म है। पति चाहे कैसा भी हो, दुश्चरित्र, निर्दयी...घर परिवार की उपेक्षा करने वाला, पत्नी का तिरस्कार करने वाला...लेकिन पति की सेवा करना ही उसका प्रथम और अन्तिम धर्म है। उसका रहन सहन, वेशभूषा, साज-शृंगार, खानपान ऐसा हो कि

किसी अन्य की उस पर नज़र न पड़े...वह मात्र पति के लिए जिये और पति के लिए मरे...पति जैसे चाहे उसे रखे (न रखे तो घर से निकाल दे) पति की मृत्यु के बाद वह भी या तो मर जाये (सती हो जाये) या मृतक समान ही बन जाय। सिर मुंडाकर, व्रत उपवास करते, भीख माँगते हुए तीर्थों में अपना जीवन गुजार दे? ...यही शास्त्रों में, विभिन्न धर्मग्रन्थों में उसके लिए निर्धारित है। इसीलिए यहूदियों में एक (पुरुष) प्रार्थना है कि 'भला हो ईश्वर का कि उसने हमें औरत नहीं बनाया।' इसीलिए औरत की गवाही आदमी की गवाही से आधी मानी जाती है। इसीलिए ऐसी औरत का कोई स्वतंत्र अस्तित्व नहीं हो सकता जिसकी उत्पत्ति आदम की एक पसली से हुई हो।

ये स्थापनाएँ पिछले हजारों सालों से चली आ रही हैं। ऐसे में सहज स्वाभाविक है कि समाज में होने वाली हर दुर्भाग्यपूर्ण घटना की जिम्मेदारी भी औरत की होनी चाहिए। फिर से अगर पीछे पलटें तो धर्मशास्त्रों के अनुसार समाज की कुप्रवृत्तियों की जड़ में औरत है। वह ईर्ष्या, द्वेष और वासनाओं की पुतली है। इसीलिए पहली बात तो ये है कि समस्त लोकाचार की नियमावलियाँ ईश्वर की ऐसी 'भ्रष्ट' रचना को ठीक करने की नीयत से बनायी गयी हैं। इसीलिए निरन्तर सिखाया जाता रहा है कि औरतों को वश में करके किस प्रकार से रखा जाना चाहिए। जानवरों को 'पालतू' करना आदमी ने अपने लम्बे अनुभवों से सीखा। औरतों और दास-दासियों, शूद्रों को वश में रखने के लिए, पशुओं की तरह पालतू बनाने के लिए सामाजिक नियम गढ़े गये। ये नियम जो धर्म के नाम पर, लोकाचार के नाम पर पुरुष समाज ने बनाए और वर्ण व्यवस्था की स्थापनाओं के साथ निरन्तर इन्हें मजबूत किया कि समय के लम्बे प्रवाह के साथ ये ऐसे अटल स्तम्भ बन गये कि इन्हें हिलाना और समाज की इस अमानवीय व्यवस्था में परिवर्तन लाना जैसे एक असम्भव स्वप्न बन कर रह गया। सैकड़ों साल से कठोर से कठोरतम होते रहने वाले ये नियम हमारे समाज के खून में न सिर्फ रच बस गये बल्कि आधुनिक वैज्ञानिक शब्दावली में कहें तो भारतीय समाज के 'जीन' में शामिल हो गये। एक 'जेनेटिक' स्वरूप का हिस्सा बन गये। हिन्दुस्तानी मानव समाज का ऐसा हिस्सा हो गये जो अनुवांशिक रूप से उसके मस्तिष्क की संरचना में, उसकी बनावट, आकार और स्वरूप में शामिल हो गये। ये निर्धारित करता था कि औरतों के साथ (और दलितों अर्थात् दास-शूद्रों के साथ भी) कैसा व्यवहार होना चाहिए, उनके क्या-क्या कर्तव्य हैं। उन्हें समाज में किस प्रकार रहना चाहिए। वे कौन सी सामाजिक सुविधाओं के अधिकारी हैं और क्या क्या उन्हें नहीं करना चाहिए। श्रेष्ठ स्त्री (या दास या शूद्र) के क्या

गुण हैं...वग़ैरह वग़ैरह। ये सब धर्म के नाम पर था, धर्मग्रन्थों में पुरुषों द्वारा ही वर्णित था, उच्चता, श्रेष्ठता का भाव धारण किये समाज के नियामक पुरुषों द्वारा ही निर्धारित और पोषित था।

तब से हजारों पीढ़ियाँ इन्हें रटते हुए, आत्मसात करते हुए, इनका पालन करते हुए, इन्हें अपने शरीर का आँख, नाक, कान जैसा एक आवश्यक अंग समझते हुए निकल गयीं।

करोड़ों साल पहले का आदिम मानव जो गुफाओं में रहता था...अपने जिस पूर्वज से विकसित हुआ वह मनुष्य जैसे ही आकार का बन्दर प्रजाति का था। कहते हैं कि वह बन्दर प्रजाति आज का विकसित सभ्य सुसंस्कृत मानव है। इसी तरह अन्य प्राणी भी अपने वातावरण और जीवन यापन की आवश्यकताओं के अनुसार करोड़ों साल के अन्तराल में बदल गये और नया रूप धारण कर लिया। नयी शारीरिक संरचना स्थाई हो गयी, जो उनका अनुवांशिक गुण बन गया। उदाहरण के लिए अफ्रीका के जंगलों में पाये जाने वाले लम्बी गर्दन के जिर्राफ करोड़ों वर्ष पहले ऐसे न थे बल्कि साधारण गर्दन वाले थे, ऐसा माना जाता है। भोजन की खोज ने उन्हें ऐसे घने जंगलों वाले क्षेत्र में पहुँचा दिया जहाँ ऊँचे-ऊँचे वृक्ष थे। उन पर ऊँचाई में लगे फल और पत्तियाँ उनके भरण पोषण के लिए पर्याप्त थे लेकिन वहाँ तक पहुँचने के लिए उनकी गर्दनें छोटी थीं। पीढ़ी-दर-पीढ़ी गर्दन ऊपर उचका कर भोजन प्राप्त करने की आदत एक स्थाई भाव के रूप में उनसे जुड़ गयी और कालान्तर में जिर्राफों की गर्दन लम्बी होती गयी और अन्ततः लम्बी गर्दन का होना उनका अनुवांशिक गुण बन गया। यानि जिर्राफ की सन्तति भी इसी लम्बी गर्दन को लेकर पैदा होने लगीं और हम जानने लगे कि जिर्राफ लम्बी गर्दन वाला जानवर होता है। ऐसे जीव-विज्ञान के अनेकों उदाहरण हैं जो प्राणियों के विकास के इतिहास से दिये जा सकते हैं। मनुष्य के शरीर के भी अनेक हिस्से नये विकसित होते मानव और उसकी नयी भोजन प्रणाली और रहन-सहन के कारण अनुपयोगी हो गये और लाखों वर्ष के अन्तराल में अब मात्र अवशेष के रूप में बचे हैं। रीढ़ की हड्डी का निचला अवशेष या आँख के कोने की झिल्ली इसका उदाहरण हैं।

स्त्रियाँ भी अपने लिए बनाये गये सामाजिक नियमों का पालन करती रहीं। न करतीं तो क्या करतीं! कृषि आधारित समाज अपने आर्थिक संसाधन के लिए भूमि आधारित होता है। अर्थात् जमीन पर होने वाली खेती पर निर्भर होता है। जितना अधिक भूखंड उतना ही बड़ा भू-स्वामी। उतना ही अधिक समाज में वर्चस्व, आर्थिक सम्पन्नता और उतनी ही बड़ी संख्या में दास-दासियों की, उनके

श्रम की आवश्यकता। समाज में सामन्ती व्यवस्था के साथ कृषि आधारित समाज में ब्राह्मणवादी वर्ण व्यवस्था मजबूत हुई। आर्थिक संसाधन इसी कृषि से प्राप्त हो रहे थे। मुफ्त का श्रम दासों और शूद्रों से मिलने का धार्मिक संगठन अनुमोदन ही नहीं कर रहे थे बल्कि उसे सामाजिक न्याय व्यवस्था में शामिल भी कर रहे थे। सत्ता और शक्ति का स्रोत यह कृषि आधारित व्यवस्था थी और ब्राह्मणों द्वारा संचालित धार्मिक व्यवस्था इसकी सहायक थी, इसकी अनुमोदक थी।

जब सत्ता और अर्थ का वर्चस्व सामाजिक व्यवस्था के अन्तर्गत एक वर्ग को प्राप्त होता है तो उसके साथ वैभव और विलासिता के उपादान भी जुड़ते हैं। पुरुष का वैभव विलास नाना प्रकार से सम्पन्न होता है और स्त्री देह उसका प्रमुख साधन है। इसीलिए सामन्ती समाज में स्त्री का अस्तित्व भोग-विलास के लिए जैसे निर्धारित हो गया। अब स्त्री पर समाज का नियंत्रण जरूरी था। इस समाज व्यवस्था के दो आवश्यक अंग थे। मुफ्त का श्रम देने वाला दास वर्ग और इसी के समकक्ष वर्ण व्यवस्था के अन्तर्गत अलग जाति का रूप ले रहा शूद्र वर्ग। मुफ्त का श्रम मिलेगा तो अर्थ लाभ तो प्रचुर मात्रा में होगा ही जो सत्ता-शासन का, भोगविलास का आधार बनेगा और व्यापार में भी संलग्न होगा। भोग विलास होगा तो दास-दासियाँ होंगी। गणिकाएँ होंगी, घर के भीतर पत्नियाँ होंगी...यानि तरह-तरह की स्त्रियाँ होंगी।

फिर...कैसे वर्चस्ववादी, भोगवादी व्यवस्था में स्त्री-पुरुष का समान व्यवहार हो सकता है। इस वर्चस्व का बंटवारा बहुत आसान हो गया। वेदकालीन पुस्तकों से लेकर पुराणों तक में सत्ता संघर्ष के, वर्चस्व स्थापना के अनेक प्रकरण हैं जो राज्य सत्ता के प्रतिनिधि क्षत्रिय वर्ग और धर्मसत्ता नियंत्रक ब्राह्मणों के बीच संघर्षों का वर्णन करते हैं। ये संघर्ष कभी व्यक्तिगत स्तर पर हुए तो कभी क्षत्रियों और ब्राह्मणों के संगठित रूपों में हुए। अन्ततः व्यवहारिक समझौते के अन्तर्गत जहाँ राज्य सत्ता क्षत्रिय वर्ग ने सँभाली वहीं समाज व्यवस्था का वर्चस्व ब्राह्मण/पुरोहित वर्ग के अधीन हो गया। उनके बनाये नियमों का उल्लंघन करने पर स्त्रियों, दासों, शूद्रों के लिए तरह-तरह की कठोर दंड व्यवस्था का प्रावधान किया गया। इसीलिए कहा जाता है कि हर धर्म राज्य सत्ता का सहयोगी होता है, उसे सम्बल प्रदान करता है।

ऐसी स्थितियों में स्वाभाविक है कि सामाजिक अन्याय और असमानता के विरुद्ध क्षोभ होता है जो अन्ततः विद्रोह को, संघर्ष को जन्म देता असन्तोष होता है। इसका निदान या तो बल प्रयोग द्वारा सम्भव था या धर्म की, ईश्वर के भय की, स्वर्ग-नर्क की कल्पना द्वारा भय उत्पन्न कर धार्मिकता की घुट्टी पिला

कर होता और यही ब्राह्मणवादी वर्ण व्यवस्था द्वारा निर्मित सामाजिक नियमों ने किया। स्त्री चाहे अर्थबल और वर्चस्व बल से प्राप्त की हुई भोग्या हो या घर के भीतर परिणीता हो.. काम एक ही था। पुरुष समाज की अधीनता में रहना और सन्तान उत्पन्न करना। समाज की अर्थ व्यवस्था में, उत्पादन प्रक्रिया और विकास में उसका कोई योगदान नहीं था। सामाजिक व्यवस्था ने उसका भोग्या स्वरूप ही निर्धारित किया जहाँ स्त्री का स्वतंत्र अस्तित्व नहीं। जहाँ उसे बोलने की आज़ादी नहीं। अपने मन, इच्छा से कुछ करने की आजादी नहीं। सिर्फ सेवा ही उसका धर्म। पति, परिवार की सेवा, उसकी इच्छा, वासना की पूर्ति उसका प्रथम और अन्तिम धर्म। धर्मग्रन्थ ये भी पढ़ा रहे थे कि पति अगर शराबी हो, मारपीट करता हो, दुराचारी हो, परस्त्रीगामी हो, तो भी वह पति है और पति देवता है, उसके आचरण पर प्रश्न नहीं हो सकता। वह स्त्री सौभाग्यशाली है जो पति को उस वेश्या के द्वार पर ले जाती है जिसने उसे दुत्कार कर निकाल दिया था। वह पति के सुख के लिए वेश्या से अपने पति को स्वीकारने की प्रार्थना करती है और इस प्रकार पुण्यात्मा बन अपने पातिव्रत धर्म के तेज से स्वयं भी स्वर्ग की अधिकारी होती है और पति को भी स्वर्ग ले जाती है। धर्मग्रन्थ पातिव्रत धर्म का यह मानक समाज के सामने प्रस्तुत कर रहे थे। पति परायणता की और सेवा की यह तस्वीर प्रस्तुत कर रहे थे। पुराणों में वर्णित सतियों की अनगिनत गाथाएँ औरतों को घुट्टी में पिलायी जाती रही हैं। पति के हाथों मरना, प्राण त्यागना, सौभाग्य की निशानी है। सती अहिल्या, सती सीता, सती सावित्री और द्रौपदी जैसी महिमामंडित पौराणिक स्त्रियाँ सबसे बदनसीब थीं जो पुरुष अहंकार और मिथ्या अभिमान का शिकार हुईं। सती का स्थान चाहिए तो पति के साथ जल मरने का मार्ग भी खुला था जिसके बाद उसकी राख को पत्थर की मूर्ति में बदलकर महिमा मंडित किया जाता रहा ताकि अन्य औरतें भी पति के साथ मरने की प्रेरणा लें। राजस्थान के सती मंदिर और वहाँ लगने वाले मेले यही गाथा सुनाते हैं।

आज भी हर शहर, हर कस्बे, गाँव में होने वाली रामकथाओं में, भागवत कथाओं में जहाँ औरतों की भीड़ जमा रहती है, नये-नये बाबा, स्वामी, बापू...यह प्रवचन कर रहे हैं और समाज को ऐसे ही 'सतयुग' में ले जाने की सीख दे रहे हैं।

यही हमारी स्त्रियों के खून में हजारों वर्ष से मिलाया गया जो जिर्राफ की भाँति न सिर्फ औरतों की बल्कि पूरे समाज की गर्दन लम्बी कर गया। 'अच्छी', 'गुणवान', 'सच्चरित्र', 'पतिव्रता' स्त्री के गुणों को निर्धारित कर गया जिसकी घुट्टी हजारों सालों से औरतों को पिलाई जाती रही और औरतों ने मान लिया

कि ऊपर बैठा ईश्वर औरतों की किस्मत ऐसे ही लिखता है। किस्मत अच्छी होती तो औरत का जन्म ही क्यों मिलता। इस पृष्ठभूमि के साथ अगर पुरानी औरत आज लोकतान्त्रिक व्यवस्था की नयी आधुनिक औरत का मूल्यांकन करती है, उसके आचरण को नैतिकता विरोधी, लोकाचार विरोधी, धर्म विरोधी और परम्परा विरोधी बताती है तो इसमें आश्चर्य क्या है।

◆◆◆

उन्नीसवीं सदी से भारतीय समाज की बनावट में आ रहे परिवर्तन आगे आने वाले दिनों की दस्तक के रूप में थे। सती प्रथा पर रोक हो, अथवा विधवा विवाह की स्वीकृति हो या बाल विवाह पर रोक हो...इनका भरपूर विरोध सामान्य पुरुष समाज कर रहा था। हर नयी औरत को, चाहे वह बहू हो, बेटी हो या अन्य कोई हो, उसके मूल्यांकन का पैमाना सदियों से स्थापित स्त्री के भीतर बसे पैमाने पर ही हो सकता था। उस पुरानी औरत ने कितने दुख उठाये थे, पति के हाथों, घर-समाज परिवार के हाथों। उसने ऐसी ही घुटन में जीते-मरते अपनी माँ को, दादी, नानी...सबको देखा था। यही तो थी समाज प्रदत्त स्त्री की नियति। इससे अलग नयी जिन्दगी, नया पैमाना नयी स्त्री के लिए कैसे स्वीकार्य हो सकता है...यह पुरानी स्त्री की विवश सोच थी।

मेरी दादी बताती थी कि लम्बे चौड़े, भरे-पूरे परिवार में सबकी सेवा टहल के बाद अगर कभी दो घड़ी उन्हें खाली बैठने-सुस्ताने का मौका मिलता तो वह उनकी बड़ी ननद को बहुत खलता था। वे दादी की सास के न होने के कारण वहीं रहती थीं और घर की देखरेख करती थीं। ऐसे में वह दाल चावल मिला कर ले आतीं और हुक्म देतीं कि इन्हें अलग करो। उन्होंने यही सीख रखा था कि औरतों को कभी खाली नहीं बैठना चाहिए। इससे उनके मन में खुराफातें पैदा होती हैं और वे बिगड़ सकती हैं। दरअसल सामाजिक लोकाचार निर्धारित कर और नियमावली बना कर पुरुष तो बाहर चले गये, उन नियमों के क्रियान्वयन की जिम्मेदारी भी घर के भीतर औरतों पर ही रही। इसीलिए घर-परिवार की औरतें ही सदैव आमने-सामने रहीं-एक दूसरे के प्रति दुश्मनी का व्यवहार करती रहीं। परम्पराओं का निर्वाह करती रहीं और आस्थापूर्वक दूसरी, नयी औरतों से कराती रहीं। अपने कष्ट भूल गयीं और बेटी को बालपन में ब्याहती रहीं। घर परिवार के ऊपर आने वाली मुसीबत का ठीकरा घर की नयी आने वाली बहू पर फोड़ती रहीं क्योंकि सारे निकृष्टता के गुण औरत के हिस्से में होते थे, और जिसे किसी भी बात के लिए दोषी ठहराया जा सकता था। ईश्वर को तो देखा

नहीं, पुरुष वर्ग को आरोपित करने की क्या हिम्मत...बची केवल दूसरी औरत... वह उस जैसी ही निम्नस्थिति में। कम से कम उस नयी बहू पर तो घर की वह पुरानी औरत शासन कर ही सकती थी। बहू के रूप में पहली बार उसे अपने जैसी औरत मिली थी, उस पर वर्चस्व स्थापित करने का मौका मिला था और उसे वह नहीं गंवा सकती थी। वह सारे हरबे जो उसके लिए कभी इस्तेमाल किये गये थे, उसे अब किसी दूसरे पर प्रयोग करने का मौका मिला था...वह इसे कैसे छोड़ सकती थीं...इसीलिए 'औरत को औरत का दुश्मन' होना ही था।

इसके पीछे असुरक्षा की भावना भी थी। धर्मशास्त्रों ने पढ़ाया था कि "कुँवारेपन में पिता, विवाह के पश्चात पति और बुढ़ापे में पुत्र ही स्त्री का रक्षक होता है। स्त्री का अपना कोई स्वतंत्र अस्तित्व नहीं होता।" अब पुत्र की पत्नी आ गयी तो उसका अधिकार तो बंट गया। ऐसा भी हो सकता है कि पुत्र अपनी घर-गृहस्थी (पत्नी सहित) में रम जाय माँ को न पूछे। पुत्र आधारित माँ का आर्थिक सामाजिक सम्बल क्षीण हो जाय...दूसरी ओर पत्नी भी पूर्णतया पति के ऊपर आश्रित। उसका सुख दुख, भला-बुरा, उसका सम्पूर्ण जीवन पति द्वारा संचालित। अब बहू और सास को तो अपने-अपने हितों के लिए आमने-सामने होना ही था और युद्ध में हर वार जायज़ होता है। आमने-सामने वाली सभी औरतें कमज़ोर थीं, असुरक्षित थीं और पीड़ित थीं और एक दूसरे की दुश्मन थीं। पुरुष वर्ग सब पर लगाम कसता था। सबको 'ठीक' रखता था।

आपसी हितों की टकराहट और परस्पर व्यवहार तथा सम्बन्धों की यह स्मृतियाँ स्त्री समुदाय में पीढ़ी-दर-पीढ़ी चलती चली आयीं हैं और स्त्री समुदाय के मस्तिक में संस्कार के रूप में स्थाई रूप से जम गयीं हैं। आज भी हमारे लोक जीवन में ऐसी सैकड़ों कहानियाँ हैं, लोकगीत हैं जो सास-बहू या बहू-ननद के परम्परागत कडुवे रिश्तों का बयान करते हैं।

◆◆◆

आज वैसी स्थितियाँ नहीं है। पुरानी समाज व्यवस्था बदली है। ब्रिटिश राज्य के बाद स्वतंत्र भारत में लोकतंत्र स्थापित हुआ है। सिद्धान्त रूप में स्त्री-पुरुषों को समाज में समान स्थान मिला है। समान अधिकार है। शिक्षा और व्यवसाय के समान अवसर हर स्त्री-पुरुष के लिए उपलब्ध हैं।

यह अलग बात है कि पूरी आर्थिक व्यवस्था के सन्तुलित न होने से, तथा अन्य अनेक कारणों से शासकीय नीतियों का व्यवहारिक लाभ समाज के सभी वर्गों तक नहीं पहुँचा है लेकिन सिद्धान्त रूप में स्त्री-पुरुष के बीच घर-परिवार

और समाज के अन्य क्षेत्रों में भेदभाव नहीं है। जहाँ कमियाँ हैं वहाँ इसे दूर करने की लगातार कोशिशें की जा रही हैं। स्त्री साक्षरता की दर 9 प्रतिशत से बढ़कर अब 62 प्रतिशत तक हो गयी है। आज बेटियाँ और घर की बहू शिक्षित हो रही हैं, नौकरी कर रही हैं, स्वतंत्र अस्तित्व के साथ अपनी मनमर्जी की जिन्दगी बिताने का अवसर प्राप्त कर रही हैं। इससे औरतों में आत्मविश्वास आया है। वे आत्मनिर्भर हुई हैं।

इसके बावजूद पुरानी व्यवस्था की स्मृतियाँ परम्परा के रूप में अभी घर परिवार में मौजूद हैं। स्त्री और पुरुष दोनों की स्मृतियों में हैं, उनकी आदतों में हैं, उनके संस्कार में हैं। पुरानी आदतों से संचालित अभी भी बहुओं से खास तरह के व्यवहार की आशा की जाती है। जब औरत सास बन जाती है तो वह अपनी बहू को उसी रास्ते से, उन्हीं कष्टकारी स्थितियों से गुज़ारना चाहती है जिनसे होकर वह गुज़री थी। आज भी परम्परागत रूप से माँएँ अपने बेटे और बेटी को समान व्यवहार नहीं दे पाती हैं। शिक्षित और सम्पन्न घरों में भी बेटे और बेटी के प्रति व्यवहार में भेदभाव किया जाता है। जो घर-गृहस्थी का उत्तम है वह बेटे के लिए और शेष बचा हुआ बेटी के लिए निर्धारित करते हैं।

सामाजिक संरचना में बदलाव धीरे-धीरे होता है। आजादी के बाद कानून बन गये। स्त्री को समान अधिकार, अवसर देने की नीतियाँ लागू हो गयीं। लेकिन समाज की मानसिकता तो रातों-रात नहीं बदल सकती थी। हजारों साल से जो सोच चला आ रहा था, जो परस्पर व्यवहार था वह रातों-रात नहीं बदल सकता था। माँ पुराने संस्कारों के अन्तर्गत बेटे को उच्च शिक्षा लेकिन बेटी को घर-गृहस्थी की शिक्षा देने को ही ठीक समझती थी। आखिर लड़की को शादी करके दूसरे के घर जाना है, गृहस्थी करनी है...सो उसके प्रति यही नज़रिया सारे व्यवहार को निर्धारित करता था। 'पुत्र बुढ़ापे का सहारा और बेटी पराया धन' इसीलिए आज से पचास वर्ष पहले तक अच्छे सम्पन्न घरों में भी बेटियों को दूध, घी मयस्सर नहीं होता था और पति के बाद फिर बेटे को अलग तरह का श्रेष्ठ भोजन दिया जाता था। पढ़ाई का चलन बढ़ा, बेटियों को शिक्षा देना मजबूरी हुई तो ऐसी शिक्षा जिसमें अधिक खर्च न हो। घर में अगर आर्थिक संकट आ पड़ा तो सबसे पहले बेटी की पढ़ाई बन्द।

लड़कियों के प्रति भेदभाव हो या सास-बहू के बीच मतभेद हों, माँ अथवा सास उसी पुरानी मानसिकता से नियंत्रित होती हैं। इसमें किसकी गलती है। उस औरत की जो माँ है या जो सास है? गलती उस परम्परागत संस्कार की है जो औरतों को हजारों साल से पढ़ाया जाता रहा है। पुत्र और पति सेवा का पाठ

जिसे समाज हमेशा से पढ़ाता रहा है, धार्मिक ग्रन्थ पढ़ाते रहे हैं, नीतियाँ पढ़ाती रही हैं। अब एक ओर पुराने संस्कार, आदतें और परम्परागत व्यवहार। दूसरी ओर नया ज़माना, नयी शिक्षा, नयी चेतना...स्त्री पुरुष सभी को उपलब्ध नयी जनतान्त्रिक् व्यवस्था में समान अधिकार, समान अवसर का सिद्धान्त।

नयी चेतना सम्पन्न, पढ़ी-लिखी बहू से सास उसी पुराने परम्परागत व्यवहार की, आशा करे और फिर टकराव हो तो औरत बनाम औरत संघर्ष बन जायेगा। नये संस्कार बनने में समय लगेगा। शिक्षा और चेतना सम्पन्न दृष्टिकोण रखकर, धैर्य के साथ परिवर्तनकारी व्यवहार अपना कर यह स्त्रीहीनता का परम्परागत व्यवहार और परिवार के भीतर का स्त्री संघर्ष दूर किया जा सकता है। पढ़ी लिखी औरत जब बहू की भूमिका में हो या समय बीतने के बाद सास बने, उसकी शिक्षा, चेतना तथा आर्थिक स्वावलम्बन उसे आत्म विश्वास प्रदान करता है। वह आर्थिक रूप से परतंत्र नहीं है। आत्मनिर्भर है इसीलिए उसे न बहू से अथवा न सास से भयभीत होने की जरूरत है। समाज की आर्थिक संरचना में योगदान करने वाली स्त्री स्वतंत्र इकाई है। जब उत्पादन के साधनों पर स्त्री की बराबर की हिस्सेदारी सुनिश्चित होती है तो न सिर्फ स्त्री बनाम स्त्री संघर्ष समाप्त हो जाता है बल्कि स्त्री बनाम पुरुष संघर्ष भी समाप्त होने लगता है। दरअसल जिसे हम स्त्री बनाम स्त्री मुकाबला समझते हैं वह अन्ततः मूल में स्त्री बनाम पुरुष की अवधारणा है जहाँ पुरुष मालिक है और स्त्री उसकी मिल्कियत है और इस अवधारणा को बनाये रखने का आरोप स्त्री और पुरुष दोनों के ऊपर है।

मैंने देखा है जहाँ सास रूपी स्त्री शिक्षित है, आर्थिक रूप से आत्मनिर्भर है, काम करती है वहाँ सास-बहू का परम्परागत झगड़े वाला रूप नहीं मिलता बल्कि परिवार में सामंजस्य और सहयोग पूर्ण वातावरण होता है। जहाँ बहू आर्थिक उपार्जन में सहायक है वहाँ भी सास-बहू सहयोगी होते हैं, मित्रवत् होते हैं।

लेकिन इसका एक अन्य आयाम भी है जो कहीं न कहीं जाकर फिर पुरुष वर्चस्ववादी मानसिकता से जुड़ जाता है।

पुराने पुरुष नियंत्रित सामन्ती समाज व्यवस्था से बदलते-बदलते आज की इस नयी जनतान्त्रिक व्यवस्था में पुरुष समाज को सबसे ज्यादा कष्ट हुआ है। उसे अपनी वर्चस्ववादी और अहंकारवादी मानसिकता में बदलाव करना पड़ा है। घर में पढ़ी-लिखी पत्नी है। आर्थिक रूप से आत्मनिर्भर है। उसका अपना स्वतंत्र व्यक्तित्व है, अपना स्वतंत्र सोच भी है। घर से बाहर भी ऐसी स्थितियाँ हैं। कार्यक्षेत्र में भी बराबरी की स्त्रियाँ दिखाई दे रहीं हैं जो सहयोगी हैं, अक्सर अधिक प्रतिभा सम्पन्न हैं। हो सकता है कि महिला अधिकारी के नीचे नौकरी करनी पड़ती

हो...। बदली हुई परिस्थितियों से सामंजस्य जरूरी है। ऐसी परिस्थितियों में उसके भीतर के संस्कार, परम्परागत वर्चस्ववादी व्यवहार उसे भी दुविधापूर्ण संघर्ष में लपेट लेता है। अक्सर दहेज हत्याओं के लिए सासों को जिम्मेदार ठहराया जाता था। दरअसल घर का पुरुषवर्ग दहेज अपराधों के लिए विचार देता है जो उसकी असन्तुष्टि और उसकी लालसा को प्रकट करता है। आज के उपभोक्तावादी समाज में बाजार की चकाचौंध है लेकिन आर्थिक संकट और बेकारी भी है, आदमी रातों-रात अमीर हो जाना चाहता है। वह अपनी समस्त सुख-सुविधा को दहेज के माध्यम से पूरा करना चाहता है। ऐसे में उसकी असन्तुष्टि विविध रूप से विचारों में प्रकट होती है। उसके विचार को घर की स्त्री मुखर करती है चाहे सास हो, जेठानी हो, ननद हो। दहेज अपराधों में बहू के खिलाफ मोर्चे में कमोबेश सब शामिल होते हैं—कोई मन से, कोई वचन से तो कोई कर्म से।

ये एक सामान्य फ़िकरा है जो दहेज सम्बन्धी विमर्शों में दुहराया जाता है कि औरत ही औरत की दुश्मन है, कि दहेज हत्याओं में सास, नन्द-जेठानी शामिल होती हैं। अगर किसी घर के मर्द, पति, ससुर, जेठ, देवर न चाहें तो क्या दहेज हत्याएँ हो सकती हैं? बहू क्या प्रताड़ित हो सकती है? घर में अगर बेटा न चाहे तो क्या बहू सास को प्रताड़ित कर सकती है?

अक्सर घरों में पति द्वारा प्रताड़ित स्त्री जब इसके विरुद्ध कोई सख्त कदम उठाती है, पुलिस में शिकायत करती है या इसके विरुद्ध किसी संस्था आदि से मदद लेती है तो समाज का पूरा स्त्री समूह, उसके विरुद्ध हो जाता है। "पति तो आखिर पति है, देवता है...उसके खिलाफ रिपोर्ट नहीं करनी चाहिए...." जैसा मत लगातार दुहराया जाता रहता है और घर-परिवार तथा समाज की स्त्रियाँ उसके विरुद्ध हो जाती हैं। मेरा कहना है कि क्या उस प्रताड़ित स्त्री के इस प्रतिरोध को पुरुष समाज समर्थन देता है? क्या पुरुष समाज स्त्री द्वारा अपने बचाव के लिए उठाये गये कदमों को समर्थन देता है?

नहीं! ऐसा नहीं होता। पुरुष समाज किसी स्त्री के प्रतिरोध को समर्थन नहीं देता, बल्कि उस प्रतिरोध की मुखालफ़त करता है। इसीलिए पुलिस थाने में जब प्रताड़ित महिला जाती है तो उसे समर्थन नहीं मिलता। उसकी रिपोर्ट नहीं लिखी जाती। उसे यह कहकर भगा दिया जाता है कि यह तुम्हारा आपसी झगड़ा है इसे खुद निपटाओ और यहाँ मत आओ...।

लेकिन पढ़े लिखे प्रबुद्ध समाज में जब हम बैठते हैं तो ये वर्ग स्त्री दुर्दशा पर आँसू बहाता है...भाषण देता है और अन्त में कंधे उचका कर कह देता है कि "हम क्या करें। स्त्री प्रताड़ना के प्रकरणों में दूसरी स्त्रियों की ही भूमिका

होती है। औरत ही औरत की दुश्मन है...और अपनी जिम्मेदारी से पल्ला झाड़ कर चल देता है। मेरा मानना है कि स्त्री प्रताड़ना के प्रकरणों में स्त्री-पुरुष दोनों की समान जिम्मेदारी है। हाँ, भूमिका अलग-अलग हो सकती है।

कन्या भ्रूण हत्या पर जब बात चलती है तो लगातार कहा जाता है कि यह तो माँ की जिम्मेदारी है। वह क्यों कन्या भ्रूण होने पर उसे नष्ट कराती है। यह तो वही बात हुई कि मारे भी और रोने भी न दें। पुरुषवादी श्रेष्ठता के भाव से आतंकित घर में सास के साथ-साथ औरत का पति और ससुर भी पुत्र की ही आकांक्षा रखते हैं। जिस समाज में नवजात पुत्री की हत्या इसीलिए कर जाती थी कि उसके पिता और भाई (घर के मर्द) को शादी के समय दूसरे के सामने सिर न झुकाना पड़े, वहाँ कन्या भ्रूण का दुश्मन मूलरूप से कौन होगा? निश्चित रूप से पुरुषवर्ग! माँ अपनी कोख को इस तरह नष्ट नहीं करना चाहेगी। मैंने कई ऐसे पढ़े लिखे प्रबुद्ध पति देखें हैं जिन्होंने पुत्र की आकांक्षा में छह-सात कन्याएँ पैदा कर दीं और फिर सारा दोष स्त्री के ऊपर मढ़ दिया। घर की स्त्री पराश्रित है, विवश है। उसे कन्या भ्रूण नष्ट कराना पड़ता है। वह यह नहीं कह सकती कि जब एक या दो सन्तानों को ही जन्म देना है तो क्या फर्क पड़ता है बेटा हो या बेटी हो...। लगातार सन्तान पैदा करना या अजन्मे को नष्ट करना...। फिर पुत्र की आकांक्षा। वह भी तो उसी परम्परागत मानसिकता से ग्रस्त है। उसे अपने बचाव के लिए कहीं से समर्थन नहीं मिलता। यही उसकी भी विवशता है-संस्कार है। कन्या भ्रूण हत्या के लिए निश्चित रूप से घर-परिवार का पुरुष समाज दोषी है।

पिछले दिनों एक अस्पताल में एक नवजात शिशु चोरी हो गया। यानि बच्चे बदल गये। जिस माँ ने लड़का चुराया पकड़े जाने पर रो-रो कर कह रही थी कि-'उसने लगातार चौथी बार पुत्री को जन्म दिया है। उसके घर वाले उसे जिन्दा नहीं रहने देंगे। इसीलिए उसने दूसरी महिला के नवजात पुत्र को चुराया...' कैसी वह प्रताड़ना है...कष्ट है जो औरत को अपनी कोख फेंकने पर मजबूर कर रही है। उसका घर-परिवार, पति...। अगर पति उसके समर्थन में होता तो किसकी हिम्मत थी कि वह ऐसी हरकत करे। सभी तो उस पुरुष पर ही आश्रित हैं, पत्नी भी उसकी माँ भी।

इसीलिए यह सरासर धोखा है। स्त्री के कष्टों के प्रति पुरुष समाज की संवेदनहीनता है और अपनी जिम्मेदारी से बचने का नाटक है यह कहना कि 'औरत ही औरत की दुश्मन है..." यानि तुम लोग अपने मामले सुलटा लो, हमें कोई मतलब नहीं।

प्रश्न यह है कि यह भावना दूर कैसे हो। निश्चित रूप से इसके लिए अपने उन संस्कारों से टकराने की जरूरत है जो हमारे दिल और दिमाग में गहरे बैठ गये हैं कि पुरुष श्रेष्ठ है, स्त्री हीन है। पुरुष का वर्चस्व, उसका स्वामित्व और उसका संरक्षण स्त्री की प्रत्येक अवस्था के लिए अनिवार्य है और कि स्त्री-पुरुष की समानता, कानून में भले ही लिख जाय, ईश्वरीय विधान में नहीं है इसीलिए यह समानता व्यवहार में नहीं हो सकती।

व्यवहार में इसकी शुरुआत घर से ही करनी पड़ेगी और क्योंकि यह हम औरतों की लड़ाई है इसलिए शुरुआत भी हमको ही करनी पड़ेगी।

सबसे पहले हम यह कहना छोड़ें कि ये फलां काम हमारे हैं और फलां काम तुम्हारे (लड़कों के) हैं। खाना पकाना, घर के कामों में हाथ बंटाना बेटी के हिस्से में और पढ़ाई के लिए कोचिंग सेन्टर जाना, खेलना कूदना बेटे के हिस्से में। शान्त रहना, अपनी हर चीज को छोटा या बड़ा भाई माँगे, जिद करे उसे दे देना बेटी के जिम्मे और जोर से बोलना आक्रामक होना, जो चीज़ पसन्द आ जाय उसे हासिल करके रहने की स्मार्टनेस बेटे के जिम्मे। ऐसे प्रबुद्ध उच्च शिक्षा प्राप्त और सम्पन्न लोग मैंने देखे हैं जो साथ-साथ खड़े बेटे और बेटी में भद्दे तरीके से भेदभाव करते हैं। दोनों बच्चे जिद कर रहे हैं और चिप्स या कोल्ड ड्रिन्क या खिलौना या होली के मौके पर खरीदारी करते समय पिचकारी या दीवाली पर पटाखे सिर्फ बेटे को खरीद कर दिये जायेंगे और बेटी से कहा जायेगा....''भैया दे देगा तुम्हें...।'' अब भैया तो नहीं दे रहा है। सो आगे जिद करती, मचलती बेटी को या तो जोर से झिड़की या एक चपत...'झगड़ा करती है भाई से...।' हम माँ बाप बचपन में ही आगे की स्त्री की नियति को तय कर देते हैं और आगे के पुरुष की वर्चस्ववादी भावना को, उसकी श्रेष्ठता की स्थिति को उसे बता देते हैं।

बच्चों को अक्षर ज्ञान के बाद ही पहले पाठ में घर के चित्र ऐसा वर्णन मिलता हैः पिता अखबार पढ़ रहे हैं...माँ रोटी पका रही है...लड़का बॉल खेल रहा है और लड़की झाड़ू लगा रही है। घरों में यह आम स्थिति है कि बेटा-बेटी दोनों स्कूल से आये। दोनों खाना खाने बैठे। बेटा झट बैठ गया। बेटी का काम रसोई में जाना। खाना गर्म करना, लेकर आना, परोसना और फिर खाने बैठना। यही सिखाया गया है। बड़े होते बच्चों में भविष्य निर्धारण भी ऐसे ही होता है। लड़के के लिए विज्ञान, टेक्नोलाजी (मेडीकल, इंजीनियरिंग, प्रबन्धन) की प्राथमिकता। लड़की के लिए बी.एड. अनिवार्य और आसान से विषय...आखिर होनी तो शादी ही है...। हालाँकि मध्यवर्ग में अब स्थिति काफी बदली हैं लेकिन दिमाग में अभी भी लड़की की शादी ही अन्तिम लक्ष्य है। करवा चौथ का व्रत पति की दीर्घायु

और स्वास्थ्य के लिए। अहोई अष्टमी का व्रत पुत्र की मंगल कामना के लिए... और खुद स्त्री कहाँ गयी? उसकी बेटियों के लिए कौन सा व्रत? मेरे साथ पढ़ाने वाली एक प्रवक्ता ने किस्सा सुनाया। अहोई अष्टमी के व्रत के लिए उसने अपनी बेटी से कुछ सहयोग करने को कहा। यूँ बेटी अक्सर माँ का हाथ बंटाती थी लेकिन उस दिन उसने बहुत सहज भाव से इंकार कर दिया था। उसने कहा कि ''भैया की खुशहाली के लिए तुम व्रत कर रही हो, वही तुम्हारी मदद करेगा।''

हम समानता का व्यवहार अपने बच्चों से करें। खुद घर के भीतर पति पत्नी के बीच समानता का व्यवहार हो, जिसे बच्चे भी देखें। लड़का-लड़की के बीच का भेद अपने व्यवहार में समाप्त करें। पुत्र जन्म की चाहत में अपना और परिवार का तथा परिवार में उपस्थित बेटियों का जीवन दूभर न करें। अव तो व्यवहार में निरे प्रकरण हम देख रहे हैं जहाँ बूढ़े माँ बाप की देखभाल पुत्रियाँ ही कर रही हैं। पुत्र तो अपने परिवार, व्यवसाय में ऐसा रमा है, इतनी दूर है कि न उसे आने की फुर्सत और न ही उनकी देखभाल करने की इच्छा। लड़कों वाले काम या लड़कियों वाले काम का अथवा लड़कों वाले खेल या लड़कियों वाले खेल जैसा विभाजन हम न करें। खुद अपनी रुचि से वे अपने वाले खेल अपना लेंगे। लड़कों वाली पढ़ाई या लड़कियों वाली पढ़ाई का भेद हम न करें, दोनों को अपनी रुचियों के अनुसार चुनाव करने दें...।

तब ये पीढ़ी आगे जाकर स्वस्थ मानसिकता के भाव लेकर जवान होगी। तब ये लड़के पति की भूमिका में पत्नी के साथ बराबर का व्यवहार करेंगे। तब भाई बहनों के साथ सहानुभूतिपूर्ण ब्यहार करेंगे। तब परम्परागत वर्चस्ववादी भूमिका का त्याग कर सामान्य व्यवहार करेंगे। तब लड़कियाँ आत्म विश्वास अर्जित कर घर, परिवार और समाज में समान रूप से योगदान कर सकेंगी।

तब स्त्रियों की हीन स्थिति के लिए कोई उन्हीं को जिम्मेदार नहीं ठहरा सकेगा। कोई नहीं कहेगा कि औरत ही औरत की दुश्मन होती है। यूँ क्या आदमी ही आदमी का दुश्मन नहीं होता? बाप-बेटे के बीच, भाई-भाई के बीच दुश्मनी नहीं होती...।

औरत का दुश्मन समाज की पुरुष वर्चस्व वादी मानसिकता है। इस मानसिकता से ओतप्रोत पूरा समाज है, स्त्रियाँ भी और पुरुष भी! फिर ठीकरा औरत के ऊपर ही क्यों।

चिन्ताएँ

स्त्री-स्वास्थ्य

आज हमारी लोकतान्त्रिक व्यवस्था में, कम से कम चुनाव के दौरान जरूर स्त्री मुद्दे, विशेष रूप से स्त्री-सुरक्षा की बातें मुख्य एजेंडा में शामिल होने लगी हैं। स्त्री सुरक्षा व्यवस्था की सफलता और असफलता का पैमाना बनने लगा है। उत्साहवर्धक है यह प्रवृत्ति। लेकिन ज़्यादातर यह मुद्दा मुख्य रूप से शहरी मध्यवर्ग की स्त्रियों तक ही रह जाता है। ग्रामीण क्षेत्रों में दलित स्त्रियों व श्रमिक स्त्रियों के लिए 'स्त्री सुरक्षा' जैसा मुद्दा सामने आना और फिर कारगर रूप से क्रियान्वयन होना...अभी आकाश कुसुम की तरह ही है। गाँव में परम्परागत सामंती जकड़न, जातिवादी-वर्णवादी समाज और वर्चस्ववाद के विभिन्न रूपों के अलावा राहत पाने के लिए साधनों का अभाव...इनके कारण स्त्री सुरक्षा जैसे नारे अर्थहीन हैं। वहाँ तो स्त्री समानता का ककहरा अभी आरम्भिक पदों तक ही पहुँच पाया है।

स्त्री सशक्तीकरण और समानता के लिए चिन्ताएँ उन्नीसवीं शताब्दी के भारतीय नवजागरण काल में दिखाई देने लगी थीं। सामाजिक बदलाव का वातावरण निर्मित होने लगा तो इसके परिणाम भी दिखाई देने लगे। ज़बरदस्त उथल-पुथल भरा समय था वह। मुक्ति की आकांक्षा समय की पहचान बन गयी थी। राजनीति और समाज के धरातल पर ये मुक्ति संघर्ष कभी परस्पर सहयोगी तो कभी द्वन्द्वात्मक स्थितियाँ भी बना रहे थे। चाहे स्त्री-मुक्ति के लिए चलाये जा रहे सामाजिक आन्दोलन हों या दलित मुक्ति के प्रश्न हों, वे केन्द्र में थे। सामाजिक स्तर पर पैदा हो रही अन्तर्विरोधी प्रवृत्तियाँ और सुधार की कोशिशें राजनीति का चेहरा बदलने को उद्यत थीं। दो शताब्दियों की लम्बी यात्रा में ऐसे ही हलचल भरे वातावरण से गुज़रते हुए आज भी दलित प्रश्न और स्त्री प्रश्न हमारे सामने मुख्य सामाजिक चिन्ता और सरोकारों के रूप में मौजूद हैं तो यह विचारणीय विषय है और आधारभूत कारणों की पहचान करना ज़रूरी है। दरअसल इसका सारा दारोमदार विकास की अवधारणा और उसको व्यवहार में लाने पर टिका है। विशेषज्ञ और बुद्धिजीवी उच्चकोटि की योजना बनाने में सक्षम हैं लेकिन उसका

क्रियान्वयन जब ऐसी व्यवस्था और सत्ता तंत्र के हाथों में हो जो असंवेदनशील हो तथा पूरे सामाजिक-राजनैतिक वातावरण की पहचान भ्रष्टाचार से होती हो तब विश्वसनीयता और जवाबदेही अर्थहीन हो जाते हैं। हमारा 'बेहद धार्मिक' हिन्दुस्तानी समाज निरन्तर अन्याय, शोषण जैसी अधार्मिक जीवन पद्धति से गुज़र रहा है। यूँ तो पिछले समय से अरबों-खरबों के घोटाले सामने आ रहे हैं जो गरीब जनता को और गरीब बनाने की कहानी कहते हैं लेकिन अब (उ.प्र. का) 'राष्ट्रीय ग्रामीण स्वास्थ्य मिशन' में लगभग पाँच हज़ार करोड़ का घोटाला, भ्रष्टाचार की अलग ही कहानी कहता है। अभी तक सामने आयी खबरें उजागर करती हैं कि दो तिहाई स्वास्थ्य मिशन की धनराशि आपस में बांट ली गयी और अपने देश में ही बसी एक तीसरी दुनिया के हालात जस के तस ही रहे। दरअसल हमारा देश और व्यवस्था तंत्र भी भाग्यवादी है और मानकर चलता है कि जो भाग्य में लिखा है, वह तो होगा ही। ''जेहि विधि राखिये राम तेहि विधि रहना होय...'' जैसी भावना हमें समस्त सामाजिक-राजनीतिक भ्रष्टाचार से उपजे शोषण और अन्याय के वातावरण में शान्त कर देती है, हमारे सोच और प्रतिरोध को अबाउट टर्न कर देती है। हम स्त्री विमर्श के आधारभूत मुद्दे, यानि शिक्षा और स्वास्थ्य को नज़रअन्दाज़ कर जाते हैं और उलझ जाते हैं सिर्फ घर-परिवार के भीतर तक। हमारी स्त्री-सशक्तीकरण की मुहिम सीमित हो जाती है।

स्त्री-सशक्तीकरण की बात करें तो स्वास्थ्य मुद्दे को स्त्री-दृष्टि से देखना बेहद ज़रूरी है। विकास की अवधारणा में स्वास्थ्य बेहद अहम् मुद्दा है। भारतीय व्यवस्था का जनकल्याणकारी एजेंडा ऐसा ढहा कि देश की जनता निजी स्वास्थ्य क्षेत्र में ढकेल दी गयी है जिससे उबरना अब असम्भव दिखता है। वैश्विक नीतियों के दबाव में नयी-सुधारवादी आर्थिक नीतियों ने यह भी एक बड़ा तोहफा अपनी जनता को दिया जिसका सबसे बुरा असर ग्रामीण और गरीब जनता पर पड़ा। दुनियाँ के नक्शे में भारत ऐसा देश है जो सार्वजनिक स्वास्थ्य क्षेत्र में सबसे कम खर्च करता है। सन् 2015-16 के बजट में जी.डी.पी. का 2 प्रतिशत से भी कम स्वास्थ्य क्षेत्र के लिए है। इस रूप से अन्य देशों की तुलना में भारत सबसे नीचे की श्रेणी में है। दूसरी ओर निजी क्षेत्र में स्वास्थ्य पर हमारे देश में सबसे ज़्यादा कुल स्वास्थ्य सेवा में लगने वाली धनराशि का 70 प्रतिशत खर्च किया जाता है। यह दो अतिवादी छोर अपने आप में चिन्ताजनक स्थिति प्रस्तुत करते हैं। प्रतिवर्ष एक लाख करोड़ रुपया निजी स्वास्थ्य क्षेत्र में जनता खर्च करती है जो सार्वजनिक क्षेत्र में होने वाले खर्च का तीन गुना है। अनियंत्रित और व्यापारी मानसिकता पर आधारित निजी स्वास्थ्य क्षेत्र की सेवाएँ ग़रीब और विशेष रूप

से ग्रामीण जनता की पहुँच से सर्वथा बाहर हैं। बच्चों और स्त्रियों में रक्ताल्पता की ऊँची दर है वहीं हैज़ा, पेचिश, टायफाइड और पीलिया जैसे रोग जो साफ़ सुरक्षित पीने के पानी के और वातावरण में साफ़-सफाई के अभाव में होते हैं लेकिन इलाज योग्य हैं, उचित स्वास्थ्य सेवाएँ गरीब जनता को उपलब्ध न होने के कारण वे मृत्यु का कारण बनते हैं।

राष्ट्रीय ग्रामीण स्वास्थ्य मिशन के घोटाले सामने आना कोई आश्चर्य नहीं है। भ्रष्टाचार की मुख्य धारा का ही हिस्सा है यह भी। सुनते हैं कि लगभग साढ़े आठ हज़ार करोड़ की धनराशि में से तकरीबन पाँच हज़ार करोड़ जो चन्द महाबलियों के अपने स्वास्थ्य मिशन में लग गयी और लूट के बँटवारे पर जब झगड़ों की आहटें सुनायी देने लगीं तो जान लेने और देने का दौर शुरू हुआ। लेकिन उन हज़ारों-लाखों जानों का क्या जो स्वास्थ्य सेवा के अभाव में दम तोड़ते रहे हैं और जिनकी कोई आहट न किसी को सुनायी देती है और न वह किसी की चिन्ता का कारण बनती है। ध्यान देने योग्य बात है कि अगर 'ब्रिक्स' देशों को ही लें तो चीन अपनी जी.डी.पी. का 5 प्रतिशत, रूस लगभग 6 प्रतिशत, ब्राजील 9 प्रतिशत और दक्षिण अफ्रीका 8 प्रतिशत अपनी जनता के लिए स्वास्थ्य क्षेत्र में खर्च करता है।

अनेक स्वास्थ्य सुधार और जन-कल्याण कार्यक्रमों के ज़रिये मातृ मृत्युदर और नवजात मृत्यु दर में कमी लाने की कोशिश की गयी थी। दरअसल जब हम जन-स्वास्थ्य की बात करते हैं तो स्त्री-स्वास्थ्य में प्रजनन सम्बन्धी मुद्दा प्रमुख हो जाता है। न केवल प्रसव से सम्बन्धित बल्कि सामान्य स्वास्थ्य सुविधाओं की उपलब्धता का प्रश्न ग्रामीण स्तर पर, गरीब महिलाओं के लिए बेहद गम्भीर है। इसका विश्लेषण और व्याख्या करने जब हम बैठते हैं तो सीधे बात फिर से नीतियों और क्रियान्वयन में व्यवस्था की संवेदनहीनता, भ्रष्टाचार और जनता के प्रति घोर उपेक्षा से ही जुड़ जाती है, आम जन के जनतान्त्रिक अधिकारों के हनन से जुड़ जाती है। इसीलिए स्त्री विमर्श की व्याख्या और पक्षधरता के प्रश्न केवल खाते-पीते मध्यवर्ग की स्त्रियों की अस्मिता और यौनिकता तक सीमित नहीं रहने चाहिए। उनका विस्तार ग्रामीण तथा वंचित वर्ग की महिलाओं के जीवन की आधारभूत आवश्यकताओं तक होना चाहिए जहाँ सुरक्षित प्रसव की सुविधाओं के अभाव में वे प्रसव के दौरान या उसके बाद ऐसी मामूली परिस्थितियों में दम तोड़ देती हैं जिनका समाधान और निदान बहुत आसानी से हो सकता है। वे स्त्रियाँ या उनके बच्चे जब कुपोषण और अनीमिया से असमय मृत्यु का शिकार होते हैं तो स्वतः स्वास्थ्य के साथ भोजन की उपलब्धता के जनतान्त्रिक अधिकार का प्रश्न भी महत्वपूर्ण हो जाता है।

पिछले लगभग तीन दशकों की स्थिति देखें तो प्रसव के दौरान मातृ मृत्यु-दर और नवजात मृत्यु-दर में कुछ कमी जरूर आयी है लेकिन आज भी राष्ट्रीय स्तर पर प्रति एक लाख में लगभग 192 से अधिक महिलाएँ गर्भावस्था से जुड़ी जटिलताओं के कारण मृत्यु का शिकार होती हैं, जिसमें उ.प्र. में यह संख्या 300 के करीब है। प्रति एक हज़ार में 49 नवजात शिशु मृत्यु को प्राप्त होते हैं जिसमें उ.प्र. में यह संख्या बढ़कर 63 है। 85 प्रतिशत महिलाओं की मृत्यु का कारण प्रसव पूर्व व पश्चात का रक्तस्राव, असुरक्षित गर्भपात, सेप्टिक तथा गर्भावस्था के दौरान उत्पन्न मानसिक तनाव और असन्तुलन है। इतना ही नहीं जन्म से लेकर 28 दिन के भीतर उचित देखरेख और सुविधाओं के अभाव में दस लाख बच्चे प्रतिवर्ष दम तोड़ देते हैं और कुपोषण तथा उचित देख-रेख के अभाव में एक साल के भीतर मृत्यु को प्राप्त शिशुओं की संख्या 14 लाख है जबकि प्रतिवर्ष जन्म लेने वाले बच्चों की संख्या 2 करोड़ 70 लाख आंकी गयी है।

राष्ट्रीय ग्रामीण स्वास्थ्य मिशन की योजना सचमुच एक जनकल्याणकारी वृहद योजना थी जिसका सांगठनिक ढांचा भी सोच समझकर बनाया गया। प्रदेश स्तर पर स्वास्थ्य और परिवार कल्याण विभाग, जिसके अन्तर्गत सभी मेडिकल कॉलेज और अस्पताल हैं। जिला स्तर पर जिला चिकित्सालय और उनके प्रभारी हैं। उनके अन्तर्गत ग्रामीण और शहरी क्षेत्रों के पृथक स्वास्थ्य सेवा केन्द्र हैं। जिले के शहरी क्षेत्र में सिविल हॉस्पीटल हैं तो ग्रामीण क्षेत्र में हर ब्लॉक या प्रखंड में सामुदायिक स्वास्थ्य क्षेत्र रखे गये हैं जिनके अन्तर्गत प्रत्येक पंचायत क्षेत्र में स्थित प्राथमिक स्वास्थ्य केन्द्र आते हैं। इन प्राथमिक स्वास्थ्य केन्द्रों के अन्तर्गत प्रत्येक गाँव में उप स्वास्थ्य केन्द्र हैं जिनका सम्बन्ध ग्राम पंचायत की स्वास्थ्य समिति से है। अन्तिम छोर पर ग्राम पंचायत की स्वास्थ्य कर्मी 'आशा' इस संगठनात्मक ढांचे की अन्तिम और मूलभूत इकाई है।

राष्ट्रीय ग्रामीण स्वास्थ्य योजना में मातृ मृत्यु-दर तथा नवजात शिशु मृत्यु-दर को काफी हद तक कम करने का लक्ष्य तो रखा गया लेकिन एक महीने और फिर एक साल के भीतर होने वाले शिशुओं की मृत्यु दर कम करने की ओर कोई ध्यान नहीं दिया गया है। बहरहाल इस सीमित लक्ष्य के लिए जननी सुरक्षा योजना जैसे कार्यक्रम सरकार ने चलाये लेकिन यह योजना भी गर्भवती महिलाओं को केवल चैक बाँटने तक सीमित हो गयी। सुरक्षित प्रसव और देखभाल के लिए गाँव की आशा की सक्रियता और कम से कम प्राथमिक स्वास्थ्य केन्द्रों और सामुदायिक केन्द्रों में उचित व्यवस्था और स्वास्थ्यकर्मियों की, दवाइयों, उपकरणों की उपलब्धता के मुद्दे पहले की तरह उपेक्षित रहे।

वैश्वीकरण के दौर में पश्चिमी देशों के वर्चस्व और दबाव का हमारी आर्थिक नीतियों पर जो प्रभाव पड़ा उसने धीरे-धीरे उन क्षेत्रों को तबाह किया जहाँ हम आत्मनिर्भर होने की कोशिश कर रहे थे और स्वदेशी स्तर पर दवा, खाद जैसी आवश्यक चीजों का भी उत्पादन कर रहे थे। सरकारी लापरवाही और षडयंत्रों के तहत आई.डी.पी.एल. जैसी तमाम उत्पादन इकाइयाँ बन्द कर दी गयीं। दवा के क्षेत्र में बहुराष्ट्रीय कम्पनियों की उपस्थिति और मनमानी के अलावा सर्वत्र भ्रष्टाचार ने आम जन की स्वास्थ्य सेवाओं को और मुश्किल कर दिया है।

ऐसी परिस्थितियों में राष्ट्रीय ग्रामीण स्वास्थ्य मिशन एक सार्थक पहल कदमी बन रही थी। ग्रामीण क्षेत्र की गरीब वंचित जनता के लिए यह एक बड़ी आशा और राहत थी। लेकिन हश्र क्या हुआ। उ.प्र. में सीबीआई द्वारा होने वाली जांच के द्वारा उजागर भ्रष्टाचार और व्यवस्था की संवेदनहीनता की कहानी लगातार होने वाली गिरफ्तारियाँ स्वयं कह रही हैं। दो तिहाई धनराशि का घोटाला सामने आ चुका है। प्राथमिक एवम् सामुदायिक स्वास्थ्य केन्द्रों की स्थिति पर नज़र डालें तो और अफसोस होता है। इस मिशन के अन्तर्गत हर पाँच हज़ार की जनसंख्या में एक उप स्वास्थ्य केन्द्र का, बीस हज़ार से तीस हज़ार के बीच एक प्राथमिक स्वास्थ्य केन्द्र तथा अस्सी हज़ार से-लगभग सवा लाख के बीच एक सामुदायिक स्वास्थ्य केन्द्र होना चाहिए। इन स्वास्थ्य केन्द्रों में अगर न्यूनतम सुविधा की बात करें तो प्राथमिक स्वास्थ्य केन्द्र में चार से-छह बेड, एक डॉक्टर तथा पर्याप्त पैरा मेडिकल स्टाफ होना चाहिए। उप स्वास्थ्य केन्द्र में दो स्टाफ (एक पुरुष और एक स्त्री) तथा सामुदायिक स्वास्थ्य केन्द्र में तीस बेड, तीन डॉक्टर (जिसमें एक महिला डाक्टर अनिवार्य है) होना चाहिए। गाँव में एक हज़ार से दो हज़ार की आबादी के बीच एक आशा की नियुक्ति का प्रावधान है।

वास्तविक स्थिति यह है कि प्राथमिक स्वास्थ्य केन्द्रों और क्या सामुदायिक स्वास्थ्य केन्द्रों में कभी पूरा स्टाफ नहीं रहा। डॉक्टर कभी-कभार दिखाई देते हैं (प्राथमिक स्वास्थ्य केन्द्र में तो उनके दर्शन दुर्लभ हैं)। आवश्यक उपकरण तथा दवाइयाँ नहीं पायी जातीं। सुरक्षित मातृत्व के लिए संस्थागत प्रसव हेतु जो योजना चल रही हैं, वे इन परिस्थितियों में औंधे मुँह गिरी हुई हैं। और तो और, कम से कम हमारे जिले में, जहाँ मैं ग्रामीण महिला स्वास्थ्य की एक परियोजना से एक स्वयं सेवी संस्था के अध्यक्ष के रूप में जुड़ी हूँ, वहाँ प्राथमिक स्वास्थ्य केन्द्रों पर प्रसव कराना बन्द ही कर दिया गया है। यह सब साधन और स्टाफ के अभाव में हो रहा है। गर्भवती महिलाएँ इन केन्द्रों से वापिस लौटने को मजबूर होती हैं।

गाँव की आशा जो इन कामों में मदद करती है, हमारे ज़िले में उसे 'प्रोत्साहन

वेतन' का पिछले आठ महीने से भुगतान ही नहीं हुआ है। इसके अलावा उनके अपने काम को छोड़कर दूसरे अन्य कामों, जैसे पोलियो अभियान आदि में लगा दिया जाता है जहाँ से कुछ आमदनी की उनको उम्मीद होती है। राष्ट्रीय ग्रामीण स्वास्थ्य मिशन अभियान जिसमें आशा की महत्त्वपूर्ण भूमिका है, उसकी सबसे ज़्यादा बदहाली है। किसी स्वास्थ्य केन्द्र में अगर वह गर्भवती महिला को लेकर जाती है तो वहाँ रुकने के कोई व्यवस्था नहीं होती। परिणामतः अगर स्त्री का प्रसव भी हुआ है तो वह झटपट उसकी छुट्टी कराकर घर ले आती है। यही कारण है कि प्रसव दौरान मातृ मृत्यु की संख्या कहीं दर्ज ही नहीं होती क्योंकि प्रसूता के केस में जो समस्याएँ या जटिलताएँ पैदा होती हैं, वह प्रसव बाद घर में होती हैं। यानि सरकारी योजना के अन्तर्गत संस्थागत प्रसव पूरी तरह संस्थागत होता ही नहीं। इसलिए मातृ मृत्युदर और नवजात मृत्यु दर का आँकड़ा वास्तव में कहीं अधिक है। कम से कम अपने जिले का हमारा यही अनुभव है। यह ठीक ऐसा ही है कि थानों में अपराध (संगीन अपराधों को छोड़कर) दर्ज़ ही नहीं होते और इसलिए अपराधों का आँकड़ा चिन्तायोग्य नहीं दिखाई देता है।

हमारे व्यवहारिक अनुभव से एक बात और सामने आयी है। पूरे स्वास्थ्य मिशन के ढांचे में स्वास्थ्य योजना और जनता के बीच की कड़ी यह आशा, जो उसी गाँव की बहू-बेटी है और स्वास्थ्य विभाग द्वारा उसकी नियुक्ति हुई है सर्वाधिक उपेक्षा का शिकार होती है, इस ओर किसी का ध्यान नहीं गया है।

सामाजिक विकास के लिए शिक्षा और स्वास्थ्य दोनों ही बेहद अहम् मुद्दे हैं। स्त्री का स्वास्थ्य पूरे परिवार का सम्बल होता है। निजी क्षेत्र की स्वास्थ्य सेवाओं के कुचक्र में पड़कर परिवार के परिवार तबाह हो जाते हैं। स्त्री-स्वास्थ्य आज भी घर-परिवारों में उपेक्षित विषय है। मातृत्व का फ़ैसला आज भी स्त्री के अपने हाथ में नहीं है और जाने-अनजाने वह भी अक्सर कन्या भ्रूण हत्या की भागीदार बन जाती है। भारत में स्वास्थ्य की स्थिति दुनिया के देशों के बीच बहुत दयनीय है जो उसके 'इंडिया शाइनिंग' की छवि को दागदार बनाता है और उसे शर्मसार करता है। स्त्री मुद्दों पर विमर्श करते समय इन्हें भी संज्ञान में लेना जरूरी है।

अन्तरराष्ट्रीय महिला दिवस-शताब्दी वर्ष में महिला आन्दोलन का शताब्दियों पूर्व शुरू हुआ सफ़र आज गहन विश्लेषण की माँग करता है। लगभग दो सौ साल पहले अमरीका की मजदूर स्त्रियों के संघर्ष से स्त्री समूह के साथ-साथ पूरे समाज ने बहुत कुछ प्राप्त किया और विकास की राह पर आगे बढ़ा। संयुक्त राष्ट्र संघ ने महिला दिवस के लिए एक बार थीम दी थी—'अच्छे जीवन के लिए समान अवसर-शिक्षा, प्रशिक्षण और विज्ञान तथा तकनीक के लिए'' । यह एजेंडा अर्थपूर्ण है लेकिन खुशहाल

ज़िन्दगी के लिए इसमें एक अनिवार्य आयाम और जुड़ना चाहिए-स्वास्थ्य का मुद्दा। खुशहाल जीवन के लिए स्वास्थ्य केन्द्रित एजेंडा भी जरूरी है।

यह अनुभव की बात है कि बहुधा पारिवारिक संकट विशेष रूप से आर्थिक संकट पर्याप्त स्वास्थ्य सुविधाओं की अनुपलब्धता के कारण पैदा होते हैं। यह एक सामान्य मानसिकता भी है कि स्वास्थ्य सम्बन्धी सुविधाओं और उनसे जुड़े मुद्दों पर हमारा ध्यान तभी जाता है जब कोई बीमारी घर कर लेती है और अक्सर उसे गम्भीर स्थिति तक पहुँचने दिया जाता है। इसका कारण मूलतः स्वास्थ्य के प्रति अगम्भीरता का होना है और अक्सर उसके समाधान के लिए सुविधाओं का अभाव, उनकी अनुपलब्धता और आर्थिक स्थिति के कारण परिवार की मजबूरी होती है।

आज़ादी से पहले स्वास्थ्य का मुद्दा स्वयंसेवी पद्धति पर निर्भर था जहाँ चिकित्सकीय ज्ञान और अनुभव परम्परागत रूप से पीढ़ी-दर-पीढ़ी आगे बढ़ता और समृद्ध होता जाता था, जो एक जीवन-पद्धति पर आधारित था लेकिन उसका सुसंगठित सामाजिक स्वरूप नहीं था। औपनिवेशिक काल में धीरे-धीरे अस्पताल खुलने लगे और ईसाई मिशनरी इस क्षेत्र में प्रमुखता से आगे आये। उस समय भी अक्सर महामारी के रूप में बीमारियाँ फैलतीं और बड़ी संख्या में लोग जान से हाथ धो बैठते। चाहे महामारी के रूप में हो या पारिवारिक घटना हो, बीमारी दैवी आपदा ही समझी जाती और जिसका पूरा दारोमदार भाग्य और ईश्वर की मर्जी पर होता। आज भी भीषण गर्मी की लू, कड़ाके की ठंड और बरसात में मरने या बाढ़ में मकानों के गिरने-बहने का कारण प्राकृतिक विपदा ही माना जाता है। उस समय भी यह सवाल उठना लाजिमी होता है कि अधिकांश ग़रीब, बेसहारा, खुले आसमान के नीचे रहने वाले ही मौसम की इस मार से क्यों मरते हैं।

स्वास्थ्य सुविधाओं का अभाव और उससे उत्पन्न परिस्थितियों का सबसे ज़्यादा असर स्त्री समुदाय पर ही पड़ता है। परम्परागत रूप से परिवार में स्त्री की व्यक्तिगत समस्याओं के प्रति सामान्य रूप से उपेक्षा का भाव होता है जिसमें स्वयं स्त्री भी शामिल होती है। स्त्री अपनी स्वास्थ्य सम्बन्धी समस्याओं का खुलासा बमुश्किल करती है और अक्सर इसमें बहुत देर हो चुकी होती है। रक्ताल्पता, काम का बोझ और उसके अनुरूप पोषण और आराम की कमी उसके स्वास्थ्य को प्रभावित करते हैं जो विशेष रूप से न सिर्फ निम्न, श्रमजीवी महिलाओं में है बल्कि निम्न और निम्न मध्यवर्ग में भी है। अपर्याप्त भोजन और कुपोषण के चलते कैसे स्वस्थ जीवन की कल्पना की जा सकती है।

स्त्री स्वास्थ्य पर बात करना इसलिए जरूरी है कि इसके कारण पूरा परिवार संकट में पड़ता है। बहुधा कमजोर आर्थिक वर्ग के परिवारों में स्त्री का बीमार

होना या उसका न रहना परिवार के बिखरने का कारण बनता है। 2004 के एक सर्वे (एन.एस.एस.) के मुताबिक लगभग सवा करोड़ परिवार, घर के सदस्यों की बीमारी के कारण अपनी सभी जमा पूँजी (और छोटी-मोटी कृषि भूमि) गंवा बैठे और ग़रीबी की रेखा के पार धकेल दिये गये। इसका मुख्य कारण राज्य द्वारा प्रदत्त स्वास्थ्य सुविधाओं का अभाव है, जहाँ न डाक्टरी सहायता है और न ही दवाइयाँ हैं और न ही अस्पताल की सुविधा है। दवाइयों के दाम लगातार बढ़ते जा रहे हैं। 2014 के बाद बनी अब नयी दवा नीति ने दवा कम्पनियों को पूरी छूट दे दी है और जीवन रक्षक दवाइयों के दाम भी आसमान छूने लगे हैं। धीरे-धीरे स्वास्थ्य सेवाएँ निजी क्षेत्र में आ गयी हैं जिसने उद्योग का रूप धारण कर लिया है। ग़रीब आदमी भी प्राइवेट डाक्टरों के पास और प्राइवेट अस्पतालों में जाने के लिए मजबूर है। केरल जैसे दक्षिणी राज्य को छोड़ कर यह स्थिति उ.प्र., बिहार, महाराष्ट्र, पश्चिमी बंगाल जैसे अधिकतर राज्यों में है।

बीस साल पहले तक कुछ ही प्राइवेट प्रैक्टिस करने वाले डाक्टर, कुछ छोटे निजी अस्पताल और नर्सिंग होम हुआ करते थे। सरकारी अस्पतालों में भी आवश्यक सुविधाएँ मरीजों को उपलब्ध होती थीं और बीमारी का भारी असहनीय बोझ आमतौर पर नहीं पड़ता था। इसके अलावा धार्मिक संगठनों, चेरिटेबिल ट्रस्टों द्वारा चलाये जाने वाले अस्पतालों, पॉली क्लीनिकों में बेहतरीन स्वास्थ्य सेवाएँ मिलती थीं। 1980 से ही अपर्याप्त सरकारी स्वास्थ्य सेवाओं को देखते हुए स्वास्थ्य के लिए निजी क्षेत्र को बढ़ावा देने की बात शुरू हुई। आज स्थिति यह है कि स्वास्थ्य सेवा बड़ी कमाई का जरिया हैं। गली-कूचों में खुले नर्सिंग होम या अस्पतालों में अन्धाधुंध लूट है। अभी मेरी जानकारी में एक बच्चे को डिहाइड्रेशन होने लगा तो उसके माँ-बाप उसे पास के अस्पताल में ले गये। वहाँ दो तीन-घंटे बच्चा रहा। दो बोतल सलाइन ग्लूकोज चढ़ा और बिल बना ढाई हज़ार रुपये। वह पाँच हज़ार महीना कमाने वाला बन्दा मामूली सी बात के लिए आधी तनख्वाह गंवा आया। इसीलिए प्रतिवर्ष 10 लाख लोग इलाज न हो सकने के कारण मृत्यु को प्राप्त होते हैं। लगभग 70 करोड़ लोगों की पहुँच रोग विशेषज्ञों तक नहीं है और इसका कारण है कि 80 प्रतिशत रोग विशेषज्ञ शहरों में, विशेषकर मंहगे प्राइवेट अस्पतालों में ही उपलब्ध होते हैं। आज बड़े कॉरपोरेट घराने और धनिक पाँच सितारा अस्पतालों का निर्माण कर रहे हैं जहाँ सभी तरह के विशेषज्ञ और सुविधाएँ उपलब्ध होती हैं। तेजी से विकसित होती निजी स्वास्थ्य सेवा आज एक उद्योग की शक्ल ले चुकी है। व्यापार और उद्योग की संस्कृति मुनाफे के दर्शन पर आधारित होती है। स्वास्थ्य सेवा-व्यापार की पूँजी 2007 में 3.5 हज़ार करोड़ डॉलर आंकी गयी थी। अनुमान है कि 2017 तक 145

हज़ार करोड़ डॉलर तक हो जायेगी। स्वास्थ्य सेवा उद्योग में लगी अनुमानित पूँजी भी 2020 तक 280 हज़ार करोड़ डॉलर तक पहुँच जायेगी। मध्यवर्ग और उच्च मध्यवर्ग की बढ़ती हुई आय तथा स्वास्थ्य के प्रति जागरूकता और वर्ग आधारित तथा मानसिक तनावों से उपजने वाली बीमारियों में बेतहाशा वृद्धि के कारण भी निजी क्षेत्र के स्वास्थ्य व्यापार उद्योग में बढ़ोतरी हुई है।

अफसोस यह है कि पाँच सितारा स्वास्थ्य क्षेत्र के विपरीत सामान्यजन के लिए सार्वजनिक क्षेत्र में स्वास्थ्य सेवाएँ पर्याप्त नहीं हैं। प्रति 10,000 व्यक्तियों के लिए केवल 7 पलंगों की सुविधा अस्पतालों में उपलब्ध है। प्रतिवर्ष 25 लाख और लगभग इतनी ही संख्या में दूसरी परम्परागत भारतीय पद्धति के डाक्टर तथा सहायक स्टाफ तैयार होता है। आज लगभग 11.25 लाख जहाँ प्राइवेट डॉक्टर हैं, उसका 10 प्रतिशत से भी कम सरकारी अस्पतालों में है। जितने सरकारी अस्पताल हैं उनमें डाक्टरों, नर्सों की भारी कमी है। गाँवों में प्राथमिक स्वास्थ्य केन्द्रों में लगभग 40 प्रतिशत स्टाफ की कमी रहती है।

सरकार मेडिकल के एक विद्यार्थी पर औसत लगभग दस लाख रुपया खर्च करती है जो सार्वजनिक जनता के टैक्स से आता है। प्रतिवर्ष कुल तैयार डाक्टरों में से 80 प्रतिशत या तो निजी क्षेत्र में सेवाएँ देते हैं या विदेश चले जाते हैं। प्रतिवर्ष 4 से 5 हज़ार डाक्टर विदेश चले जाते हैं और इस तरह 400-500 करोड़ का नुकसान देश की अर्थ व्यवस्था को उठाना पड़ता है।

कॉरपोरेट घरानों, व्यापारिक संस्थानों या व्यक्तिगत रूप से खोले जाने वाले प्राइवेट अस्पतालों को अनेक सरकारी रियायतें मिलती हैं। मसलन बेहद सस्ती दर पर जमीन की उपलब्धता, सस्ते दरों पर कर्ज़ की उपलब्धता, अक्सर टैक्स और कर्ज़े की माफी भी हो जाती है। यह इसीलिए है कि पिछले बीस सालों से सरकार धीरे-धीरे स्वास्थ्य सेवाओं को निजी क्षेत्र में स्थानांतरित करने के उपाय कर रही है। इस सरकारी रियायत के बावजूद ग़रीब आदमी तो इन स्वास्थ्य सेवाओं तक पहुँचने की सोच भी नहीं सकता। यह दूसरी दुनिया है उसके लिए। साधारण परिवार 4-6 प्रतिशत अपनी आमदनी का हिस्सा (समग्र स्वास्थ्य पर नहीं) बीमारी और इलाज पर खर्च कर ही देते हैं।

हमारा मानना है कि यदि सामाजिक विकास के लिए हम चिन्तित हैं और महिलाओं के सशक्तीकरण की बात करते हैं तो आमजन तक स्वास्थ्य सुविधाएँ पहुँचानी होंगी। स्त्री तक उसकी उपलब्धता अन्तिम छोर पर जाकर होती है। पहले पति, फिर बच्चे और फिर स्त्री। शिक्षा के साथ ही स्वास्थ्य भी अनिवार्य है, समाज के और देश के समग्र विकास के लिए तथा स्त्री सशक्तीकरण के लिए।

कुपोषित समाज

कुछ साल पहले मुंबई के गोवंडी इलाके में झुग्गी झोपड़ियों में रहने वाले, जो मूलतः आदिवासी हैं, उनके बच्चों की लगातार कुपोषण से होने वाली मौतों की ख़बर अख़बारों में छाई रहीं। राज्य सरकार की नीतियों और कार्य प्रणाली पर भी सवाल उठे। उससे पहले के कुछ महीनों में खबर थी कि चौदह बच्चे भूख और कुपोषण की वजह से काल के ग्रास बने। लगातार होने वाली इन मौतों ने लोगों का ध्यान भूख और कुपोषण की इस विभीषिका की ओर एक बार फिर खींचा।

मैंने अपने एक साथी से मुंबई में बच्चों की लगातार कुपोषण से होने वाली मौतों के बारे में ज़िक्र किया। दार्शनिक अन्दाज़ में उन्होंने कहा–'जीवन है तो मरण है...और साथ ही शारीरिक विकार हैं...हारी-बीमारी है...।'' व्यवस्था गत समस्या को उन्होंने दर्शन में बदल दिया और समस्या का समाधान भी हो गया। इस घटना में यह किसी एक व्यक्ति की, घर-परिवार की बीमारी का मसला नहीं है...यहाँ तो पूरा का पूरा राष्ट्र ही बीमार नज़र आ रहा है। मेरे मित्र मेरे निराशाजनक स्वभाव को भी बीमारी मानते हैं। उनका कहना है कि खुश रहना चाहिए और अच्छी खुशनुमा बातें सोचना चाहिए। जैसे-देश तरक्की कर रहा है। विकासशील देशों में अग्रणी भूमिका निभा रहा है। अब हमारे यहाँ विश्वस्तरीय हवाई अड्डे हैं, अन्तरिक्ष शोध के क्षेत्र में बड़ी उपलब्धियाँ हैं, हमने नये उपग्रह बनाये हैं और अन्तरिक्ष में सफलतापूर्वक प्रक्षेपित किये हैं। सैन्य क्षेत्र में नये-नये उपकरण हम बना रहे हैं जिनकी मारक क्षमता निर्विवाद है। दुनिया के सबसे धनी लोगों में हमारे इतने भारतीय हैं...मेरा दिमाग़ दूसरी ओर झाँकने लगता है।

भारत की ग़रीबी बाकायदा अध्ययन का विषय है। 'ऑक्सफोर्ड पावर्टी एंड ह्यूमन डेवलपमेंट इनीशियेटिव' की निदेशक डा. सबीना अलकायर अपने अध्ययन में कहती हैं कि अपने देश के कम-से-कम आठ राज्यों बिहार, उत्तर-प्रदेश, पश्चिम बंगाल, उड़ीसा, मध्य-प्रदेश, छत्तीसगढ़ और झारखंड की ग़रीबी की बात की जाय तो इनकी स्थिति अफ्रीका के सबसे निर्धन माने जाने वाले छब्बीस देशों से भी बदतर

है। ...एक दिलचस्प बात और है। हमारे देश में इतनी बड़ी संख्या में कुपोषित बच्चे जहाँ ग़रीबी और भूख के कारण है वहीं लगभग सत्रह प्रतिशत बच्चों का कुपोषण गरीबी नहीं बल्कि निपट अमीरी है जहाँ उनके मंहगे फैशनेबिल भोजन में आवश्यक तत्व शामिल नहीं रहते। सचमुच हमारा देश गहन विरोधाभासों का देश है। दुनिया के सबसे अमीरों की जब सूची बनती है तो उसमें शीर्ष स्थानों से लेकर नीचे तक बड़ी संख्या में हिन्दुस्तानी पूँजीपति-उद्योगपति शामिल रहते हैं। दूसरी ओर सबसे ज़्यादा ग़रीब देशों की सूची में भी हमारा देश अग्रणी है।

इस सन्दर्भ में कुछ समाचारों ने ध्यान आकर्षित किया है। ऑरगनाइज़ेशन फॉर इकोनोमिक कोअपरेशन एंड डेवलेपमेंट (ओ.ई.सी.डी.) नामक अन्तरराष्ट्रीय संगठन जिसका मुख्यालय पेरिस में है उसके अनुसार अगले पचास वर्षों में भारत के आर्थिक विकास में तेज़ी से वृद्धि का अनुमान किया जा रहा है और माना जा रहा है कि वैश्विक स्तर पर एक बड़ी आर्थिक शक्ति के रूप में भारत अपनी जगह बनायेगा। लेकिन बड़ी आर्थिक शक्ति बनने के बावजूद लोगों में सामान्य रूप से सम्पन्नता का अभाव रहेगा। यानि सामान्य जन के रहन-सहन का जीवन स्तर ऊँचा नहीं उठ पायेगा। इसकी गणना सबसे निचले पायदान से केवल एक स्थान ऊपर होगी। इसके निहितार्थ स्पष्ट हैं। एक वर्ग की अन्धाधुंध समृद्धि और बहुसंख्यक सामान्यजन का निम्नस्तर का जीवन। अमीर-ग़रीब के बीच लगातार बढ़ती विषमता। यानि बढ़ती आर्थिक विकास दर का कोई विशेष लाभ सामान्य जन तक नहीं पहुँचता है।

बीसवीं सदी के छठे दशक में हरित क्रान्ति अभियान की सफलता ने बड़े पैमाने पर भूख से होने वाली मौत की घटनाओं को रोकने में सफलता प्राप्त की थी। नॉरमन बोरलॉग ने गेहूँ की नयी बौनी प्रजाति का निर्माण किया था जिससे फसल का उत्पादन बड़ा था। खेती की नयी तकनीकों के साथ-साथ खाद और बीज की सुविधा ने किसानों को मदद की। इसके साथ ही खाद्य सुरक्षा हेतु सार्वजनिक वितरण प्रणाली भी लागू की गयी। नतीजा, देश बड़ी हद तक अनाज के क्षेत्र में आत्मनिर्भर हुआ और पीएल-480 जैसे खैराती अमरीकी गेहूँ बीते ज़माने की बात बन गये। जवाहरलाल नेहरू और श्रीमती इन्दिरा गाँधी ने देश को आत्मनिर्भर बनाने और राष्ट्रीय स्वाभिमान की भावना पैदा करने के लिए निश्चित रूप से प्रयास किये।

आर्थिक सुधारों के नाम पर जब से विकास की नयी राहों को निर्मित करने का ठेका अन्तरराष्ट्रीय स्तर की बहुराष्ट्रीय कम्पनियों को दिया जाने लगा तो एक बार फिर ईस्ट इंडिया कम्पनी की तर्ज पर व्यापार के नये खेल शुरू हुए। अब इन

बड़ी व्यापारिक कम्पनियों के साथ हमारे बड़े-छोटे नेता और अफ़सरशाह शामिल हो गये। आज देश में प्रशासन के नाम पर बड़े कारपोरेट घराने, उनसे नाभिनाल बद्ध राजनेता और बड़े अफ़सरों का गठजोड़ काम कर रहा है और ये वर्ग परस्पर एक दूसरे का हित साध रहे हैं। जैसे इश्क में सब कुछ जायज़ है, उसी तरह व्यापार में भी नैतिक-अनैतिक जैसा कुछ नहीं होता। भ्रष्टाचार अपने अलग-अलग रूप और नामों से व्यापार का अभिन्न अंग होता है। हालिया प्रकरणों में सामने आया कि महाराष्ट्र का सत्ता पक्ष हो या विपक्ष...व्यक्तिगत तौर पर सब एक दूसरे का हित साधन करते हैं। यह वैश्विक संस्कृति है जिसके राष्ट्रीय और अन्तरराष्ट्रीय मामलों के खुलासे जब तब होते रहते हैं। एक और ताजा प्रकरण महाराष्ट्र के गन्ना किसानों का आन्दोलन है। गन्ना उत्पादक किसानों और चीनी लॉबी के दम पर राजनीति करने वाले सभी शीर्ष राजनेता और प्रशासन मिल मालिकों के साथ हैं। यही स्थिति उत्तर प्रदेश तथा अन्य राज्यों में देखी जा सकती है।

लगातार फ़सलें देने वाली उपजाऊ खेती की ज़मीन का अधिग्रहण कर कंक्रीट के जंगल उगाने को विकास का स्वरूप समझने वाली इस व्यवस्था की संवेदनहीनता के बावजूद आशा से अधिक अन्न उपजाने वाले किसानों को एक ओर उचित मूल्य नहीं मिलता, दूसरी ओर लाखों टन अनाज खुले में सड़ जाता है और बार-बार सुप्रीमकोर्ट द्वारा इस अनाज की बर्बादी को रोकने के लिए निर्गत आदेशों को भी ठुकरा दिया जाता है। राष्ट्रीय शर्म की बात तो ये भी बनती है कि एक ओर अनाज के ढेर खुले में पड़े हुए सड़ रहे हैं, दूसरी ओर 33 प्रतिशत कुपोषित नवजात शिशु पोषण और उचित इलाज के अभाव में दम तोड़ देते हैं। लगभग 81 लाख बच्चे देश में गम्भीर रूप से कुपोषित हैं। बाल्यावस्था में होने वाली मौतों में पचास प्रतिशत बालमृत्यु का कारण कुपोषण है।

ग़रीबी के अलावा कुपोषण में भारत के अग्रणी होने का अन्य कारण यहाँ महिलाओं की दयनीय निम्नस्थिति है। विशेषरूप गाँवों में अशिक्षा, निम्नवर्ग में रहन-सहन और जीवनयापन की शैली, पारिवारिक संरचना और उसमें पुरुष वर्चस्व के कारण भी स्त्रियाँ, बच्चियाँ कुपोषित होती हैं।

संयुक्त राष्ट्र की एक रिपोर्ट एशिया के देशों के विकास और स्त्रियों के स्वास्थ्य के सम्बन्ध में है। भारतीय उपमहाद्वीप में स्त्रियों के कुपोषण और रक्ताल्पता के लिए सामाजिक और पारिवारिक संरचना के सम्बन्ध में उचित ही कहा गया है कि भारतीय परिवारों में पुत्र के प्रति अदम्य आग्रह भी इसका एक बड़ा कारण है। रिपोर्ट में जो कहा गया है वह हमारा आपका भी अनुभव है। मध्यवर्ग से लेकर निम्नमध्यवर्ग और विशेष रूप से गाँवों में पुत्री को जन्म देना अपराध है। यदि

दूसरी सन्तान भी पुत्री हुई तो पूरे परिवार की उपेक्षा झेलने के लिए माँ और उसकी पुत्रियाँ अभिशप्त हैं। बहुधा देखा गया है कि दो-तीन पुत्रियों की माँ सामाजिक रूप से उपेक्षा का शिकार तो होती ही है उसको भरपेट पोषक भोजन भी नहीं दिया जाता है। यह भी अक्सर हुआ है कि तीसरी पुत्री के जन्म का समाचार सुनकर घरवाले प्रसूता को अस्पताल में छोड़कर चले जाते हैं या घर से निकाल देते हैं। कई समाचारों में दो-तीन पुत्रियों की माताएँ प्रताड़ना का निरन्तर शिकार होती रहीं और अन्ततः पुत्रियों सहित उन्होंने जलकर, कुएँ में कूदकर या जहर खाकर आत्महत्या कर ली। उस रिपोर्ट में भी अक्सर पुत्रियों का जन्म, माँ और बेटियों के कुपोषण तथा परिवार में दुर्व्यवहार और प्रताड़ना का कारण बताया गया।

उपलब्धियों के साथ ग़रीबी और भुखमरी के बीच जमीन और आसमान जैसा अन्तर यदि समाज में है तो निश्चित रूप से हमें सामाजिक विकास की अवधारणा को बदलना होगा, विकास के मानक बदलने होंगे।

सामाजिक विकास के नये कार्यक्रमों, नयी नीतियों पर नज़र डालें तो पिछले कुछ वर्षों में ग्रामीण स्वास्थ्य मिशन के अंतर्गत जच्चा-बच्चा कार्यक्रमों की ओर ध्यान दिया गया है जिसमें गर्भवती स्त्रियों को आवश्यक दवाइयाँ, समय से टीके लगवाना और गाँव की दाई और आशा को ट्रेनिंग देना आदि रहा है। उत्तर प्रदेश में समय-समय पर प्रसूताओं को नक़द राशि के वितरण का कार्यक्रम भी चलता रहा है। यह अलग बात है कि भ्रष्टाचार के चलते और आपसी मिलीभगत से अनेक अपात्र और वृद्ध महिलाएँ भी चेक ले आती हैं। इन कार्यक्रमों से नवजात शिशु मृत्युदर में कमी भी दिखाई दी है लेकिन 1 साल से 5 साल तक की उम्र के बच्चों की मृत्यु-दर चिन्ताजनक है जिसका मुख्य कारण कुपोषण और स्वास्थ्य सुविधाओं का भीषण अभाव है। ग्रामीण क्षेत्रों में तो फिर भी आई.सी.डी.एस. (इंटीग्रेटेड चाइल्ड डेवलपमेंट स्कीम) के अन्तर्गत कार्यक्रम चलाये जाते हैं लेकिन शहरी क्षेत्रों में झुग्गी-झोंपड़ियों वाले इलाकों में यह गम्भीर समस्या है। विशेष रूप से महानगरों में जहाँ विशाल होकर फैलते जाते स्लम विद्यमान हैं वहाँ के बाशिंदे नारकीय जीवन जीते हैं और मरघिल्ले कुपोषित बच्चे दिखायी देते हैं। बड़ी तादाद में भूखी आबादी के बीच बच्चे तो कुपोषित होंगे ही साथ ही इसके कारण उपजने वाली बीमारियों के शिकार भी होंगे। कम उम्र के लड़के, लड़कियों को पश्चिम बंगाल, बिहार, उड़ीसा, झारखंड, छत्तीसगढ़ जैसे राज्यों से तरह-तरह के लालच और बड़े सपने दिखाकर महानगरों या उनके आसपास के शहरों में घरेलू नौकर के रूप में लाकर बेच दिया जाता है और वे ज़िन्दगी-भर गुमनाम, बन्धुआ ज़िन्दगी जीते हैं।

हमारे यहाँ सामाजिक विकास की नीतियाँ टुकड़ों में बनायी जाती हैं। लम्बी, समेकित योजनाओं का अभाव रहता है जिसका कारण व्यापक विज़न, गहरे सरोकारों का न होना है। नीतियाँ समग्र विकास की रूपरेखा के अन्तर्गत न होकर, पैबन्द के रूप में बनायी जाती हैं। इसीलिए जहाँ छेद दिखाई देता है, थेगड़ी लगा दी गयी कि फिलहाल छेद बन्द हो गया है। इसलिए नवजात शिशु-मृत्युदर केन्द्रित कार्यक्रम से आगे बाल विकास योजनाओं पर गम्भीरतापूर्वक विचार करने की ज़रूरत है। यह शर्मनाक तथ्य है कि दुनियाँ के एक तिहाई कुपोषित बच्चे हिन्दुस्तान में बसते हैं। आज हमारे देश में पाँच वर्ष से कम उम्र के कुल बच्चों का बीस प्रतिशत कुपोषण का शिकार है।

स्त्रियाँ हों या बच्चे कुपोषण की समस्या अपने आप में एक अकेली समस्या नहीं है। स्त्री केन्द्रित विषयों पर चर्चा करते हुए लगातार कहा जाता रहा है कि स्वास्थ्य सम्बन्धी महिलाओं की समस्याएँ गम्भीर हैं। महिलाओं की लगभग आधी से अधिक आबादी अनीमिया (रक्ताल्पता) की शिकार है। ग्रामीण क्षेत्रों में यह आंकड़ा और अधिक संयुक्त राष्ट्र विकास समिति की रिपोर्ट के ही अनुसार वहाँ 70 फीसदी सामान्य और 74 फीसदी गर्भवती महिलाएँ रक्ताल्पता (लौह तत्व की कमी) से पीड़ित रहती हैं। ज़ाहिर है जब माँ ही कुपोषित है तो नवजात कैसे स्वस्थ होगा। किशोरावस्था में विशेष रूप से किशोरियाँ भी कुपोषण और अनीमिया की शिकार होती हैं। यह भी सत्य है कि हमारे समाज में कुपोषण को न तो बीमारी समझा जाता है और न ही खून की कमी होने को गम्भीरता से लिया जाता है। जहाँ माँ-बाप दोनों मजदूरी करने के लिए निकल पड़ते हैं, वहाँ बच्चे तो कुपोषित होंगे ही...इसीलिए कहा गया है कि ग़रीबी सबसे बड़ी बीमारी है।

इस दिशा में गम्भीरतापूर्वक ध्यान देने की ज़रूरत है। आँगनबाड़ी के रूप में गाँव के बच्चों के लिए पोषण-आहार का कार्यक्रम ठीक से लागू करना चाहिए। आँगनबाड़ी केन्द्रों को प्रभावी ढंग से चलाया जाय तो स्थिति सुधारी जा सकती है लेकिन आँगनबाड़ी केन्द्र पर्याप्त संख्या में नहीं हैं। आँगनबाड़ी कार्यकर्त्रियाँ भोजन सामग्री में हेर-फेर करती हैं...यह शिकायत अक्सर सुनी जाती है। कार्यकर्त्रियों का कहना है कि उन्हें समय पर और समुचित मात्रा में भोजन सामग्री नहीं मिलती जो उन्हें पोषण-युक्त भोजन के रूप में बच्चों को देनी होती है। इसके अलावा उन्हें पर्याप्त वेतनमान न मिलने की भी शिकायत है। प्रतिमाह बच्चों के स्वास्थ्य की जाँच का कार्यक्रम भी पर्याप्त इंतजाम न होने के कारण सम्भव नहीं हो पाता। ग्रामीण क्षेत्रों के अलावा झुग्गी झोंपड़ी क्षेत्रों में भी समुचित संख्या में आँगनबाड़ियों की व्यवस्था की जानी चाहिए। एकबार 'शिक्षा का अधिकार'

कार्यक्रम में भले ही नामांकन न हो सके, लेकिन पाँच साल तक के बच्चों के लिए आँगनबाड़ी केन्द्र की व्यवस्था सुनिश्चित की जानी चाहिए। बच्चा स्वस्थ होगा तो पढ़ने लायक भी बनेगा। भूखे पेट जो खड़ा भी नहीं हो सकता। उसके लिए हर चीज़ बेमानी है।

यह अनुभव कि बात है कि अगर स्वास्थ्य सेवाएँ प्रभावी हों तो स्थिति बेहतर हो सकती हैं। सरकारी अस्पताल, प्राइमरी हेल्थ सेंटर और कम्युनिटी हेल्थ सेंटरों की दशा सुधारी जाय और वहाँ नियुक्त डाक्टर तथा अन्य स्वास्थ्य कर्मियों की उपस्थिति को सख्ती के साथ सुनिश्चित किया जाना चाहिए। यह आम शिकायत है कि स्वास्थ्य केन्द्रों में तैनात डाक्टर कभी वहाँ उपलब्ध नहीं होते और उसका कोई लाभ गाँव में लोगों को नहीं मिल पाता।

प्राइवेट डॉक्टरों का शहरों में न केवल जाल बिछा है बल्कि उनकी घेरेबन्दी इस प्रकार है कि आम आदमी अगर उनके क्लीनिक और नर्सिंग होम में कभी फँस जाय तो खल्लास होकर ही निकलता है। ऊँची फीस, परीक्षणों का कुचक्र और मंहगी दरें...आदमी की जेब खाली करा लेती हैं। टाइफॉइड, डायरिया, मलेरिया जैसी मामूली बीमारियों से अक्सर ही ग्रसित रहता ग़रीब आदमी समुचित इलाज की व्यवस्था न होने से आसानी से मौत के मुँह में चला जाता है और अक्सर पूरे परिवार तबाह हो जाते हैं। प्रदूषित पानी और गंदगी से भरा वातावरण इन बीमारियों को जन्म देते हैं। बड़ी संख्या में आबादी आज भी साफ़ पीने के पानी के लिए तरस रही है। ग़रीबी, बीमारी और भुखमरी इस दुष्चक्र के स्वाभाविक पड़ाव हैं। कितना विचित्र है हमारा देश कि सड़ते अनाज को भूखों में बाँटने की बात हो या कि बेघर परिवारों को भीषण सर्दी से बचाने के लिए रैन बसेरों की व्यवस्था की बात हो...सुप्रीम कोर्ट को ही आगे आकर फ़रमान जारी करना पड़ता है। यह राज्य-प्रशासन की आम-आदमी के प्रति संवेदनहीनता को रेखांकित करता है।

खाद्य सुरक्षा कानून के प्रावधानों में लगभग 70 प्रतिशत ग्रामीण तथा 50 प्रतिशत शहरी गरीबों को सस्ता अनाज मुहैया कराया जा सकता है। आज स्थिति यह है कि एक राशनकार्ड पर 30 किलो गेहूँ की मात्रा घटते-घटते दस किलो रह गयी है। गरीबी की रेखा से नीचे वाले बी.पी.एल. राशन कार्डों में यह अनाज की मात्रा दुगनी है। शहरों में तो फिर भी बी.पी.एल. कार्ड धारकों को अनाज मिल जाता है लेकिन गाँवों में स्थिति दूसरी है। वहाँ दबंगई के चलते उन्हें या तो अनाज मिलता नहीं या आधे-अधूरे में ही सन्तोष करना पड़ता है। बहुत से निर्बल वर्ग के लोग राशन कार्ड बनवाने में भी असमर्थ रहते हैं। इस रूप में खाद्य

सुरक्षा बिल के अन्तर्गत 46 प्रतिशत ग्रामीण और 28 प्रतिशत शहरी परिवार को सस्ते अनाज के रूप में मदद की जरूरत है। इसीलिए वितरण व्यवस्था में सुधार और निगरानी के लिए स्थानीय प्रशासन की जिम्मेदारी तय होनी चाहिए।

खाद्य सुरक्षा की गारंटी को बच्चों के स्कूलों में मिड डे मील के साथ-साथ महिला सशक्तीकरण से जोड़कर देखा जाना चाहिए। इसलिए मुद्दा चाहे सुरक्षित मातृत्व का हो, नवजात शिशु मृत्युदर और मातृत्व मृत्यु दर को कम करने का हो, पूरी सरकारी योजनाएँ और कार्यक्रम स्त्री केन्द्रित होने चाहिए। उपरोक्त समस्याओं का समाधान केवल सरकारी नीतियों को यांत्रिक तरीके से और बिना सहानुभूति और संवेदना के लागू करने से भी कोई वांछित परिणाम प्राप्त होने की सम्भावना नहीं है। बच्चों को अनिवार्य शिक्षा अगर उनका मौलिक अधिकार है तो भरपेट पौष्टिक भोजन भी उसके लिए उतना ही ज़रूरी है। मिड डे मील कार्यक्रम में समुदाय की स्त्रियों को शामिल करने से एक तो एजेंसियों द्वारा की जाने वाली लूटखसोट और भ्रष्टाचार रुकेगा और साथ ही अपने बच्चों के लिए भोजन बनाने और खिलाने में समुदाय की महिलाओं की वास्तविक दिलचस्पी और उत्साह रहेगा। पौष्टिक और साफ़ सुथरा भोजन बच्चों को देने के लिए ताजा-गर्म हो तथा रसोई की साफ़-सफाई विशेष रूप से हो, इसकी ट्रेनिंग दी जानी चाहिए। समुदाय की स्त्रियाँ, अगर स्वयम् सहायता समूह से हों, तो उस रूप में उनका योगदान हो सकता है। इससे भोजन की गुणवत्ता के साथ-साथ महिला समुदाय को आर्थिक लाभ भी होगा तथा उनका आत्मविश्वास बढ़ेगा। मिड डे मील कार्यक्रम चाहे स्कूलों में हो या आई.सी.डी.एस. योजना के अन्तर्गत हों, इस रूप में अधिक कारगर हो सकते हैं।

एक विचार तो यह भी है कि खाद्य पदार्थ के रूप में अनाज आदि का भंडारण और खरीद स्थानीय किसानों के ज़रिये भी हो सकती है। यह भी समुदाय के योगदान का एक रूप होगा। दरअसल जब ऊपर से कारपोरेट समूह या सरकारी एजेंसी सामाजिक कल्याण के कार्यक्रमों को ठेठ सरकारी तरीके से अंजाम देती है तो कार्यकारी और लाभान्वित होने वाले समूहों के बीच सन्देह और अविश्वास की खाई बनी रहती है। यह अविश्वास और सन्देह निराधार भी नहीं होता। जहाँ पूरे समाज की मानसिकता में भ्रष्टाचार रग-रग में समाया हो, हर व्यक्ति ''जहाँ से मिले वहीं से लूट'' की भावना से काम करता हो, खासतौर पर जब सरकारी काम को अंजाम देना हो तो यह होना सहज-स्वभाविक है। लेकिन जब एक बड़ा समूह अपने ही लोगों के लिए काम कर रहा हो तो स्थिति बदल सकती है। कुछ स्वयं सेवी समूहों ने ऐसे प्रयोग कुछ पिछड़े इलाकों में किये हैं जहाँ शहरी स्लम

क्षेत्रों में मिड डे मील कार्यक्रम में समुदाय की स्त्रियों को शामिल किया-उन्हें साफ़-सफाई के साथ पौष्टिक भोजन तैयार करने की ट्रेनिंग दी और बहुत अच्छे परिणाम मिले (के. अशोक राव, महासचिव-एस.एस.एम.आई. द्वारा प्रस्तुत पेपर ''वीमेन एमपावरमेंट फॉर चाइल्ड न्यूट्रीशन सिक्योरिटी)

बहरहाल, अभी तो खाद्य सुरक्षा अधिनियम बिल ही लटका पड़ा है और किसी भी राजनैतिक दल को इसकी रत्ती भर चिन्ता नहीं है। कुर्सी और सत्ता ने सबको अन्धा बना रखा है। हर साल हज़ारों टन अनाज सड़ता है, फिकता है। इतना लम्बा अर्सा हो गया, अभी तक भंडारण की व्यवस्था नहीं हो पायी। करोड़ों-अरबों रूपये के घोटाले हो रहे हैं। इसका एक हिस्सा ही अगर अनाज गोदाम बनाने में खर्च कर दिया जाये तो 'राष्ट्रीय शर्म' से बचा जा सकता है।

हमारे पड़ोस की स्त्रियाँ

''औरतें अपने पति की आज्ञा के बिना घर से बाहर नहीं निकल सकती हैं। अपने काम, शिक्षा अथवा डॉक्टर के पास जाने के लिए भी उन्हें अपने पति की आज्ञा लेनी जरूरी है। अपने पति की यौनेच्छा को वे कभी इंकार नहीं कर सकती हैं।''

यह फ़रमान स्वात घाटी जैसी किन्हीं जगहों से जारी हो सकता है लेकिन फिलहाल हम ऊपर जिस एक नये कानून का जिक्र कर रहे हैं वह अफ़ग़ानिस्तान में क्रूर और धार्मिक संकीर्णतावादी तालिबान के शासन के अन्त के बाद स्थापित नये इस्लामी गणराज्य अफ़ग़ानिस्तान का है। वहाँ संसद में कट्टरपंथी समूह द्वारा प्रस्तुत बिल को पहले पूर्व राष्ट्रपति हामिद करज़ई ने बिल के अनुसार बने कानून पर हस्ताक्षर करके उसे तुरत-फुरत पार्लियामेंट से पास कराके संवैधानिक जामा पहनाने की कोशिश की थी।

यह नया कानून पति को अधिकार देता है कि अगर उसकी पत्नी कभी पति की इच्छानुसार सेक्स करने से इंकार करे तो वह उसे भूखा रखकर सजा दे। पति-पत्नी के बीच यौन सम्बन्ध के लिए पत्नी की रजामन्दी का कोई अर्थ नहीं है। इसी नये कानून में यह भी प्राविधान है कि तलाक के बाद बच्चों पर अधिकार सिर्फ़ पिता अथवा दादा का हो सकता है। माँ को बच्चों के अधिकार से वंचित कर दिया गया। कट्टरपंथी समूहों ने इस कानून को अपने धर्मग्रन्थों में दिये गये निर्देशों के अनुसार माना।

राजनीति के दाँव-पेंच और सत्ता के खेल में भी अन्ततः बलि स्त्री की ही होती है। अफ़ग़ानिस्तान में तालिबानी हिंसा अभी भी थम नहीं रही है। अमरीकी सेना की उपस्थिति और उनके द्वारा होने वाले तालिबान के संहार के साथ-साथ निर्दोष नागरिकों का मारा जाना वहाँ के लोगों में रोष का कारण बनता रहा है। ऐसे में अपनी हिलती हुई सत्ता की मज़बूती के लिए कट्टरपंथी धार्मिक समूहों के साथ समझौते के प्रयास सरकार करती रही है। यह नया क़ानून शिया समुदाय के विवाह, तलाक और उत्तराधिकार के क़ानूनों को अधिक संकीर्ण बनाता है।

अफ़ग़ानिस्तान में शिया समुदाय कुल आबादी का दस प्रतिशत है। शिया धार्मिक नेताओं की इच्छानुसार उन्हें अपने अलग 'पर्सनल लॉ' में इस नये क़ानून द्वारा बदलाव करने की छूट दे दी गयी। तालिबानी शासन की समाप्ति को अभी बहुत समय नहीं हुआ है। उनका जिनका नृशंस स्त्री-विरोधी रूप सबकी स्मृतियों में दुःस्वप्न की तरह बैठा है। नये राष्ट्र के पुनर्निर्माण हेतु संविधान ने स्त्री-पुरुष को समान अधिकार दिये, लेकिन अब स्त्री-विरोधी इस नयी शुरुआत का कोई अन्त नहीं होगा।

संयुक्त राष्ट्र संघ के अलावा अनेक अन्तरराष्ट्रीय मानव अधिकार संगठनों ने इस पर गम्भीर चिन्ता करते हुए इसे अफ़ग़ानिस्तान की महिलाओं के संवैधानिक समान अधिकार के विरुद्ध कदम बताया। यह एक तरह से फिर औरतों को घरों के भीतर कैद करने और वैवाहिक सम्बन्ध को केवल यौन सम्बन्ध तक सीमित कर पत्नी की इच्छा के विरुद्ध पति के बलात्कार को कानूनी रूप देने की कोशिश है। अफ़ग़ानिस्तान की पार्लियामेन्ट की महिला सदस्यों ने भी इसे स्त्रियों को संविधान में दिये गये समान अधिकारों का हनन कहा और निन्दा की।

कुछ ही वर्ष पहले अन्तरराष्ट्रीय स्तर पर पाकिस्तान के स्वात घाटी के उस समाचार ने हलचल मचा दी थी जिसमें सरेआम बुर्के में लिपटी एक महिला को सार्वजनिक रूप से कोड़े लगाये जा रहे थे और भाई कहे जाने वाले दो मर्दों ने उसके हाथ पैर पकड़ रखे थे। उसने तथाकथित रूप से स्वात घाटी के तालिबानों के फरमान का उल्लंघन किया था जिसमें कहा गया था कि कोई स्त्री अपने पति, पिता अथवा भाई जैसे संरक्षक के साथ ही घर से बाहर निकल सकती है। पाकिस्तान के अनेक कबीलाई इलाकों में भी ऐसे ही पुरुष वर्चस्व के आदिम नियम लागू हैं। वे देश के कानूनों के दायरे से अलग हैं। कई साल पहले वहाँ की मुख्तारन माई का प्रसंग भी अन्तरराष्ट्रीय स्तर पर सभ्य समाजों को बेचैन कर गया था। दो कबीलों के बीच के द्वन्द्व में कबीलाई समाज के न्याय के अनुसार वह सामूहिक बलात्कार का शिकार बनी थी।

पड़ोसी पाकिस्तान में, विशेषरूप से तालिबानी आतंकवादियों के कब्ज़े वाली स्वात घाटी से तो ऐसी स्त्री-विरोधी घटनाओं की सूचनाएँ देर-सबेर दुनिया के पटल पर आती रही हैं। इसी स्वात घाटी की मलाला यूसुफ ज़ई को कट्टरवादी तालिबानों ने इसीलिए गोली मारकर उसके प्राण लेने की कोशिश की थी क्योंकि वह स्कूल जाती थी, पढ़ाई करने की इच्छुक थी तथा दूसरी लड़कियों को भी शिक्षित होने के लिए प्रेरित करती थी।

पाकिस्तान में तालिबानी समूहों का प्रभाव लगातार बढ़ रहा है। वे अब स्वात

घाटी से आगे आकर मुख्य क्षेत्र के बड़े शहरों में अपना प्रभाव स्थापित करने की कोशिश कर रहे हैं। नतीजा, वहाँ कट्टरपंथी समूहों का प्रभाव शहरों की मध्यवर्गीय जनता पर भी पड़ रहा है। अपने प्रभाव-क्षेत्र के लड़कियों के स्कूल तो वे पहले ही बमों से उड़ाकर उजाड़ चुके हैं। अब उनके प्रभाव से पुरुष-समाज, जो लिंग-आधारित असमानता को धर्मसम्मत ठहराता है, पढ़-लिखकर आगे बढ़ने की इच्छा रखने वाले स्त्री-समाज को फिर से बुर्के में या चादर में लपेटकर बन्द कर देना चाहता है। इसी स्वात घाटी से एक बार यह ख़बर आयी थी कि वहाँ पत्थर मार-मार कर तीन लड़कियों को कब्र में ज़िन्दा दफ़न कर दिया गया। कारण, कि वे अपने लिए तयशुदा आदमियों से शादी नहीं करना चाहती थीं और ख़ुद अपनी पसन्द के अनुसार निर्णय लेना चाहती थीं।

तुर्किस्तान में, जहाँ अपेक्षाकृत अधिक खुला समाज है, वहाँ की ख़बर ने भी स्तब्ध कर दिया। वहाँ एक गड्ढा खोदकर और हाथ-पैर बाँधकर एक लड़की को ज़िन्दा दफ़ना दिया गया था। सूत्रों द्वारा ख़बर मिलने पर जब उसकी लाश का पोस्टमार्टम हुआ तो उसके फेफड़ों और पेट में मिट्टी भरी हुई थी जो सबूत है कि दफ़नाये जाते समय वह पूरे तौर पर ज़िन्दा थी। लगभग दो महीने बाद इस घटना के आरोपी उसके पिता और दादा को गिरफ़्तार कर लिया गया जिन्होंने कहा कि वह बाहर आती-जाती थी और लड़कों से बात करती थी।

स्त्रियों के प्रति होने वाली ये हिंसक घटनाएँ अपने यहाँ भी कम नहीं हैं। गाँव की पंचायतों में आये दिन ऐसे फ़रमान जारी होते रहते हैं। स्त्रियों के प्रति अमानवीय और हिंसक रवैये के मामलों में विभिन्न धार्मिक समूहों में अद्‌भुत एकता है और उनके फ़ैसले एक दूसरे से बढ़-चढ़कर होते हैं। मुजफ़्फ़रनगर के एक गाँव की इमराना का प्रसंग और फौजी मुहम्मद आरिफ़ की पत्नी गुड़िया के प्रसंग हमारी स्मृतियों में हैं। इमराना को तो महिला संगठनों की मदद मिली और उसको न्याय मिला। गुड़िया को तो मृत्यु के बाद ही अपनी यातना से मुक्ति मिली।

अफ़ग़ानिस्तान की पार्लियामेन्ट की एक अन्य सीनेटर हुमैरा नमाती ने इस नये कानून के प्रति रोष प्रकट करते हुए कहा कि यह तालिबानी शासन से भी बुरा कानून है। पार्लियामेन्ट में जिसने इस नये कानून का विरोध किया, उस पर इस्लाम विरोधी होने का आरोप लगाया गया। यानि फिर वही सदियों पुराना राग। पुरुषवादी सामंती वर्चस्ववाद को धार्मिकता के जामे में स्थापित करने की कोशिश।

एक बार फिर यह साबित हो गया कि राजनीति के दांव पेंच और सत्ता के खेल में अन्ततः बलि स्त्री की ही होती है। अफ़ग़ानिस्तान में हुए राष्ट्रपति के चुनाव के दौरान भी यह बात स्पष्ट हुई है। हामिद करज़ई अपनी घटती लोकप्रियता

से सशंकित थे। वहाँ धीरे-धीरे तालिबानी हमले भी बढ़ रहे हैं। अमरीकी सेना की उपस्थिति और तालिबानों के संहार के साथ-साथ निर्दोष नागरिकों के मरने के समाचार यदाकदा पूरी दुनियाँ को मिल जाते हैं। ऐसे में जनता का बढ़ता असन्तोष सरकार की चिन्ता को भी बढ़ाता रहा है। इसका परिणाम वही जो एक शासक सत्ता बचाने के लिए करता है। वहाँ के कट्टरपंथी, धार्मिक समूहों के साथ समझौता परस्ती और इसी समझौता परस्ती की नीतियों का कहर औरतों पर गिरना शुरू हो गया।

इस प्रकार की प्रवृत्तियों की अगर एक बार शुरुआत होती है तो फिर उसका कोई अन्त नहीं होता। यह अन्ध धार्मिकता जो क्रूर और नृशंस होती है, वह उन्मादपूर्ण वातावरण पैदा करती है और यह उन्माद तीव्र से तीव्रतर होता जाता है और तर्कहीन अँधेरे की ओर बढ़ता है। स्वात घाटी में पाकिस्तान ने तालिबानी वर्चस्ववादी समूहों से समझौता किया। वहाँ लड़कियों के स्कूल नष्ट हो गये। औरत जात घरों में कैद हो गयी। अपने राजनीतिक मंसूबों को पूरा करने के लिए अमरीका ने पाकिस्तान के जरिये अफ़ग़ानिस्तान की नजीबुल्लाह सरकार के खिलाफ़ तालिबानी समूहों को हथियार और धन, दोनों से भरपूर मदद दी थी और इन तालिबानी शासकों ने अफ़ग़ानिस्तान की पूरी सभ्यता और संस्कृति को नष्ट कर दिया और स्त्री समाज को घरों में कैद कर अँधेरे की ओर धकेल दिया। बहुत दूर क्या जाना, अपने यहाँ इसी तरह कट्टरपंथी मुस्लिमों के एक समूह को प्रसन्न करने के लिए शाहबानो प्रकरण में फिर इसी ताले-बेड़ी का इस्तेमाल किया गया जिसकी शृंखला अन्ततः अयोध्या प्रकरण और राममंदिर आन्दोलन के हंगामे से जुड़ गयी।

अफ़ग़ानिस्तान में हिलती हुई सत्ता की मजबूती के लिए वहाँ भी कट्टरपंथी धार्मिक समूहों से समझौते के प्रयास लगातार चलते रहे हैं। दरअसल अफ़ग़ानिस्तान में शिया समुदाय जो कुल आबादी का 10 प्रतिशत है, वहाँ का संविधान उन्हें अपना अलग 'पारिवारिक कानून' के पालन की इजाज़त देता है। शिया धार्मिक नेताओं की इच्छानुसार उनके पर्सनल लॉ में बदलाव कर उनका राजनैतिक समर्थन प्राप्त करने की कोशिश की गयी है। यह नया कानून शिया समुदाय के विवाह, तलाक़ और उत्तराधिकार के कानूनों को और संकीर्ण बनाता है। वहाँ की सीनेटर शुक्रिया बरकज़ई के कहा कि इस कानून के पारित होने से पहले हमने पूरी कोशिश की कि अगर हम इसे खत्म नहीं करा सकते तो यथासम्भव सुधार सकें। उनके अनुसार विवाह की उम्र इस नये कानून में 9 वर्ष थी, उसे 16 वर्ष किया गया और अस्थाई विवाह सम्बन्ध के प्राविधान को समाप्त किया

गया। दरअसल सबसे बड़ा खतरा यह है कि शिया कानून में यह बदलाव करने की छूट देकर दूसरे कट्टरपंथी समूह भी अपने लिए अलग पर्सनल लॉ की माँग करेंगे और अपनी औरतों को हाशिये में धकेलेंगे। पिछड़े समझे जाने वाले हजारा अल्पसंख्यक समूह के नेताओं ने भी अब अपने लिए नये कानून की माँग की है। हजारा समूह के वोट वहाँ निर्णायक भूमिका निभाते हैं।

राजनीतिक पटल पर ये नये स्त्री विरोधी कानूनों की शुरुआत है। तालिबानी शासन से मुक्ति के बाद करज़ई सरकार ने ध्वस्त प्राय देश के पुनर्निर्माण का संकल्प लिया था। तालिबानी शासन में सर से पैर के अंगूठे तक बुर्के में बन्द स्त्री समूहों को चार दीवारी के अँधेरे, घुटन और अपमान की यातना से मुक्ति दिलाई थी। एक लोकतान्त्रिक संविधान दिया था जिसमें सभी स्त्री-पुरुषों को समान अधिकार दिये गये जिसके अनुसार अफगान नागरिकों के बीच किसी भी प्रकार का भेदभाव नहीं हो सकता। स्त्री-पुरुष को समान अधिकार देकर सभी से समान कर्तव्यों की अपेक्षा की गयी।

ऐसे में यदि फिर नये स्त्री विरोधी कानून बनेंगे तो यह सिलसिला यहीं नहीं थमेगा। यह आग से खेलने जैसा है। इतिहास गवाह है कि अन्ततः ऐसे समाज विरोधी नियम और प्रवृत्तियों को बढ़ावा देना नये भस्मासुरों को पैदा करना है। दुनिया की औरतों ने हजारों साल इसी गुलामी में गुजारे। पति के लिए तैयार होना, सजना-संवरना, पति के लिए जीना और उसी के लिए मरना जैसे धार्मिक नियम कानून हजारों साल से औरतों पर थोपे जाते रहे जिन्होंने औरतों के पूरे वजूद को सिर्फ एक शरीर बना कर रख दिया जिसका काम सिर्फ अपने पति रूपी मालिक को सन्तुष्ट करना, उसकी भोग्या बनकर रहना और सन्तान उत्पन्न करना भर था। मानव सभ्यता के इतिहास में बहुत लम्बा सफर तय किया है औरतों ने, मानव गरिमा को प्राप्त करने के लिए, अपनी क्षमता अपनी अस्मिता स्थापित करने के लिए।

यह सफर अभी जारी है। जैसे ही 'अपना धर्म' और 'अपनी संस्कृति' जैसे सवाल राजसत्ता से जुड़ने लगते हैं, औरतों के ऊपर कहर बरसने लगता है। हर देश, समाज के पुरुषों को पुराना समय, पुरानी संस्कृति ही याद आने लगती है और उन्हें तकलीफ देने लगती है नयी आधुनिक स्त्री के समान अधिकारों की माँग, पुरुष समाज के ही समान अवसर, व्यवहार और स्थितियों की माँग। इसीलिए, कभी मुंबई में नये साल के उत्सव में शामिल स्त्रियों का शीलभंग करने की कोशिश होती है तो कभी मंगलौर में पब में बैठी स्त्रियों की पिटाई जैसे प्रकरण नज़र आते हैं। स्त्रियों के मामले के अद्भुत वैश्विकता नज़र आती है।

बहरहाल किसी भी देश-समाज में हो, ऐसी प्रवृत्तियों का विरोध किया जाना चाहिए। अफ़ग़ानिस्तान में भी इसके खिलाफ़ मानवाधिकार संगठनों द्वारा विरोध प्रदर्शन हुए। हालाँकि इसकी कीमत भी सामाजिक कार्यकर्ताओं को चुकानी पड़ी है। महिला अधिकार आन्दोलनों से जुड़ी कार्यकर्ताओं को लगातार धमकियाँ मिलती रही हैं। सितारा अचकज़ई नामक महिला नेत्री की कंदहार में गोली मार कर हत्या कर दी गयी। यह सिलसिला अभी रुका नहीं है। कट्टरपंथी तालिबानी फिर अपना वर्चस्व स्थापित करना चाहते हैं। फ़रखंदा नामक एक पढ़ी लिखी महिला को भीड़ ने पत्थर मार-मारकर खत्म कर दिया। उसके खिलाफ ईशनिन्दा (ब्लासफ़ेमी) के आरोप का प्रचार किया गया। इसका कसूर ये था कि उसने धार्मिक नेताओं के पाखंड और उनके द्वारा आम लोगों को धर्म के नाम पर गुमराह करने का विरोध किया था। तालिबानी शासन के पतन के बाद और नयी शासन व्यवस्था ने लोकतान्त्रिक गणराज्य के रूप में अफ़ग़ानिस्तान के पुनर्निर्माण की प्रक्रिया शुरू की। ऐसा नहीं कि पूरी काया पलट हो गयी हो। पूरा स्त्री समाज मुक्त और आधुनिक बन गया हो। आखिर वहाँ भी गरीबी है, पुराने सामंती मूल्य हैं, पुरुष वर्चस्ववादी धार्मिक समाज है। लेकिन इसके बावजूद बदलाव की शुरुआत भी हुई है। जैसा हमारे यहाँ भी है, अनेक संकीर्ण ग्रामीण समाजों में 16 वर्ष की कानूनी आयु के बावजूद कम उम्र की लड़कियाँ ब्याह दी जाती हैं। राजस्थान के अनेक ग्रामीण इलाकों में बालविवाह अभी भी प्रचलित है। अफ़ग़ानिस्तान में पुरुष साक्षरता 28 प्रतिशत और स्त्री साक्षरता दर मात्र 28 प्रतिशत है। इन स्थितियों में अधिकांशतः औरतें घरेलू ही हैं जो पति की आज्ञा का पालन करती हैं, बच्चे पैदा करती हैं और पालती हैं। लेकिन अब बदलाव भी नज़र आता है। लड़कियाँ पढ़ने जाने लगी हैं। जरूरी नहीं कि पर्दा करें या सिर लपेटें। अवसर मिले तो नौकरी भी करने को तैयार हैं। कम से कम शिक्षा, विकास और जीवन स्वातंत्र्य की प्रक्रिया की शुरुआत तो है। संख्या बल में कम ही सही पार्लियामेन्ट में कई महिलाएँ हैं। सरकार में उनका प्रतिनिधित्व है और वे मुखर और सक्रिय हैं।

हर धार्मिक कट्टरता का पहला शिकार औरतें ही होती हैं। कश्मीर घाटी में आये दिन कट्टरपंथी आतंकी समूह औरतों के लिए फ़रमान जारी करते रहते हैं। कभी लड़कियों को पर्दा करने के लिए फ़रमान जारी किया जाता है तो कभी ब्यूटी पार्लर के निषेध का हुक्म दिया जाता है। ये सभी समूह, कहीं भी हों, सदैव लोकतंत्र विरोधी और स्त्री विरोधी होते हैं। पाकिस्तान की पार्लियामेंट में कुछेक महिलाओं के चेहरे दिख जाते हैं। ये अलग बात है कि अभी विशिष्ट परिवारों

की महिलाएँ ही इस स्तर पर पहुँच सकी हैं। अफ़ग़ानिस्तान की पार्लियामेन्ट में भी गिनी चुनी महिलाएँ हैं जो पढ़ी लिखी हैं और संघर्ष कर रही हैं। सभी को लम्बा रास्ता तय करना है। राष्ट्रपति अशरफ गनी ने वहाँ की सुप्रीम कोर्ट में एक महिला जज की नियुक्ति कर दी, जिसका कट्टरपंथी दलों द्वारा घोर विरोध हुआ और अन्ततः वह निरस्त करना पड़ा।

संकीर्ण धार्मिकता और कट्टरवाद सदैव स्त्री विरोधी होता है। हमारे देश में राशन कार्ड में परिवार के मुखिया के रूप में स्त्री का नाम आने का भी मुस्लिम समाज के कुछ तबकों में खूब विरोध हुआ है। यह विरोध भी धर्म के नाम पर हुआ। अभी हाल में प्रकाशित जनगणना आंकड़ों के अनुसार खासी बड़ी संख्या में ऐसे परिवार हैं (विशेष रूप से निम्नमध्यवर्ग और निम्नवर्ग) जहाँ परिवार का खर्चा स्त्री की कमाई से चलता है। वहाँ कोई ऐतराज नहीं। मकान-जमीन वगैरह की रजिस्ट्री स्त्री के नाम पर कराने से एक प्रतिशत राशि की छूट मिलती है, वह भी स्वीकार्य है। स्त्री समूह का संघर्ष इन समाजों में अधिक जटिल हो जाता है। फिर भी आशा की किरणें लगातार दिखाई देती हैं।

मुस्लिम समाज और महिलाएँ

दो साल पहले की ही बात है। ऑल इंडिया मुस्लिम महिला पर्सनल लॉ बोर्ड की अध्यक्ष शाइस्ता अंबर तथा प्लानिंग कमीशन की मेम्बर डॉ. सईदा हमीद ने अपने स्वयं सेवी संगठन के द्वारा बनाये गये निकाहनामे के आधार पर सामाजिक कार्यकर्ता के रूप में चर्चित नाईश हसन का विवाह सम्पन्न करा दिया। डॉ. सईदा हमीद ने क़ाज़ी की भूमिका का निर्वाह करते हुए यह दायित्व पूरा किया। उन्होंने यह भी कहा कि वैवाहिक कार्यक्रम सम्पन्न कराने के लिए क़ाज़ी की उपस्थिति आवश्यक नहीं है। असल बात है वैवाहिक सम्बन्ध में बँधने जा रहे स्त्री और पुरुष का परस्पर सहमत होना और इस अवसर पर उचित गवाहों का उपस्थित रहना।

डॉ. सईदा हमीद और शाइस्ता अंबर लम्बे अर्से से वैवाहिक सम्बन्ध के लिए मॉडल निकाहनामे को फिर से तैयार करने और इसे स्त्री हितों की रक्षा करने वाले दस्तावेज की शक्ल देने के लिए प्रयासरत हैं। पिछले समय से ही, परम्परागत निकाहनामे की जगह ऐसा निकाहनामा जो स्त्री के प्रति मित्रवत हो, तैयार करने के लिए अन्य अनेक संगठनों का भी प्रयास चलता रहा है। धार्मिक संगठन और परम्परागत रूप से निर्वाचित उनके संचालक या नेता इन प्रयासों के खिलाफ मुहिम भी चलाते रहे हैं। अभी कुछ दिन पहले दक्षिण में महिलाओं को एक मस्जिद में नमाज़ अदा करने की इजाज़त मिली और एक़ महिला को नमाज़ पढ़ाने का अधिकार भी देना पड़ा। शाइस्ता अंबर ने मुखर होकर इस दिशा में लगातार काम किया है और इसके लिए अपने समाज के धार्मिक नेताओं की कठोर आलोचना का सामना भी उन्हें करना पड़ा है। मुस्लिम महिलाओं के हितों की रक्षा करने के लिए उन्होंने मुस्लिम पर्सनल लॉ बोर्ड के बरक्स एक अलग मुस्लिम वीमेन पर्सनल लॉ बोर्ड की स्थापना कर ली। आज के अपने जनतान्त्रिक देश में हाशिये के समाज बराबरी का दर्ज़ा पाने के लिए लगातार संघर्ष कर रहे हैं। चाहे स्त्री समाज हो या दलित हों, सभी सजग और सटीक ढंग से संगठित होकर संघर्ष कर रहे हैं। यह संघर्ष कभी वर्चस्ववाद से है तो कभी अपने ही

समाज के भीतर की अलोकतान्त्रिक प्रवृत्तियों से है। स्त्री समाज के संघर्ष में एक बात सामान्य है। स्त्री किसी भी धर्म की हो, जाति की हो, सवर्ण हो, अवर्ण हो, घूंघट में रहने वाली नेकबन्दी से लेकर मुँह उघाड़ कर चलने वाली कामकाजी, आत्मनिर्भर हो, पारम्परिक सामंतवादी प्रवृत्ति से और पुरुष वर्चस्ववाद से उसका संघर्ष कमोबेश हर जगह है। राज्य व्यवस्था के क्रमशः हस्तक्षेप से उसको अपने जनतान्त्रिक अधिकारों को प्राप्त करने के लिए थोड़ा बहुत सहारा भी मिला है। लेकिन अल्पसंख्यक वर्ग, विशेषरूप से मुस्लिम समाज की स्त्रियों की जद्दोजहद में राज्य विधायिका (और अक्सर न्यायपालिका भी) पल्ला झाड़कर अलग हो जाती है कि कौन भिड़ के छत्ते में हाथ डाले। फौरन यह बात आयेगी कि व्यवस्था 'हमारे' समाज के, 'हमारे धर्म', 'हमारे कानून' के मामले में हस्तक्षेप कर रही है...और फिर राजनीति का दौर-दौरा शुरू होगा। हर कोई दल वोट का आकांक्षी होता है।

राष्ट्रीय स्तर पर हमारे महिला संगठन यह माँग करते रहे हैं कि नीति निर्धारण और कानून बनाने वाली संस्थाओं में महिलाओं की पर्याप्त संख्या में भागीदारी होनी चाहिए। तभी महिला मुद्दों पर सार्थक निर्णय लिए जा सकते हैं जो उन्हें बराबरी का अधिकार दिलायें और उनके हितों के संरक्षण के लिए ठोस कदम उठायें। पुरुष समाज का कोई एक हिस्सा हितैषी हो सकता है, सहानुभूति के साथ विचार कर सकता है लेकिन युग-युग से वर्चस्ववादी संस्कृति का हिस्सा बनकर, राजसी भूमिका में रहते हुए सामाजिक अन्याय और गैरबराबरी के सवाल पर वह कितना संवेदित होगा, यह नहीं कहा जा सकता। समाज में स्त्री-पुरुष सम्बन्ध गैरबराबरी के नियमों पर आधारित रहे हैं। नियम कानून बनाने वाला एक पक्षीय समाज होता है। पुरुष वर्चस्ववाद की आधारशिला पर ही वे सामाजिक नियम लिखे गये हैं जिन पर धर्म की पक्की मुहर लगी होती है। इसके जवाब में हर धार्मिक समूह के पास कुछेक उदाहरण होते हैं जिसके आधार पर वह सिद्ध करना चाहते हैं कि उनका धर्म कितना उदार है, वो स्त्री को कितने अधिकार देता है, उसे बराबरी के कैसे-कैसे रूप प्रदान करता है।

दूसरी ओर अनगिनत प्रसंग वे भी निकाले जा सकते हैं जहाँ स्त्री को पुरुष की दासी, उसका हुक्म बजाने वाली, उसकी मर्जी से हर काम करने वाली और उसके लिए ही जीने-मरने के नियमों का उल्लेख होता है। सवाल ये है कि व्यवहार में क्या हो रहा है? मठाधीश जनता को क्या बता रहे हैं? क्या फ़तवे दे रहे हैं? समाज क्या सुन रहा है? ईश्वरीय सत्ता का भय दिखा कर उसे कौन से सामाजिक नियम थमाये जाते रहे हैं? कौन सी परम्परा उसके लिए निर्मित की जाती रही है?

यहाँ एक बात और ग़ौरतलब है। प्रत्येक धार्मिक समुदाय यह समझता है

कि हमारे यहाँ सब अच्छा है, स्वर्गिक है। दूसरों के यहाँ ही सारी गड़बड़ है, सारा अन्याय है। यह मुग़ालता अन्धी धार्मिक आस्था के साथ यथास्थितिवाद को और अधिक मजबूत करता है।

तसलीमा नसरीन अपनी पुस्तक 'औरत के हक़ में' में विस्तार से हिन्दू, मुस्लिम, ईसाई, यहूदी आदि सभी के धर्मग्रन्थों से सन्दर्भ सहित उद्धरण प्रस्तुत करती हैं जो न केवल स्त्री विरोधी हैं बल्कि उस परम्परागत धार्मिक अवधारणा को प्रस्तुत करती हैं कि स्त्री पुरुष के अधीन है, उसका पहला और अन्तिम कर्तव्य पति की आज्ञा का पालन हर स्थिति में करना है। यह स्वयम् में स्पष्ट है कि तसलीमा नसरीन की इस पुस्तक का भी पुरजोर विरोध हुआ लेकिन स्त्री-स्वातंत्र्य जैसे मुद्‌दों पर यह निर्देशिका का काम करती है।

सईदा हमीद और शाइस्ता अंबर के साहस की सराहना करनी पड़ेगी और साथ ही नाईश हसन की प्रशंसा करनी पड़ेगी कि उनके यहाँ समाज सुधार की मुहिम घर से शुरू हुई। वर्ना 'पर उपदेश कुशल बहुतेरे'। नाईश हसन लम्बे समय से स्त्री अधिकारों की रक्षा और अन्याय के प्रतिरोध की मुहिम में सक्रिय हैं। बहुचर्चित इमराना प्रसंग में अपने संगठन की ओर से नाईश हसन ने अपने संगठन भारतीय मुस्लिम महिला आन्दोलन के सहयोगियों के साथ जाकर इमराना से भेंट की थी, छानबीन कर पूरे तथ्य इकट्‌ठे किये थे और फिर एक जनमोर्चा का निर्माण कर उस असहाय और पीड़ित महिला के लिए अभियान चलाया था! सामाजिक कार्यकर्ता के रूप में वे लगातार सक्रिय रही हैं। स्वयम् के विवाह के अवसर पर खुद एक नयी पहल करना उनका साहसिक कदम है। वर्ना ऐसे क्रान्तिकारी भी देखे हैं जो स्त्री अधिकारों के अग्रणी पैरोकार हैं, जनता के बीच उनकी क्रान्तिकारी लफ़्फ़ाजी आग उगलती है लेकिन घर के भीतर उनका दूसरा ही रूप नज़र आता है। यह असली रूप केवल पत्नी या घर के दूसरे लोग ही जानते हैं।

इतिहास के पन्नों पर नयी ज़मीन तोड़ने वाले ही आम जनता की स्मृतियों में ज़िन्दा रहते हैं जिन्होंने अपने पीछे आने वाले लोगों के लिए राह बनायी। यह काम बड़े सामाजिक सरोकारों से जुड़े हुए लोग ही कर सकते हैं। जैसे मंदिर में स्थित देवता पत्थर की मूर्ति होता है, उसी तरह कट्‌टर, अनपढ़, अज्ञानी धार्मिक आस्था हृदयहीन होती है। यह संवेदनाहीन और मानवविरोधी फ़तवे ही हैं जिन्होंने हँसते-खेलते परिवारों को तबाह किया है। इमराना के खिलाफ़ दिया जाने वाला फ़तवा हो या गुड़िया की शादी के खिलाफ़ दिये ज़ाने वाले निर्णय हों...यहाँ मानो इन्सान कठपुतली है, उसका जीवन, उसकी राय, जीवन को अपने ढंग से जीने का

उसका अधिकार...सब शून्य है, एक आदमी की सनक और मर्जी के आगे जिसको पूरे समूह की ज़िन्दगियों का मानो ठेका मिल गया हो। एक आदमी ने किसी झोंक में, नशे में (घर की चार दिवारी के भीतर) तलाक-तलाक-तलाक कह दिया। भनक मिलते ही फौरन फ़तवा देने वाले पहुँच गये और शादी हराम ठहरा दी।

मुजफ़्फ़रनगर के पास के एक गाँव की रहने वाली और पाँच बच्चों की माँ इमराना के ससुर ने उसके पति की अनुपस्थिति में उससे बलात्कार किया। विरोध करने पर भी उसने इमराना का दैहिक शोषण नहीं रोका तो उसने शिकायत की। समाज की पंचायत बैठी और धार्मिक गुरुओं ने फ़तवा दिया कि अब वह ससुर की पत्नी है और पति से उसका सम्बन्ध हराम है। सामाजिक संगठनों की पहल और सक्रियता ने इमराना की सहायता की तथा अदालत से उसे न्याय मिला और बलात्कारी ससुर को जेल हुई। मेरठ के पास के गाँव की गुड़िया इस रूप में भाग्यशाली नहीं रही। फौज में सिपाही रहा उसका पति आरिफ शादी के कुछ समय बाद ही लापता हो गया। सेना ने अनुमान लगाया कि उसका पति पाकिस्तानी जेल में था जहाँ सम्भवतः उसकी मृत्यु हो गयी हो। उसकी पत्नी गुड़िया और परिवारीजनों ने लम्बी प्रतीक्षा के बाद पंचायत की सहमति से उसका दूसरा विवाह कर दिया। कुछ समय बाद जब वह गर्भवती थी, आरिफ़ पाकिस्तानी जेल से छूटकर लौट आया। उसने गुड़िया का पति होने का दावा किया। पंचायत बैठी और फ़ैसला दिया कि उसके वर्तमान पति से तलाक दिलाकर पुनः आरिफ़ की पत्नी बनेगी और उसके होने वाली सन्तान को उसके दूसरे पति और परिवार को सौंप दिया जायेगा। इस पूरी उठा पटक के दौरान किसी ने उस गुड़िया नामक बन्दी से नहीं पूछा कि वह क्या चाहती है, किसके साथ रहना चाहती है। आखिर सवाल उसकी ज़िन्दगी का था लेकिन तय करने वाला समाज था। प्रसव के बाद ही कुछ समय बाद गुड़िया की जीवनलीला समाप्त हो गयी और मानो मृत्यु के रूप में उसे इस खींचतान से मुक्ति मिली हो। तीन ज़िन्दगियाँ तबाह हुईं। ऐसे अनेक प्रसंगों को देखकर सभी धार्मिक समुदायों के लिए समान कानून व्यवस्था की माँग की जाती रही है। ईसाई समुदाय हों या मुस्लिम, अपने 'पर्सनल लॉ' से संचालित होने के कारण अक्सर वहाँ महिलाओं को देश के कानूनी प्रावधानों का सहारा नहीं मिल पाता है। 'शाहबानो केस' इसका उदाहरण है।

बाल विवाह बनाम मॉडल निकाहनामा

भंवरी देवी की याद फिर ताज़ा हो आयी है। वही, राजस्थान की साथिन जो बाल-विवाह के विरुद्ध चल रहे सामाजिक कार्यक्रम का एक हिस्सा बनकर गाँव-गाँव घूमती हुई इस कुप्रथा के विरोध में संघर्ष करती रही है। परम्परावादी दबंग समाज को उसका यह अभियान रास नहीं आया था। अपने काम में निष्ठापूर्वक संघर्षरत भंवरी देवी क्षेत्र के प्रभावशाली नेताओं के अत्याचार और यौन हिंसा का शिकार हुई। पूरी दुनिया में घूम आयी भंवरी को एक नयी आन्दोलनकर्ता के रूप में पहचान मिली, वह संघर्ष का प्रतीक बन गयी लेकिन अपने घर-आंगन से, न्यायालय से उसे आसानी से न्याय न मिला। सदियों पुराने किस्से की ही पुनरावृत्ति हुई। ईश्वरचन्द्र विद्यासागर और उनके सहयोगी, भद्र समाज के विरोध में बावजूद उन्नीसवीं सदी में इस अमानवीय प्रथा के विरुद्ध कानून बनवाने में सफल तो हो गये लेकिन आज इक्कीसवीं सदी में भी इसके ठूंठ फूल रहे हैं जिसके दंश भंवरी और उन जैसे अनेकों ने झेले हैं। कुलीन समाज और उसके धर्माचार्यों को विश्वास था कि बाल-विवाह प्रथा बन्द होने से समाज में व्यभिचार फैलेगा। आज व्यभिचार और चरित्रहीनता की परिभाषा ही बदल गयी है लेकिन छोटी बच्चियों की शादी के प्रकरण सामने आते ही रहते हैं।

इस खबर ने बड़े समुदाय को राहत पहुँचाई होगी कि राजस्थान के राजनन्द गाँव की दो सौ बच्चियों ने अक्षय तीज के दिन होने वाले सामूहिक विवाह के अवसर पर अपने माता-पिता और परिवारीजनों का विरोध करते हुए बचपन में ही शादी का जुआ अपनी गर्दन में डालने से इन्कार कर दिया। इन बहादुर बच्चियों ने न सिर्फ अपने घर-समाज में इसका विरोध किया बल्कि शादी की तैयारियों से परेशान होकर वे अधिकारियों के सम्मुख शिकायत दर्ज़ करने में भी नहीं हिचकिचाईं। वर्ना कौन इन मासूमों की आवाज़ सुनता। कानून की रक्षक पुलिस का भी एक हिस्सा उसी सामाजिक मानसिकता का है जिसके खिलाफ़ भंवरी देवी जैसे लोगों ने संघर्ष किया है। लेकिन प्रताड़ित होने वाली भंवरी देवी

अकेली नहीं है। दूसरी भँवरी का मामला भी सामने आया है। अबकी मध्य प्रदेश की शकुंतला वर्मा बालविवाह विरोधी अभियान में इलाके के दबंगों का शिकार हुई है। इससे भी अधिक दुखद है इस घटना पर होने वाली राजनीति, जो हमारे देश की दलगत राजनीति का घिनौना चेहरा प्रस्तुत करती है। एक मंत्री यह कहकर पूरी घटना को झुठलाने की कोशिश करते हैं कि शकुंतला वर्मा पर जानलेवा हमला जिसमें उसके हाथ काट लिए गये, आपसी रंजिश का नतीजा था, न कि बालविवाह के बारे में सरकारी रिपोर्ट तैयार करने का। दूसरी ओर मध्य प्रदेश के मुख्यमंत्री नितांत उदासीनता दिखाते हुए अपने रास्ते चल देते हैं, यह कहते हुए कि—''जब गाँधी जी अस्पृश्यता जैसी सामाजिक कुप्रथा को नहीं रोक सके तो मैं कैसे ऐसी घटनाओं को रोक सकता हूँ।'' यह बयान ही न केवल अपने आप में शर्मनाक है, बल्कि सत्ता की संवेदनहीनता और सामाजिक दायित्वहीनता भी प्रदर्शित करता है। किसी भी समाज की सदियों से चली आ रही आदत का हिस्सा बन चुकी परम्परा को निश्चित रूप से एक आदमी का प्रयास नहीं बदल सकता। समाज में चेतना के प्रचार-प्रसार के लिए पिछड़े समाजों की शिक्षा के साथ-साथ मानव विरोधी परम्पराओं के प्रतिरोध के लिए बड़े जन-आन्दोलनों की आवश्यकता होती है। महात्मा गाँधी का यही महत्व है कि उन्होंने औरतों और दलितों के मुद्दों को राष्ट्रीय सवालों से जोड़ दिया। छुआछूत और जातिगत भेदभाव के विरुद्ध अभियान को तथा स्त्रियों की शिक्षा और सामाजिक आन्दोलन में उनकी बराबरी की भागीदारी को राष्ट्रीय स्वाधीनता आन्दोलन का हिस्सा बना दिया। यह अलग बहस का विषय है कि यह कार्यक्रम आज की आधुनिक चेतना के सन्दर्भ में कितने आधे-अधूरे थे और कि उनको धार देने के लिए और क्या जरूरी था। बात सामाजिक कुरीतियों के प्रति संवेदनशील होने की तथा उनके प्रति एक सामूहिक और नैतिक जिम्मेदारी के अहसास की है। आज की राजनीति में जैसे सामाजिक और नैतिक दायित्व की कोई गुंजाइश नहीं रह गयी और व्यवस्था का पूरा तंत्र इन सामाजिक प्रश्नों के प्रति नितांत संवेदनहीन और निष्क्रिय हो गया है। लड़के ने प्रेम करने की जुर्रत की। इसकी सज़ा प्रेमिका के दबंग घर वाले लड़के के परिवार की स्त्रियों का मानमर्दन करके देते हैं। ऐसी खबरें आये दिन हम लोग पढ़ते रहते हैं। इस मानमर्दन का तरीका परिवार की औरतों को औरत होने की सज़ा देना है जिसमें अधेड़ औरतों से लेकर चार-पाँच साल की मासूम बच्चियाँ तक हो सकती हैं। कबीलाई समाज की यह न्याय प्रणाली सब जगह विद्यमान है। पाकिस्तान में अब मानवाधिकार संगठन इन मामलों को उठाने लगे हैं। इसलिए उनकी गूँज यहाँ तक सुनाई देती है वर्ना सहरा

इधर भी है और सहरा उधर भी है—और कहाँ-नहीं है? किसी परिवार के एक मर्द के दूसरे परिवार की औरत से सम्बन्ध स्थापित करने की सज़ा उस परिवार की उपलब्ध औरत को मिलती है जो सिर्फ तीन साल की बच्ची है और उसका निकाह 'पीड़ित' परिवार के 'पीड़ित' मर्द से कर दिया जाता है जो चालीस साल का है। 'सीमंतनी उपदेश' की पंक्तियाँ याद आती हैं—'हिन्दुस्तान की औरत पैदा होने से मरने तक सिवाय गम खाने और दिल जलाने के किसी तरह का आराम किसी उमर में नहीं पातीं।'

किसी भी ऐतिहासिक कालखंड की एक विशिष्ट सामाजिक पहचान होती है। उन्नीसवीं सदी का भारत अपने राजनैतिक संघर्षों और सामाजिक बदलाव के प्रयत्नों के लिए इतिहास में दर्ज है जहाँ उसने इन संघर्षों के फलस्वरूप एक स्वाधीन, लोकतान्त्रिक राष्ट्र की आकांक्षा का स्वरूप ग्रहण किया। मुझे लगता है कि इक्कीसवीं सदी का भारत अपनी धार्मिक असहिष्णुता और पुनरुत्थानवादी दौर लिए भी जाना जायेगा। शुरुआत में ही इस मनोवृत्ति का स्वरूप गुजरात दंगों के रूप में स्थापित हो चुका है। अब उसके बाद राजनीतिक परिदृश्य में 'धर्म और सत्ता' की तरह-तरह से दार्शनिक व्याख्याएँ प्रस्तुत की जा रही हैं। इतिहास एक बार फिर निशाने पर है। अठारहवीं सदी में भरतपुर के शासकों द्वारा कभी ताजमहल में भूसा भरवा दिया गया था तो 1903 में बीस लाख चांदी के सिक्कों के बदले इसे बेचने की पेशकश की गयी थी। हमारे कुछ नये नेता इस ताजमहल को भी गेंद समझकर उछाल रहे हैं और अपने-अपने पाले में इस पर दावे ठोक रहे हैं। कभी सुन्नी हजरात वक्फ बोर्ड के जरिये और उत्तर प्रदेश शासन की शह पर अपना दावा पेश कर रहे हैं तो कभी शिया हजरात मुमताज महल की वंशबेल प्रस्तुत कर रहे हैं। एक तीसरा सुर विश्व हिन्दू परिषद का अलग ही आलाप ले रहा है और उसे 'तेजोमय महल' के रूप में बयाँ कर रहा है। सबकी दुकानें सजी हुई हैं। व्यापार सिर्फ पूँजी से ही नहीं, धर्म के जरिये भी होता है और अन्तिम लक्ष्य सत्ता ही होता है। धन-धर्म और सत्ता के गठजोड़ की बात पर प्रेमचन्द ने विस्तृत चर्चा की है। व्यापारी का धर्म सिर्फ धन कमाना रह गया है। इसीलिए राजनीति की इन दुकानों पर कभी ताजमहल बिकता है तो कभी आरक्षण। दलित समाज को आज एक पहचान मिली है और वह वोट बैंक के स्वरूप से निकल कर फिर मानव समूह के रूप में सम्मानजनक जीवन की ओर लौटने के लिए प्रयासरत है। दूसरी ओर मुस्लिम समुदाय को पूरी संवेदनहीनता के साथ वोट बैंक में तब्दील करने की कोशिश होती रही है। आखिर नेताओं की रोजी-रोटी का भी तो सवाल है। हमारा सत्ता वर्ग पीछे धकेल दिये गये हिन्दुत्व

के कार्ड का नये सिरे से नवीनीकरण कर उसे पुनः उर्जायित करके किसका हित साधन कर रहा है, इसके निहितार्थ को समझा जा सकता है। पागलपन के इस तुमुल कोलाहल के बीच सन्तुलित और विवेकपूर्ण स्वर बुद्धिजीवियों के बीच मन्द्र से तीव्रस्वर में बदले, ऐसी हम सब की आकांक्षा है।

ऑल इंडिया मुस्लिम पर्सनल लॉ बोर्ड बावजूद अनेक विरोधों के 'मॉडल निकाहनामा' तैयार करने के लिए और तलाक के लिए बने हुए नियमों में आज के सामाजिक-आर्थिक परिप्रेक्ष्य में संशोधन करने के लिए अन्ततोगत्वा मजबूर हुआ है। अपने धर्म के बारे में और उसके स्वर्गिक नियमों के बारे में लाख दावे किये जायें लेकिन दुनिया का कोई भी धर्म अपनी औरतों के लिए सहानुभूतिपूर्ण और संवेदनशील नहीं होता है। अत्याचार और शोषण के व्यवहार को सामाजिक और नैतिक समर्थन भी धार्मिक वाणी से ही मिलता है। मेरा स्वयम् का अनुभव है महिला परामर्श केन्द्रों और पारिवारिक न्यायालयों में सबसे ज्यादा तलाक के केस मध्य और निम्न मध्यवर्ग के ही होते हैं। इनमें भी बड़ी संख्या मुस्लिम परिवारों की है जहाँ मामूली काम और मजदूरी करने वाले परिवार इस संकट से सर्वाधिक ग्रस्त हैं। अमानवीय पारिवारिक हिंसा की शिकार और छोटी उम्र में ही बच्चों की माँ बनकर औरतें दर-दर भटकने को मजबूर हैं। तीन तलाक की विद्रूपताओं की कुछेक कहानियाँ तो समाचार पत्रों के ज़रिये जग-जाहिर हैं लेकिन हर बस्ती मुहल्ले में ऐसी कहानियाँ मौजूद हैं।

मुस्लिम पर्सनल लॉ बोर्ड द्वारा तैयार किया गया 'मॉडल निकाहनामा' सोच और व्यवहार के स्तर पर सक्रिय अनेक मुस्लिम महिला संगठनों द्वारा खारिज कर दिया गया है। इस बारे में मुंबई के महिला संगठनों के प्रयासों से 'निकाहनामा' के सम्बन्ध में पहल सराहनीय है। हमारे यहाँ एक बड़ी दिक्कत 'हमारा मामला' बनाम 'आपका मामला' है जो विभिन्न समुदाय की औरतों के मामलों में एकजुटता के रास्ते में बाधक बनता रहा है। वोट की राजनीति और अपने-अपने जातिगत और सम्प्रदायगत समूह के नेताओं तथा उनके निहित स्वार्थों के चलते सामाजिक न्याय और अधिकार के मुद्दे हमेशा हाशिए पर चले जाते हैं। इसलिए जिस सामाजिक समूह की समस्याएँ हैं, समाधान की पूरी जिम्मेदारी भी उनकी ही मान ली जाती है। हिन्दू साम्प्रदायिकता और अतिवाद का विरोध हो या मुस्लिम साम्प्रदायिकता और संकीर्णता का मामला हो, विरोध की जिम्मेदारी अपने-अपने समूहों की ही होगी, बर्ना बात 'यह हमारा मामला है—आपको आलोचना करने का हक नहीं' जैसे फ़िकरों तक सिमटने लगता है। प्रगतिशील बुद्धिजीवियों की समझ यह है कि वे दलितों, अल्पसंख्यकों के प्रतिगामी रुझान और मसलों पर

चुप रहना बेहतर समझते हैं कि कहीं हमें गलत न समझ लिया जाये या कि हमारे विरोध और प्रतिक्रिया को दलित-विरोधी या अल्पसंख्यक विरोधी समझकर ये समूह हमसे दूर न हो जायें। दुष्यंत की पंक्तियाँ याद आती हैं—'मत कहो आकाश में कोहरा घना है, यह किसी की व्यक्तिगत आलोचना है।'

बहरहाल, बात मुंबई की जागरूक और महिला समाज की समस्याओं से जूझने के लिए तत्पर कमर कसने वाले मुस्लिम महिला संगठनों की है। उन्होंने जो साहसिक कदम उठाया है, उसकी प्रशंसा की जानी चाहिए। इन मुस्लिम संगठनों ने जो हुकूके-निस्वाँ (फेडरेशन ऑफ वूमेन्स राइट्स) के रूप में सक्रिय हैं, मुस्लिम पर्सनल लॉ बोर्ड द्वारा तैयार तथाकथित 'मॉडल निकाहनामा' को खारिज करते हुए प्रेस कांफ्रेंस के दौरान न केवल उसकी प्रतियाँ फाड़ीं, बल्कि अपनी महिला सदस्यों के सहयोग से 'अपना निकाहनामा' भी तैयार किया। अपने इस निकाहनामे की सामाजिक स्वीकृति इसी से जाहिर है कि इसके आधार पर दस मुस्लिम जोड़े भी वैवाहिक बन्धन में बँधे हैं।

मुस्लिम पर्सनल लॉ बोर्ड द्वारा तैयार निकाहनामा उसी पुरानी पितृसत्तात्मक भावना के आधार पर तैयार किया गया था, जिसमें 'तीन तलाक' को खारिज करने के बजाय केवल उससे बचने के लिए कहा गया। लड़की के बालिग होने की उम्र भी भारतीय कानून को ठेंगा दिखाते हुए अठारह साल के बजाय पहली बार रजस्वला होने की मानी गयी। दूसरी ओर मेहर जो स्त्री का सुरक्षा धन है, उसे बढ़ाकर इन महिला संगठनों द्वारा समसामयिक स्तर पर किया गया है और उसे कायदे के मुताबिक शादी के समय ही देना अनिवार्य किया गया है। दरअसल इस मामले में हमेशा यह भाव दर्शाया जाता रहा है कि निकाह जैसे शुभ अवसर पर तलाक सम्बन्धी शर्तों का प्रावधान तय करना ठीक नहीं। इसके अलावा विवाह के समय मेहर तय हो जाने के बाद अक्सर पहली फुर्सत में पत्नी से मेहर माफ़ करवाना भी 'शुभ प्रवृत्तियों में माना जाता रहा है।' हुकूके-निस्वाँ की सक्रिय और जुझारू सदस्य सदरुन्निस्सा तथा फ़ातिमा कुरैशी स्वयं भी इस संगठन द्वारा बनाए गये निकाहनामा के अनुसार शादी के रिश्ते में बँधीं और शादी को नयी शर्तों से अंजाम दिया। इस अवसर पर उन्होंने कहा कि संगठन के द्वारा तैयार निकाहनामा से हम अपनी बहनों के सामने एक मिसाल कायम करना चाहते हैं कि हम स्वयं अपना निकाहनामा चुनकर अपने अधिकारों और आज़ादी को सुनिश्चित कर सकते हैं...और कि इस (नये निकाहनामे) से आर्थिक सुरक्षा के साथ तलाक के मामले में भी हमें बराबर के अधिकार मिल रहे हैं।

महिला संगठनों की ऐसी सक्रिय पहल से ही नारी-विमर्श को एक सार्थक दिशा मिल सकती है।

सामाजिक संवेदनहीनता और अज्ञानता का एक और प्रसंग अभी सामने आया है। औरतों के संघर्ष को एक पहचान देते हुए तथा लम्बे अर्से से जनवादी महिला समिति को एक ऊँचाई पर पहुँचाने वाली वृंदा करात आज राष्ट्रीय स्तर पर शीर्ष महिला नेत्री हैं। यह उनके लगभग तीस-पैंतीस सालों का संघर्ष है, जिसने उन्हें एक लोकप्रिय जुझारू महिला नेत्री की पहचान दी है। नारी-अस्मिता के लिए तथा औरतों के अधिकारों के लिए उन्होंने लगातार संघर्ष किया है। पूरा जीवन जनसंघर्षों और महिला मुद्दों के लिए समर्पित करने वाली वृंदा करात से एक पत्रकार महोदय कहते हैं कि मार्क्सवादी कम्युनिस्ट पार्टी के पोलित ब्यूरो में उनको सदस्य के रूप में शामिल किया जाना 'परिवारवाद' है, क्योंकि उनके पति प्रकाश करात पार्टी के महासचिव चुने गये हैं...तो सोच को दिवालियापन दिखाई देता है। इससे पहले मार्क्सवादी कम्युनिस्ट पार्टी के पोलित ब्यूरो में कोई महिला नहीं थी और पार्टी इसके लिए आलोचना का शिकार भी होती रही।

एक ओर महिलाओं के स्वतंत्र अस्तित्व और उनकी क्षमता और योग्यता को घर-परिवार या पति के आलोक से अलग करके उनके मूल्यांकन की बात लगातार कही जाती है, नारी-विमर्श में बढ़-चढ़कर इस पर सोचा और लिखा जाता है तो दूसरी ओर समाज के बौद्धिक जगत के स्तम्भ माने जानेवाले पत्रकार ऐसा रवैया रखते हैं। यह तो वही चिर-परिचित स्त्राी समुदाय के प्रति नकारात्मक सोच के साथ सामाजिक उत्तरदायित्वहीनता है और स्त्री क्षमता को कमतर आँकने की वही पुरानी प्रवृत्ति है, जो लगातार हमारे नारी-विमर्श का विषय बनती रही है और अभी इससे निरन्तर जूझना है।

चुनौतियाँ

घरेलू हिंसा : आधुनिक समय-पुराने सवाल

सामान्य रूप से जीवन बिता ले जाना औरत जात के लिए असम्भव नहीं तो मुश्किल जरूर है। कदम-कदम पर बाधाएँ। बाधा दौड़ में ही बीत जाती है जिन्दगी। गिरते पड़ते कदम फिर उठते, कभी लंगड़ाते तो कभी चलते और फिर कभी दौड़ते हुए दिखाई देते हैं।

पहले तो कोख में नौ महीने ही भारी पड़ते है। लड़का-लड़की का खेल। लुकाछिपी सी चलती रहती है। बच पाये तो मिले माँ की गोद। कभी पूरी मिलती है तो कभी आधी-अधूरी। लड़की जो पैदा हो गयी। ढोल-तासे नहीं बजे। बताशे-मिठाई नहीं बंटी। फिर काहे की खुशी। नुकसान ही नुकसान। पालो-सैंतो कि दहेज में जेब खाली करो। पल जाती हैं लड़कियाँ ढेलों की तरह लुढ़क-पुड़क कर। इसीलिए तो इतना सारा अपमान और उपेक्षा सहकर भी, इधर उधर फेंकी, पटकी जाने पर भी जिन्दा रह जाती हैं। भला हो उस बनाने वाले का कि लड़कों से ज्यादा मजबूती और जिन्दा रहने की अभिलाषा भर दी है जीवन में।

संयुक्त राष्ट्र की एशिया से सम्बन्धित विकास कमेटी ने हिन्दुस्तान के उत्तर प्रदेश, बिहार आदि कई राज्यों के सर्वे में पाया कि 60 प्रतिशत पुरुषों ने अपनी पत्नियों/स्त्री मित्रों के प्रति हिंसक और आक्रामक होने की बात स्वीकार की। अब स्वीकार न करने वालों के सच का पता नहीं।

लगभग 18-20 साल पहले मुरादाबाद के एक बहुत बड़े पोस्ट ग्रेजुएट कॉलेज में प्रयोगात्मक परीक्षा लेने के लिए मैं परीक्षक बन कर गयी थी। शाम को आंतरिक परीक्षक, जो विभाग के एक वरिष्ठ प्रवक्ता थे, अपने घर चाय पर बुलाया। उनकी पत्नी, पढ़ी लिखी थी, स्मार्ट थी। बहुत अच्छा नाश्ता बनाया था उन्होंने। मेरे क्षोभ की सीमा न रही, जब वे मेरे ही सामने अपनी बीवी को अपमानित करने लगे। और तो और दहेज का उलाहना दे रहे थे। इतने सालों बाद, एक अजनबी के सामने! मैंने उन्हें टोका और कुछ कहना चाहा तो फौरन बात काटकर बोले-"चलिए आप को देर हो रही है, आपको

पहुँचा दूँ।'' उसके कुछ साल बाद मैंने अखबार में पढ़ा कि उन्हीं अध्यापक की एक छात्रा ने आत्महत्या कर ली थी और पत्र लिखकर छोड़ा कि वो उसका एक अर्से से दैहिक शोषण कर रहे थे। बहुत दिनों तक वह जेल में रहे। बाद में उनके एक शिक्षक मित्र जो प्रदेश सरकार में मंत्री हो गये थे, उन्होंने उन्हें मुक्ति दिलाई।

यही मानसिकता जो घरेलू हिंसा का रास्ता बनाती हैं, वास्तव में मानसिक विकृति है जो औरत जात को निम्नतर समझती है। एक सवाल बहुत मौजूँ है कि ये मानसिकता दिनोदिन क्यों बढ़ रही है। क्यों निरन्तर पाशविक प्रवृत्ति के किस्से बढ़ते ही जा रहे हैं। बाहर के दुश्मन से निपटने के लिए तो आप पूरी तरह सावधान होते हैं, सुरक्षा के लिए साधन जुटाये होते हैं, कुछ तय शुदा उपाय होते हैं लेकिन घर के भीतर छिपे दुश्मन का सामना कैसे हो! जो प्यार से दुलार रहा है, वह हाथ आत्मा को ही झिंझोड़ने लगे, उसका क्या उपाय होगा। कौनसी आँख, उसे पहचानेगी? वह क्या है कि दोस्त ही दुश्मन बन बैठे। प्रेम में एकांतिक-एकाधिकार चाहने वाला प्रेमी ही उसे बाजार की वस्तु बना दे। उन्नत टेक्नॉलाजी का कमाल कि पूरी दुनिया में उसकी प्रेमिका देह के रूप में मोबाइल फोन पर उतर जाती है। फिर किस पर, कहाँ-कब तक भरोसा किया जायेगा।

अध्ययन बताते हैं कि कुल बलात्कार के वाकयों में लगभग 80-90 प्रतिशत वाकये घर के भीतर के परिचित, रिश्तेदारों, दोस्तों द्वारा किये जाते हैं। एक और अध्ययन के मुताविक लगभग 70 प्रतिशत विवाहित स्त्रियाँ प्रताड़ना और हिंसा की शिकार होती हैं। 40 प्रतिशत पढ़ी लिखी कामकाजी, स्त्रियाँ भी घरेलू हिंसा और प्रताड़ना झेलती हैं। कहना न होगा कि इन कामकाजी महिलाओं में जिनमें अनेक उच्चपदस्थ भी हो सकती हैं।

◆◆◆

औरत घर-समाज में जब केवल भोग्या बनी रहेगी, उसका पूरा व्यक्तित्व, उसका जीवन उसकी देह तक ही सिमटा रहेगा। स्वर्ग की कल्पना में भी आदम है, हव्वा है और उसका शरीर है। एक अन्य पुरुष 'शैतान' का प्रवेश होता है। वह वर्जित फल उसे खिलाता है। क्या है वह वर्जित फल! कैसे ये प्रतीक हैं! हमारे धर्मशास्त्रों में तो (यज्ञ के बाद) खीर खाकर राजा दशरथ की तीनों रानियाँ गर्भवती हो गयी थीं। कई आख्यानों में ऋषि द्वारा दिया गया फल खाकर गर्भधारण किया जाता रहा है। पौराणिक कथाओं में पत्नी स्वामी के निर्देशानुसार अतिथि के आगे परोसी

जाती रही है। किन्हीं किन्हीं ऋषियों की माँग पर पिता की आज्ञानुसार पुत्री ऋषि की पत्नी बना कर भेजी गयी है। अपनी मर्जी के विरुद्ध द्रौपदी अर्जुन के साथ उसके भाइयों की अंकशायिनी बनने को विवश हुई है। इसी तरह हव्वा को उसके स्त्रीत्व का अहसास दिलाने वाला इब्लीस 'शैतान' के रूप में जाना गया और स्त्री शुचिता की खंडित अवस्था ने उसे (आदम के साथ) नीचे ला पटका और उन्हें मृत्युलोक का वासी बना दिया। यानि अपने होने का अहसास, अपने अस्तित्व के होने का एहसास सज़ा का कारण बना।

यानि औरत की देह पर अधिकार केवल उसके स्वामी का होता है। स्वामी की धनसम्पत्ति में बहुत कुछ या सब कुछ शुमार है। वह भूखंडों का स्वामी है। बड़ी-बड़ी जोतें, सोना, चाँदी, हीरे-जवाहरात हैं। गाय, बैल, घोड़े पशुधन हैं, दास हैं, दासियाँ हैं और उसकी अपनी स्त्रियाँ हैं। वह समर भूमि में युद्ध जीतता है तो केवल राज्य ही नहीं, धन-सम्पदा, दास-दासी तथा औरतें भी जीतता है। वह मरता है तो केवल राज्य और जमीन ही नहीं बंटते। धन-दौलत बांटी जाती है। दास-दासी तथा घर और हरम की औरतें भी बांटी जाती हैं। सब माले-गनीमत में शामिल है। हजारों वर्ष पहले के कालखंडों में मिस्र में राजा मरता था तो अपनी सम्पत्ति, दास-दासियों, अपनी पत्नियों के साथ दफ़न होता था। हमारे समाज में भी सबसे प्यारी पत्नी का हक निर्धारित होता था अपने पति के साथ चिता में जलने का। आदमी अपनी धन-सम्पदा अपनी औरतों के साथ 'स्वर्ग' सिधारता था। औरत की देह की कामना मरने के बाद भी उसका पीछा नहीं छोड़ती है। भूमि व्यवस्था आधारित सामंती समाज में जो जमीन जितनी उपजाऊ होगी, वही सर्वश्रेष्ठ है। जिस औरत पर हमारा हक़ है उसकी श्रेष्ठता का पैमाना क्या बनेगा। निश्चित रूप से यह उसकी यौन-शुचिता ही होगी। इसी पर पुरुष का एकाधिकार होगा। व्यवस्था परिवर्तन में परिस्थिति अनुसार उसको जीतने वाला फिर दूसरा मालिक ही उसकी देह का मालिक भी होगा।

इसीलिए इस पितृसत्तात्मक समाज ने औरत का व्यक्तित्व उसकी देह की सीमाओं तक सीमित कर दिया। उसकी यौन शुचिता ही मात्र प्रतिष्ठा का मानदंड रह गया। इसीलिए तो पुराने जमाने में जब पुरुष व्यापार आदि के कारण घर छोड़कर जाते थे तो अपनी औरतों (पत्नियों) को लोहे की कमरपेटियाँ पहनाकर उनके यौनांगों पर ताला डाल जाते थे। यौन शुचिता का वीभत्स रूप! लम्बी अवधि के चलते होने वाले घाव, मलमूत्र की असुविधा-अन्ततः सड़-गल कर औरतें मर जाती थीं और सीधे 'स्वर्ग' की राह पकड़ती थीं। शुचिता की गारंटी मरने के बाद निश्चित रूप से उस औरत को सुखी करेगी इसकी सुखद कल्पना तो की

जा सकती थी। आखिर धर्मशास्त्रों ने इसी नियम की स्थापना करते हुए समय समय पर विभिन्न संहिताओं-मतों द्वारा उसकी निरन्तर पुष्टि की है।

◆◆◆

बलात्कार का अपना सामाजिक दर्शन है। स्त्री देह के प्रति जिज्ञासा, कौतूहल हो सकता है, होता भी है लेकिन उसकी अवधि बहुत कम होती है। कैशोर्य से युवावस्था तक का समय लड़कों के मन में कौतूहल पैदा कर सकता है। घटनाएँ भी सामने आयी हैं जब किशोरवय के लड़कों ने किसी बालिका पर (जो आसानी से उपलब्ध थी) अपनी जोर आजमाइश की। कुछ वर्ष पहले जाकिर हुसैन मेडीकल कॉलेज की छात्रा का बलात्कार कांड चर्चित हुआ था जिसमें झुग्गी-झोपड़ी में रहने वाला किशोर राहुल और उसके साथी छात्रा को घेर लेने में सफल हुए थे। लेकिन यहाँ भी देह को जानने की दबी-छिपी आकांक्षा का उग्र रूप धारण कर बलात्कार को अंजाम देने के अन्य अनेक कारण भी हैं। आखिर बालपन से कैशोर्य और फिर युवावस्था में कदम रखने वाले लड़के और लड़कियों के जीवन की यह स्वाभाविक प्रक्रिया है। लेकिन समाज में व्याप्त आर्थिक विषमता और एक बड़े हिस्से का अभावपूर्ण जीवन...यह भी सामाजिक असन्तुलन पैदा कर रहा है। बढ़ती बेरोजगारी, आर्थिक संकट से जूझ रहा एक बड़ा वर्ग। दूसरी ओर सम्पन्नता और सुख-सुविधाओं से भरा बाजार। यह आर्थिक विषमता और असमानता के मध्य टेक्नोलॉजी संचालित एक्सपोज़र। आज बारह-चौदह साल के बच्चे के हाथ में भी मोबाइल है, पोर्न साइट्स पर उसकी आँख है। उसकी हताशा, असफलता उसे सामान्य नहीं रहने देती। उसे उत्तेजक और हिंसक बनाती है...अपराध की दुनिया में खींच लाती है। झुग्गी-झोंपड़ी के राहुल जैसों की तादाद लाखों में है। दूसरे अन्य कारण कभी पुरुष होने की अहमन्यता से जुड़ जाते हैं तो कभी हमारे सामाजिक जीवन की बदलती मान्यताओं से तथा बाजारवाद का खुलापन और उसकी चकाचौंध से जुड़ते हैं।

कहाँ ले जायेगा यह एक्सपोजर। हाइ सोसायटी वाला क्लब और डिस्को में, डांसबार में जाता है। झोपड़पट्टी में एक कमरे और दालान में रहने वाला परिवार-वो क्या करेगा? जो हाथ लग जाय। घर की, पड़ोस की बच्ची से लेकर बेटी-बहू तक। ऋषि वात्स्यायन ने फिल्मों से लेकर देसी-विदेसी सभी चैनलों पर कब्जा कर रखा है।

आज घर की चारदीवारी तोड़ बाहर निकल कर अपने व्यक्तित्व निर्माण में संलग्न नयी पीढ़ी की स्त्री आज हर जगह मौजूद है। वह शिक्षा, व्यवसाय, कला,

संस्कृति, समाज सेवा, विज्ञान, तकनीक-हर क्षेत्र में और हर कोने में हैं। आखिर क्यों न हों। आज़ाद भारत में संविधान ने धर्म, सम्प्रदाय से परे हर स्त्री-पुरुष को बराबरी का अधिकार न केवल शब्दों में दिया है बल्कि उसे व्यवहारिक रूप देने के प्रयास भी हमारी सरकारों ने किये हैं। यह अलग बहस का विषय है कि यथार्थ स्थिति में जितना प्राप्त हुआ, कितना होना अभी बाकी है।

स्त्री अपने सम्पूर्ण व्यक्तित्व के साथ हर जगह मौजूद है। जितना स्वाभाविक स्त्रीदेह के प्रति आकर्षण और कौतूहल का भाव शाश्वत है, उतना ही शाश्वत औरत को पछाड़ने के लिए पुरुष के पास बलात्कार का हथियार है। किसी औरत से ही नहीं, किसी घर-परिवार से या किसी समूह, सम्प्रदाय से बदला लेना हो, उसे मानसिक-नैतिक स्तर पर खंडित करना हो तो सबसे आसान तरीका उनकी स्त्रियों को अपमानित करना है। स्त्रियों के साथ किया जाने वाला बलात्कार इसी वर्चस्ववादी मानसिकता का प्रमाण है। जस्टिस वर्मा कमेटी की सिफारिशों में ऐसे कांडों में जाँच अधिकारी की जवाबदेही भी तय की गयी है। आरोप को गम्भीरता से न लेना, आरोपी को संज्ञान में न लेकर सबूतों की अनदेखी करना, पीड़िता और उसके घर वालों को ही उल्टा धमकाना और मामला रफ़ा-दफ़ा करने के लिए दबाव डालना...ये आम चलन है। क्यों ये प्रकरण बढ़ रहे हैं—इन पर गम्भीरता से सोचना है। लेकिन क्या शासकीय ऑर्डर जारी कर देने से जनसाधारण की, प्रशासन से जुड़े लोगों की या अगम्भीर बयानबाजी करने वाले बड़े-बड़े नेताओं की और सत्ता के लोगों की मानसिकता बदल जायेगी—वे संवेदनशील हो जायेंगे। आखिर वे भी उसी सामंती परम्परा में रचे-पगे हैं।

सबसे पहले तो जाति-सम्बन्धों के आधार पर शासन-प्रशासन की प्रतिक्रियाएँ और कार्यवाहियाँ बन्द हों। शासन और प्रशासन की कुर्सियों पर बैठे लोग अगर अपनी साख और कुर्सी बचाना चाहते हैं तो जाति समीकरणों का खेल बन्द करें। जाति के आधार पर थानों में, प्रशासन में नियुक्तियाँ होती हैं। आरोपियों-अपराधियों के बचाव जाति बहुलता और सत्ता के साथ सम्बन्धों के आधार पर होते हैं। हमारी जाति सत्ता में है-फिर काहे कर डर...मनमानी करने की छूट है...यह सन्देश जब तक जनता में रहेगा...अपराध बढ़ेंगे, अपराधियों के हौसले बढ़ेंगे। जाति-धर्म के आधार पर सत्ता-शासन का खेल 'राजधर्म' का निषेध कर अन्ततः नुकसान ही पहुँचाता है।

प्रशासन हो, पुलिस तंत्र हो, गाँवों में जिला-पंचायत स्तर के स्थानीय प्रशासन से जुड़े लोग हों, आखिर हैं तो इसी समाज-व्यवस्था के अंग! जातिगत द्वेष, दलितों के प्रति दबा-छिपा घृणा और उपेक्षा का भाव, स्त्रियों के प्रति दुराग्रह क्या कह देने

भर से, भाषण और हो-हल्ला करके दूर हो जायेंगे। ये सामाजिक प्रश्न पुलिसकर्मियों और प्रशासकों, चाहे वह किसी भी स्तर के हों, की ट्रेनिंग का अनिवार्य हिस्सा होना चाहिए। विशेष रूप से निचले स्तर के पुलिस कर्मी तथा राज्य स्तरीय भर्ती द्वारा आने वाले लोगों की इन मुद्दों पर ट्रेनिंग के दौरान गहन चर्चा होनी चाहिए और उन्हें यथा सम्भव संवेदनशील बनाये जाने की कोशिश होनी चाहिए। इसी तरह से साम्प्रदायिकता के माहौल में भी (विशेष रूप से निचले स्तर के) पुलिस कर्मियों की भूमिका संदिग्ध ही नहीं रही है बल्कि देखा गया है कि अक्सर वे स्वयम् भी साम्प्रदायिक हिंसा में परोक्ष रूप से भागीदार हो जाते हैं। दूसरे धार्मिक सम्प्रदायों के प्रति जनसाधारण के मन में भरे पूर्वाग्रहों और घृणा की भावना का ये प्रतिफलन होता है। वरिष्ठ, अनुभवी अधिकारी भी प्रशासनिक स्तर पर इनकी ज़रूरतों को महसूस करते रहे हैं और ऐसे ट्रेनिंग कार्यक्रमों की सिफारिशें करते रहे हैं। लगता है शासक वर्ग इनका महत्व नहीं समझता या सामाजिक स्तर पर संवेदनशीलता के अभाव में इसकी उपेक्षा करता है।

ये हिन्दुस्तानी समाज की परम्परागत मानसिकता का स्वरूप है जो अक्सर बाहर से दिखाई नहीं देता लेकिन अन्तरतम में दलितों, स्त्रियों और दूसरे अल्पसंख्यक समूहों के प्रति दुराग्रह, असम्मान, भ्रांतियाँ और घृणा पूर्ण पूर्वाग्रहों से युक्त होता है। घरों के भीतर या अन्तरंग मंडली में ये उद्‌गार सुनायी देते हैं और जब विशेष परिस्थितियाँ होती हैं तो यही भावनाएँ लावा बनकर विस्फोटक रूप लेती हैं। परिणामस्वरूप कभी जातीय संघर्ष, कभी साम्प्रदायिक दंगे तो कभी मौका मिलते ही महिलाओं के साथ दुराचार और असम्मानजनक व्यवहार होता है।

बलात्कार के प्रकरण अधिकतर गाँव से हैं। अधिकांश में शौच जाती लड़कियाँ, बालिकाएँ इसका शिकार बनती हैं। ये भी देश का दुर्भाग्य ही नहीं, एक बड़ा धब्बा है कि आज भी गाँवों में सत्तर प्रतिशत से अधिक आबादी खुले में शौच करने जाती है। जरूरत पड़ने पर, रात-बिरात कोई महिला हो या बच्ची, घर से निकलना इसके लिए खतरे से खाली नहीं है। रिपोर्टों के अनुसार करोड़ों रुपया उत्तर प्रदेश सरकार के पास शौचालयों के निर्माण का था जो कहाँ गया, पता नहीं। भ्रष्टाचार के वातावरण में तो कमजोर वर्ग का नागरिक ही सबसे अधिक पिसेगा। गाँवों के विकास के लिए पंचायतों की जवाबदेही सुनिश्चित होनी चाहिए और हर घर में शौचालय के निर्माण की प्राथमिकता होनी चाहिए। जनसंगठन तथा गैर सरकारी संगठन अगर इस पर निगाह रखें और पंचायत से लेकर जिला-प्रदेश स्तर तक प्रशासन के बीच सतर्कता समूह के रूप में कड़ी का काम करें तो यह गाँव के लोगों की बड़ी मदद होगी। शहरों में तो स्थिति यह

है कि आज से बीस-बाइस साल पहले तक हमारी कालोनी के आसपास के कई मैदान, खेत या खाली प्लॉट पड़े थे जो आस पास की कमज़ोर वर्ग की आबादी द्वारा शौच के लिए इस्तेमाल होते थे। अब तो तेजी से बढ़ते शहरीकरण के दौर में न कोई खेत बचा, न मैदान बचे, यहाँ तक कि पड़ोस में जो तालाब थे वह भी पाट दिये गये और सभी जगह ऊँची-ऊँची सोसायटियों के बहुमंजिला अपार्टमेन्ट बन गये। विकास प्राधिकरण ने सारी जगहें अधिग्रहीत कर लीं और अनगिनत कालोनियाँ बन गयीं। नतीजा, खुले में शौच के लिए जाने वालों को हर घर में शौचालय बनवाना पड़ा। कुछ आर्थिक हालात और कुछ परम्परागत रूप से चली आ रही आदत, जिसमें घर के भीतर शौचालय का होना कहीं से उनको असहज बनाता था। सरकारी योजना के अन्तर्गत पाँच हजार रुपये की धनराशि का अनुदान प्रत्येक घर को मिला जो एक हजार ईंटों, दो बोरी सीमेंट और एक राज-मिस्त्री की एक दिन की मजदूरी के रूप में था। शेष खर्च उस घर के लोगों को करना था। इसका लाभ उठाया गया और शहरी क्षेत्रों में, कॉलोनियों के बीच मैदानों में खुला शौच बन्द हो गया।

गाँव वालों को घर में शौचालय बनवाने के लिए प्रेरित करना चाहिए तथा जहाँ शौचालय नहीं हैं, विशेषकर दलित बस्तियों में वहाँ प्रशासन (पंचायत) स्तर पर निर्माण होने चाहिए। एक तो जनकल्याण के लिए आबंटित धनराशि भ्रष्टाचार की भेंट चढ़ जाती है, दूसरे सत्ता दलों की खींचतान में आम आदमी पिसता है। उत्तर प्रदेश में मायावती मुख्यमंत्री थीं तो अंबेडकर ग्राम के रूप में चिन्हित गाँवों में विकास हुआ। समाजवादी पार्टी की सरकार आयी तो पुराने विकास कार्य आधे-अधूरे रूप में ही बन्द हो गये और लोहिया ग्रामों की शृंखला अस्तित्व में आयी। फिर सत्ता पलटी तो वे काम अधूरे रह गये। ये जातिगत-दलगत भेदभाव का सन्देश आम लोगों में, प्रशासन में, सरकारी संस्थाओं में जिस तरह जाता है वही पर्याप्त है अपराध और भ्रष्टाचार की लाइन लगाने के लिए। सन्देश स्पष्ट होता है—अगर सत्तादल से जुड़े हो तो जो चाहे करो। यह अप्रत्यक्ष संरक्षण है अपराधों को और यौन अपराधियों को भी। इसलिए जाँच में ढीलमढाल और अपराधियों को बचाने की जुगत के कारण दुनिया भर के समाचार पत्रों, मीडिया में लगातार होने वाली गैंगरेप की घटनाएँ चर्चा का विषय बन रही है। एक रिपोर्ट के मुताबिक विदेशी पर्यटकों की घटती संख्या भी इन घटनाओं का परिणाम है। विदेशी पर्यटक महिलाएँ भी बलात्कार का शिकार होती रहती हैं। आरोप-प्रत्यारोपों की जगह गम्भीरता से इन समस्याओं पर विमर्श की जरूरत है और निस्तारण प्रक्रिया को प्रभावी बनाने के लिए हर स्तर पर प्रयास करने की

जरूरत है। बलात्कार के सभी मामले फास्ट ट्रैक अदालतों द्वारा निपटाए जायें। पुलिस और प्रशासन से जुड़े कार्मिकों, पंचायत सदस्यों को जातिगत-समुदायगत पूर्वाग्रहों, भ्रांतियों के निराकरण हेतु संवेदनशील बनाने के लिए विशेष ट्रेनिंग कार्यक्रमों को व्यवहारिक बनाना जरूरी है। मुआवज़ा या राजनैतिक हो-हल्ले के बीच किसी एक घटना की सी.बी.आई. जाँच जैसे तत्कालिक रूप से उठाये गये उपाय कोई स्थाई हल नहीं दे सकते।

एक चिन्ता का विषय आज का बाजारवाद है जो स्वतंत्रचेता औरत के संघर्ष को चकाचौंध भरी राहों में भटका रहा है। भोग्या औरत अब वस्तु बन रही है। उसका मूल्य बाजार में लग रहा है। फिल्म और मीडिया में चर्चित राखी सावंत के कार्यक्रम एक जमाने में प्रतिबंधित हो गये थे। कारण उसकी वेशभूषा-सज्जा। न्यूनतम कपड़ों के कारण अश्लीलता का आरोप लगा था। एक टी.वी. चैनल में अपने इंटरव्यू में उसने कहा कि—"पैसा कमाना है तो कपड़े उतरेंगे। मैं नहीं उतारुंगी तो कोई और उतारेगा। फिर मैं ही क्यों ना!" अफसोस कि यह दर्शन नारी सशक्तीकरण के नाम पर निर्मित किया जा रहा है। एक बार जब आप व्यापारी के हाथों में चले गये फिर व्यापार आपकी शर्त पर नहीं, बेचने और खरीदने वाले की शर्तों पर होगा। यह अपने अस्तित्व, अपनी स्वतंत्रता और समान अधिकारों के लिए संघर्ष करने वाली औरत का भटकाव है जिसमें सामाजिक विकास और प्रगति का प्रतीक बनता हुआ हाइटेक मीडिया भरपूर मदद कर रहा है।

◆◆◆

समाधान! समाधान कौन बतायेगा! जो कुछ करना है, खुद को करना है। माँ की भूमिका घर में अहम् हो जाती है। वही घर की बच्चियों को, किशोरियों को ऊँच नीच समझायेगी। लेकिन इस चकाचौंध भरे फिल्मों और टी.वी. के मायाजाल से निकलना आसान है क्या! मम्मी और बेटियाँ, सभी तो आँख फाड़कर निहारती हैं छोटे पर्दे को, बड़े पर्दे को, जिस पर बिपाशा बसुओं, मल्लिका सहरावतों, सनी लियोनो का साम्राज्य छाया हुआ है।

भला हो, सरकार चेती है। घरेलू हिंसा में सिर्फ प्राण लेना, हाथ पैर तोड़ना या सेहत को नुकसान पहुँचाना जैसी शारीरिक क्षति ही नहीं है बल्कि मानसिक, भावनात्मक और आर्थिक क्षति का प्रावधान भी है। किसी तरह की गैर कानूनी दहेज, गहने या धन की माँग करना घरेलू हिंसा मानी जायेगी। गालियाँ देना, अपमान जनक व्यवहार, सन्तान न होने पर या लड़का पैदा न होने पर प्रताड़ित करना या मजाक उड़ाना भी मानसिक प्रताड़ना के अन्तर्गत शामिल किया गया है।

इसके अलावा आर्थिक रूप से पत्नी को तंग रखना, गृहस्थी से सम्बन्धित जरूरी सामान मुहैया न कराना, पारिवारिक चल-अचल सम्पत्ति में चाहे वह स्त्रीधन के रूप में हो या शेयर, गहने, फिक्स डिपाजिट, उससे स्त्री को वंचित करना आर्थिक प्रताड़ना के रूप में लिया गया है।

उपर्युक्त किसी भी रूप में यदि कोई महिला घर के किसी सदस्य द्वारा प्रताड़ित होती है तो उसे घरेलू मामला कह कर कोई सक्षम अधिकारी या पुलिस टाल नहीं सकती। सम्बन्धित सुरक्षा अधिकारी, पुलिस अधिकारी या मजिस्ट्रेट प्रार्थना पत्र लिखवाने मे मदद करने से लेकर उचित कदम उठाकर राहत पहुँचाने में कोताही नहीं कर सकते। जरूरत पड़ने पर प्रताड़ित महिला को आश्रय गृहों की सुविधा और चिकित्सा सुविधा भी प्रदान करना आवश्यक होगा।

कानून तो बन गया। लेकिन इस भीतर की हिंसा से निबटने के लिए सबसे पहले भीतर के डर पर काबू पाना होगा तभी घर-बाहर के छिपे हिंसा के अदृश्य राक्षसों का मुकाबला किया जा सकता है।

यौन हिंसा : घर और बाहर के अन्तर्विरोध

एक रिपोर्ट में ब्रिटेन के अखबार 'द गार्जियन' के एक सर्वे के अनुसार भारत की गिनती उन देशों में की गयी जहाँ महिलाएँ सबसे ज़्यादा असुरक्षित हैं। विदेशी महिलाओं के साथ भी लगातार दुर्व्यवहार और बलात्कार की घटनाओं को संज्ञान में लेते हुए अमेरिका ने भारत जाने वाली अमरीकन औरतों को सावधान किया और वेषभूषा के मामले में सावधानी बरतने तथा 'लम्बा स्कार्फ' पहनने की सलाह दी। अब ये अलग बात है कि ब्रिटेन हो या अमरीका बलात्कार से तो औरतें कहीं नहीं बच सकतीं। हाँ, स्त्री-पुरुष के बीच भेदभाव का स्तर यहाँ जैसा नहीं है। यहाँ बचपन से ही लक्ष्मण रेखा के भीतर स्त्री समाज को रहना होता है।

"यत्र नार्यस्तु पूज्यन्ते..." के उच्चारण के साथ भारतीय परम्परा के गौरव को इस सर्वेक्षण के नतीजे से धक्का लगना स्वाभाविक है लेकिन हकीकत तो यही है। यौन हिंसा के मामले में हमारे समाज की संवेदनहीनता के कारण ही बहस इस पर होने लगती है कि बलात्कार की संख्या किस राज्य में ज़्यादा है, किस राज्य में कम, और कि, सिर्फ हमारा ही नाम क्यों लेते हो, दूसरों से क्यों नहीं कहते...और कि यह राजनीति है...सत्ता पाने की और हमें सत्ता से बेदखल करने का षड़यंत्र है... वगैरह-वगैरह! लेकिन यह सच है कि लाख शिक्षा का प्रचार-प्रसार हो, समाज में साक्षरता बढ़ी हो...नयी सुविधाएँ-साधन, नयी टैक्नॉलोजी और आधुनिक रहन-सहन वाला जीवन हो गया हो लेकिन स्त्री के प्रति समाज की मानसिकता में कोई मूलभूत बदलाव दिखायी नहीं देता है। शादी-ब्याह के मामले में आज भी सिर्फ़ मध्यवर्ग में ही नहीं, बल्कि निम्नवर्गीय समाज में तथा कई बार उच्च-मध्यवर्ग में भी प्रेमी-प्रेमिकाओं की 'सम्मान' के नाम पर हत्याएँ होती रही हैं, अब और ज़्यादा हो रही हैं। इसी तरह बलात्कार की बढ़ती संख्या चौंकाती है। झुटपुटे अँधेरे में चलती लड़की या महिला को गाड़ी में सवार लोगों द्वारा खींच लेना और फिर चलती गाड़ी में या कहीं ले जाकर सामूहिक बलात्कार...ये रोज़मर्रा की खबरें अब हमारा ध्यान आकर्षित नहीं करतीं। ये घटनाएँ हर शहर-कस्बे में

आम हैं। गाँव-देहात की लड़कियाँ अब शिक्षित हो रही हैं...नौकरी कर रही हैं तो आते-जाते रास्ते में वे भी गायब कर दी जाती हैं। बराबर के स्तर पर आकर स्त्री और पुरुषों द्वारा एक जैसी कार्यक्षमता का बेहतर प्रदर्शन (अक्सर काम के बेहतर नतीजे), एक जैसी सुविधाओं के अवसर, बराबरी का व्यवहार तथा सोच और कार्य पद्धति में स्त्रियों द्वारा अपनी निज की अलग विशिष्ट पहचान साथ के सहकर्मियों को और अक्सर समाज के लोगों को भी परेशान करने लगती हैं। अपने घर-परिवार-कुटुंब में स्त्रियों के साथ होने वाले वर्चस्ववादी व्यवहार से यह वातावरण अलग दिखाई देता है। घर में माँ, बहन, बुआ...वग़ैरह बिना इजाज़त बाहर नहीं निकलतीं, अकेले-दुकेले नहीं जातीं, ढक-ओढ़-छोपकर रहना होता है...ये सब स्त्री समाज के व्यवहार, रहन-सहन और अधिकारों की सीमा के मानक तय करता है। इसके विपरीत घर के बाहर कार्य क्षेत्र में, सार्वजनिक स्थानों पर जहाँ उपस्थित स्त्री समूह का स्तर, स्थिति और कार्य-पद्धति और व्यवहार सर्वथा भिन्न है, वहाँ स्त्री का आत्म निर्भर रूप दिखाई देता है। वह पढ़ी लिखी, क्षमतावान, निर्णय लेती हुई, जिम्मेदारी सँभालती हुई दिखाई देती है। वह अधिकारी की या बॉस की भूमिका में भी दिखाई देती है। यह मानसिकता के स्तर पर एक विरोधाभास पैदा करता है। सोच और व्यवहार के स्तर पर दुविधा होने लगती है। ऐसे में अक्सर वर्चस्ववादी सोच हावी हो जाता है और अपने घर-परिवार और समाज में देखा गया व्यवहार ही उचित और नैतिक लगता है। चेतना और उचित शिक्षा के अभाव में बचपन से सामाजिक वातावरण से ग्रहण किये गये संस्कारों का प्रबल प्रभाव होता है और वह हमारी मानसिकता और व्यवहार को तय करता है।

पंजाब से निकलने वाली एक पत्रिका 'पारसमणि' जो कलेवर में लघु लेकिन सामग्री में गुरु है, उसके किसी अंक में कवर पर छपी एक कविता यूँ थी,

एक थी स्त्री/और/एक था पुरुष/दोनों का कोई रिश्ता न था।
फिर भी दोनों एक साथ रहते थे/बेइन्तिहा प्यार करते थे एक दूसरे को/तन-मन-धन से।
दोनों में नहीं निभी/अलग हो गये दोनों।
किसी ने स्त्री से पूछा/वो पुरुष तुम्हारा कौन था/स्त्री ने कहा
प्रेमी जो पति नहीं बन सका/किसी ने पुरुष से पूछा,
वो स्त्री तुम्हारी कौन थी/पुरुष ने कहा-रखैल।

यह कविता दीप्ति मिश्र (मुंबई) की है।

'बलात्कार' की समस्या पर बात करते ही यह विवाद का विषय बनने लगता

है। इसके सांस्कृतिक, सामाजिक, मनोवैज्ञानिक और वर्चस्ववादी राजनीतिक कारण तलाशने की बजाय सुविधाजनक दोषारोपण होने लगते हैं। कारण कोई भी हो, स्त्री को मात्र भोग्या मानने का परम्परागत संस्कार कहीं न कहीं अन्तर्मन में बैठा होता है। सबसे दुखद और घृणित स्थिति है जब प्रेम के नाम पर प्रेमी अपनी प्रेमिका के विश्वास और भावनाओं को ध्वस्त करते हुए उसे अपने दोस्तों को सौंप देता है। प्रेम की उदात्त अन्तरंग भावना बलात्कार में बदल जाती है।

बलात्कार के सम्बन्ध में आमतौर पर लोग स्त्रियों की वेशभूषा और परस्पर व्यवहार को ज़िम्मेदार मानते हैं जिसका हमेशा ज़ोरदार खंडन होता रहा है। कम कपड़ों में अपना सौन्दर्य दिखाती अभिनेत्रियाँ और मॉडल्स, उच्चवर्गीय फैशनेबल समाज की सोशलाइट्स..., वग़ैरह-वग़ैरह ने आमतौर पर बलात्कार की शिकायतें नहीं कीं। मध्यवर्ग, निम्न वर्ग का पुरुष जो मुन्नियों, शीलाओं की जवानी के जलवे आँख फाड़-फाड़कर कर सिनेमा या टी.वी. स्क्रीन पर देख रहा है, उसकी क्या औकात है उनकी ओर एक उंगली भी उठाने की। शराब पीकर, फिल्म या टी.वी. पर शीलाओं, मुन्नियों के उत्तेजक नृत्य वग़ैरह देखकर जब उत्तेजना इन के सिर पर चढ़कर ता-ता-धिन्ना करने लगती है तो फिर शामत आती है सड़क पर अकेली जा रही किसी लड़की अथवा महिला की (चाहे वह सब्जी, दवा लेने जा रही हो या किसी और काम से) जो पहले अपहृत की जाती है और फिर उन नौजवानों के समूह के बीच उनकी चरम पर चढ़ी मौज मस्ती की बलि चढ़ती है। वह साधारण सी महिला या बालिका जिसका कोई कसूर नहीं, वह कपड़े भी ढंग से पहने हुए होती है। मोबाइल क्रान्ति ऐसी हुई कि आज खाने के लिए चाहे रोटी का प्रबन्ध हो या न हो, जेब में मोबाइल जरूर होगा। स्कूल जाने वाले लड़के-लड़कियाँ भी मोबाइल लेकर घूम रहे हैं। बहुत आसानी से पोर्न साइट्स उनको मोबाइल के माध्यम से उपलब्ध हो जाती है। अश्लील फोटो और वीडियो उस कच्ची उम्र में उनके दिमाग में विकृतियाँ पैदा करते हैं। इधर किशोरों द्वारा बलात्कार और हत्या के मामले भी तेजी से बढ़े हैं जिसके कारण इन संगीन अपराधों में नाबालिगों की उम्र अठारह के बजाय पंद्रह वर्ष किये जाने की चर्चा चल रही है। कहने का तात्पर्य यह है कि अन्य बहुत से कारणों के अलावा बलात्कार का एक जैव-वैज्ञानिक पक्ष भी है जिसमें नाममात्र के वस्त्र धारण किये स्त्रियों के नृत्य, संगीत, उत्तेजक अश्लील वीडियो सभी हारमोन जनित उत्तेजना का कारण बनते हैं। पिछले कुछ वर्षों में अनेकों ऐसी फिल्में आयी जिनके ऐसे दृश्य चर्चा का विषय भी बने लेकिन उनके दम पर बॉक्स ऑफ़िस में उनकी भरपूर कमाई भी हुई। अब फिल्मों और फैशन शो में ऐसे दृश्य आम हो गये हैं।

दिक्कत यह है कि समाज में एक अति आधुनिक वर्ग में लड़के-लड़कियों के बीच खुलेपन का वातावरण है। वहाँ शराब और रात-रात भर चलने वाली पार्टियाँ स्टेटस सिम्बल हैं। वहाँ सेक्स सम्बन्धी वर्जनाएँ नहीं हैं। उनका अपना संसार है। लेकिन जब दूसरे सामाजिक स्तर के लड़के-लड़कियाँ इसकी नकल में 'आधुनिक' बनना चाहते हैं तो सामाजिक वर्जनाओं के बन्धन, खानदान, सम्मान, सम्बन्ध, पवित्रता...जैसी नैतिक शब्दावली याद आने लगती है। अफसोस होता है जब बलात्कार के आरोपी झुग्गी-झोंपड़ी के या मामूली घरों के टीनएजर्स होते हैं। वे तो वही दुहराना चाहते हैं जो वे बड़े-पर्दे, छोटे-पर्दे पर या आसपास देखते हैं।

कुछ वर्ष पहले कनाडा में हुए 'स्लट वॉक' की विश्वस्तर पर चर्चा रही है। स्त्री समुदाय को अति साधारण लगने वाले अपने छोटे-छोटे मानवीय अधिकारों के लिए भी लम्बे संघर्ष करने पड़े हैं। दमन और ग़ैर बराबरी का भेदभाव वैश्विक स्तर पर स्त्री समुदाय की नियति रहा है। बीसवीं शताब्दी के चौथे दशक में योरोप की महिलाओं ने गर्भपात को स्त्री अधिकार के रूप में कानूनी मान्यता के लिए लम्बा संघर्ष किया। "मैंने गर्भपात कराया है"-जैसे घोषणा पत्र में सुप्रसिद्ध लेखिका सीमोन द बउवार ने भी हस्ताक्षर किये थे। विश्व में आज भी कुछ स्थानों पर इसे कानून सम्मत मान्यता नहीं है। अभी कुछ समय पहले ही आयरलैंड में कार्यरत भारतीय महिला दंत चिकित्सक को वहाँ के गर्भपात निषेध कानून के कारण जान गंवानी पड़ी। वह महिला गर्भवती थी और गर्भ सम्बन्धी कुछ समस्या उत्पन्न हो जाने के कारण उसका गर्भपात होना आवश्यक था। उसका पति और परिवार वाले मिन्नतें करते रहे, वह महिला रोती रही, अनुनय विनय करती रही लेकिन कानून निर्मम बना रहा जिसकी कीमत महिला दंत चिकित्सक ने प्राण देकर चुकाई। यह अलग बात है कि उसके बाद वहाँ इस कानून पर लम्बी बहस चली और उसमें सुधार हुआ। राजनीति में अपनी उपस्थिति और वोट का अधिकार भी लम्बे संघर्षों के बाद विश्व में स्त्री-समुदाय को मिला।

कहा जा सकता है कि सार्वजनिक रूप से प्रदर्शित नग्नता का या छोटे लिबास का या अंग प्रदर्शन का बलात्कार जैसी सामाजिक बीमारी से कोई सम्बन्ध नहीं है। लेकिन उत्तेजक लिबास कहीं न कहीं तो पुरुष मानसिकता को प्रभावित करता ही है। विशेष रूप से उन समाजों में जहाँ अभी भी स्त्रियों का स्थान घर के भीतर ही समझा जाता है, जहाँ पर्दा उसके सम्मान से जोड़ा जाता है। वहाँ भी जहाँ समय के दबाव के कारण लड़कियाँ घर से बाहर पढ़ने के लिए जाती तो हैं लेकिन जितनी देर बाहर रहती हैं, सड़क पर चलती हैं, जान सांसत में रहती है। कब कौन आकर छेड़ जाय, दुपट्टा खींच जाय...मूक-बधिर सी वे

रहती हैं कि जवाब दिया या कुछ किया तो बदनामी तो खुद ही होती है। कुछ दिनों पहले रोहतक में बारहवीं में पढ़ने वाली, ढक-छोप कर बाहर निकलने वाली दो सहेलियों ने आत्महत्या कर ली थी। कारण, कालेज से आते जाते दो लड़के उनका पीछा करते थे और कमेंट करते थे। पड़ोसिन के तानों से वे आहत थीं और घर में उनकी सुनने वाला कोई नहीं था। पूर्वोत्तर की लड़कियों के साथ अनेक बार बदसलूकी होती है। वहाँ लड़के-लड़कियों के बीच आपसी सम्बन्धों में खुलापन है। सभी मिलजुल कर रहते हैं। यहाँ के लोगों को लगता होगा कि जब एक लड़की अपने मित्रों के साथ खुल सकती है तो फिर मैं क्यों नहीं? मेरे साथ क्यों नहीं? फिर, अगर लड़कियों का आचरण हमारे संस्कारों के अनुरूप नहीं है तो उसे सजा तो मिलनी चाहिए।

दिल्ली विश्वविद्यालय का एक लड़का और लड़की जो परस्पर मित्र थे अपनी गाड़ी में घूमते हुए, शॉपिंग करते हुए ग्रेटर नॉयडा के बॉर्डर पर पहुँच गये। वहाँ के स्थानीय लड़कों ने उन्हें घेर लिया। लड़के को बाँधकर डाल दिया और लड़की सामूहिक बलात्कार का शिकार हुई। यहाँ भी परम्परागत सामंती समाज के वे लड़के थे जिनके घरों में लड़का और लड़की अन्तरंग मित्र नहीं हो सकते। अगर कोई लड़की किसी लड़के की मित्र है तो ज़रूर वह बदचलन है, इसलिए वह सजा पाने योग्य है। वह बलात्कार के लिए है। उन्होंने अपने हिसाब से उन्हें सज़ा दे दी, उसी मानसिकता के साथ कि अगर अपने मित्र के साथ अन्तरंग हो तो फिर हमारे साथ क्यों नहीं? अधिकांश बलात्कार के केसों में देखा गया है कि शराब और अश्लील वीडियो की बड़ी भूमिका रही है। पहले शराब चढ़ती है फिर अश्लील वीडियो जो मोबाइल फोन पर भी उपलब्ध रहते हैं, वह सिर पर चढ़कर किक् मारती हैं। इसके बाद जो भी मिल जाये, राह चलते, काम में लगी हुई, पड़ोस में, साठ साल की महिला से लेकर तीन-चार साल की बच्ची तक।

इसलिए बलात्कार जैसा सामाजिक अपराध पुरुष ज़हनियत की कुंठा और सामाजिक वर्जनाओं से उपजी हताशा और मानसिक रुग्णता का ही प्रतिफलन है। यह संस्कारगत है और वातावरण जनित भी। परिस्थितियों से उपजी हताशा और कुंठा भी कारण बन जाती है। बाज़ार स्त्री देह का जो इस्तेमाल कर रहा है तथा फिल्में व्यापार के नाम पर फूहड़ता और नग्नता परोस रही हैं उससे उच्छृंखलता का वातावरण भी तैयार होता है। अन्ततः इसका शिकार बेबस, कमजोर स्थिति वाली महिलाएँ अथवा बच्चियाँ ही होती हैं।

'स्लट वॉक' जैसे फूहड़ अभियान स्त्री स्वातंत्र्य के आवश्यक मुद्दों को, स्त्रियों के जनतान्त्रिक अधिकारों की सामाजिक स्वीकृति जैसे संघर्षों को कहीं पीछे छोड़

देते हैं और स्त्री चेतना को भटकाने की कोशिश करते हैं। इसलिए जरूरत स्वयम् को सशक्त बनाने की है। शिक्षा और आर्थिक स्वतंत्रता इसकी राह बनाती हैं। काम करने के अधिकार के साथ आर्थिक स्वतंत्रता के बिना स्त्री-स्वातंत्र्य की परिकल्पना व्यर्थ है। यह स्वतंत्रता आत्म विश्वास देती है और विपरीत स्थितियों में हौसला देती है और संघर्ष के लिए ताकत भी देती है।

बलात्कार और पंचायतें

कई साल पहले अख़बारों में एक ख़बर छपी थी। घटना हरिद्वार के पास के किसी गाँव की थी। एक महिला मेहनत-मजूरी करने, अपने बच्चों का तथा खुद का पेट पालने के लिए कुछ अन्य लोगों के साथ काम की तलाश में पंजाब चली गयी। उसका आदमी निकम्मा था और काम-धाम नहीं करता था। दो-तीन साल बाद जब वह वापिस आयी तो पंचायत ने उसे कटघरे में खड़ा कर दिया और अपने आदमी की आज्ञा के बिना बाहर चले जाने की सज़ा दी। सजा के तौर पर पंचायत सदस्यों द्वारा उससे सामूहिक बलात्कार किया गया था।

गाँव का किस्सा था—औरत अस्पताल में भर्ती थी और पुलिस रिपोर्ट के आधार पर अख़बारों की ख़बर बनी थी। उसके लिए जन-संगठन सक्रिय नहीं हुए, जन-आन्दोलन जैसा भी कुछ नहीं हुआ और राजनीति के स्तर पर भी सन्नाटा रहा। घटना एकदिनी खबर बनकर रह गयी।

2014 में फिर ऐसी ही घटना की पुनरावृत्ति हुई है। अबकी बंगाल के सिंहभूम इलाके की आदिवासी लड़की पंचायती फ़रमान पर गैंगरेप का शिकार हुई है। उसका अपराध था कि उसने अपने समुदाय से बाहर एक युवक से प्रेम करने और विवाह करने का फ़ैसला किया। घरवालों की दुविधा और भय के बावजूद लड़की ने पुलिस में रिपोर्ट दर्ज करायी और प्रधान सहित तेरह लोग गिरफ़्तार भी हुए। गाँव के दबंगों के बीच रहते हुए घरवाले सकते में और भयत्रस्त जीवन जीने के लिए अभिशप्त। लड़की ने अपने बयान में कहा कि पंचायत के उन सदस्यों में किसी को वह भाई, किसी को चाचा कहती थी, इसके बावजूद किसी ने उस पर तरस नहीं खाया। याद आया, 16 दिसम्बर, 2012 को दिल्ली में गैंगरेप की शिकार 'निर्भया' के केस में किसी धर्मगुरु ने कहा था कि वह प्रतिरोध करने के बजाय अगर उन (आरोपियों) को भाई, चाचा-ताऊ कहती तो बच सकती थी। सिंहभूम वाली लड़की ने तो सारे रिश्ते जोड़कर बलात्कारियों से प्रार्थना की थी—लेकिन नहीं बची। हाँ, अबकी एक सकारात्मक बात ये हुई कि बंगाल की

मुख्यमंत्री ने इस घटना को अपने राजनीतिक विरोधियों की साजिश करार नहीं दिया। इससे पहले भी ऐसे अनेक यौन हिंसा और हत्या के प्रकरण हुए जिनको उन्होंने विरोधी दलों की साजिश करार दिया था। कुछ समय पहले बंगाल में ही एक रिक्शा चालक की बेटी दो बार एक ही समूह द्वारा गैंगरेप की शिकार हुई। उसकी रिपोर्ट तक दर्ज नहीं की गयी और अन्ततः वह जलकर मर गयी या मार दी गयी। सरकार ने उसे भी विरोधियों की साजिश कहा। अभी हाल-फ़िलहाल में हरियाणा के एक गाँव की पंचायत ने भी ऐसा ही फर्मान सुनाया। पीड़िता एक दलित लड़की थी जो गाँव के दबंग युवकों के बलात्कार की शिकार थी। फ़ैसला हुआ कि बलात्कारी युवकों को बीस जूते मारकर छोड़ा जाय (यानि कि यह बहुत बड़ी सज़ा है)। दरअसल इसके पीछे सवर्ण समाज की वही सामंती अवधारणा जिसके अनुसार दलित परिवार की लड़कियों के साथ कुछ भी किया जा सकता है। एक अन्य जगह पंचायत ने फ़रमान सुनाया कि बलत्कृत लड़की के माँ-बाप पुलिस में शिकायत नहीं करेंगे क्योंकि इससे गाँव की बदनामी होती है। बदले में कुछ हजार रुपयों में मामला सुलटा दिया जाय।

इस तरह की घटनाओं से हम अक्सर मीडिया के ज़रिये भी रू-ब-रू होते रहते हैं। मेरी डायरी में दर्ज़ एक और घटना लगभग 15 साल पहले की है जिसमें एक छोटी ज़मीन का मालिक न अपनी ज़मीन जोतने की इच्छा रखता था और न ही कोई मेहनत-मजदूरी करता था। हार कर बच्चों का पेट भरने की खातिर उस औरत ने खुद ज़मीन को जोतने के लिए हल उठाया...खुद खेती करने का फ़ैसला किया। उसे मालूम नहीं था कि ये मर्दों के अधिकार क्षेत्र में उसकी अनधिकृत प्रवेश की चेष्टा है। उसे गाँव के लोगों ने मारा-पीटा, जानवरों की नाँद में उसका मुँह डालकर उसे भूसी खाने को मजबूर किया गया।

शुक्र है अब ये घटनाएँ खबर बनने लगी हैं। इन पर दूसरे लोग आवाज़ उठाने लगे हैं और बढ़ते सामाजिक दबाव के कारण शासन-प्रशासन इन घटनाओं का संज्ञान लेने और कार्यवाही करने को मजबूर होता है। यौन हिंसा के खिलाफ़ यह वातावरण निर्माण ही है कि आज तथाकथित शीर्ष धर्मगुरु, स्वामी, महंत और धर्मस्थलों के 'सम्मानित' पुजारी ऐसे मामलों में नामजद हो रहे हैं और उनके खिलाफ़ न्यायिक प्रक्रिया भी चल रही है। यह सामाजिक दबाव ही है कि राजनेता, सांसद, प्रभावशाली शख़्सियतें-सभी को क़ानूनी घेरे में लेकर कार्यवाही करने के लिए यह व्यवस्था मजबूर हुई है। महादेव गोविन्द रानाडे जो उन्नीसवीं सदी के महान समाज सुधारकों में थे और महाराष्ट्र में बाल-विवाह और छुआछूत के विरोध में तथा स्त्री शिक्षा, विधवा विवाह के समर्थन में आजीवन आन्दोलनरत

रहे, उन्होंने लाहौर में दिये 1893 में अपने एक भाषण में चली आ रही सामाजिक शोषण की प्रक्रिया को परम्परा और व्यवहार का नशीला प्रभाव कहा (पत्रकार समर हलार्नकर का लेख—हि.टा. अक्टू, 11-2013) स्पष्टतः उनका संकेत उन धार्मिक परम्पराओं से था जो स्त्री, बच्चों के प्रति संवेदनहीन हैं और शोषण का माध्यम हैं। उसी भाषण में रानाडे ने कहा कि वे इन सामाजिक कुरीतियों का कोई समाधान नहीं दे सकते। इसका हल निश्चित रूप से समाज के बीच से ही आना है।

अब अगर हल हमारे बीच से ही निकलना है तो उन बिन्दुओं को, उस स्पेस को चिन्हित करना होगा। निश्चित रूप ये यह प्राथमिक स्तर पर 'सामूहिकता' में निहित है—संगठन की शक्ति में निहित है। निर्भया कांड में जिस तरह पूरा देश एकजुट हुआ और प्रतिरोध की दीवार निर्मित हुई उसने मजबूर किया संसद को तथा जन प्रतिनिधियों को कि वे त्वरित कार्यवाही करें। नतीजतन, जस्टिस वर्मा कमेटी गठित हुई। सुयोग्य जस्टिस जे.एस. वर्मा की अध्यक्षता में बनी कमेटी ने एक महीने में अपनी सिफारिशों दीं तथा तुरंत उस पर संसद की मुहर लगी और यौन उत्पीड़न सम्बन्धी अपराधों में सख्ती से निपटने की शुरुआत हुई। फिर मुंबई की फ़ोटो जर्नलिस्ट के गैंगरेप का मामला हो, तहलका की जर्नलिस्ट का या बसपा सांसद (तथा उनकी पत्नी) द्वारा यौन उत्पीड़न व हत्या जैसा अपराधिक मामला हो! चाहे-अनचाहे, प्रशासन-शासन द्वारा इन हाइप्रोफाइल अपराधों को संज्ञान में लेकर अपराधियों के खिलाफ कार्यवाही करनी पड़ी है।

तो क्या इन कार्यवाहियों से स्त्री विरोधी, यौन हिंसा के मामले रुक गये? या आगे रुक जायेंगे...। ऐसा कोई नहीं कहता। 16 दिसम्बर, 2012 के बाद का समय भी लगातार स्त्रियों-मासूम बच्चियों के ऊपर होने वाले यौन हिंसा के कुत्सित अपराधों से भरा रहा है। दो दिन-चार दिन, महीना-दो महीना, साल-दो साल...इतने समय में न तो समाज का मिजाज़ बदल सकता है और न व्यवस्था की सूरते-हाल में कोई खास बदलाव दिखाई से सकता है। व्यवस्था में बदलाव की कुंजी कुछ हद तक सख़्त कानूनी प्रावधान और प्रशासन की जवाबदेही से जुड़ह हुई है। लेकिन समाज की मानसिकता...उसके तौर तरीकों में बदलाव की बात तब अर्थपूर्ण होगी जब उसी समाज के भीतर से, परिवारों के बीच से प्रतिरोध की आवाज़ें उठेंगी...और उन आवाज़ों को सामूहिक शक्ति मिलेगी, प्रतिरोध की संगठित आवाज़ बनेगी।

पिछले कुछ दिनों से हरियाणा अख़बारों की सुर्ख़ियों में रहा है। भ्रष्टाचार के सर्वव्यापी समाचारों से अलग अबकी बलात्कार के प्रकरण छाये रहे। रिकार्ड रहा

कि वहाँ एक महीने में उन्नीस बलात्कार! हरियाणा ही नहीं, कमोबेश हर जगह यही स्थिति है। विशेष रूप से पिछड़े समाजों में, राज्यों में जहाँ सामंती वातावरण प्रबल है। यह हिंसक हो रहे समाज की निशानी है। घर-परिवार से लेकर सड़कों तक, सीमा पार से लेकर क्षितिज पार-विश्व पटल तक, हम सुनना नहीं, सिर्फ सुनाना चाहते हैं, अपनी इच्छा पूर्ति येन-केन-प्रकारेण चाहते हैं। फिर स्त्री-बच्चों की औकात ही क्या जो प्रतिरोध करें!

इन सभी घटनाओं में पहचान हुई है, गिरफ्तारियाँ हुई हैं, लेकिन... जैसे कि कोई भय नहीं है कानून का, समाज का! इसलिए कि पूरे पुरुष समाज की मानसिकता में यह कोई अपराध नहीं। यह ऐसी कोई अनहोनी बात नहीं! अरे! ये सब तो चलता है... वाली भावना काम करती है और घटना हँसकर, मुस्कुराकर हवा में उड़ा दी जाती है। पुलिस-थाना-कचहरी करिये तो खुद पर तोहमत जड़ दी जाती है। शारीरिक क्षय, मानसिक सन्ताप और सामाजिक प्रताड़ना भी पीड़िता को! किसी ने आत्महत्या कर ली तो कोई शेष ज़िन्दगी मुर्दे की तरह जिया। ऐसे बेनाम चेहरों के लिए तो जुलूस भी नहीं निकलते, कैंडिल मार्च नहीं होता। ये सभी लड़कियाँ गाँव, कस्बे की, साधारण परिवेश और ग़रीब परिवारों की हैं।

इन शर्मनाम घटनाओं के बाद राष्ट्रीय शर्म की बात तब बनती है जब खाप-पंचायतें समाधान हेतु अपना फ़रमान सुनाती हैं। खाप पंचायतें ऐसी हिंसक अमानवीय घटनाओं के गुनहगारों के लिए कोई सज़ा, बहिष्कार नहीं सुझातीं। वे इसके लिए भी एक तरह से उन बालिग या नाबालिग पीड़िताओं को ही दोषी ठहराती हैं। एक अद्भुत विचार सामने लाया जाता है कि लड़कियों की शादी छोटी उम्र में कर देनी चाहिए। पंद्रह साल में अगर लड़कियों की शादी हो जायेगी तो बलात्कार की घटनाएँ नहीं होंगी। ये वही खाप पंचायतें हैं जो प्रेम करने की और अपनी मर्ज़ी से विवाह करने की सज़ा के तौर पर, लड़कियों को मौत का फ़रमान सुनाती हैं। अब इस नये फ़रमान में फिर से कानून को धता बताते हुए कच्ची उम्र में लड़कियों के विवाह की पैरवी की जा रही है तो एक तरह से उन्हें उनकी शिक्षा, विकास, व्यक्तित्व निर्माण और आत्मनिर्भरता जैसे आधुनिक भावबोध से वंचित करने का प्रयास हो रहा है।

चिन्ता की बात ये है कि इस स्त्री-विरोधी मुहिम में सत्ता की राजनीति का खेल भी शामिल होने लगा है। वोट बैंक की बिसातें बिठायी जाने लगी हैं और राजनीतिक दलों के नेताओं ने बयान बाज़ी शुरू कर दी है। अखबार में छपी ख़बरों के मुताबिक एक भूतपूर्व मुख्यमंत्री ने खाप-पंचायतों को पूरा समर्थन देते हुए कहा कि लड़कियों का विवाह पंद्रह साल की उम्र तक हो जाना चाहिए।

खाप-पंचायत ने यह नहीं देखा कि बलात्कार की शिकार तो चार-पाँच साल की बच्ची से लेकर चालीस साल की महिला तक है। इसके अलावा लड़कों की शादी की नयी उम्र के बारे में खाप-पंचायतों ने कुछ नहीं कहा। क्योंकि हमारे यहाँ प्राचीन परम्परा रही है कि वधू चाहे कितनी ही छोटी उम्र की हो, वर की कोई उम्र नहीं होती। प्राचीन आख्यानों में पाँच-छह साल की वधू का पति अस्सी साल का बूढ़ा भी हो सकता था।

ये खाप-पंचायतें हमारे देश में संवैधानिक कानूनी संस्थाओं के समानांतर स्वयंभू कानूनी संस्था के रूप में काम कर रही हैं। पिछले दिनों उन्होंने लड़कियों के पहनावे पर और उनको मोबाइल इस्तेमाल करने के साथ-साथ उनके अकेले बाज़ारहाट जाने पर भी तालिबानी रोक लगायी। देश में जिन राज्यों में पुरुष-स्त्री अनुपात सबसे कम है, उसमें हरियाणा अग्रणी है। एक ओर कन्या भ्रूण हत्याएँ तो दूसरी ओर विवाह तथा सन्तान उत्पत्ति के लिए दूर-दराज के निर्धन इलाकों से औरतों की खरीद-फरोख़्त। जो बची खुची लड़कियाँ हैं उन पर तालिबानी फ़रमान।

पाकिस्तान की स्वात घाटी इलाके के हिंस्र कबीले भी इसी तरह स्त्री विरोधी कारनामों के लिए कुख्यात हैं। वहाँ भी विवाह के लिए घर वालों की मर्ज़ी से असहमति अथवा अपनी मर्ज़ी से शादी की जुर्रत करने वाली लड़कियों को भरी भीड़ के सामने कट्टरपंथी गोलियों से उड़ा देते हैं या ज़िन्दा पत्थरों के नीचे दफ़्न कर देते हैं। अभी एक ख़बर के मुताबिक वहाँ दो कबीलों के बीच किसी विवाद पर एक पक्ष ने दूसरे पक्ष को तेरह लड़कियाँ देकर मामले का निपटारा किया जिसमें लड़कियों की उम्र छह साल से लेकर सत्रह साल तक थी। वहाँ की मुख़्तारन माई भी इसी तरह के विवाद में समझौते के रूप में दूसरे पक्ष को सौंपी गयी थी जो तीन दशक पहले संयुक्त राष्ट्र के संज्ञान में भी आया था और दुनियाँ में महिला संगठनों ने इसका विरोध किया था। बाल-विवाह की घटनाओं को रोकने के प्रयास में राजस्थान की साथिन भंवरी देवी का भी सामूहिक बलात्कार का शिकार होना पड़ा था।

पिछली दो शताब्दियों में लम्बी जद्दोज़हद के बाद भारतीय उपमहाद्वीप की औरतों ने जो उजाले की किरणें पायीं और अपने को समग्र समाज का हिस्सा बनाते हुए अपनी विकास यात्रा तय की है, एक बार फिर उन्हीं अँधेरों में धकेलने की कोशिश हो रही है। वैश्वीकरण ने नयी टैक्नोलॉजी के साधनों से कमोबेश एक बड़े समूह को दुनिया की गतिविधियों से परिचित कराया तो संसाधनों की उपलब्धता ने नयी वैश्विक संस्कृति में सबको बाँधने का प्रयास भी किया है। यह प्रवाह तो अब रुकने वाला नहीं है। राजनैतिक नीतियाँ और परिस्थितियाँ

जो भी हों अब एक नयी सामाजिक व्यवस्था निर्मित हो रही है। इसने विकास की नयी परिभाषाएँ गढ़ी हैं। एक ओर हम नयी आर्थिक नीतियों और वैश्विक राजनीति के पक्षधर हैं तो फिर उसके सामाजिक प्रतिफलन को अस्वीकार करने की स्थिति में नहीं हो सकते हैं। इतिहास के विकासक्रम में जो उपलब्धियाँ स्त्री समाज ने हासिल की हैं, उसे नकारना और पूरी सभ्यता के कालखंड को फिर अँधेरे तहखानों में बन्दी कर देना सम्भव नहीं है। यह हिंसा का आधुनिक दर्शन भी इसी उजाले की ओर आगे बढ़ते क़दमों की गति और परछाइयों के अँधेरे में पीछे छूट रहे निशानों के बीच का ही द्वन्द्व है। अच्छा है या बुरा, जो राह समय ने निर्मित की है...उस पर पीछे लौटना असम्भव है और अप्राकृतिक है।

ज़रूरत है कि खाप पंचायत जैसे जाति-धर्म आधारित सामाजिक समूह जो अपनी प्रासंगिकता खो चुके हैं उन्हें प्रतिबंधित किया जाय, उनकी वैधता भंग की जाय। अच्छा हो कि स्त्री समूहों पर फ़तवे जारी करने के बजाय ये पंचायतें विवेकपूर्ण वैचारिक विमर्श का बौद्धिक मंच बनें, नये सामाजिक आन्दोलन का माध्यम बनें। फिर पाकिस्तान के कट्टरपंथी इलाके स्वात घाटी का फिर ज़िक्र जहाँ चौदह साल की मलाला यूसुफज़ई को बस में घुसकर गोली मार दी गयी जब वह स्कूल से घर लौट रही थी। मलाला ग्यारह साल की उम्र से डायरी लिखना शुरू किया था जिसमें युद्ध जैसी स्थितियों से घिरे इलाके की तस्वीर पेश होती थी। एक ओर तालिबानी आतंक तो दूसरी ओर अमरीका द्वारा किये जा रहे हवाई हमले। मलाला लड़कियों की शिक्षा की वकालत कर रही थी, शान्ति की वकालत कर रही थी। उसने अपनी बात कहने का साहस किया, टी.वी. में कार्यक्रम और इंटरव्यू दिये। धमकियों के बावजूद उसने स्कूल जाना नहीं छोड़ा और दूसरों के लिए भी मिसाल बनी।

यह स्वागत योग्य है कि पाकिस्तान में सरकार सहित अधिकतर लोगों ने इस हमले की निन्दा की और जीवन-मृत्यु के बीच झूल रही मलाला के लिए प्रार्थना की। साथ ही सत्ता के आकांक्षी एक सियासी दल ने खामोशी अख्तियार की और अप्रत्यक्ष रूप से कट्टरपंथियों को समर्थन दिया। इसका उन्हें इनाम भी मिला और आज पख्तूनख्वा राज्य में उनकी सरकार बनी है। अत्याधुनिक रहन-सहन और जीवनशैली वाली शख़्सियतें भी जब औरत के वजूद पर सियासी दाँव खेलती हैं और सत्ता प्राप्ति का साधन बनाती हैं तो अफ़सोस होता है।

अभी एक ख़बर ने इस निराशा को कुछ हद तक दूर किया है। अलीगढ़ संगठन के बैनर तले सलमानी समाज की पंचायत ने तय किया है कि वे लोग लड़कियों की शिक्षा पर ज़ोर देंगे। उन्हें तालीम देकर बेहतर और कामयाब इंसान

बनाने की पूरी कोशिश करेंगे। उन्होंने कहा है कि परिवार में शिक्षित माँ की बदौलत बच्चों को भी अच्छी तालीम और संस्कार मिलते हैं तथा परिवार और समाज तरक्की करता है। मुस्लिम समाज के सलमानी समुदाय की यह पहल स्वागत योग्य है।

इसी तरह से खाप पंचायतें या दूसरे समूह परम्परावादी सामंती मानसिकता से मुक्त होकर नये नियमों का निर्माण करें तथा लड़कियों के विकास के लिए सकारात्मक दृष्टिकोण रखें जिससे आधुनिक पुरुष समाज सहिष्णु और लोकतान्त्रिक बन सके और समाज का समग्र विकास हो सके।

हरियाणा का बस प्रकरण खाप पंचायत की स्त्री विरोधी मानसिकता का एक अन्य उदाहरण है। दो बहिनों ने बस में अपने साथ होने वाली छेड़छाड़ का विरोध किया और छेड़खानी करने वाले उन लड़कों की पिटाई कर दी। बस की एक महिला ने अपने मोबाइल पर उसका वीडियो बना लिया। पुलिस से शिकायत हुई। वे लड़के पकड़े गये और वह वीडियो प्रमाण स्वरूप प्रस्तुत हुआ। बाद में खुलासा हुआ कि उन दो लड़कों का सेना में भर्ती के लिए चयन हो चुका था और नियुक्ति पत्र मिलने वाला था। यह प्रकरण सामने आया तो सेना ने उन युवकों को नियुक्ति पत्र देने से इंकार कर दिया। अब पंचायत सक्रिय हो गयी। साबित किया जाने लगा कि बस प्रकरण कुछ था ही नहीं—कि उन लड़कियों ने उन युवकों के खिलाफ साजिश रची थी-कि वीडियो बनाने वाली महिला भी साजिश में शामिल थी। पंचायत ने पहले तो लड़कियों को डराया-धमकाया। वे न मानी तो व्यापक प्रचार किया गया कि पूरा घटनाक्रम झूठा है और कि ऐसा कुछ हुआ ही नहीं—कि वे बहिनें पहले भी ऐसे तमाशे करती रही हैं।

शासन और प्रशासन का रवैया भी विचित्र था। पहले राज्य सरकार ने उन बहादुर लड़कियों के साहस का सम्मान करते हुए उन्हें पुरस्कृत करने की घोषणा की। अब पंचायत के इस (स्त्री विरोधी) रवैये के साथ शासन-प्रशासन खड़ा दिखाई दिया। लड़कियों के बयान सन्देह के घेरे में आ गये ताकि वे युवक आरोप से बच सकें। तो, हमेशा की तरह लड़कियाँ झूठी सिद्ध की जाने लगीं और दरकिनार कर दी गयीं। सिर्फ समाज ही नहीं, व्यवस्था का यही सुपरिचित रवैया रहा है।

हमारे देश में राजनीति मुद्दों की या वैचारिकता आधारित नहीं बल्कि धर्म-जाति-सम्प्रदाय आधारित ज़्यादा होती है। लोकतंत्र की राजनीति वोटों की राजनीति में बदल जाती है और वोटों का बड़ा हिस्सा सम्प्रदाय-जाति-उपजाति की गुहार पर चला जाता है। आपराधिक हिंसा और अन्याय की शिकार पीड़िता

परिवार की इज़्ज़त से बढ़ते-बढ़ते समाज-समुदाय की इज़्ज़त का प्रतीक बन जाती है और सबकी इज़्ज़त की बलि चढ़ जाती है। यानि फ़रियादी अकेला और अपराधी संगठित...कैसे यौन हिंसा के विरुद्ध लड़ाई जारी रखी जायेगी... यह बड़ा सवाल है।

हरियाणा की खाप पंचायतों के फ़रमान पर कितने ही लोगों की बलि चढ़ी है, सब जानते हैं। वहाँ भी सत्ता पक्ष का दिव्य मौन वोटों के आँकड़ों से अपनी राजनीति पुख्ता करता रहा है। 2002 में गुजरात में मुस्लिम महिलाओं के साथ बर्बरता का जो नंगा नाच खेला गया, वोट की राजनीति ने वहाँ भी सभी के मुँह पर पट्टियाँ बाँध दीं। आज भी उस अन्याय और हिंसा के खिलाफ़ जो लोग पूरी सामर्थ्य से लड़ रहे हैं वे सामाजिक-जन संगठन हैं, लेकिन हम जानते हैं कि व्यवस्था के खिलाफ़ लड़ाई बहुत आसान नहीं होती। सदियाँ भी लग जाती हैं न्याय पाने में।अब संघर्ष करने वाले जनसंगठन ही व्यवस्था के निशाने पर आ गये हैं। न्याय की इस लड़ाई में कितनों की बलि चढ़ती है कहा नहीं जा सकता।

जब जाति-सम्प्रदाय की राजनीति हो रही है तो महिला संगठन भी जाति-समुदाय आधारित होंगे। हर राजनीतिक दल का महिला मोर्चा है लेकिन ये मोर्चे क्या सचमुच महिला मुद्दों को निरपेक्ष रूप से उठाते हैं? इसी तरह जातियों, उपजातियों के महिला संगठन हैं लेकिन आज तक कोई ऐसा प्रकरण नहीं आया जिसमें अपनी ही जाति की स्त्री के लिए, उसे न्याय दिलाने के लिए इन संगठनों ने संघर्ष किया हो। हाँ, अगर इनकी जाति, समुदाय का कोई व्यक्ति किसी अपराधिक मामले में चाहे वह यौन हिंसा जैसा मामला ही क्यों न हो तो उसकी रक्षा के लिए ढाल ज़रूर बनते हैं ये महिला संगठन।

सामाजिक न्याय की अवधारणा संकुचित नहीं हो सकती। सामाजिक बदलाव की लड़ाई जाति-धर्म-समुदाय-उप समुदाय...जैसे खानों में बँटकर नहीं लड़ी जा सकती है। आज जो महिला संगठन वैचारिकता पर आधारित हैं...स्त्री कोई भी हो, अन्याय के विरुद्ध उसके साथ खड़े होकर उसकी आवाज़ बन सकते हैं। वही स्त्री सशक्तीकरण के उद्देश्य के लिए सार्थक प्रयास कर सकते हैं।

सामाजिक बदलाव के लिए, स्त्रियों के प्रति होने वाली हिंसा से मुक्त समाज बनाने के लिए व्यापक स्त्री-समूहों को संगठित होकर काम करने की ज़रूरत है। स्त्री की कोई जाति नहीं होती-धर्म नहीं होता...इस विचार को महिला संगठनों को आत्मसात करना होगा...हर स्त्री के प्रति होने वाले अन्याय के खिलाफ़ खड़ा होना होगा...जी! हाँ! चाहे वह दलित हो, आदिवासी हो, अल्पसंख्यक हो, नीची हो—ऊँची हो...तब ही सामाजिक बदलाव की सूरत

बनेगी। वैश्विक स्तर पर आज इतनी संस्थाएँ हैं जो दूसरे देशों में होने वाले स्त्री विरोधी क्रियाकलापों, कानूनों, सामाजिक कुरीतियों के खिलाफ़ आवाज़ उठा रही हैं, सक्रिय हैं। हम अपने ही देश में अपनी ही औरतों के लिए क्या एक सम्मिलित आवाज़ नहीं उठा सकते! स्त्री मामलों में वोट की राजनीति के कई प्रकरण हम हाल के दिनों में कई राज्यों-कई शहरों में देख रहे हैं। सामाजिक बदलाव के लिए स्त्री...केवल स्त्री पक्ष की राजनीति ही करनी पड़ेगी, धर्म, जाति, सम्प्रदाय से ऊपर उठकर।

'असम्मान' हत्याएँ

कभी-कभी ऐसा दौर आता है जब लगता कि पूरा समाज सामूहिक उन्माद (मास हिस्टीरिया) की स्थिति से गुज़र रहा है। यह सामाजिक उन्माद की स्थिति अक्सर पैदा भी की जाती है। ऐसे मौकों पर मदद की आशा में मिल बैठकर रणनीति तय करने के लिए सिर भी जुड़ते हैं और समुदाय के रूप में अपने को पहचानने की बात भी बनती है। लेकिन जब यह हत्याएँ और षडयंत्र स्वयं अपने परिवार के निकटस्थ, प्रियजनों द्वारा होने लगें तो फिर बचाव कहाँ हो...कैसे हो? एक पूरी पीढ़ी इस हताशा के दौर से गुजरती दिखाई दे रही है।

पश्चिमी उत्तर प्रदेश में ब्रज क्षेत्र से लेकर मुजफ़्फ़रनगर जैसे शहरों और आगे हरियाणा तक फैले इलाके में परिवार की मर्जी के खिलाफ़ शादी करके कितने ही नौजवान लड़के-लड़कियाँ अपने ही परिजनों के हाथों अपनी जान गँवा चुके हैं। मध्य और निम्न मध्यवर्गीय परिवारों में यह घटनाएँ अधिक घट रही हैं। खाप पंचायतें बार-बार बैठकें कर रही हैं। वे तो हिन्दू मैरिज एक्ट में ही बदलाव करा देना चाहती हैं। वोट बैंक का खेल चल रहा है। अभी ग्रेटर नोएडा में ब्राह्मण लड़की के अपने दलित प्रेमी के साथ भाग जाने पर जिस तरह गाँव के चारों ओर नाकाबन्दी कर दी गयी, वह स्तब्ध करती है। सबसे बड़े दुख की बात है टी.वी. कैमरे के सामने ताल ठोककर अपने आपराधिक इरादों का ऐलान करना कि अगर हमारी लड़की वापिस नहीं आयी तो हम उनकी लड़कियों को ले जायेंगे और...!

सवाल इस बात का है कि कानून और व्यवस्था भी कोई चीज़ होती है? इन हिंसक घटनाओं को कानून द्वारा निर्धारित अपराध के तौर पर क्यों नहीं लिया जाता? अक्सर गिरफ़्तारियाँ होती भी हैं और नहीं भी होती हैं। ऐसे मामलों में क्या आजतक किसी को सज़ा हुई है? मामला न सिर्फ परिवार बल्कि समाज का, समुदाय का आ जाता है। समुदाय के लोग हत्या करने वालों के साथ एकजुट हो जाते हैं। यानि पूरा समाज हत्यारे के रूप में व्यवहार करने लगता है ऐसे

अपराधों के खिलाफ़ सख्त कदम उठाने की जरूरत है।

अब यह सख्त कदम कौन उठायेगा। सबसे पहले पुलिस की भूमिका ही संदिग्ध होती है। खुद पुलिस की नज़र में प्रेम करने वाले लड़का-लड़की अपराधी हैं। इसीलिए भागे हुए जोड़े को ढूँढ़ने में पुलिस भी मुस्तैद रहती है। जहाँ वो जोड़ा पकड़ा गया, फौरन लड़का जेल में और लड़की घरवालों के सुपुर्द। सवाल यह है कि लड़का जेल में क्यों डाला गया है। इसीलिए ताकि घरवाले लड़की के साथ जैसा चाहे सलूक कर सकते हैं!

दूसरी भूमिका पड़ोसियों की होती है। उनके सामने एक व्यक्ति मार दिया जाता है लेकिन वे चुप लगाये घर बन्द करके बैठे रहते हैं। यूँ बगल के घर में क्या पक रहा है, इसकी ख़बर भी पड़ोसी को होती है लेकिन ऐसे मौके पर उनका पड़ोसी धर्म यह कहता है कि दखलंदाजी नहीं करनी चाहिए।

अपराधिक घटनाओं में पूरा समाज किसी न किसी रूप में शमिल रहता है, चाहे वह मौन स्वीकृति हो या सक्रिय भागीदारी के रूप में हो। कम से कम मध्यवर्गीय समाज के विस्तृत समूह की मानसिकता अभी भी लड़के-लड़कियों को यह आज़ादी नहीं देना चाहती कि वे अपने फैसले खुद लें। चली आ रही परम्परा से हटकर नयी पीढ़ी के लड़के-लड़कियाँ कुछ कर रहे हों तो यह अक्षम्य हो जाता है। अपने इन फैसलों में अगर जाति या धर्म की भिन्नता भी शामिल हो गयी तब तो इन नौजवान लड़के-लड़कियों का अपराध और भी कई गुना बढ़ जाता है। फिर तो पूरा समाज एक स्वर से ऐसे जोड़ों के लिए मृत्यु दण्ड की पुकार लगायेगा।

बुलंदशहर के अड़ोली गाँव के अब्दुल हकीम को सरेआम दिन दहाड़े 22 नवंबर को गोली मार दी गयी। 29 वर्षीय अब्दुल हकीम का अपराध था महविश के साथ विवाह। अब यह न समझा जाय कि जाति का दंश सदियों से हिन्दू समाज ने ही झेला है। दूसरे समुदाय भी उसी प्रवृत्ति के अनुसरण में हैं।

बुलंदशहर के अब्दुल हकीम का हत्याकांड हाइप्रोफाइल इसलिए भी बन गया है कि किसी रूप में यह अभिनेता आमिर ख़ान के 'सत्यमेव जयते' कार्यक्रम से जुड़ा रहा।

अब्दुल हकीम हत्याकांड को देखकर एक बार फिर अपने भारतीय समाज का यह जेनेटिक गुण जो मानव शरीर के क्रोमोसोम्स का हिस्सा बन चुका है, उजागर होता है। अलीगढ़ और दिल्ली के बीच जी.टी. रोड पर बुलंदशहर का अड़ोली गाँव जहाँ के निवासी महविश और अब्दुल हकीम थे। लगभग सौ परिवारों का यह एक साधारण मुस्लिम बहुल गाँव है जहाँ राजपूत जोधा समुदाय का ख़ासा

प्रभुत्व है। माना जाता है कि यह हिन्दू राजपूतों से धर्मांतरित मुस्लिम समुदाय है जो अपनी वंशगत राजपूती शान की मानसिकता को सँभाले हुए है। महविश इसी राजपूत समुदाय से है। अन्य वर्ग यहाँ बहुत कम संख्या में हैं यानि अल्पसंख्यक के रूप में जिसमें फ़कीर वर्ग के लोग भी हैं। ये फ़कीर मूलरूप से मुस्लिम 'वर्ण व्यवस्था' में बहुत निचले तबके से आते हैं यानि एक तरह से उच्चवर्णीय समुदाय की दया और सहायता के आकांक्षी रहते हैं। ये लोग छोटी-मोटी जोत के मालिक भी होते हैं, लेकिन यहाँ इस गाँव में अधिकतर ये राज मिस्त्री का काम करते हैं जिनका सम्पर्क आसपास के शहरी इलाकों से बना रहता है। शहर के आसपास होने से इनके बच्चे लिख पढ़ भी गये हैं और नौकरियाँ भी करने लगे हैं।

अड़ोली गाँव के ये राजपूत परिवार फ़कीर समुदाय के लोगों के साथ अच्छे सम्बन्ध बनाकर रहते रहे हैं। एक बात फ़ख्र से कही जाती है कि बावजूद जाति और सामाजिक स्तर में भिन्नता के, दोनों समुदायों की कब्रगाह एक ही रही है। इतनी समानता देने के बावजूद जातीय श्रेष्ठता का भाव अपने स्थान पर। ये अलग बात है कि आर्थिक रूप से दोनों समुदाय के लोगों में बहुत अन्तर न हो। मसलन महविश के पिता शहरूख किसान हैं और मात्र दस बीघा ज़मीन पर खेती करते हैं और इस पूरे घटनाक्रम से लगभग उदासीन हैं। अब्दुल हकीम, उनके पड़ोस में रहने वाला। महविश और अब्दुल हकीम के बीच जो घटा वह अति साधारण था और इसका अन्त भी हमारे समाज में, खासतौर पर आज के समय में वैसा ही हुआ जैसा आजकल हो रहा है। उनके बीच प्रेम सम्बन्ध हुए और 29 अक्तूबर, 2010 को उन्होंने अपना गाँव और बुलंदशहर छोड़ दिया और शादी कर ली। अपने गाँव में होने वाली उग्र प्रतिक्रियाओं को देखते हुए वे अपनी जान बचाते फिरे और अलीगढ़, मेरठ, मुंबई भागते हुए अन्त में दिल्ली में ठिकाना बनाया जहाँ उनके घर बेटी पैदा हुई। अब्दुल हकीम वहाँ आटो रिक्शा चलाने लगा। कहा जाता है उनके अपने गाँव में पंचायत ने पचास हज़ार रुपये का इनाम इन दोनों के सिरों पर घोषित किया था। ज़ाहिर है ये डरे हुए थे और राष्ट्रीय मानवाधिकार आयोग, राष्ट्रीय महिला आयोग के साथ-साथ स्थानीय पुलिस प्रशासन से भी अपनी जान की रक्षा की गुहार लगा रहे थे। राजपूत जोधा समुदाय की धमकियों से डरा अब्दुल हकीम का परिवार अनंतर पास के भाटगढ़ी गाँव में अपने रिश्तेदारों के पास आ बसा। यहाँ राजपूत समुदाय का कोई परिवार नहीं था इसलिए इसे सुरक्षित समझा गया।

इस बीच महविश जब दोबारा गर्भवती हुई तो जुलाई 2012 में वे लोग भी भाटगढ़ी आकर अब्दुल हकीम के परिवार के साथ रहने लगे। उन्हें विश्वास था

कि सम्भवतः वे यहाँ सुरक्षित रहेंगे...कारण एक तो आमिर ख़ान के कार्यक्रम 'सत्यमेव जयते' में उन लोगों का ज़िक्र, दूसरे स्थानीय प्रशासन द्वारा उन्हें अपनी सुरक्षा के लिए मिला आश्वासन। इसके बावजूद अब्दुल हकीम की हत्या हो गयी।

इस दौरान पाँचों आरोपी पकड़े जा चुके हैं। महविश ने अपनी दूसरी सन्तान, एक और कन्या को जन्म दे दिया है। महविश को पूरा यकीन है कि यह हत्या उसके भाइयों ने कराई है।

हमारे अनेक मित्र, बुद्धिजीवी सवाल उठाते हुए इस कांड को अन्य ऑनर किलिंग घटनाओं से अलग मान रहे हैं। अलग इस रूप में कि यहाँ प्रेम करने वाले एक ही धर्म के हैं। ग़ैर धर्म में होने वाली शादियों के सम्बन्ध में तो बड़े-बड़ों के ईमान डिग जाते हैं। 2007 में बंगाल का रिज़वानउर्रहमान, जो कम्प्यूटर ग्राफिक ट्रेनर था, उसकी प्रत्यक्ष, अप्रत्यक्ष हत्या के मामले में अधिकांश कुलीन समुदाय मौन था। यह भी हाई प्रोफाइल हत्याकांड था क्योंकि उससे शादी करने वाली लड़की कलकत्ते के सुप्रसिद्ध व्यवसाई अशोक तोदी की बेटी थी। इसमें पुलिस के सर्वोच्च आला अफ़सरों की भूमिका भी संदिग्ध मानी गयी थी। दूसरी ओर, तत्कालीन विपक्षी नेता ममता बनर्जी ने इस मामले को वामपंथी सरकार के खिलाफ़ मुद्दा बनाते हुए जोर-शोर से उठाया था।

आज समाज का रंगरूप तेजी से बदल रहा है। गाँव-देहात से लेकर शहर तक, रहन-सहन, ओढ़ना, पहनना, खाना-पीना वग़ैरह सब एक जैसे हो रहे हैं। शानदार बंगलों से लेकर झोंपड़पट्टियों तक टी.वी. नयी बन रही दुनिया जहान की झलक दिखा रहा है, प्यार-मुहब्बत के किस्सों का बखान कर रहा है। लड़कियों को स्कूल कालेज में पढ़ाना आज मजबूरी है। और कुछ न सही, शादी के लिए भी शिक्षित होना अनिवार्य बन रहा है। फिर ज़रूरत पड़ने पर नौकरी और नौकरी के साथ बाहरी दुनिया से जीवंत सम्पर्क...बातें फिल्मों और टी.वी. सीरियलों के किस्से कहानियों तक सीमित न रहकर जीवन का अंग बनने लगती हैं और यहीं से संघर्ष की स्थितियाँ पैदा होती हैं। एक पैर घर के भीतर खूँटी से बँधा और दूसरा पैर बाहर की ओर निरन्तर लम्बा होता हुआ।

मध्यवर्ग की एक उलझन और है। एक ओर नित नया रूप बदलती दुनियाँ है। वैश्विक संस्कृति है, जिसकी पहुँच में नये तरह का रहन-सहन है, सौन्दर्य के नये प्रतिमान हैं, साधन हैं और इन सबसे लदाफदा बाज़ार है। आज सफलता के मानदंड बदल गये हैं। वही सफल है जो बाज़ार में खड़ा रह सकता है, उस के अनुरूप खर्च कर सकता है...बाज़ार को उठाकर घर में ला सकता है। दूसरी ओर आम किसान की ज़िन्दगी आज नये तरह के संकटों से घिरी है। मध्य और निम्न

मध्यवर्ग लगातार बढ़ते आर्थिक संकट से त्रस्त है और कठिन होते जीवन में कई स्तरों पर संघर्ष कर रहा है। ऐसे संकट के दौर में, कठिन आर्थिक परिस्थितियों में उसके पास सँभाल कर रखने के लिए अगर कुछ है, गर्व का अहसास कराने के लिए कुछ है तो वह है परम्परा, जातीय गौरव और सामाजिक मर्यादा! यह गर्वीली परम्परा इसीलिए धार्मिक कर्मकांड को भी बढ़ा रही है। पाखंडी बाबाओं के प्रहसन नुमा प्रवचनों में भीड़ इकट्ठा कर रही है जो आज के समय का रोना रोते हैं, घर से बाहर निकल कर कुछ कर सकने की इच्छा रखने वाली औरतों से रुष्ट रहते हैं तथा 'भारतीय' औरतों को 'बिगाड़ने' वाली विदेशी संस्कृति से सावधान करते हैं और 'सन्नारियों' की आदर्श छवि प्रस्तुत करते हैं। सीता, सावित्री के उदाहरण दिये जाते हैं। इसलिए अपनी परम्परा और मर्यादा की रक्षा के लिए, अपने जातीय गौरव की रक्षा के लिए प्रेमी-प्रेमिकाओं की हत्या करना मानो परिवार के सदस्यों का परम कर्तव्य हो जाता है क्योंकि जीवन का वही एक आयाम उसके वश में है।

अतः चाहे खाप पंचायतों के फरमान हों या प्रेमियों के विरुद्ध उनके परिवार, समुदाय की हिंसक कार्यवाहियाँ हों, इनके साथ सख़्ती से पेश आना चाहिए और हत्या में केवल नामज़दों के खिलाफ़ ही नहीं बल्कि पूरे परिवार के खिलाफ़ हत्या के मुकदमे दर्ज करके सख्त सज़ा दी जानी चाहिए। पंचायत के फैसले की वजह से अगर ये हत्याएँ होती हैं वहाँ पूरी पंचायत के खिलाफ़ बिना किसी मुरव्वत और राजनीति के कानूनी कार्यवाही होनी चाहिए।

जिस गाँव के लोग टी.वी. कैमरे के सामने प्रेमी जोड़ों की हत्या का तालिबानी फरमान सुना रहे हों वहाँ महिला संगठनों और स्वयंसेवी संगठनों के कार्यकर्ता सामूहिक रूप से धरना दें कि वे अपनी उपस्थिति में ऐसी घटना नहीं होने देंगे। इससे गाँव की खामोश आबादी को भी बल मिलेगा। सामाजिक प्रतिरोध की एक लम्बी कतार भी ऐसे में निर्मित करनी होगी।

कोई खाप, कोई समुदाय, कोई समूह कानून की उपेक्षा नहीं कर सकता। इसमें पुलिस कार्यवाही में ढील की वजह से वारदात हो तो निश्चित रूप से प्रशासन की जवाब देही होनी चाहिए। सबसे बड़ी बात यह कि इस तरह के सामाजिक अपराधों के बीच राजनीति नहीं होनी चाहिए। नितीश कटारा हत्याकांड में हाइप्रोफाइल राजनेता और उद्योगपति, डी.पी. यादव के लड़कों के खिलाफ या कलकत्ते में रिजवानुर्रहमान की हत्या में उद्योगपति तोदी के खिलाफ और जेसिका लाल हत्याकांड में मनुशर्मा के खिलाफ मुकदमा और सज़ा इसीलिए सम्भव हो सकी कि आम जनता ने लामबन्द होकर दबाव बनाया था। पारिवारिक सम्मान के नाम पर होने वाली हत्याओं के खिलाफ़ भी ऐसा ही दबाव बनाना पड़ेगा।

तभी इस उन्माद की अवस्था को रोका जा सकता है और स्वस्थ समाज की आशा की जा सकती है। वरना छूत के रोग की तरह यह पागलपन बढ़ता ही जायेगा।

परम्परागत खाप पंचायतें भी जिन प्रेमियों के खिलाफ़ फ़रमान जारी करती हैं अक्सर वे एक ही धर्म के और क्षेत्र के होते हैं। दूसरी जाति या सगोत्र में शादी करने वालों को वहाँ भी मौत के घाट सुलाया जाता है। हाल फिलहाल में एक ख़बर के अनुसार गोपालगंज (बिहार) के एक गाँव में एक पंचायत सदस्य मुस्लिम महिला के खिलाफ किसी अन्य पुरुष से सम्बन्ध होने के सन्देह में सरेआम उसकी हत्या का फ़रमान सुना उसकी हत्या कर दी गयी। वह पढ़ी-लिखी महिला समाज सेवा और ग्राम सुधार के कामों से जुड़ी थी और स्वयं सहायता समूह चला रही थी। तो, तालिबानी फ़रमान तो सुनाये ही जा रहे हैं। चाहे हरियाणा, पंजाब में हो या बिहार में या बुलंदशहर में।

इज़्जत और मान-प्रतिष्ठा के लिए की जाने वाली हत्याएँ हमारी वर्ण और जाति व्यवस्था की देन हैं। दिलचस्प है कि कई बार हत्याएँ केवल जाति विभेद के कारण ही होती हैं, चाहे सामाजिक स्तर बराबर का ही क्यों न हो। नितीश कटारा हत्याकांड में नितीश भी तो सम्पन्न, ब्राह्मण परिवार का था लेकिन मान-प्रतिष्ठा और दंभ जब जाति आधारित हो तो कोई तर्क नहीं चलता। जाति-वर्ण का अहंकार हर धर्म, हर समुदाय के सिर पर चढ़कर बोलता है। हजारों साल से यह शिलाखंड समय की पर्तों के साथ मजबूत होता जा रहा है।

सोचने की बात ये है कि आज वैश्वीकरण के दौर में जब परम्परागत पुरानी आर्थिक स्थितियों के विखंडन के साथ नयी परिस्थितियाँ निर्मित हो रही हैं तब ये सामंती अवशेष इतने शक्तिशाली क्यों हो रहे हैं। दरअसल हमारे यहाँ नवजागरण की आधी-अधूरी प्रक्रिया की अवधि मुश्किल से डेढ़-सौ साल रही। उन्नीसवीं सदी और आधी बीसवीं सदी। इस दौर में न तो औद्योगिक रूप से पूरी तरह विकास हो पाया और न ही किसी दशा में सामंती व्यवस्था से मुठभेड़ की स्थितियाँ बनीं। आज़ादी के बाद का समय इसी मिले जुले परिवेश में विकास की प्रक्रिया से पहचाना गया। इसलिए शिक्षा तो बढ़ी लेकिन रुक-रुक कर। स्त्री स्वाधीनता और सशक्तीकरण के स्वर तो उभरे लेकिन मद्धिम और थम-थम कर। बीसवीं सदी के नवें दशक तक स्त्री साक्षरता 40 प्रतिशत ही थी और आज भी इक्कीसवीं सदी में 62 प्रतिशत से अधिक अभी नहीं बढ़ पायी है। सामंती मानसिकता ज्यों की त्यों घर-परिवार में विद्यमान है जिसे बदलने के लिए गम्भीर प्रयास नहीं हुए।

इस्लाम एक सर्वव्यापी भाईचारे का धर्म समझा जाता है जहाँ जाति-वर्ण जैसी विभेदकारी स्थितियाँ नहीं मानी जातीं। हमप्याला-हमनिवाला यानि एक दस्तरख़ान

और पानी का एक ही कटोरा—ये प्रतीक हैं इस भाईचारे के लेकिन मुगलशासन ने भी बहु संख्यक हिन्दू समाज की इस वर्णव्यवस्था को ज्यों का त्यों स्वीकार किया और इस सामाजिक संरचना को विचलित नहीं किया। ज़ाहिर है यह उनके राजनैतिक हितों और शासन व्यवस्था के लिए उचित था। अंग्रेज़ों के शासनकाल में भी वर्णवादी समाज व्यवस्था को बदलने के कोई प्रयास नहीं किये गये। आखिर क्यों वे 'आ बैल मुझे मार' को चरितार्थ करते। वह तो राममोहन राय, ईश्वर चन्द्र विद्यासागर सरीखे सामाजिक आन्दोलनों के पुरोधा व्यक्तियों का आभार कि पुरुषवर्चस्ववादी समाज में स्त्रियों की हीन दशा के लिए वे संघर्षरत रहे जिसके फलस्वरूप 'सती प्रथा' जैसी नृशंस सामाजिक व्यवस्था को रोका गया; बालविवाह को रोकने और विधवास्त्रियों की कारुणिक दशा के निवारण के लिए कानून पारित हुए। इन सुधारों को लेकर व्यापक हिन्दू समाज में व्यापक प्रतिक्रिया हुई और इसे अंग्रेज़ों द्वारा हिन्दू समाज व्यवस्था में हस्तक्षेप मानते हुए इनके प्रति विरोधी स्वर मुखर हुए। इसके बावजूद जाति-वर्ण व्यवस्था पर आधारित सामाजिक विभाजन और पारम्परिक शोषण को उन्होंने भी जस-का-तस स्वीकार किया। दरअसल इस वर्ण-जाति विभाजन का उन्होंने भी अपने पक्ष में राजनीतिक इस्तेमाल कर अपना वर्चस्व मजबूत किया। उनकी फ़ौज में भर्ती हिन्दुस्तानी सिपाही जातिगत आधार पर अलग-अलग थे। उनकी रसोई, उठक-बैठक अलग-अलग थी। यह जातिगत श्रेष्ठता का भाव और दंभ कितने ऐतिहासिक संघर्षों का और राजनैतिक पराजयों का कारण बना यह एक अलग विस्तृत विषय है।

वैश्वीकरण के दौर में जाति-वर्ण की श्रेष्ठता का भाव केवल मध्यवर्गीय चेतना तक सिमट कर रह गया है। धार्मिक कट्टरता कैसे बड़े-बड़े पदों पर आसीन लोगों से विवेकहीन आचरण कराती है...इतिहास इससे भी भरा हुआ है। पंजाब की अकाली दल नेता बीबी जागीर कौर और उनकी बेटी की हत्या का प्रकरण अभी हाल -फिलहाल का ताज़ा उदाहरण है। समाज इन घटनाओं को सामान्य तौर पर लेता है क्योंकि यह सामाजिक भेदभाव जातीय चेतना का हिस्सा बन चका है। पुलिस और व्यवस्था भी इसी मानसिकता के अन्तर्गत व्यवहार करती है और दुर्भावना के कारण पीड़ितों की सहायता नहीं करती।

इसलिए मामला हिन्दू या मुस्लिम समाज का नहीं रह जाता। आज भी महविश का परिवार और समुदाय राजपूत होने का भाव नहीं छोड़ सका है। दलित वर्ग के प्रति आम मुस्लिम भी वही भाव धारण किये रहेगा जो एक हिन्दू वर्णवादी परम्परागत समाज का होगा। विभिन्न सामाजिक सम्प्रदायों ने साथ-साथ रहते हुए एक दूसरे से बहुत कुछ लिया और दिया है। रहन-सहन रीति-रिवाज,

मान्यताएँ-सामाजिक धारणाएँ...कुरीतियाँ भी सीखी हैं। मुस्लिम समुदाय भी आज दहेज और शान शौकत पूर्ण वैवाहिक स्वरूप को उसी तरह अपना रहा है जैसे अन्य समुदायों ने किया है। बाज़ारवाद का प्रभाव पूरे समाज पर है।

इस परिवर्तनकारी समय में जब एक ओर विकास की नयी राहें खुल रही हों, वंचित, सेवकाई करने वाले समाज के लोग भी पढ़ लिख रहे हों और समाज की मुख्यधारा में प्रवेश करने को तत्पर हों, गाँव से शहरों में पलायन हो रहा हो और एक नयी शहरी सभ्यता को वे अंगीकार कर रहे हों, नये प्रकार की आर्थिक स्थितियाँ बन रही हों और नयी जीवन पद्धति अपनायी जा रही हो जिसमें परस्पर लड़का और लड़की के बीच मेलजोल की सम्भावनाएँ बनती हैं, और फिर...सिनेमा, टेलीविज़न और उसके सीरियल प्रेम के नये-नये रंग-रूप, अवधारणाएँ प्रस्तुत कर ललचा रहे हों...ऐसे में प्रेम प्रसंगों का बनना...प्रेम कहानियों के सुखद-दुखद अन्त होना...नये सामाजिक विकास की धारा के पड़ाव हैं, आने वाले समय में सामाजिक संरचना और स्वरूप के संकेत हैं।

आधुनिक व्यवस्था में सामाजिक स्तर पर यह वैश्वीकरण की स्थानीयता का स्वरूप है। इसीलिए भूलना होगा कि इस्लाम में कितना भाईचारा है, समानता और बन्धुत्व है। हिन्दू समाज वसुधैव कुटुम्बकम के नाम पर न जाने कितने-कितने कुटुम्बों का निर्माता है।

पढ़े-लिखे, उच्चवर्ग के परिवारों में घटने वाले प्रेम प्रसंग और 'असम्मानजनक' समझे जाने वाले प्रसंगों को मनमसोसकर मुँह बनाकर आनाकानी के बाद स्वीकार कर लिया जाता है। मध्यवर्ग और उसका अनुसरण करता निम्न मध्यवर्ग के पास और कोई प्रतिष्ठा का आधार नहीं है, कोई पहचान नहीं है। इसलिए वर्ण और जाति के नाम पर वह विशिष्टता बोध का अनुभव करता है...अपने सम्मान का आधार निर्मित करता है। आर्थिक संकट के इस दौर में यही एक हथियार है–अपना सम्मान बनाये रखने का, अपनी जातीय प्रतिष्ठा बनाये रखने का। इसलिए ये तथाकथित ऑनर किलिंग के प्रसंग यहाँ सबसे ज्यादा सुनाई देते हैं।

निर्भया हर जगह मिलेंगी

दिल्ली गैंगरेप की शिकार लड़की (निर्भया, दामिनी या जो भी नाम हो) ने सफ़दरजंग अस्पताल में अपनी माँ से कहा था कि वह जीना चाहती है—उसने होश में आने पर पहला सवाल किया था कि—"क्या वे लोग पकड़े गये?" जीवन के लिए अथक संघर्ष करते हुए अन्ततः उसने सिंगापुर के माउन्ट एलिज़ाबेथ अस्पताल में 29 दिसम्बर, 2012 को आख़िरी साँस ली। लेकिन मौत उसे हरा नहीं सकी। देश-दुनिया में वह अपनी ऐसी दमक स्थापित कर गयी कि सम्पूर्ण सभ्य नागरिक समाज एक क्रान्तिकारी मोड़ पर खड़ा हो गया। दामिनी बिजली की तड़प बनकर हर शहर-गली-कूचे में हर एक से यह सवाल पूछने लगी है—"कब तक...अब और कब तक..."

बलात्कार हमारी संस्कृति का हिस्सा है; पुरुषवादी सामंती संस्कृति का हिस्सा। समाज में रहने वाले स्त्री-पुरुष-वे किसी जाति-धर्म के हों, किसी समुदाय के हों, किसी वर्ग या वर्ण के हों—इसी संस्कृति से अनुप्राणित हैं। यह संस्कृति, जो पुरुष को श्रेष्ठ और स्त्री को उसके अधीन बनाती है। हमारे घर-परिवारों में हम हों हमारी पिछली पीढ़ियाँ, हमारी सन्तानें हों इसी सांस्कृतिक वातावरण में पली-बढ़ी हैं और शायद आज भी उसी तरह पल-बढ़ रही हैं। हमारे घरों में औरतों के प्रति हिंसक वातावरण बना रहता है, जिसे सहज-स्वाभाविक माना जाता है। गाली-गलौज और असम्मानजनक व्यवहार की हम औरतें आदी होती हैं और हमारे बच्चे इसी परिवेश में पलते हैं और भावी जीवन की शिक्षा और संस्कार ग्रहण करते हैं।

हम लोग इसे स्वाभाविक नियति मानती हैं। मारपीट-गाली-गलौज हमारे तन-मन को नहीं छूते...हवा की तरह पास से गुज़र जाते हैं। वो हवा, जिससे हम सब, जीव-जंतु-पदार्थ चारों ओर से घिरे हुए रहते हैं। हम औरतें यही संस्कार अपने बेटे-बेटी को भी विरासत में देते हैं। घर के मर्द तो मर्द, हम औरतें भी अपने बेटे-बेटी का इसी भेद-विभेद के साथ पालन-पोषण करते हैं। सुख-सुविधा, खेलकूद, ड्रेस और खान-पान से लेकर शिक्षा और कैरियर के चुनाव तक बेटे-बेटी के बीच

यह भेदभाव स्पष्ट दिखायी देता है। लड़की बोझ होती है क्योंकि बिना दहेज़ के शादी नहीं होगी। फिर घरवालों पर ताज़िन्दगी बोझ बनी रहेगी। यह अलग बात है कि बोझ बनने के बजाय वह घर-परिवार, माँ-बाप का बोझ उठाकर उनका सहारा दे। यह भी डर कि समाज क्या कहेगा? और अगर ऐसा नहीं, तो सबसे बड़ी समस्या उसकी सुरक्षा! घर-परिवार के भीतर से लेकर, सड़क-स्कूल-कॉलेज तक, बस से लेकर अपने कार्यस्थल तक। कभी कोर्ट-कचहरी-थाना करना पड़ गया तो वहाँ भी महफ़ूज़ नहीं। इसीलिए, 'लड़की पैदा ही न होने दो'—आज के समाज का थीम सांग मध्य, उच्चमध्यवर्ग के अलावा अब निम्नमध्यवर्ग में भी लोकप्रिय हो चुका है। आमतौर पर घर-परिवार में लड़की का जन्म अनचाहा होता है। घर का भावी मालिक देखता है कि घर में उसकी बहन का दर्जा उससे नीचा है। वह आदी है कि बहनों के हाथ से छीनकर उसे खेल-खिलौने...उसका मनचाहा मिलता रहा है। आपस में झगड़ा होने पर नसीहतों के साथ पिटाई बहनों की होती है। उसके सौ कसूर माफ़, क्योंकि वह लड़का है! उसके लिए व्रत रखती है माँ...लेकिन बहनों के हिस्से में सिर्फ़ वंचना...प्रताड़ना। आँकड़े बताते हैं कि मध्यवर्गीय परिवारों में पचास प्रतिशत स्त्रियाँ मारपीट और हिंसा का शिकार होती हैं। निम्न मध्यवर्ग या कामगार निम्नवर्गीय परिवारों में घरेलू हिंसा का यह आँकड़ा और बढ़ा हुआ होता है। वहाँ एक फ़र्क है। वहाँ वह 'असभ्य', 'असंस्कृत' औरत, जो स्वयं भी कमाकर लाती है और घर का ख़र्च चलाती है, वह हिम्मत करती है अपने बल बूते जीवन बिताने की, बच्चे पालने की, हालाँकि सन्तानों के बीच भेदभाव वहाँ भी वैसा ही है। निम्न आय-वर्ग में घोषित नीति के तहत लड़का पढ़ने भेजा जाता है और लड़की घर देखती है—छोटे भाई-बहन सँभालती है और आठ-नौ साल की उम्र से माँ के साथ काम पर जाने लगती है।

घर में लड़का बचपन से ही अपनी माँ को पिटते देख रहा है, गाली-गलौज का शिकार होते देख रहा है। मर्दानगी औरत को नीचा दिखाने में है। हर हाल में अपनी बात मनवाने में है। 'ढोल, गँवार, शूद्र, पशु, नारी...' जब पिटते हैं, तभी बजते हैं...ऐसी ही भावना हमारी संस्कृति का अंग है। इसीलिए, एकतरफ़ा प्रेम-प्रसंगों में यही धारणा काम करती है। किसी स्त्री से प्रेम-निवेदन किया जाय...हम उसे पाना चाहते हैं...उसकी हिम्मत कैसे हुई कि वह इन्कार करे...यह हमारे पारिवारिक वातावरण से ग्रहण किया गया भाव है। घरों में जहाँ लड़के को किसी प्रकार की रोकटोक नहीं—जो चाहे वह मिलेगा; घर की लड़की के हाथ से छीनकर मिलेगा...पुरुषवादी विशिष्टता बोध उसे असहिष्णु बनाता है, हिंसक और वर्चस्ववादी बनाता है।

हमारे परिवारों मे कन्या अनचाही होती है। संयुक्त राष्ट्र विकास समिति की एक रिपोर्ट भारतीय महिलाओं के स्वास्थ्य से सम्बन्धित है। उसके अनुसार 70 फीसदी सामान्य और 75 फीसदी गर्भवती महिलाएँ हमारे यहाँ रक्त में लौहतत्व की कमी से पीड़ित रहती हैं। सामान्यतः परिवारों में एक कन्या को तो सहन कर लेते हैं लेकिन दूसरी कन्या का जन्म परिवार के लिए, विशेष रूप से माँ और उसकी कन्या सन्तानों के लिए अभिशाप बन जाता है। तीसरी कन्या का अगर जन्म हो गया तो वह माँ के लिए मरण समान है। इसीलिए कन्या प्रसव कें बाद कितने प्रकरण सुनने में आते हैं कि नवजात कन्या अस्पताल में, सड़कों पर, कूड़ा घर में छोड़ दी गयी। लड़कियों की यह दुर्गति परिवार के लड़के भी देखते हैं और सन्देश लेते हैं। कन्याएँ और उनकी माताएँ अभिशप्त हैं, परिणामों के लिए। इन अनचाही बालिकाओं को प्रताड़ना भी मिलती है, भोजन, पोषण तथा अन्य सुख-सुविधाओं के लिए भेदभाव किया जाता है। कई प्रकरणों के अध्ययन से ज्ञात हुआ कि कन्या जन्म से कुपित परिवारों द्वारा उसकी माता को पर्याप्त भोजन या पोषण भी नहीं दिया जाता। उस अध्ययन का निष्कर्ष था कि भारतीय परिवारों में पुत्र की कामना इतनी प्रबल होती है कि वह भी स्त्रियों के निम्न स्तर के स्वास्थ्य का एक कारण है।

संस्कार उपदेशों के रूप में नहीं, बच्चे अपने घर-परिवार और समाज में जो हो रहा है, उस वातावरण से स्वयं ग्रहण करते हैं, इसीलिए स्त्री के प्रति बलात्कार, छेड़खानी और असम्मानजनक व्यवहार रोकना है, तो सबसे पहले अपने गिरहबान में झाँकना होगा। अपने घर-परिवार और समाज में अपने घर की स्त्रियों-लड़कियों को परिवार के लड़कों के बराबर दर्ज़ा देना होगा। उनके साथ सम्मानजनक भाषा में व्यवहार करना होगा। उन्हें भी लड़कों की तरह शिक्षा-रोज़गार में समान अवसर मुहैया कराने होंगे...सबसे बड़ी बात कि बात-बात पर लड़की को बोझ समझने वाली शब्दावली का प्रयोग नहीं किया जायेगा। तभी धीरे-धीरे लड़कों के मन में लड़कियों-स्त्रियों के प्रति सम्मान और बराबरी का भाव बनेगा। पुलिस-प्रशासन में सुधार अथवा क़ानून में बदलाव के अलावा सख़्त से सख़्त सज़ा जैसे सुझाव केवल ऊपरी सतह पर की जाने वाली कार्रवाइयाँ हैं। सबसे पहले ईमानदारी से अपने ख़ुद के आत्म-निरीक्षण की ज़रूरत है, क्योंकि स्त्री-विरोधी वातावरण निर्माण के लिए हम सब ज़िम्मेदार हैं। इसमें पढ़े-लिखे और अनपढ़ समाज के रवैये में ज़्यादा फ़र्क़ भी नहीं है।

पुलिस-प्रशासन में जहाँ तक सुधार का प्रश्न है, आख़िर वे भी उसी स्त्री-विरोधी मानसिकता वाले समाज का अंग हैं। वह समाज, जिसने स्त्री-नैतिकता के लिए

पुरातन काल से शुचिता लौह पेटियों का निर्माण कर उसे ग़ुलामी के बाड़े में क़ैद करके रखा। उसके बाहर क़दम रखते ही हर किसी को यह स्वयंसिद्ध अधिकार मिल जाता है कि वह उसके तन-मन को जैसे चाहे बरते।

आधुनिकता के इस संक्रमण-काल में परेशानी यह है कि सामाजिक विकास की प्रक्रिया और जीवन-दृष्टि में बदलाव असामान्य और असन्तुलित ढंग से हो रहा है। इस अग्रगामी विकास की धारा में समरूपता नहीं है। लड़कियाँ पढ़ रही हैं, आत्मनिर्भर बन रही हैं; उनकी जीवन शैली में, सोच-व्यवहार में बदलाव आ रहा है। इसके बरअक्स घर के लड़कों को इस परिवर्तनशील वातावरण के लिए न तो मानसिक रूप से तैयार किया जा रहा है और न ही ऐसी किसी शिक्षा, आचार-विचार, व्यवहार के लिए प्रेरित करने की योजना होती है। वे उसी प्राचीनतम पुरुषवादी मानसिकता से संचालित हो रहे हैं, जहाँ घर की स्त्री मर्दों के पैर की जूती समझी जाती है। बदलते सामाजिक परिवेश में पुरुष-मानसिकता को सम्बोधित करने की, सतह पर लाकर उस पर व्यापक चर्चा करने की ज़रूरत है। इसके लिए शिक्षा-प्रणाली में तथा पाठ्यक्रमों में व्यापक बदलाव की ज़रूरत है, उसे 'जेन्डर सेंसिटिव' बनाने की ज़रूरत है, विभिन्न मंचों से विभिन्न अवसरों पर व्यापक चर्चा का विषय बनाने की ज़रूरत है। यह जेन्डर सेंसिटिव बनाने का काम केवल पुरुष-समाज के बीच में ही नहीं, बल्कि स्त्री-समाज को भी उसमें शामिल कर कार्यान्वित करने की ज़रूरत है। सम्पूर्ण बदलाव हेतु समग्र-सचेतन प्रयास की ज़रूरत है, क्योंकि मानसिकता में बदलाव की प्रक्रिया अपने आप नहीं हो सकती। इसके लिए बार-बार और लम्बे समय तक सारे उपाय करने होंगे—लगातार प्रहार करने होंगे।

यह पुरुष समाज की वर्चस्ववादी मानसिकता ही है कि आये दिन हमारे राजनेता चाहे सत्तादल के हों या विपक्ष के, स्त्रियों के प्रति अभद्र और असम्मान जनक टिप्पणी करते रहते हैं। राजनीति में होने के कारण उनके अहंकार को और बल मिल जाता है। धर्मगुरुओं के द्वारा स्त्रियों के प्रति असहिष्णु और असम्मानजनक बातें कहना अचंभित नहीं करता बल्कि ये उनके स्वाभाविक उद्‌गार होते हैं। कारण कि हर धर्म में स्त्रियों के प्रति ऐसी ही धारणा निर्मित हुई है। हर धर्म में स्त्रियों को पराधीनता की अवस्था में रखने की सीख की जाती है। हर धर्म में स्त्रियों के लिए विशेष आचार विचार और व्यवहार की व्याख्या है जहाँ पति कैसा भी हो, उसकी आज्ञा का पालन करना, उसकी इच्छाओं का अनुसरण करना स्त्री का कर्त्तव्य ही नहीं, धर्म है। इसलिए धर्माचार्य किसी भी धार्मिक समूह के हों, सदैव स्त्री विरोधी होंगे और उसे दासी अथवा भोग्या ही समझेंगे।

पुलिस-प्रशासन को लैंगिक समानता हेतु संवेदनशील बनाने (जेन्डर सेंसिटाइज़ेशन) के लिए रिफ्रेशर कोर्स जैसे कार्यक्रम समय-समय पर होते रहने चाहिए और ये उनकी ट्रेनिंग का हिस्सा होने चाहिए। दरअसल, हमारी इस व्यवस्था में देश-समाज को संचालित करने वाली संस्थाओं विशेषकर पुलिस-प्रशासन, न्यायपालिका की ट्रेनिंग के पाठ्यक्रम बेहद यांत्रिक होते हैं और सामाजिक स्वरूप के महत्त्वपूर्ण मुद्दों के लिए वहाँ कोई जगह नहीं होती। इस दृष्टि से जेन्डर सेंसिटिव विषयों को ट्रेनिंग कोर्सेज में शामिल करना बेहद ज़रूरी है, बल्कि पुलिस ट्रेनिंग का यह अनिवार्य हिस्सा होने चाहिए। एक रिपोर्ट के मुताबिक 2003 में कर्नाटक सरकार ने ऐसा एक कार्यक्रम शुरू किया था जिसके अच्छे परिणाम नज़र आये। आज लगभग पचास हज़ार पुलिसकर्मी वहाँ इस प्रकार की ट्रेनिंग से लैस हैं और यह कार्यक्रम चल रहा है।

पुलिस थानों में महिला कर्मियों की अनिवार्य उपस्थिति की बात की जा रही है। यह अच्छा है, लेकिन इन महिला कर्मियों को भी स्त्री-मुद्दों के प्रति जागरूक और संवेदनशील बनाने की ज़रूरत है। परम्परावादी मानसिकता के कारण यह महिला पुलिस कर्मी भी पुरुषों जैसी ही सोच और कार्यपद्धति की शिकार होती हैं, इसलिए सिर्फ़ उनकी तैनाती भर काफ़ी नहीं।

न्यायप्रणाली की ख़ामियाँ जगज़ाहिर हैं। यह सम्पूर्ण व्यवस्था की इच्छाशक्ति से जुड़ा मामला है कि हम इन घटनाओं-परिस्थितियों को कितनी गम्भीरता से ले रहे हैं और इन सामाजिक मुद्दों पर, बलात्कार-हत्या-आत्महत्या और हिंसक घटनाओं के प्रति सचमुच कितने संवेदनशील हैं। जैसा कहा जाता है कि लगभग सत्तर प्रतिशत महिलाएँ अपने जीवन में कभी न कभी घरेलू और यौन हिंसा का शिकार हुई हैं और घरों के भीतर होने वाली ये घटनाएँ कभी-कभार ही प्रकाश में आती हैं या रिपोर्ट की जाती हैं। इसलिए इनके प्रति सावधान और जागरूक करने के लिए स्कूली शिक्षा के पाठ्यक्रमों में इन्हें ज़रूर शामिल किया जाना चाहिए; ख़ासतौर पर बच्चियों के साथ जो दर्दनाक हादसे होते हैं, उनको रोकने के लिए यह ज़रूरी है। यह उचित है कि बच्चियों के साथ दुष्कर्म करने वाले विकृत और हिंसक मानसिकता के लोगों के लिए कड़ी से कड़ी सज़ा होनी चाहिए। लोगों की ज़िन्दगी गुज़र जाती है न्याय पाने के लिए, लेकिन क़ानूनी पेचीदगियाँ आरोपी को छुट्टा घूमने के लिए तथा आहत स्त्री/ बालिका को जीवन-भर तिलतिल मरने के लिए पूरा अवसर देती हैं।

सामाजिक दृष्टि से विचार करें, तो मुझे लगता है कि हमारे सामाजिक जीवन-स्वरूप के तीन आयाम बनते हैं; घर के भीतर—शिक्षा, जीवन-स्तर तथा

घरेलू वातावरण; घर के बाहर—सड़क, परिवहन, कार्यस्थल; तीसरा आयाम—फ़िल्म, टी.वी., क्लब जैसे मनोरंजन के माध्यम जिनमें वीडियो, ब्लूफ़िल्म और इसके साथ ही इसको कई गुना बढ़ाने के लिए शराब का नशा। आर्थिक नीतियाँ सरकार की ऐसी हैं कि रेवेन्यू का बड़ा हिस्सा शराब के ठेकों से आता है। कभी भी किसी शासन-प्रशासन ने शराब के मुद्दे को गम्भीरता से नहीं लिया। अधिकतर केसों में शराब का नशा भी मुख्य भूमिका में होता है। गाँव-देहातों में स्थिति यह है कि शाम होते ही नशे का कारोबार शुरू हो जाता है और लगभग पचास-साठ फ़ीसदी मर्द पीकर टुन्न रहते हैं। सोलह-सत्रह साल के लड़के भी इसके प्रभाव में हैं। दिनोंदिन बढ़ता आर्थिक संकट और आसमान छूती आकांक्षाएँ, चमकता-दमकता चारों ओर बिखरा ललचाता बाज़ार और न पा सकने की हताशा... इन स्थितियों के बीच शराब और दमित इच्छाएँ दिन-पर-दिन आदमी को क्रूर और हिंसक बना रही हैं। महानगरों में आधुनिक पढ़ी-लिखी आत्मविश्वास से भरपूर स्त्रियों की उपस्थिति और सक्रियता असफल, हताश, महत्त्वाकांक्षी पुरुषों के दंभ को मानो चुनौती देती हैं। गाँव-देहात में भी अब लड़कियाँ पढ़ रही हैं, नौकरी कर रही हैं, एक जगह से दूसरी जगह काम पर जाती हैं; जो परम्परागत पुरुष-समाज को चुनौती लगती है। उनकी असफल, अराजक जीवन-पद्धति पर चोट लगती है और इसकी अमूमन परिणति उन पर आक्रमण, हिंसा और अक्सर हत्या में भी होती हैं।

फिर भी, व्यवस्थागत और प्रशासन-स्तर पर कड़े फ़ैसले तो लेने होंगे, उन पर ईमानदारी से अमल भी ज़रूरी होगा। निर्भया के केस में पंद्रह-बीस दिनों तक मानो पूरा देश महिला-हिंसा और बलात्कार के ख़िलाफ़ आन्दोलित हुआ और सड़कों पर डटा रहा। मध्यवर्ग सड़कों पर उतरा। पहले भी उतरा था। अण्णा हजारे के साथ आया था। योगगुरु रामदेव के साथ आया। केजरीवाल के साथ आया। दिल्ली सहित सभी मुख्य छोटे-बड़े शहरों में जनता मुखर हुई। सामाजिक बदलाव हेतु वातावरण-निर्माण में ऐसे आन्दोलनों की महत्त्वपूर्ण भूमिका होती है।

16 दिसम्बर के बाद का समय भी लगातार स्त्रियों-मासूम बच्चियों के ऊपर होने वाले यौन हिंसा के कुत्सित अपराधों से भरा रहा है। दो दिन-चार दिन, महीना-दो महीना, साल-दो साल...इतने समय में न तो समाज का मिजाज़ बदल सकता है और न व्यवस्था की सूरते-हाल में कोई खास बदलाव दिखाई से सकता है। व्यवस्था में बदलाव की कुंजी कुछ हद तक सख़्त कानूनी प्रावधान और प्रशासन की जवाबदेही से जुड़ा हुआ है। लेकिन समाज की मानसिकता...उसके तौर तरीकों में बदलाव की बात तब अर्थपूर्ण होगी जब उसी समाज के भीतर से,

परिवारों के बीच से प्रतिरोध की आवाज़ें उठेंगी...और उन आवाज़ों को सामूहिक शक्ति मिलेगी, संगठित प्रतिरोध की आवाज़ मिलेगी।

आज निर्भया कांडों को रोकने के लिए सबसे बड़ी ज़रूरत अपने घर को सुधारने की है। हमें अपने अन्दर झाँकना होगा, खुद से कुछ ज़रूरी सवाल पूछने होंगे, अपने घर-परिवार के सदस्यों को सम्बोधित करना होगा। हिंसा के विरोध की शुरुआत घर से करनी होगी। स्त्री को सम्मान और बराबरी देने की शुरुआत घर से करनी होगी। लड़की को 'अनचाही सन्तान' के रूप में नहीं लिया जायेगा—यह अहद हर घर-परिवार को करना होगा।

शासन और प्रशासन अपना काम करेगा, उससे ज़्यादा काम हमारे-आपके करने के लिए है; वर्ना जैसा अभी हमने देखा एक ओर हर शहर में बलात्कार और हिंसा के ख़िलाफ़ हज़ारों-लाखों की भीड़ और इसके साथ ही दूसरी ओर ऐसी ही घटनाएँ अख़बार के पन्नों में पसरी हुईं! संगठन और आन्दोलन में भागीदारी करने वाली भीड़ को तात्कालिक भावुक समाधानों के स्थान पर व्यवस्था जनित मूल सामाजिक प्रश्नों के साथ जोड़ना होगा। ज्वार सरीखे आन्दोलन जिस तेजी से उठते हैं विचार हीनता और मूल प्रश्नों की अनदेखी करने के कारण उतनी ही जल्दी बैठ भी जाते हैं। ऐसा अण्णा हजारे और आप पार्टी के आन्दोलनों में देखा जा चुका है। किसी भी सामाजिक आन्दोलन के लिए वैचारिक आधार और भविष्य की कार्य योजना का स्पष्ट होना ज़रूरी है।

यहाँ पर सवाल नेतृत्व के सम्बन्ध में भी उठना स्वाभाविक है। पुनः कहना पड़ेगा कि राजनीतिक दलों के अपने एजेंडा होते हैं। सामाजिक परिवर्तन की आकांक्षा और समतामूलक समाज निर्माण के आकांक्षी दल ही इसमें नेतृत्व की प्रभावकारी भूमिका निभा सकते हैं।

दरअसल निर्भया कांड और उसके बाद उठने वाले व्यापक सामाजिक-राजनैतिक प्रश्न आज बुद्धिजीवियों और सामाजिक कार्यकर्ताओं के लिए अहम् हैं। उन्हें इन प्रश्नों पर बहुआयामी भूमिका का निर्वाह करना है और सामाजिक आन्दोलनों को नेतृत्व भी प्रदान करना है। समय के इस कालखंड की यही माँग है।

संघर्ष

बात हौसले की है

सोना चौधरी का उपन्यास 'पायदान' पढ़ रही थी। अचानक रुचिका गिरहोत्रा का नाम कौंधा। वाइस-तेइस साल पहले अखबारों में छपा मासूम सा चेहरा था और छोटी सी खबर। उस चौदह साल की बच्ची ने आत्महत्या करली थी। बालिका ने खेल अकादमी के निदेशक राठौर जो उस समय ए.डी.जी. पुलिस थे उन पर यौन शोषण का आरोप लगाया था। जैसा होता आया है, जांच हुई और ए.डी. जी. महोदय निर्दोष पाये गये। केस खत्म। फिर क्या हुआ कि उस मासूम बच्ची का केस उसकी मृत्यु के उन्नीस साल बाद फिर कब्र से उठ खड़ा हुआ। अबकी बार अदालत के फैसले पर हरियाणा के पूर्व डायरेक्टर जनरल पुलिस शंभु प्रसाद सिंह राठौर के चेहरे की चौड़ी मुस्कान अब ताला लग चुका था। इससे पहले वो हमेशा मीडिया के सामने चौड़ी मुस्कान के साथ आते थे। रुचिका के पिता ने मीडिया के सामने कहा भी था कि हमें राठौर की इस मुस्कान से डर लगता है। इस पूरे कांड में रुचिका की सहेली आराधना और उसके पिता आनन्द प्रकाश और माँ मधु प्रकाश को कोटिशः नमन! ऐसी सहेली दुर्लभ है जिसने अपनी मित्र के अपमान और नाइंसाफ़ी के खिलाफ अपनी लड़ाई को जीवन का उद्देश्य बना लिया और उसे एक सामाजिक प्रतिरोध का रूप देकर सम्पूर्ण जनमानस को उस लड़ाई के साथ जोड़ दिया। इस प्रकरण में आराधना की माँ मधु प्रकाश और पिता आनन्द प्रकाश नायक की भूमिका में सामने आये जिन्होंने अपनी बेटी का न सिर्फ साथ दिया बल्कि इस लड़ाई की कमान को थामे रहे। जाहिर है इसके लिए उन पर भी अनेक दबाव पड़े लेकिन उनका विचलित न होना आश्चर्य चकित करता है। कहते हैं न कि मुसीबत के दिनों में साया भी अपना साथ छोड़ देता है। सामाजिक सरोकारों के लिए चिन्ता और जुड़ाव की भावना जो इस प्रकरण में कभी किसी स्तर पर व्यक्तिगत रही होगी, समाज के बहुत बड़े हिस्से के लिए अनुकरणीय बन गयी। आज से लगभग पच्चीस साल पहले यह खबर अखबारों में बहुत ही संक्षिप्त और दबी ढकी सी छपी थी जिसमें एक पुलिस अधिकारी

राठौर के ऊपर एक चौदह साल की नयी टेनिस खिलाड़ी के द्वारा दैहिक शोषण का आरोप लगाया गया था। बस, इसके बाद कुछ नहीं। दो-एक साल बाद एक और छोटी सी खबर कि उस लड़की ने आत्महत्या कर ली है। उस वक़्त महिला अधिकारों पर होने वाली एक गोष्ठी में मैंने यह सवाल उठाया था। वह समय था जब महिलाओं के विरुद्ध यौन हिंसा के कानून पर महिला संगठन उद्वेलित थे और उसमें बदलाव की माँग कर रहे थे। आन्दोलन और विचार विमर्श चलते रहे और अन्ततः यौन हिंसा कानून में आवश्यक बदलाव भी हुए। उस वक़्त भी और आज भी यह धारणा बनी हुई है कि लड़की अपने घर से बाहर निकल कर कुछ करना चाहती है, अपनी प्रतिभा दिखाना चाहती है, जीवन के किसी क्षेत्र में सक्रिय होकर कुछ हासिल करना चाहती है तो इन सबके लिए उसे तैयार रहना चाहिए। सचमुच क्या स्थिति ऐसी ही है? शायद हाँ और शायद नहीं। सोना चौधरी ने 'पायदान' जैसा उपन्यास लिखकर महिला खिलाड़ियों के हर स्तर पर होने वाले शोषण का खुलासा किया है। खासतौर पर निम्न मध्यवर्ग और मध्यवर्ग की लड़कियों के मामले में जहाँ स्थितियाँ और जटिल हो जाती हैं। निम्न मध्य वर्ग की सोना चौधरी भी ऐसी ही महत्वाकांक्षी किशोरी थी जो राष्ट्रीय स्तर की खिलाड़ी बनना चाहती थी। आर्थिक संकटों के बावजूद घर वालों का समर्थन उसे प्राप्त था। घर और बाहर दोनों जगह उसे यौन शोषण का शिकार होना पड़ा था। शारीरिक और मानसिक यंत्रणा से गुजरती हुई उसने अपना हौसला बरकरार रखा और 'पायदान' जैसे उपन्यास के जरिये समय आने पर स्थितियों को दुनिया के सामने रखा।

रुचिका तो बहुत सम्पन्न परिवार की थी। सम्पन्नता भी कुछेक समस्याओं का समाधान तो कर ही देती हैं। पंचकूला जैसी जगह में शानदार कोठी। पिता व्यापारी। फिर भी यह संकट। उसका भाई! इतने सम्पन्न घर का लड़का, सीधा-सादा, पढ़ने लिखने वाला। वो भी सात-आठ झूठे केसों में पुलिस द्वारा फंसाया गया। सरेआम बेइज्जत किया गया। थाने में बुरी तरह से पीटा गया... अन्ततः परिवार को वहाँ से पलायन करना पड़ा। रुचिका की आत्महत्या के बाद परिवार ने दूसरे राज्य में छिपकर रहना चाहा। वहाँ भी परेशान किया गया। क्या यह समाज रहने लायक है! गुंडे, माफिया, पुलिस... इन से बचकर सम्मान से जीना क्या आज सचमुच बहुत कठिन हो गया है?

म.प्र. के तथा पाटन (गुजरात) के कुछ आदिवासी इलाकों के लड़कियों के आवासीय शिक्षा केन्द्रों में शिक्षार्थी बालिकाओं के यौन-शोषण के प्रकरण चर्चा में रहे हैं। आदिवासी इलाके की इन छात्राओं को अवसर मिला। ये पढ़-लिख

कर अपनी ज़िन्दगियों को, अपने परिवार को संवारना चाहती थीं। अपने पिछड़े समाज को आगे बढ़ाना चाहती थीं। लेकिन पिछड़ों का आगे बढ़ना इतना आसान नहीं होता। कुछ पूर्वाग्रह और कुछ अवश स्त्रियों के प्रति विकृत मानसिकता, वे स्कूल परिसर में ही लगातार यौन-शोषण का शिकार होती रहीं। अनेक छात्राएँ जब गर्भवती हो गयीं तब वहाँ के प्रबन्धक, वार्डन और शिक्षकों के गठबन्धन का वीभत्स रूप सामने आया। लेकिन स्कूल बन्द नहीं हुआ। लड़कियाँ पढ़ रही हैं। शिक्षा से ही जीवन स्थितियाँ बदलती हैं।

दरअसल राठौर एक प्रतिनिधि पात्र है आज की इस व्यवस्था का। एस.पी. एस. राठौर एक प्रवृत्ति है, एक प्रतीक है शक्ति का, सत्ता के वर्चस्व का। यह वर्चस्व, यह सत्ता की बेलगाम ताकत आदमी को संवेदनहीन और व्यवहार में अमानवीय बनाती है। राठौर तो हर जगह, हर क्षेत्र में मौजूद हैं। राठौरों द्वारा प्रताड़ित, उत्पीड़ित ज़्यादातर किस्से दफ़्न होकर रह जाते हैं। कोई कोई ही प्रतिरोध का दंड थामे जमा रहता है। राजनीतिज्ञों के सत्ता-मद में डूबे ऐसे किस्से अक्सर ही सुनाई देते हैं। जब कोई मुकाबिला करने की ठान लेता है तो अमरमणि त्रिपाठी को जेल जाना पड़ता है या वयोवृद्ध तिवारी जी को कुर्सी छोड़नी पड़ती है। तभी कोई रोहित शेखर जैसा नौजवान अदालत में जाकर अपने लिए और अपनी माँ के लिए न्याय की गुहार लगा पाता है। सत्ता का मद अहंकारी तो बनाता ही है, अपने अहम् की तुष्टि के लिए निर्मम और षड्यंत्रकारी भी बनाता है। डी.जी.पी. राठौर बदला ले रहा था, चौदह-पंद्रह साल की बच्ची रुचिका से। उसके किशोरवय भाई आशू से...। तत्कालीन डी.जी.पी. मंत्री पर दबाव डाल रहे थे राठौर को क्लीन चिट देने के लिए।

आज समाज में समरसता को, सद्‌भाव, मानवीयता और संवेदनशीलता को नेस्तनाबूद करने का बीड़ा उठाये अनेक समूह हैं। वे राजनीति में हैं, शिक्षा जगत में हैं, साहित्य में, कानून और व्यवस्था के रक्षक कहलाये जाने वालों में हैं। किसान त्राहि-त्राहि कर रहा है। छोटा, मध्यम श्रेणी का किसान जमीन बेच रहा है। खेती उसे कुछ नहीं दे पा रही है सिवा आशंका और कर्ज के। किसान संगठन राजनीति में बंटे हैं तो इस अन्धी व्यवस्था से वह कैसे भिड़े। शासन व्यवस्था धीरे-धीरे कारपोरेट जगत की संरक्षक बनकर आम जनता पर डंडे चलवा रही है, उसे बेदखल कर रही है। गाँव में नौजवान के पास काम नहीं है। वह पत्ते पीटता है, लड़कियाँ छेड़ता है, चोरी चकारी करता है। उसे मालूम है कि आज की शिक्षा व्यवस्था में उसके ख्वाब डाक्टर, इंजीनियर या आफिसर बनने के नहीं हो सकते। वह आसानी से दो चार हजार खर्च कर डिग्री खरीदना ज़्यादा आसान

समझता है। सामाजिक जीवन की यह बरबादी आज अपने समय की सबसे बड़ी त्रासदी बन रही है। राज्य व्यवस्था इस ताने-बाने को नष्ट कर रही है लेकिन प्रतिरोध नहीं हो पा रहा है। जनमानस आन्दोलित नहीं हो पा रहा है। मीडिया की सूची में भी इन खबरों के लिए कोई आकर्षण नहीं होता है। वहाँ तत्काल सूचनाएँ भर होती हैं। पूरी व्यवस्था जब निर्मम है, संवेदनहीन है। तो जनमानस भी आसानी से उद्वेलित नहीं होता। उद्वेलित होता भी है तो उसे प्रतिरोध का रास्ता नहीं मिलता। हौसला पस्त होने लगता है।

राजनीति में ही नहीं, साहित्य और पत्रकारिता जगत में भी राठौर हर जगह दिखाई देते हैं। खड़े-खड़े, चुटकी बजाते, बड़े-बड़े दिग्गज़ बाहर सड़क पर दिखाई देते हैं। इस राठौर-व्यवस्था में कारण नहीं होता। बॉस की पसन्द, नापसन्दगी भी होती है। कल तक बॉस को लाल रंग पसन्द था। हो सकता है उसे अब पीला या हरा रंग अच्छा लगने लगा हो। हो सकता है कि बॉस के ऊपर बैठे बॉस ने उसे अपने अखबार का रंग बदलने के लिए कह दिया हो। ये राठौर ही तय करते हैं कि किसे पुरस्कार मिलेगा, किसे सम्मान दिया जायेगा। किसे संस्थान या समिति की अध्यक्षता मिलेगी। कौन सभाओं, संगोष्ठियों में बुलाया जायेगा और किसे नहीं बुलाया जायेगा। चयन समितियों में कौन-कौन होगा...। और कौन-कौन नहीं होगा... होने और न होने की क्या कीमत होगी। स्त्रियों के मामले में तो बात शरीर पर भी आकर अटक जाती है। शरीर को कीमत चुकानी पड़ सकती है। यही राठौर आनन्द मठ बनाते हैं तो दूसरी ओर विषाद मठों का निर्माण भी करते चलते हैं। निर्भर करता है कि किसने आपका हुक्म बजाया और किसने नहीं बजाया नहीं। असहमति और इन्कार के लिए कोई जगह नहीं होती राठौरी व्यवस्था में।

लेकिन इसके बाद भी रुचिका के लिए न्याय की उम्मीद बँधी है। राठौर अगर एक सत्ता और शक्ति का केन्द्र है तो प्रतिरोध के लिए समर्पण भी एक शक्ति है। युद्ध केवल हथियारों से ही नहीं लड़ा जाता। शारीरिक शक्ति और हथियारों की उपलब्धता जितनी ज़रूरी है, उतनी ही ज़रूरी है मानसिक शक्ति। मनोबल बनाये रखने की क्षमता। वॉर ऑफ़ नर्वस...सकारात्मक मनोभाव की पुष्ट धरती पर नैतिक बल ही अन्ततः लम्बी लड़ाई लड़ने की ताकत देता है, अन्तिम शक्ति निश्चित रूप से जनशक्ति है, संगठित प्रतिरोध है। रुचिका की लड़ाई ने पूरे भारतीय जनमानस की लड़ाई बन कर संघर्ष की एक मिसाल प्रस्तुत की। इस प्रकरण में मीडिया ने इस लड़ाई को पूरी तरह से आगे बढ़ाया, उसे जनता का मुद्‌दा बनाया और पच्चीस साल पहले हुए इस अन्याय के प्रतिकार के लिए पूरा

समय और स्पेस दिया। संगठित प्रतिरोध के सामने कोई सत्ता, कोई शासन अपने मंसूबों में नहीं सफल हुआ। व्यवस्था पर सत्ता और शासन दबाव बनाते हैं तो जनसमूह की व्यापकता और उसका सुसंगठित दबाव भी प्रतिरोधक शक्ति उत्पन्न करता है और ऊर्जा प्रदान करता है। इस प्रकरण से यही एक सबक मिलता है।

इसीलिए कहा है न कि सब कुछ समाप्त नहीं हुआ है। जब तक मूल्य व्यवस्था और न्याय की लड़ाई के लिए आराधना और उसके माँ-पिता रहेंगे, जनशक्ति के रूप में समाज की संवेदना और उद्वेलन रहेगा, तब तक न्याय की आस बँधी रहेगी। संघर्ष की यही अविजेय भावना है जिसने शक्ति-साधन-सत्ता सम्पन्न बाहुबलियों से मोर्चा लिया। चाहे नितीश कटारा की माँ हों, जेसिका लाल की बहन का संघर्ष हो या प्रियदर्शिनी मट्टू के परिवार के लोग हों, भंवरी देवी के लिए संघर्ष करने वाले जन-संगठन हों या उन जैसे अनेक अनाम साधारण लोग हों। इसी मनोबल के सहारे महाशक्तिशाली के.पी.एस. गिल के द्वारा किये गये दुर्व्यवहार के विरुद्ध उच्च प्रशासनिक अधिकारी रूपम देओल बजाज ने लड़ाई लड़ी और अन्ततः लम्बे समय के बाद न्याय पाया। धनबल-बाहुबल और सत्ताबल के महाबली डी.पी. यादव के विरुद्ध नीतीश कटारा की हत्या के विरुद्ध उसकी माँ नीलम कटारा आज भी संघर्षरत हैं। जेसिका लाल की हत्या के बाद उसकी बहन ने भी न्याय पाने के लिए संघर्ष को जीवन का मकसद बना लिया और राजनीति के प्रभावी लोगों से टक्कर ली है। यह अलग बात है कि बहुतों को राठौरों की इस दुनिया में न्याय देर से मिलता है, मरने के बाद भी मिलता है। प्रतिरोध की लड़ाई लम्बी चलती है और किसी को तो पहल करनी ही पड़ती है। न्याय पाने के लिए मुख्य बात हौसला बनाये रखना है।

राजनीति और महिलाएँ : एक

स्त्री सशक्तीकरण को रेखांकित करने के मानकों में जहाँ शिक्षा और स्वास्थ्य का स्तर महत्त्वपूर्ण है वहीं राजनीति में उसकी भागीदारी भी उतनी ही महत्त्वपूर्ण है। लोकतान्त्रिक राज्य व्यवस्था में यह जानना ज़रूरी है। इसके आकलन के लिए दो सवाल उठते हैं : पहला यह कि राजनीतिक व्यवस्था के स्वरूप ने औरतों के लिए क्या किया, कितना किया, उन्हें कितना स्पेस दिया और दूसरा कि राजनीति में औरतों ने क्या किया और वे कहाँ हैं?

राजनीतिक क्षेत्र में औरतों की स्थिति निश्चित रूप से पूरे स्त्री-समाज की गाथा बयान कर देती है। आज़ादी के बाद हर क्षेत्र में बहुत बदलाव आया। 1947 में मात्र नौ फीसदी स्त्री साक्षरता थी और आज इक्कीसवीं सदी के दूसरे दशक में यह आँकड़ा लगभग 62 प्रतिशत हो गया है। यह खुशी की बात है और दुख की भी। आज पैंसठ साल आज़ादी के बाद भी यह आँकड़ा न स्त्रियों में और न ही पुरुषों में शतप्रतिशत हो पाया है। एक रिपोर्ट के अनुसार आज भी बड़ी संख्या में, विशेष रूप से ग्रामीण क्षेत्रों में सभी के लिए टायलेट्स नहीं हैं (स्त्रियाँ और पुरुष भी खुले में जाने के लिए मजबूर हैं) लेकिन मोबाइल हर एक के हाथ में दिख जाता है। इस दिशा में मौजूदा नरेंद्र मोदी की सरकार ने राष्ट्रीय स्तर पर स्वच्छता अभियान को गति दी है। विभिन्न सरकारी और गैरसरकारी संस्थाओं द्वारा विशेष रूप से ग्रामीण क्षेत्र में शौचालय बनवाये जा रहे हैं। व्यक्तिगत स्तर पर भी प्रयास अब तेज हो रहे हैं।

स्त्री मुद्दों के प्रति संवेदनशील व्यवस्था के बिना सामाजिक विकास की अवधारणा निर्मित नहीं हो सकती है। इसीलिए शिक्षा की अनिवार्यता, स्वास्थ्य के लिए उचित प्रबन्धन के साथ ही राजनीति में बराबर की भागीदारी ज़रूरी है। लेकिन यह मसला सिर्फ़ विधान सभा, लोकसभा या अन्य संस्थाओं, निकायों में उन्हें चुनाव के लिए टिकट देने, उनके चुनाव लड़ने और वोट की राजनीति में भागीदार बनने तक ही नहीं है। यह पूरी प्रक्रिया सामाजिक स्तर पर मानसिक

बदलाव की ज़रूरत से जुड़ी हुई है। आवश्यकता लोकतंत्र में स्त्रियों को संविधान द्वारा प्रदत्त पारिवारिक, सामाजिक और राजनीतिक क्षेत्र में उनके लोकतान्त्रिक अधिकारों को स्वीकृति देने की है, उनको अमली जाना पहनाने की है।

आज हिन्दुस्तान की दलगत राजनीति में लगभग हर पार्टी में कुछेक महिलाएँ दिखाई देती हैं। प्रमुख राजनीतिक दल 'महिला संगठन' या 'महिला मोर्चा' के गठन के साथ स्त्रियों की भागीदारी के प्रति अपने कर्त्तव्य की पूर्ति कर लेते हैं। जाति-आधारित दलों में महिलाओं की स्थिति बेहद शोचनीय है लेकिन इसके बावजूद देश की प्रधानमंत्री से लेकर राष्ट्रपति तक और उत्तर प्रदेश, उड़ीसा, म.प्र., तमिलनाडु, बिहार, गोवा तक अनेक महिलाओं ने मुख्यमंत्री के कार्यभार को सफलतापूर्वक अंजाम दिया। सुचेता कृपलानी, नंदिनी सत्पथी, उमा भारती, जयललिता, राबड़ी देवी, शशिकला काकोदकर के अलावा सुश्री मायावती ने भी उत्तर प्रदेश की गद्दी सँभाली थी। राज्यपाल के रूप में वायलेट अल्वा, पद्मजा नायडू ही नहीं, उत्तराखंड, गुजरात, राजस्थान और महाराष्ट्र में भी महिला राज्यपालों ने यह कार्यभार सँभाला। विपक्षी दलों में गीता मुखर्जी, रेणु चक्रवर्ती, अरुणा आसफअली, कनक मुखर्जी जैसी नेतृत्वकारी महिलाएँ राजनीतिक परिदृश्य में दिखाई देती रहीं तो आज के समय में वृंदा करात, सुषमा स्वराज, सुमित्रा महाजन, जया जेटली, रीता बहुगुणा जोशी सक्रिय दिखाई देती रही हैं। तो क्या सचमुच हमारा समाज, हमारी राजनीति और राजनीतिक दल महिलाओं की नेतृत्वकारी भूमिका को सहज रूप में स्वीकार कर रहे हैं? वांछित मानसिक बदलाव राजनीति में और उसके दलीय नेताओं में दिखाई दे रहा है? इसका जवाब निश्चित रूप से मायूस करने वाला होगा।

महिलाएँ अगर राजनीति में नेतृत्वकारी भूमिका में आगे आयीं तो यह प्रक्रिया बीसवीं शताब्दी के आरम्भिक चरण से ही शुरू हो गयी थी और यह नवजागरण काल के सुधारवादी आन्दोलनों का परिणाम था। ब्रिटिश सरकार 1830 में सती प्रथा निषेध कानून बनाने को विवश हुई। राममोहन राय की मृत्यु के बाद ईश्वरचन्द्र विद्यासागर और केशवचन्द्र सेन तथा अन्य अनेक इस ओर सक्रिय हुए। 1856 में विधवा-पुनर्विवाह कानून लागू हुआ। उन्नीसवीं सदी के अन्तिम वर्षों में लड़कियों के विवाह के लिए 'एज ऑफ कन्सेंट' 12 वर्ष ही हो पायी। ये कुछ राजनीतिक फैसले थे जो आन्दोलनों के दबाव में ब्रिटिश सरकार को लेने पड़े। हिन्दी पत्रकारिता के लिए भी यह नवोन्मेषकारी समय था और पत्र-पत्रिकाएँ स्त्री शिक्षा की हिमायत के साथ-साथ बालविवाह, धार्मिक पाखंड, रूढ़ियाँ, कुरीतियों के विरोध में स्वर ऊँचा कर रही थीं और साथ ही देश की

गुलामी को विषय बनाकर नवचेतना का वातावरण निर्मित कर रही थीं। कांग्रेस में गोखले के बाद महात्मागाँधी के आह्वान पर बड़ी संख्या में महिलाओं की सक्रिय उपस्थिति विभिन्न आन्दोलनों में दिखाई देने लगी थी।

हर वर्ग और जाति की महिलाएँ पारिवारिक बन्धन और परम्परागत वर्जनाओं को तोड़कर बाहर आयीं और विभिन्न स्तरों पर सक्रिय होकर राष्ट्रीय मुक्ति आन्दोलन में योगदान दिया। बड़ी संख्या में साहित्य और पत्रकारिता के क्षेत्र में स्त्रियाँ सक्रिय थीं। वे लेखन में अग्रणी थीं, पत्र-पत्रिकाओं का सम्पादन कर रही थीं और साथ ही झंडा उठाकर नेतृत्वकारी भूमिका में भी थीं और जरूरत पड़ने पर जेल भी जा रही थीं। महादेवी वर्मा, सुभद्रा कुमारी चौहान, अरुणा आसफ़अली, सरोजनी नायडू उमा नेहरू आदि कुछ ऐसी ही महिलाएँ थीं।

गाँव, कस्बे और शहरों से निम्न स्तर से उच्च स्तर तक की महिलाएँ आज़ादी के इस राजनैतिक एजेंडा में शामिल होती रहीं। नेतृत्वकारी भूमिका में भी खासी बड़ी संख्या में महिलाएँ थीं लेकिन लगभग वे सभी उच्च वर्ग की थीं जो अंग्रेज़ी शिक्षा से लैस थीं, जिनकी पारिवारिक पृष्ठभूमि धनाढ्य जमींदारों वाली थी या अंग्रेज़ सरकार की सेवा से जुड़े सिविल सर्वेंट्स की थी। अनेक इंग्लैंड से शिक्षा प्राप्त कर भारत लौटी थीं या कान्वेंट स्कूलों की पढ़ी थीं। सरोजिनी नायडू, कमला देवी चट्टोपाध्याय, सुचेता कृपलानी, अरुणा आसफअली, सुशीला नैयर, विजयलक्ष्मी पंडित, उमा नेहरू या फिर रवीन्द्रनाथ ठाकुर परिवार की ज्योतिर्मयी देवी, स्वर्णलता या सरलादेवी हों कोई भी इसमें अपवाद नहीं था। इन महिलाओं ने अपनी पूरी क्षमता और कौशल का, अपनी योग्यता का प्रदर्शन किया और अपनी जिम्मेदारियों को बखूबी अंजाम दिया। बीसवीं सदी में भारतीय स्वाधीनता आन्दोलन को इन जैसी और अनेक महिलाओं ने मज़बूती दी, आधार भी दिया। इन्दिरा गाँधी इस आन्दोलन के वातावरण में ही निर्मित हुईं।

आज़ादी के बाद देश के विकास ने जो स्वरूप ग्रहण किया उसमें स्त्रियों की प्रखरता सिमट गयी। सामाजिक बदलाव के लिए होने वाले आन्दोलन विस्तारित नहीं हुए। स्त्रियों की व्यापक भूमिका को नज़रअन्दाज कर दिया गया।

बीसवीं सदी के उत्तरार्ध से नारी विमर्श जिस जोर-शोर से साहित्य के क्षेत्र में आया, उतनी प्रखरता राजनैतिक क्षेत्र में नहीं दिखायी देती है। इक्कीसवीं सदी के पहले दशक तक लोकसभा में महिला प्रतिनिधियों की संख्या कभी दस प्रतिशत से अधिक नहीं रही है। विधान सभाओं में भी यह संख्या शून्य से लेकर अधिकतम दस प्रतिशत रही है। यूँ कहने को सत्ताधारी कांग्रेस दल की प्रमुख आज भी महिला हैं। मायावती अपनी पार्टी की सर्वेसर्वा हैं। लम्बे समय तक तेज तर्रार

नेता सुषमा स्वराज नेता विरोधी दल रहीं जो आज केन्द्र में विदेश मंत्री हैं। यह अलग बात है कि उनकी प्रखरता आज हाशिये पर है और व्यक्तित्व संकुचित हो रहा है। इस पूँजीवादी व्यवस्था में अपनी समस्त क्षमता और योग्यता के बावजूद स्त्री नेतृत्व हाशिये पर रहने के लिए अभिशप्त है। विचारधारा की बात छोड़ दें, उमा भारती की प्रखरता को उनके ही दल के सहयोगी कभी सहन नहीं कर पाये और मध्य प्रदेश का मुख्यमंत्री बन जाने के बाद उन्हें सुनियोजित रूप से कुर्सी से बेदखल कर दिया गया। दिल को सुकून देता है जब लोकसभा की स्पीकर मीरा कुमार थीं और आज सुमित्रा महाजन दायित्व निर्वहन करती दिखाई देती हैं। लेकिन विडंबना यह है कि राजनीति और सत्ता में दिखने वाले अधिकांश चेहरों की पहचान किसी की पुत्री, पत्नी, बहू या अन्य रिश्तों पर आधारित होते हैं। तमिलनाडु की जयललिता या कनिमोझी हों, शरद पवार की या पी.ए. संगमा की बिटिया हों या पंजाब, हरियाणा से आयी महिलाएँ हों या सिंधिया परिवार की महिलाएँ हों, राजनीति के दिग्गजों के परिवार की बैसाखी हर एक के पैर में बँधी है। इसीलिए जब सिर्फ़ गाँधी परिवार पर वंशवाद का आक्षेप होता है तब वह इसीलिए अर्थहीन हो जाता है कि सभी अपने दामन में झाँकने को मजबूर होते हैं। भारतीय राजनीति में इन्दिरा गाँधी जैसा व्यक्तित्व अभी तक दुर्लभ है। अनेक कमियों और नीतियों को नज़रअन्दाज करना ही होगा जब उनके समय में अनेक साहसपूर्ण फैसलों पर चर्चा होगी। विदेश नीति में जो सन्तुलन उनके शासनकाल में दिखा, वह सराहनीय है। पश्चिमी देशों के आर्थिक साम्राज्यवाद को उन्होंने देश की आर्थिक नीतियों पर हावी नहीं होने दिया। हरित क्रान्ति के द्वारा खाद्यान्न के रूप में देश को स्वावलम्बी बनाया। बंगला देश मुक्ति संग्राम में बंगला देश की पक्षधरता पर उनका निर्णय सचमुच अप्रतिम था।

हेमवतीनन्दन बहुगुणा स्वाधीनता आन्दोलन से निकले नेता थे। उत्तराखंड के विवादित रहे मुख्यमंत्री विजय बहुगुणा और उ.प्र. में रीता बहुगुणा जोशी वही कमाई खा रहे हैं। कम्युनिस्ट पार्टी की दिवंगत नेता गीता मुखर्जी, अहिल्या रांगणेकर, सुशीला गोपालन या सोशलिस्ट पार्टी की मृणाल गोरे ज़मीन से जुड़ी आन्दोलनकारी महिलाएँ थीं जिनकी छाप आज भी दिखाई देती है। मार्क्सवादी कम्युनिस्ट पार्टी पिछले वर्षों में आलोचना का शिकार होती रही कि चिराग तले अँधेरा है। उनके पोलित ब्यूरो में एक भी महिला इस योग्य नहीं समझी गयी थी। अन्ततः वृन्दा करात उसमें शामिल की गयीं। यह खुशी की बात है कि अब सुभाषिनी अली को भी पोलित ब्यूरो में जगह मिली है।

जनतादल और समाजवादी पार्टी तो महिलाओं की नेतृत्वकारी भूमिका जैसे

दर्शन पर विश्वास ही नहीं करती। महिलाएँ इनके एजेंडे में नहीं हैं। कमोबेश यही स्थिति बहुजन समाज पार्टी की है। बसपा सुप्रीमो मायावती मान्यवर कांशीराम के प्रोत्साहन-प्रेरणा से ऊपर उठीं, उ.प्र. का नेतृत्व लम्बे समय तक सँभाला लेकिन महिला सशक्तीकरण और राजनीति में महिलाओं की भागीदारी जैसे मुद्दे उनके यहाँ बेमानी हैं। उनका एक सूत्री एजेंडा स्वयं सत्ता में बने रहना है और इसके लिए किसी चिन्तन-विचार-दर्शन की ज़रूरत नहीं होती। दरअसल इन राजनीतिक दलों में जिनका बड़ा वोट बैंक जाति आधारित होता है, वहाँ 'महिला प्रतिनिधित्व' जैसे मुद्दे मायने नहीं रखते। हाँ, उनके घर-परिवार की महिला चुनाव लड़ सकती है। बिहार और उत्तर प्रदेश के समाजवादी दलों की यही स्थिति है। कमोवेश सभी राजनैतिक दलों में ज़मीन से जुड़ी वास्तविक कार्यकर्ता स्त्रियाँ दरी बिछाने, मीटिंग कराने और भीड़ जुटाने के लायक ही समझी जाती हैं। आगे बढ़ने का मौका सबको नहीं मिलता। साधारण पृष्ठभूमि की स्त्रियाँ जिनके पास न पारिवारिक पृष्ठभूमि है और न भारी भरकम धनबल है, वे अगर आगे आना चाहती हैं तो उन्हें दूसरे रास्ते अपनाने पड़ते हैं, बैसाखियाँ ढूँढ़नी पड़ती हैं, समझौते करने पड़ते हैं। तभी उनकी महत्वाकांक्षा पूरी हो सकती है। इसीलिए एक युग से अधिक बीत गया, लोकसभा और विधानसभाओं में महिलाओं के लिए तैंतीस प्रतिशत का आरक्षण फाइलों में धूल खा रहा है। स्थानीय निकायों, पंचायतों में आरक्षण है लेकिन प्रत्यक्ष-अप्रत्यक्ष रूप से मर्दवादी राजनीति और राजनेता उस पर हावी हो जाते हैं। महिलाओं के लिए लोकतंत्र न घर-परिवार में दिखाई देता है और न राजनैतिक दलों के भीतर। राजनीति में लोकतंत्र की बात भाषणों में ही दिखाई देती है।

राजनीति और महिलाएँ : दो

वर्ष, 2011 नोबेल पुरस्कारों के लिए तीन महिलाओं का चयन सिर्फ इस बात के लिए महत्त्वपूर्ण नहीं है कि यह अन्तरराष्ट्रीय सम्मान एक साथ तीन महिलाओं को मिल रहा है, बल्कि इसका विशेष महत्त्व इसलिए भी है कि स्त्री विमर्श की स्थापनाओं/ अध्ययन में इससे एक बहुत जरूरी आयाम जुड़ा है। भारतीय समाज और साहित्य में स्त्री विमर्श पर जब चर्चा होती है तो अनेक स्तरों पर सहमति-असहमति के स्वर उभरते हैं और अनेक अन्तर्विरोध भी नज़र आते हैं। लगता है साध्य और साधन के स्तर पर मतभेद हैं। यूँ वैचारिक मतभेद होना सहज-स्वाभाविक है। दिक्कत तब होती है कि जब तक आपके सीने पर "नारीवादी" होने का बिल्ला न लगा हो, तब तक स्त्री मुद्दों पर बोलने के आप अधिकारी नहीं समझे जायेंगे। आपको स्त्री-सरोकारों का लेखक माना ही नहीं जायेगा। स्त्री विमर्श को एकांगी बनाकर बहुत सीमित कर देने के कारण ऐसा हुआ है। अब ये समय स्त्री विमर्श के नये परिप्रेक्ष्य का, सरोकारों के स्वरूप और उसके समाधान के साथ व्यवस्था परिवर्तन का है।

स्त्री विमर्श का विषय ही पुरुषवादी मानसिकता से और पुरुषों के बनाये हुए सामाजिक स्वरूप से समाज को संचालित करने वाले लिखित-अलिखित नैतिकता के नियमों से है जिसे हर समाज का धर्म स्वीकृति प्रदान करता है। धर्म केवल उन नियम-कानूनों को स्थापित ही नहीं करता बल्कि स्त्री के ऊपर थोपे गये सामाजिक बन्धनों को और अधिक कसता है, मजबूत करता है और ईश्वरीय सत्ता और उसकी व्यवस्था का भय इतनी गहराई तक लोगों के मन में भर देता है कि पूरा एक जन्म भी काफी नहीं होता व्यवस्था के उस भय से मुक्त होने के लिए। घोर वर्णवादी भारतीय समाज में बन्दी जीवन की स्थिति में केवल विशाल अवर्ण समुदाय की स्त्री ही नहीं बल्कि कुलीन वर्ण से लेकर साधारण स्त्री तक अभिशप्त है।

स्त्री विमर्श समाज में स्त्री को समान अधिकार देने की बात करता है तो

इसका अर्थ सबसे पहले उसे एक स्वतंत्र व्यक्ति के रूप में मान्यता देना है। बेटी, बहन, पत्नी, माँ...की भूमिकाओं के अलावा यह स्थापित करना कि उसका अपना एक नाम है...पुरुष की तरह इसका अपना एक निज का संसार है...परिवार है लेकिन अपनी व्यक्तिगत दुनिया भी है। अपनी स्वतंत्र पहचान भी है। इसके साथ ही उसकी एक सामाजिक भूमिका भी है जिसे हम स्त्री विमर्श की बहसों में नज़र अन्दाज़ कर जाते हैं। एक नागरिक के रूप में भी समाज में उसकी जिम्मेदारी होती है। यह सामाजिक जिम्मेदारी कहीं न कहीं जाकर पूरी व्यवस्था से जुड़ती है। राजनीतिक व्यवस्था का स्वरूप ही सामाजिक ताने-बाने का रंग-रूप का निर्धारण करता है। बिना सामाजिक सन्दर्भों के, सामाजिक उत्तरदायित्व की भावना को ग्रहण किये, संघर्ष केवल व्यक्ति के स्तर तक सिमट कर रह जाता है। व्यक्ति महत्त्वपूर्ण है लेकिन उसकी भूमिका सीमित होती है। उसका संघर्ष अपने उत्थान तक सीमित हो जाता है।

वैश्विक स्तर पर आज संघर्ष अपने अधिकारों के लिए है। सबको जीने का हक है। सबका जीवन बहुमूल्य है। प्राकृतिक-सामाजिक संसाधनों पर सबका अधिकार है। इसीलिए आज दुनियाँ में जहाँ पूँजीवाद-एकाधिकारवादी स्वरूप ग्रहण कर रहा है, लोकतान्त्रिक राज्यव्यवस्था में भी अमीर-ग़रीब का भेद बढ़ रहा है। एक ओर पूँजी चन्द हाथों में, कारपोरेट घरानों में बेतहाशा बढ़ रही है, दूसरी ओर बेरोजगारी और ग़रीबी भी उसी रफ़्तार से बढ़ रही है। अमरीका में कारपोरेट पूँजी और उसकी अर्थ व्यवस्था के खिलाफ नौजवान रोज़ प्रदर्शन कर रहे हैं, वॉल स्ट्रीट पर घरना देकर बैठे हैं। उनका नारा है कि राज्य की जिम्मेदारी-जवाब देही अपने नागरिकों के लिए है, न कि कारपोरेशनों के लिए। जहाँ तानाशाही है और राज्य व्यवस्था जनता के अधिकारों को कुचल कर कुंडली मारे बैठी है वहाँ लोकतंत्र के लिए, अपने सम्मान और समान अधिकारों के लिए जनता शहादत दे रही है। टैंकों, हथियारों का सामना कर रही है, लेकिन डटी हुई है।

इस लड़ाई में, व्यवस्था के इस संघर्ष में हमारा स्त्री समाज! उसके सरोकार!! उसकी लड़ाई!!! जाहिर है व्यवस्था के संघर्ष के साथ जब तक स्त्री समाज की लड़ाई नहीं जुड़ेगी-तब तक उसे अपना अभीष्ट, अपना अधिकार, अपना सम्मान, हासिल नहीं हो सकता।

आज उत्तर आधुनिक समय में सामूहिकता छिन्न-भिन्न हो रही है, श्रम संगठन विखंडित होकर अपना अस्तित्व और उद्‌देश्य खो बैठे हैं। सामाजिक कल्याणकारी और समतामूलक योजनाओं को हमारी राज्य व्यवस्था ने पश्चिमी वर्चस्ववाद के जरिये अन्तरराष्ट्रीय मुद्राकोष और विश्वकोष के यहाँ गिरवी रख

दिया है, तीस प्रतिशत की आबादी जो गरीबी की रेखा से नीचे है और करोड़ों बच्चे भूखे सोने को अभिशप्त हैं, ऐसे में सामाजिक न्याय की लड़ाई, समतामूलक समाज के लिए, अपने इंसान होने के अधिकार की लड़ाई क्या खंड-खंड होकर लड़ी जायेगी? क्या अलग-अलग खानों में बंटी लड़ाइयों से कुछ हासिल होगा?

सुप्रसिद्ध विचारक और प्रखर कवि नारायण सुर्वे ने एक बार बातचीत के दौरान कहा कि मैं अपने दलित मित्रों से कहता हूँ कि हमें सवर्ण समाज के खिलाफ जरूर अपनी लड़ाई लड़नी चाहिए लेकिन एक पत्थर उस व्यवस्था पर भी तो मारो जो इन स्थितियों की जिम्मेदार है, पोषक है। यही बात स्त्री संघर्ष के लिए भी कही जानी चाहिए।

इसलिए संघर्ष व्यवस्था का है। स्त्री समाज लोकतंत्र की लड़ाई में सहयोगी बनेगा, लोकतंत्र की स्थापना होगी, लोकतान्त्रिक मूल्यों का सम्मान और विकास होगा...तो इससे जीवन पद्धति बदलने का रास्ता बनेगा, सामाजिक बदलाव के लिए दरवाज़ा खुलेगा। लोकतान्त्रिक जीवन पद्धति परिवारों के स्वरूप को प्रभावित करती है और धीरे-धीरे परम्परागत, रूढ़िगत सोच में, मानसिकता में भी बदलाव लाती है।

◆◆◆

स्त्री विमर्श की लोकतान्त्रिक अवधारणा को व्यवस्था परिवर्तन में स्त्री-भागीदारी को नोबेल शान्ति पुरस्कार से सम्मानित तीनों महिलाओं ने साकार कर दिखाया है। आज़ादी मिलने के बाद जैसे अन्य अफ्रीकी मुल्कों में गृहयुद्ध छिड़ गया, वैसे ही लाइबेरिया की जनता भी चौदह साल तक गृहयुद्ध में पिसती रही। पहले औपनिवेशिक शोषण और फिर सत्ता के लोलुप जो आपस में ही लड़ते-मरते रहे हैं, उन्होंने पूरा देश तहस-नहस कर जनता को बेहाल कर दिया। सोमालिया का हाल हम देख रहे हैं। इतने सालों से भूखा-नंगा कंगाल सोमालिया गुटों के आपसी युद्ध में खत्म हो रहा है। संयुक्त राष्ट्र संघ द्वारा भेजी गयी सहायता और अन्न कभी लड़ाकू विद्रोही लूट लेते हैं तो कभी आग लगा देते हैं। समुद्र में आने-जाने वाले जहाजों को लूटते और बन्धक बना कर उनकी सरकारों से फिरौती बसूलने वाले कुख्यात सोमालियाई डाकू दुनिया में चिन्ता का विषय हैं।

राजनैतिक-सामाजिक कार्यकर्ता 39 वर्षीय लेमा जीबोई और 72 वर्षीय एलन जॉनसन सरलीफ जो आज लोकतान्त्रिक पद्धति से चुनी गयी लाइबेरिया की राष्ट्रपति हैं, उन्होंने नेतृत्व सँभाला और गृहयुद्ध से लाइबेरिया को मुक्त कराने का संकल्प लिया। लाइबेरिया में 14 साल से युद्धरत तानाशाह चार्ल्स टेलर का

शासन था। जैसा हमेशा होता है, सामाजिक हो या पारिवारिक-किसी भी प्रकार की उथल-पुथल का सबसे बड़ा शिकार औरतें ही होती हैं। लाइबेरिया के ऐसे अशान्त माहौल में वहाँ की औरतें सेना के लोगों द्वारा बलत्कृत हो रही थीं। सामूहिक बलात्कारों का शिकार औरतें और बच्चियाँ थीं। रोज उनके आदमी मारे जा रहे थे। बच्चे उठा लिए जाते थे और उन्हें लड़ाई के मैदान में झोंका जा रहा था। तहस-नहस हुआ मुल्क जीवन यापन की सभी सुविधाओं से वंचित था। इन औरतों ने विनाशकारी युद्ध के खिलाफ मोर्चा सँभाला। जब संकट चरम पर होता है तभी चुप रहने वाली औरत के संकल्प की ताकत दिखाई देती है। जीबोई और उसकी सहयोगियों ने औरतों को संगठित किया-इस युद्ध के खिलाफ़ तानाशाह चार्ल्स टेलर के ख़िलाफ़, हथियार लेकर घूमती उसकी फ़ौज के खिलाफ। लाइबेरिया की राजधानी मनरोविया में 2002 में उसने आन्दोलन शुरू किया। फ़िश मार्केट के सामने बने फुटबॉल के मैदान में सफेद वस्त्र धारण किये हजारों औरतें वहाँ जुटने लगीं। फौज के जत्थे रोज वहाँ से गुज़रते और सभी आशंकित होते कि कभी भी उन पर गोलियाँ बरसाई जा सकती हैं लेकिन यह भीड़ तो बढ़ती जाती थी। अब हाथों में नारे लिखे तख्तियाँ भी थीं। दूर-दूर से, पैदल चलकर आती औरतें बड़ी संख्या में रोज़ शामिल हो रही थीं। हर रोज हजारों औरतों का वहाँ धरना होता, चाहे धूप हो या बरसात।

जीबोई ट्रॉमा काउन्सलर के रूप में ट्रेन्ड थी। उसने अवसाद ग्रस्त उन किशोरों, युवकों को इलाज के दौरान देखा जिनका बचपन सिपाही बनकर युद्ध की विभीषिका को झेल चुका था। जीबोई व्यथित थी। उसने संकल्प लिया। युद्ध के खिलाफ़ औरतों को लामबन्द किया और घोषणा की कि हम लाइबेरिया की स्त्रियाँ अब न बलत्कृत होंगी, न इस्तेमाल होंगी, न खामोश रहेंगी और न मारी जायेंगी। हमारे बच्चे और नाती-पोते युद्ध में न हथियार के रूप में इस्तेमाल होंगे और न यौनकर्मी बनेंगे। विशाल समूह का प्रतिरोध जारी रहा। अन्ततः तानाशाह चार्ल्स टेलर मिलने और बात करने को तैयार हुआ। जीबोई के नेतृत्व में लाइबेरिया की औरतों ने 14 साल से युद्धरत तीनों फौजी गुटों को चेतावनी दी कि वे बिना शर्त तीन दिन के भीतर युद्ध विराम लागू करें, एक मध्यस्थ सेना का गठन हो तथा शासक वर्ग और विद्रोही गुट बैठकर समाधान हेतु वार्ता करें। यह इतिहास में पहली बार था कि स्त्रियों के संगठित विशाल समूह ने युद्धरत गुटों को शान्ति वार्ता के लिए मजबूर कर सफलता पायी। अन्ततः घाना की राजधानी अकरा में शान्ति संधि पर हस्ताक्षर हुए।

शान्ति व्यवस्था और युद्ध विराम के लिए हज़ारों निर्भीक आन्दोलनरत

महिलाओं के प्रतिनिधि के रूप में जीबोई की अन्तरराष्ट्रीय स्तर पर पहचान बनी। जीबोई आज 'वीमेन इन पीस एंड सिक्योरिटी नेटवर्क' संस्था की कार्यकारी निदेशक है जो न सिर्फ लाइबेरिया बल्कि आइवरी कोस्ट, नाइजीरिया और सियरा लियॉन में शान्ति स्थापित करने के प्रयासों के साथ महिलाओं में साक्षरता और राजनैतिक जिम्मेदारी को बढ़ावा देने के लिए कार्य करती हैं।

लाइबेरिया की राष्ट्रपति 72 वर्षीय जॉनसन एलन सरलीफ ने भी महिलाओं को संगठित करने का काम किया। स्त्री आन्दोलन ने तानाशाह चार्ल्स टेलर को चुनाव कराने और लोकतंत्र की स्थापना के लिए मजबूर किया। 1997 में होने वाले चुनावों में उसने हिम्मत की उस फौजी तानाशाह के खिलाफ चुनाव लड़ने की। चार्ल्स टेलर के हथकंडों के चलते सरलीफ चुनाव तो हार गयी लेकिन सर्वत्र व्याप्त भ्रष्टाचार के खिलाफ उनकी मुहिम जारी रही क्योंकि सुविधाहीन, अभाव ग्रस्त समाज बहुत त्रस्त था और उनकी ताकत विशाल स्त्री-संगठन था। जब 2005 के चुनाव हुए तो अबकी बार सरलीफ भारी वोटों से विजयी होकर राष्ट्रपति बनीं। हार्वर्ड की पढ़ी, अर्थशास्त्री सरलीफ अब राष्ट्र के पुनर्निर्माण में लग गयीं और व्यवस्था के स्तर पर यौनिक हिंसा के खिलाफ़ कानून बनाकर स्त्रियों की सुरक्षा सुनिश्चित करना, बाल-सैनिकों के पुनर्वास और उनकी शिक्षा, रोजगार का प्रबन्ध, स्कूल, अस्पताल और सड़कों का निर्माण...उनकी प्राथमिकताओं में अंकित हुए।

सरलीफ और जीबोई ने लाइबेरिया में जो 'वीमेन इन व्हाइट' के रूप में स्त्रियों की विशाल शान्ति सेना को संगठित किया, उसने दूसरे इंटरनेशनल में सक्रिय लेनिन की सहयोगी क्लारा जैटकिन की याद दिला दी। सोवियत रूस में आज़ादी के बाद दबी, कुचली, ग़रीबी और शोषण की मारी, बड़ी संख्या में वेश्या वृत्ति में धकेली गयी औरतों के पुनर्वास के बड़े कार्यक्रम ही नहीं तैयार किये गये बल्कि उनकी सामाजिक और राजनीतिक भागीदारी को भी सुनिश्चित करने के कार्यक्रम बनाये गये ताकि वे औरतें राष्ट्र की मुख्य धारा का हिस्सा बन सकें। आर्थिक उत्पादन में उनकी भागीदारी सुनिश्चित की गयी क्योंकि तभी सही अर्थों में उनका सशक्तीकरण सम्भव था और उन्हें सम्मान और समान अधिकार मिल सकते थे। राष्ट्र के पुनर्निर्माण में लेनिन की यह प्राथमिकताओं में था। 1910 में प्रतिवर्ष 8 मार्च को अन्तरराष्ट्रीय महिला दिवस के रूप में मनाने के निर्णय के साथ ही पूरी दुनियाँ के देशों की महिलाओं को संगठित कर कई लाख हस्ताक्षर इकट्ठा किये और प्रथम विश्वयुद्ध के खिलाफ महिलाओं के प्रतिरोधी स्वर को मुखर किया। क्लारा जैटकिन समेत समाजवादी महिला नेत्रियों की इस में प्रमुख भूमिका थी। चाहे युद्ध हो, दंगा हो, उपद्रव हो...स्त्री समाज

सबसे अधिक आहत और क्षत-विक्षत होता है, शारीरिक, मानसिक, आर्थिक और सामाजिक...सभी स्तरों पर। इसीलिए युद्ध और हिंसा के विरुद्ध हर समाज की स्त्रियों का प्रतिरोध जरूरी है। धर्म, जाति और वर्ण में बंटे भारतीय समाज की यही सबसे बड़ी कमज़ोरी है, इससे कोई अछूता नहीं। हमारा स्त्री विमर्श इसीलिए केवल औरत-मर्द की बहस तक सीमित हो जाता है। हमारे स्त्री विमर्श ने कभी साम्प्रदायिकता को अपना विषय बनाकर प्रतिरोध का स्वर नहीं संगठित किया और न ही दलित शोषण के खिलाफ़ मोर्चा लिया। ये सारे मुद्दे धर्म, जाति और वर्ण की राजनीति की भेंट चढ़ गये।

जीबोई और उनकी सहयोगियों ने हिंसा के खिलाफ़ प्रतिरोध खड़ा किया, चाहे वह स्त्री समाज पर यौनिक हिंसा हो, उनके पुरुषों, बच्चों पर अत्याचार हो या राष्ट्रीय सम्मान और विकास के ऊपर प्रहार हो...राष्ट्र निर्माण का उनका बड़ा सामाजिक उद्देश्य था।

तीसरी नोबेल पुरस्कार विजेता महिला 32 वर्षीय, तीन बच्चों की माँ तवाकुल कारमान यमन की पत्रकार और सक्रिय राजनीतिक-सामाजिक कार्यकर्ता हैं। पत्रकारिता में अभिव्यक्ति की स्वतंत्रता के लिए संघर्षरत तवाकुल ने 2005 में 'वीमन जर्नलिस्ट विदआउट चेन्स' संगठन बनाया। इस सक्रिय मानवाधिकार कार्यकर्ता के अलावा यमन में होने वाले राजनैतिक बदलाव के संघर्ष में उसकी अहम भूमिका रही।

आज 2014-15 में राष्ट्रीय स्वाधीनता के लिए कुर्द महिलाओं की फौज जो सीरिया और तुर्की की सीमा पर बसे कोबानो शहर को बचाने के लिए सशस्त्र रूप से संघर्षरत हैं हमारे सामने उदाहरण प्रस्तुत कर रही हैं।

बिना राजनैतिक चेतना और सामाजिक दृष्टिकोण के व्यवस्था परिवर्तन सम्भव नहीं हो सकता। सामाजिक बदलाव की प्रक्रिया समग्र रूप से ही सम्भव है। समाज बदलेगा, आगे बढ़ेगा, विकास करेगा तो स्त्री भी आगे बढ़ेगी। स्त्री आगे बढ़ेगी तो समाज भी आगे बढ़ेगा। इन तीनों महिलाओं को जो सम्मान मिला, उनके सोच और कार्यकलापों को व्यापक स्वीकृति मिली, उससे स्त्री विमर्श की इसी अवधारणा की पुष्टि होती है। स्त्री बनाम पुरुष की बहस स्त्री आन्दोलन के आरम्भिक चरणों में कारगर थी। स्त्री समाज को जगाने के लिए, यथार्थ के स्वरूप को उजागर करने के लिए यह जरूरी था। अब आने वाले समय में स्त्री विमर्श का रूप अगर केवल...और केवल 'मर्दवादी' समाज के खिलाफ युद्ध का रहेगा तो सरोकार बेहद सिमट जायेंगे। शाखें, टहनियाँ तो छंट जायेंगी लेकिन मूलभूत व्यवस्था परिवर्तन सपना ही रहेगा।

नोबेल कमेटी के चेयरमैन का यह कहना महत्त्वपूर्ण है कि–'समाज में लोकतंत्र और स्थाई शान्ति तभी सम्भव है जब समाज के हर स्तर पर विकास हो और पुरुष और स्त्री सभी को बराबर के अवसर मिलें।' लोकतान्त्रिक राज्य व्यवस्था और शान्ति स्थापना की प्रक्रिया में स्त्रियों की भागीदारी और प्रतिनिधित्व महत्वपूर्ण है। हमारे देश की आज़ादी की लड़ाई में महात्मा गाँधी ने भी ऐसा ही आह्वान किया था और कहा था कि राष्ट्रीय स्वाधीनता संघर्ष में देश की आधी आबादी यदि शामिल नहीं होगी तो उस स्वाधीनता का कोई अर्थ नहीं है। कहना न होगा कि राष्ट्रीय चेतना की उस लहर ने स्त्री स्वाधीनता का एक महत्त्वपूर्ण पड़ाव निर्मित किया था। नोबेल शान्ति सम्मान के लिए चयन अक्सर विवादित रहा है। पश्चिमी देशों की राजनीति से प्रभावित होने का आरोप भी लग जाता है। फिर भी तवाकुल कारमान का चयन स्त्री विमर्श की इसी विस्तारित अवधारणा की पुष्टि करता है जिसकी आवश्यकता हम बहुत समय से महसूस करते रहे हैं।

महिला आरक्षण बिल

महिला आरक्षण बिल हर चुनाव में राजनीतिक पार्टियों के एजेंडे में रहता है और हर सरकार अपने कार्यकाल में अपनी बेबसी का इज़हार कर चुप बैठ जाती है। सरकार और विपक्ष उसके पारित न होने का ठीकरा एक-दूसरे के सिर पर फोड़ते हैं और स्थिति जस की तस बनी रहती है। यह स्त्री मुद्दों पर पूरी व्यवस्था की जड़ता और संवेदनहीनता को ही दिखाती है। इस महिला आरक्षण बिल के अनुसार संसद में तथाा राज्य विधान सभाओं में महिलाओं के लिए 33 प्रतिशत सीटों के आरक्षण का प्रावधान है। वर्तमान में संसद में महिला प्रतिनिधियों की संख्या पूरी 10 प्रतिशत भी नहीं है। राज्यों की विधान सभाओं में महिला प्रतिनिधित्व इससे भी कम है। पुरुष वर्चस्ववादी समाज में महिलाओं का नेतृत्वकारी भूमिका में आना आसान नहीं है। घर-परिवार के बन्धनों से मुक्ति पाना स्त्री के लिए एक संघर्षपूर्ण अभियान रहा है। सार्वजनिक जीवन में और राजनीति में भी आगे बढ़ने की यात्रा कितनी कठिन और पूर्वाग्रहों से भरी है, यह पिछले वर्षों में महिला आरक्षण बिल पर होने वाले विरोध की राजनीति से स्पष्ट है। 12 सितंबर 1996 मैं देवगौड़ा सरकार ने इस बिल को संविधान में संशाधन के लिए लोकसभा में प्रस्तुत किया था। 1996 से लेकर अब तक हर बार महिला आरक्षण विधेयक के काग़जात विरोधी दलों द्वारा छीने गये, फाड़े गये, धक्का मुक्की हुई, मारपीट तक हुई और संसद में आरक्षण बिल समर्थक और विरोधी दल आमने-सामने हुए। यही मारपीट का दृश्य उस बार भी देखा गया जब राज्य सभा अध्यक्ष उपराष्ट्रपति हामिद अंसारी इस बिल को प्रस्तुत करने की प्रक्रिया पूरी कर रहे थे।

सितंबर 1996 में देवगौड़ सरकार ने यह बिल प्रस्तुत किया था, लेकिन तीव्र विरोध के कारण इसे संयुक्त संसदीय कमेटी को आगे प्रस्तुति के लिए सौंप दिया गया। इस कमेटी की अध्यक्ष गीता मुखर्जी थीं जिन्होंने इस पर रिपोर्ट दिसम्बर 1996 में प्रस्तुत कर दी। एन.डी.ए. सरकार द्वारा 1998, 1999 और 2002 में भी यह बिल प्रस्तुत हुआ। हर बार बिल के काग़ज फाड़े और उग्र विरोध हुआ।

2003 में अटल बिहारी बाजपेई सरकार द्वारा फिर दो बार इस विधेयक को लाने की असफल कोशिश की गयी। 2004 में यू.पी.ए. सरकार द्वारा इस बिल को न्यूनतम साझा कार्यक्रम में शामिल कर पुनः 2005 में और 2008 में लाया गया लेकिन नतीजा वही ढाक के तीन पात। एक बार तो महिला और बाल कल्याण मंत्री रेणुका चौधरी को समाजवादी सांसद अबू आसिम आज़मी को इसलिए धक्का देना पड़ा कि वह बिल प्रस्तुत करने जा रहे कानून मंत्री हंसराज भारद्वाज से काग़ज न छीन सकें। श्री भारद्वाज स्वयं भी अपनी और अपने कागज़ों की सुरक्षा के लिए, खतरों को भाँपते हुए महिला मंत्री कु. शैलजा और अंबिका सोनी के बीच सीट पर जा बैठे तथा सामने की पंक्ति में जयंती नटराजन और अलका बलराम जैसी क्षत्रप उनकी सुरक्षा में रहीं।

यह पूरा परिदृश्य क्या साबित करता है? आधी आबादी की एक तिहाई उपस्थिति भी देश की शासन-व्यवस्था चलाने वाली संस्था में पुरुष समाज को स्वीकार्य नहीं है। इससे पहले पंचायतों और स्थानीय निकायों में 33 प्रतिशत महिला आरक्षण पर ऐसा ही बबाल मचा था। पंचायतों में निर्वाचित महिलाएँ अधिकांशतः इन पदों पर काबिज़ पुराने खिलाड़ियों की पत्नी, बहू या अन्य परिवारीजन रहीं। महिलाओं की जगह उनके पति, ससुर या पुत्र आदि मीटिंगों में बैठते और फैसले लेते थे और पुरुष सदस्यों का अप्रत्यक्ष रूप से वर्चस्व बना रहता था। पंचायत स्तर पर होने वाले चुनावों में पेशेवर खिलाड़ियों द्वारा अपने घर-परिवार की महिलाओं को चुनाव लड़वा, निर्वाचित कराना आसान था इसलिए इस स्तर पर लागू महिला आरक्षण का विरोध ज्यादा नहीं हुआ और बिल लागू हो गया। लेकिन धीरे-धीरे स्थिति सामान्य करने के अभियान चलाये गये। उन्होंने धीरे-धीरे बागडोर अपने हाथ में लेने की शुरुआत भी की। बावजूद परम्परागत नेताओं के द्वारा किये जाने वाले विरोध के कई जगह पर महिला प्रतिनिधियों ने आगे बढ़कर पहल की और विकास के काम कराये और अपने क्षेत्र की काया पलट कर दी।

सामाजिक परिवर्तन की एक निश्चित प्रक्रिया होती है। कानून बन जाने से रातों-रात स्थितियों में बदलाव नहीं हो जाता। विशेष रूप से जब मामला केवल व्यवस्था परिवर्तन का न हो बल्कि मानसिकता परिवर्तन का भी हो। वह मानसिकता जो हज़ारों साल से स्त्री विरोधी है, उसे मूर्ख और जाहिल कहती है और पैर की जूती समझती है। इसलिए जब भी स्त्रियों के हित के लिए कोई क़दम उठाया गया, ऐसा कोई कानून बना, तब हमेशा ही ऐसा बावेला मचा। सती-प्रथा पर रोक, बालविवाह निषेध कानून, विधवा विवाह समर्थन कानून...उन्नीसवीं सदी

के उस कालखंड में इनको अपने धर्म, संस्कृति और परम्परा के विरुद्ध हस्तक्षेप माना गया और तीव्र विरोध हुए। आज लगभग डेढ़ सदी से ऊपर हो गया है लेकिन मूल भाव में बदलाव नहीं हुआ। आज कभी महिला प्रतिनिधित्व को 'कटे बालों वाली' महिलाओं की बात कहकर तो कभी उनके पीछे 'सीटी बजाने' की बात कह खिल्ली उड़ाई जा रही है। यह भी कहा जा रहा है कि महिला आरक्षित सीटों पर विशिष्ट वर्ग की महिलाएँ काबिज़ हो जायेंगी और जनसाधारण से महिलाएँ आगे नहीं आयेंगी।

देश के कर्णधार, राष्ट्रीय स्तर के राजनीतिक दलों के इन नेताओं के मुख से ये बातें उनके पाखंडी मंतव्यों की पोल खोलती है। विशेष रूप से ये वो दल हैं जिनका वोट बैंक जाति विशेष पर आधारित है। बिना आरक्षण कानून के इन राजनीतिक दलों ने अपनी पार्टी से कितनी महिलाओं को प्रतिनिधित्व करने का मौका दिया यह पूछा जाना चाहिए। हाँ, राजनेताओं के स्वयं के परिवारों की विशिष्ट महिलाजनों की बात अलग है। लालू जी को सत्ता छोड़ने के विकल्प में केवल पत्नी राबड़ी जी नज़र आयीं तो मुलायम सिंह जी के सामने केवल अपनी बहू ही महिला प्रतिनिधि के रूप में दिखाई दीं। यह भी सच है कि आज संसद में (और विधान सभाओं में भी) अधिकांश महिला सदस्य किसी न किसी राजनेता से, उनके परिवार से सम्बन्धित हैं। लेकिन क्या इसी डर से महिलाओं के सार्वजनिक जीवन में आगे बढ़ने के रास्ते नहीं खोले जायेंगे? जो दल इस बिल का विरोध कर रहे हैं और आरक्षण 33 प्रतिशत में विभिन्न सामाजिक वर्ग की महिलाओं के लिए कोटे का प्रावधान चाहते है, उनमें से किसी ने पिछले चौदह सालों में चुनाव के समय टिकट बाँटते वक्त महिला प्रतिनिधित्व के मामले में कोई नज़ीर नहीं प्रस्तुत की। गिनी-चुनी महिलाओं को ही टिकट दिये जाते रहे हैं, वो भी किसी दिवंगत, भूतपूर्व नेता के परिवार की महिला को। सभी राजनीतिक दलों ने महिलाओं के प्रति कर्तव्य को दल का महिला विंग बना कर पूरा कर लिया जिनका काम सिर्फ़ जुलूस, प्रदर्शन में जमावड़ा करना या अपने शीर्ष नेताओं के निर्वाचन (या अन्य सफलता) पर सड़कों में नाचते हुए खुशी का इज़हार करना है। अपने महिला विंग की सदस्यों को भी नेतृत्वकारी भूमिका प्रदान कर आगे लाना, इन राजनैतिक दलों का न उद्देश्य रहा है और न ही नीयत रही है।

जहाँ तक विरोध करने वाले दलों के द्वारा कोटा की माँग करने का सवाल है, यह काम तो वे स्वयं अपनी संगठन के स्तर पर कर सकते हैं। दरअसल परेशानी यह है कि विभिन्न चुनाव क्षेत्रों में जो परम्परागत नेतृत्व की पंक्ति चली आ रही है, वह भंग हो जायेगी। एक बड़े राष्ट्रीय नेता ने अन्ततः कह डाला कि

महिला आरक्षण बिल लागू हो गया तो हम पुरुष कहाँ जायेंगे। फिर बाहुबलियों का क्या होगा जिन्हें विभिन्न राजनीतिक दल उनका समर्थन पाने के लिए खड़ा करते हैं। इन सबके अवसर संकुचित हो जायेंगे। इसलिए 33 प्रतिशत महिला आरक्षित सीटों में विभिन्न वर्गों (दलित, पिछड़ा वर्ग, अल्पसंख्यक) की महिलाओं के लिए अलग कोटा राजनीतिक दलों के भीतर का अपना मामला है जिसे उन्हें अपने स्तर पर लागू करना चाहिए। दलित आरक्षित सीटों पर दलित महिला को चुनाव का टिकट देने की ज़हमत कोई दल नहीं उठाता। आरक्षित सीट पर इक्का दुक्का महिलाएँ ही क्यों दिखाई देती हैं।

महिला आरक्षण बिल के कुछेक प्रावधानों पर पुनर्विचार हो सकता है। उदाहरण के तौर पर आरक्षित निर्वाचन क्षेत्रों को प्रत्येक आम चुनाव में बारी-बारी से बदलने की बात कही गयी है। बिल का यह बिन्दु भी क्षेत्र के पुरुष नेतृत्व के गुम हो जाने के भय को दिखाता है। इस का संशोधन ज़रूरी है। हर बार आरक्षित चुनाव क्षेत्र बदलने से नेतृत्व की जवाबदेही खत्म हो जाती है और एक सशक्त महिला नेतृत्व उभरकर नहीं आ सकता।

वर्तमान स्थितियों में 131 संसदीय क्षेत्र पहले से ही अनुसूचित जाति और अनुसूचित जन जाति के लिए सुरक्षित हैं। यह कहने में कोई संकोच नहीं कि इस आरक्षण से विभिन्न क्षेत्रों में सशक्त दलित नेतृत्व का निर्माण हुआ है और सार्वजनिक जीवन में दलित सबलीकरण आरक्षण व्यवस्था से सम्भव हो सकता है। 137 सीटें इस बिल के माध्यम से महिलाओं के लिए सुरक्षित हो जायेंगी। महिला सशक्तीकरण की दिशा में यह एक छलांग साबित होगी।

सार्वजनिक जीवन में महिला की सक्रिय उपस्थिति, राजनीति में नेतृत्वकारी भूमिका, पूरे परिवेश के मानसिक बदलाव का साधन भी बन जाती है। इसे हमने पंचायतों में महिलाओं की उपस्थिति में देखा है। नाम मात्र की उपस्थिति और महिला पति, पुत्र, ससुर आदि द्वार महिला के पद का काम सँभालने का दृश्य आज से कई साल पहले भी दिखाई देते थे और आज भी दिखाई देते हैं। अँगूठा छाप, घूँघट काढ़े, 'सरपंच' या 'प्रधान' महिला घर के काम काज में व्यस्त रहती हैं। हालाँकि कई प्रावधान भी उनकी सक्रिय भागीदारी के लिए किये गये। महिलाएँ निर्वाचित हुईं तो फिर उनके लिए सारक्षता के कार्यक्रम चलाये गये। सरकारी मीटिंग में उनका सम्मिलित होना अनिवार्य किया गया। ग्रामीण विकास योजनाओं में उनकी सक्रिय भागीदारी सुनिश्चित की जाने लगी। इन स्थितियों में परिवर्तन लाया जा सकता है बशर्ते शासन की मंशा वास्तव में स्त्री सशक्तीकरण की हो। इक्कीसवीं सदी के पहले दशक में शासन के ओर से बाकायदा आदेश जारी हुआ

था कि जिला पंचायतों समेत सभी स्थानीय निकायों में स्त्री प्रतिनिधि के बदले उसका पुरुष सहयोगी मीटिंगों में नहीं बैठ सकता और न ही कार्यवाही में भाग ले सकता है। स्थानीय प्रशासन ने सख्ती से इसे लागू करना शुरू किया। कुछ समय बाद राज्य में सरकार बदल गयी। उपरोक्त आदेश वापस ले लिया गया। राजनीति धारक पुरुष वर्ग फिर महिला प्रतिनिधि के साथ सक्रिय रूप से भाग लेने लगा। इसीलिए बार-बार इस बात को कहना पड़ता है कि पुरूष वर्चस्ववादी मानसिकता केवल सामाजिक परिधि का मुद्दा नहीं है। राजनीतिक वातावरण महिलाओं को यथास्थिति पर ही देखना चाहता है। राजनीतिक रूप से सशक्त करने की तो कोई इच्छा तक सामाजिक-राजनीतिक व्यवस्था में दिखाई नहीं देती।

महिला आरक्षण बिल सिर्फ़ एक संवैधानिक प्रावधान नहीं है। यह पूरे राष्ट्र की अस्मिता का प्रश्न हे। विकसित राष्ट्र की पहचान का मसला है। अगर महिला शिक्षा की स्थिति सुधरेगी तो आर्थिक स्वावलम्बन की दिशा में भी प्रगति होगी। तभी वह नेतृत्वकारी भूमिका के लिए तैयार हो सकेंगी। लेकिन इस पूरे बदलाव के लिए व्यवस्था की सहायक भूमिका ज़रूरी हैं। नेतृत्व के लिए आगे आना महिलाओं की समग्र स्थिति के लिए बहुत महत्त्वपूर्ण है। सामाजिक विकास की मुख्यधारा में आने के लिए नीति निर्धारक संस्थाओं में महिलाओं की सन्तोषजनक संख्या में उपस्थिति बहुत ज़रूरी है।

महिला यदि आर्थिक रूप से आत्म निर्भर हो, अपनी शिक्षा के बल पर और सामाजिक स्थिति के बूते पर वह आत्मविश्वास से लैस हो तो क्या ऐसी संवेदनहीनता की घटनाएँ संम्भव होंगी? यह आत्मविश्वास मानसिक और आर्थिक सशक्तीकरण से और संगठित होकर ही अर्जित होगा। इसलिए ज़रूरी है कि नीति निर्धारण संस्थाओं में अधिक से अधिक महिलाओं की भागीदारी हो।

आज जो भी न्यूनतम प्रतिनिधित्व लोकसभा और राज्यसभा में महिलाओं का है, उसी ने दहेज विरोधी कानूनों को बनवाने में और उनमें लगातार संशोधनों में मदद की। पारिवारिक सम्पत्ति में उत्तराधिकार का मसला हो या यौन हिंसा के विरुद्ध कानून का मसला हो, कन्या भ्रूण हत्या का मामला हो, कामकाजी औरतों के लिए प्रसवकाल की सुविधा और उनके बच्चों की देखभाल का मामला हो, निश्चित रूप से महिलाओं के जीवन के अति संवेदनशील विषय हैं जिनमें सामान्यतः पुरुष समाज को कोई दिलचस्पी नहीं हैं।

भारत जैसे विशाल देश में सर्वोच्च संस्था लोकसभा में पचास-पचपन करोड़ वाली आधी आबादी का प्रतिनिधित्व कार्यपालिका में तथा विधायिका में उनकी निर्णयकारी क्षमता की उपेक्षा कर नीति निर्धारण व्यवस्था में उनकी गैरहाजिरी

गम्भीर मुद्दा है। आधी आबादी को हम देश और समाज के लिए फैसले लेने की प्रक्रिया से वंचित रखना चाहते हैं।

महिलाओं के प्रति पुरुष समाज की उपेक्षा और संवेदनहीनता एक ऐतिहासिक विषय है। मानव समाज के विकास के विभिन्न कालखंडों में इसके विभिन्न स्वरूप रहे। आज जनतान्त्रिक व्यवस्था में इन मुद्दों पर खुलकर बात हो रही है। ये अवसर इससे पहले उपलब्ध नहीं थे। इसीलिए ज्यों-ज्यों इन मुद्दों पर पुरुषवादी मानसिकता से मुठभेड़ की स्थिति आती है, ये विषय चर्चा के लिए केन्द्र में आते है। पिछले दिनों एक सर्वे में एक बेहद महत्त्वपूर्ण मुद्दा उठाया गया। सर्वे मुंबई जैसे महानगर का था। ऑफिसों में धीरे-धीरे महिला कर्मियों की संख्या बढ़ रही है। सर्वे का निष्कर्ष था कि ऐसे अनेक कार्यालय हैं जहाँ महिलाओं के लिए अलग शौचालय तक नहीं है। लंच ब्रेक में उन्हें दूसरे स्थानों या कार्यालयों में या सार्वजनिक शौचालय में ज़रूरत के लिए जाना पड़ता है।

इसी सन्दर्भ मे एक अनुभव हमारे एक साथी ने बताया। उनके ऑफिस में भी महिलाकर्मियों की अब तादाद बढ़ी है। सर्वोच्च अधिकारी होने के नाते उनसे महिलाओं ने अपनी समस्या बताते हुए अपने लिए अलग शौचालय की माँग रखी। माँग इतनी स्वाभाविक और जायज़ थीं कि तुरन्त स्वीकृत हो गयी। तीन मंजिला ऑफिस के बीच की मंजिल के खाली पड़े स्थान को महिला-शौचालय मे तब्दील कराने का सुझाव भी स्वीकृत हुआ। खर्चे का प्राविधान हो गया।

मामला अटका बीच की मंजिल के अधिकारी पर। उन्होंने साफ़ इन्कार कर दिया। पहले तो उन्होंने ऊपरी मंजिल पर स्थित ऑफिस के उन अधिकारी से जो इसके लिए प्रयासरत थे, कहा कि—आपको बहुत हमदर्दी है तो खुद आप बनवा लीजिए। उन्होंने जवाब दिया था कि, ''मैं ही बनवाऊँगा। आपकी मंजिल में स्पेस है। आप सिर्फ़ स्थान दे दीजिए।''

थोड़ी देर सोचने के बाद उन्होंने प्रस्ताव को सिरे से अस्वीकृत कर दिया। जवाब था, ''क्या बात है। जब महिलाएँ हर जगह पर पुरुषों की बराबरी करती हैं, तो फिर अलग से सुविधाएँ क्यों चाहती हैं।''

इस वाकये से मुझे अनायास ओमप्रकाश वाल्मीकि की कहानी 'घुसपैठिये' याद आ गयी। सामाजिक बराबरी और सम्मान के लिए जो भी हाशिये का समाज इस यथास्थितिवाद में घुसपैठ करेगा, किसी न किसी स्तर पर लहूलुहान तो होना ही पड़ेगा। इसके बावजूद जद्दोज़हद भी जारी रहेगी।

◆◆◆

आरक्षण क्या सचमुच स्त्री सशक्तीकरण और महिला समूह को बराबरी में लाने का माध्यम हो सकता है...यह बात अक्सर विचार-विमर्श के दौरान कही जाती है। सामान्यतः यह बात बहुत जोर देकर कही जाती है कि इससे राजनीति हो सकती है लेकिन साधारण महिला वर्ग का उत्थान नहीं हो सकता है। यदि व्यवस्था स्त्री समाज के लिए संवेदनशील हो और स्त्री सशक्तीकरण तथा समानता वास्तव में व्यवस्था के एजेंडे में हो तो बदलाव की स्थितियाँ निश्चित रूप से बनती है।

आज देश में स्त्री रोजगार मात्र 22.5 प्रतिशत है। स्त्री श्रम शक्ति का यह नीचा आँकड़ा स्वयं में स्थिति बयान कर देता है। कुल रोजगार प्राप्त स्त्री श्रम का 90 प्रतिशत असंगठित क्षेत्र में और 10 प्रतिशत संगठित क्षेत्र में है। असंगठित क्षेत्र में भी 80 प्रतिशत कृषि मजदूर के रूप में तथा 20 प्रतिशत फैक्ट्रियों में, निर्माण क्षेत्र में, डेयरी तथा प्राकृतिक-वन उत्पाद आधारित उद्योगों में वे कार्यरत है। श्रमिक-मजदूरों के रूप में स्त्रियों को पुरुषों की उपेक्षा कम मेहनताना मिलता है, वह बिना झंझट काम करती हैं इसलिए उन्हें काम मिल जाता है।

संगठित क्षेत्र में आज भी भेदभाव पूर्ण मानसिकता के कारण उन्हें नौकरी पाने के लिए, स्वयं को सिद्ध करने के लिए दुगनी मेहनत करनी पड़ती है। इसके बावजूद कार्यक्षेत्र में पुरुषवादी अहमन्यता और भेदभाव पूर्ण मानसिकता का सामना करना पड़ता है। यौन-हिंसा और सेक्स आधारित प्रताड़ना के किस्से आज कार्य संस्कृति का हिस्सा बन गये हैं। कई बार प्रकरण उजागर होते हैं—जाँच चलती है लेकिन शायद ही कभी गिने-चुने प्रकरणों में स्त्री को न्याय मिलता हो। पंजाब के शक्तिशाली पुलिस के सर्वोच्च अधिकारी और एक वरिष्ठ आई.ए.एस. महिला अधिकारी का केस चर्चित रहा। लगातार मीडिया में बने रहने के कारण जो दबाब निर्मित हुआ शायद उसी के कारण लम्बे समय के बाद सांकेतिक रूप से ही सही उस वरिष्ठ प्रशासनिक महिला को अपने पक्ष में फैसला मिला।

व्यवस्था की सकारात्मक सोच और नीति कैसे स्त्री सशक्तीकरण की दिशा में काम कर सकती है यह नार्वे के उदाहरण से सिखा जा सकता है। सत्तर-अस्सी के दशक तक वहाँ भी स्त्री रोजगार की ऐसी ही स्थिति थी। स्त्रियाँ या तो घर परिवार की जिम्मेदारियों के कारण नौकरी नहीं कर सकती या नौकरियों में सामान्यतः पुरुष वर्चस्व के कारण उन्हें स्थान नहीं मिलता। वहाँ शासन ने ऐसा वातावरण निर्मित करने का प्रयास किया कि स्त्री को कैरियर और घर-गृहस्थी, दोनों में से किसी एक को चुनने की स्थिति ही न बने। सबसे पहले वहाँ नौकरियों में आरक्षण की व्यवस्था लागू की गयी और न्यूनतम 40 प्रतिशत की नियुक्ति स्त्री अथवा पुरुष वर्ग के लिए अनिवार्य कर दी गयी। लैंगिक आधार पर यह आरक्षण

और न्यूनतम नियुक्ति का प्रतिशत सभी प्रकार के सरकारी संस्थानों, विभागों के अतिरिक्त निजी संस्थाओं और कार्यक्षेत्रों में भी लागू किया गया। आज नार्वे में पुरुष रोजगार 74 प्रतिशत और स्त्री रोजगार 70 प्रतिशत है जो आरक्षण नीति के कारण ही सम्भव हुआ। कामकाजी महिलाओं को सुविधा देने के लिए वहाँ प्रसूति अवकाश एक वर्ष का है। पत्नी का सहयोग करने के लिए नवजात शिशु के पिता के लिए भी छह सप्ताह के अवकाश का प्रावधान है। इसके अतिरिक्त बड़ी संख्या में शिशुगृह खोले गये जहाँ माताएँ प्रसूति के एक वर्ष के अवकाश के बाद बच्चों को वहाँ छोड़ सकती है ताकि वे फिर काम पर जा सकें।

इसीलिए स्त्री समानता और सशक्तीकरण केवल भाषणों से नहीं हो सकता। उसके लिए व्यवस्था की संवदेनशीलता और इच्छा शक्ति चाहिए। नार्वे में यह सरकार की नीतियों, कानूनों और स्त्रियों को आगे बढ़ाने की मजबूत इच्छा शक्ति के कारण ही हो सका। वहाँ वाकायदा स्त्री समानता और न्याय का एक पृथक मंत्रालय भी है। यूँ स्त्री और बालकल्याण मंत्रालय तो हमारे यहाँ भी रहा लेकिन वह मात्र शोभा के लिए ही जैसे हो जिसने आज तक कौन से कल्याणकारी कानून बनाकर स्त्रियों की स्थितियों में बदलाव लाने की कोशिश की—इसे तलाशना पड़ेगा। रूसी क्रान्ति के बाद नयी समाजवादी व्यवस्था में लेनिन ने स्पष्ट किया था कि जब तक स्त्री समाज को राष्ट्र की उत्पादन व्यवस्था की मुख्य धारा से न जोड़ा जायेगा, तक तक समाज विकास नहीं कर सकेगा। निर्धन, अपढ़ बड़ी संख्या में देह व्यापार में लगी औरतों के लिए उन्होंने उनकी शिक्षा और रोजगार के लिए बड़े पैमाने पर अवसर निर्मित करने की बात कही। यह भी कहा कि स्त्रियों को घर के चूल्हे-चौके तक सीमित जीवन से भी मुक्त करना होगा, उनके बच्चों के लालन-पालन और शिक्षा की जिम्मेदारी राज्य को वहन करनी होगी तभी वहाँ की महिलाएँ आगे बढ़ पायेंगी, शिक्षित और योग्य बनेगी और राष्ट्र के विकास में योगदान दे सकेंगी। समाजवादी रूस में इन नीतियों पर अमल हुआ और 80-90 के दशक तक रूस में डॉक्टर, इंजीनियर और शिक्षा संस्थानों में स्त्रियों का प्रतिशत 60-80 तक था।

जातिगत आरक्षण पर आज पूरे देश की राजनीति संचालित होती है। चुनाव लड़े जाते हैं, लेकिन स्त्री आरक्षण को हमेशा विवाद का रूप देकर हाशिये में डाल दिया जाता है। हमारी राज्य व्यवस्था इन उदाहरणों से सबक ले सकती है।

विवाह रजिस्ट्रेशन कानून

लगभग सात-आठ साल पहले भारत के सर्वोच्च न्यायालय ने केन्द्र सरकार को आदेश दिया था कि प्रत्येक विवाह के अनिवार्य रूप से रजिस्ट्रेशन के लिए तीन महीने के भीतर कानून बनाये। उस समय इस खबर पर सन्तोष हुआ था और दुख भी। सन्तोष इसलिए कि पिछले लम्बे अरसे से तमाम जनवादी महिला संगठनों की ओर से लगातार यह माँग उठती रही है जिस पर ध्यान दिया गया। दुख इस बात का था कि महिलाओं के उत्पीड़न के सामान्य कारणों में दहेज और मनमाने तरीके से तलाक की बढ़ती घटनाओं के प्रति शासन और जनप्रतिनिधियों की संवेदनहीनता के चलते सर्वोच्च न्यायालय को इस अहम् मुद्दे पर आगे आना पड़ा। जो प्रकरण समाज और विधायिका के क्षेत्र में होना चाहिए थे वह न्यायपालिका के माध्यम से पूरा हो रहा था। जनवादी महिला समिति और उसके सहयोगी संगठन इस माँग को लगातार उठाते रहे। आज इस पर बहस होनी चाहिए कि अब तक ऐसा कानून क्यों नहीं बन पाया है और कि यथास्थिति कब तक बनी रहेगी। स्त्री मुद्दों के प्रति हमारी सरकारें इतनी उदासीन क्यों हैं?

हिन्दू मैरिज एक्ट में समय-समय पर परिवर्तन होते रहे हैं। आज हिन्दू विवाह अधिनियम बिल (1955) केवल हिन्दुओं पर लागू होता है जिसके अनुसार विवाह के लिए दोनों का हिन्दू होना जरूरी है। इसके अन्तर्गत पत्नी के जीते जी दूसरा बिवाह करना अपराध है तथा पत्नी की सहमति से की गयी दूसरी शादी भी अपराध है। सामान्यतया अदालतों के द्वारा वही शादी वैध मानी जाती रही है जो पूरे रस्मो रिवाज के साथ समाज के बीच में सम्पन्न हुई हो। कभी कानूनों के बीच छूटे हुए बिन्दुओं को आधार बनाकर तो कभी भावनात्मक रूप से बहला-फुसलाकर अथवा धर्म बदलकर पुरुष अपनी पत्नी को छोड़ इधर-उधर दूसरी शादियाँ करता है और पहली पत्नी निराश्रित हो भगवान और समाज के भरोसे छोड़ जाती है।

मैं सुनी हुई या पढ़ी हुई बातें न कहकर आँखों देखी ही कहूँगी। हमारी स्वयं सेवी संस्था जिसकी मैं सचिव हूँ उस के 'परिवार परामर्श केन्द्र' में आये दिन

ऐसे प्रकरण आते रहते हैं। विवाह के बाद जब कभी किन्हीं कारणों से महिलाएँ छली जाती हैं तो न्याय के लिए दर-दर भटकती हैं। यह परम्परागत महिलाएँ हैं जिनके लिए परिवार और पति का आश्रय जीवन के लिए आवश्यक होता है। आज के अत्याधुनिक 'लिव इन रिलेशनशिप' वाली संस्कृति से अलग समाज की इन महिलाओं को वैवाहिक जीवन की गारण्टी बहुत जरूरी है। एक प्रकरण में एक खाते-पीते मध्यवर्गीय परिवार की लड़की की सगाई एक अच्छे भले परिवार में हुई। यह दुर्भाग्य ही था कि एक सड़क दुर्घटना में उसके माँ-बाप दोनों ही मारे गये। सदाशयता देखिये कि मंगेतर के घरवाले उसे बहू के रूप में ले गये और घरेलू स्तर पर रस्म पूरी करके उन्हें पति-पत्नी का दर्जा दे दिया। दो-तीन साल बीतने के बाद (तब तक उस 'पत्नी' का सब कुछ ससुरालियों का हो चुका था) नया नाटक शुरू हुआ। उस लड़के के लिए नये रिश्ते आने शुरू हुए तो उसके ससुराल वालों ने उसे निकाल बाहर किया कि 'कोई तुम्हारी शादी नहीं हुई है। तुम्हें तो हम दया करके घर ले आये थे।' वह लड़की अब सड़क पर थी। हमारा केन्द्र अब उसका मुकद्दमा लड़ रहा है।

एक अन्य घटना है जिसमें नौजवान प्रेमी-प्रेमिका ने आर्य समाज मंदिर में शादी कर ली। पाँच साल से ऊपर हो गये उन्हें साथ रहते हुए। दो बच्चे भी हो गये। फिर उस लड़के को रेलवे की एक अच्छी नौकरी मिल गयी और वह दूसरे शहर चला गया। वहाँ उसने दान दहेज के साथ दूसरी शादी कर ली। उस पहली पत्नी को जब पता चला और उसने विरोध किया तो पहली पत्नी को बहलाते हुए उसने कहा कि वह प्यार तो उसे ही करता है, भले ही उसने दूसरी लड़की से (रातों रात सम्पन्नता प्राप्त करने के लिए) शादी कर ली हो। इसी प्यार का वास्ता देकर उसने वचन लेना चाहा कि वह उसके खिलाफ शिकायत दर्ज नहीं करायेगी। जब वह नहीं मानी और उसने अपना हक माँगा तो उसने उसे अपनी पत्नी मानने से इंकार कर दिया और कह दिया कि उसने उस लड़की से कभी शादी नहीं की थी। जाहिर है डी.एन.ए. परीक्षण कानूनी प्रक्रिया का हिस्सा होता है, अतः उसका केस भी अदालत में ले जाना पड़ा। हमारी अदालतें जो वकीलों के सुरसा की भांति खुले मुँह की गुफाओं में समाई हुई हैं वहाँ बिना धन की पोटलियाँ फेंके न्याय की उम्मीद किसे हो सकती है। फिर पता नहीं न्याय इसी जन्म में मिलेगा या अगले जन्म तक प्रतीक्षा करनी पड़ेगी।

नारी आन्दोलन की एक बड़ी उपलब्धि होगी अगर अपने सही रूप में यह अनिवार्य विवाह पंजीकरण का कानून लागू होता है। मुस्लिम समुदाय में अवश्य शादी पंजीकृत होती है तथा दूल्हा और दुल्हन दोनों के हस्ताक्षर होते

हैं। निकाहनामे की एक एक प्रति भी दोनों को मिलती है। यह विवाह प्रक्रिया स्वयम् में जनतान्त्रिक स्वरूप लिए हुए है जहाँ काज़ी की उपस्थिति में स्त्री की सहमति विवाह के लिए आवश्यक है। इसके बावजूद पितृसत्तात्मक समाज में यह जनतान्त्रिक प्रक्रिया भी धार्मिकता के आवरण में लिपट कर केवल रस्मी बन कर रह गयी है। निकाहनामा में संशोधन कर उसे महिला के प्रति मैत्रीपूर्ण बनाने के लिए अब बड़ी संख्या में मुस्लिम महिला संगठन आवाज़ बुलन्द कर रहे हैं। पिछले ही वर्ष बंबई में कई मुस्लिम महिला संगठनों ने मिलकर खुद एक नया निकाहनामा तैयार किया और उसके अन्तर्गत अनेक शादियाँ सम्पन्न कराईं। आदर्श निकाहनामे के मसले पर लगातार मुस्लिम पर्सनल लॉ बोर्ड से इन जागरूक महिला संगठनों की मुठभेड़ जारी है। मुस्लिम पर्सनल लॉ बोर्ड इतनी आसानी से कैसे अपनी सत्ता गंवा देगा। आखिर औरतें ही तो इन वर्चस्ववादी धार्मिक नियामकों की प्रजा हैं जिन पर वे शरीयत कानूनों की मनमानी व्याख्या करके हुकूमत करते हैं। मुस्लिम समुदाय की उत्पीड़ित महिलाओं को भी न्याय के लिए अन्य समुदाय की महिलाओं की भांति उसी प्रकार भटकना पड़ता है। अशिक्षा और गरीबी के कारण इन मुसीबतज़दा औरतों की त्रासदी और बढ़ जाती है। अक्सर उन महिलाओं के पास निकाहनामे की प्रति नहीं होती। उन्हें मालूम भी नहीं कि परिवार में किस सदस्य के बक्से में वह रखी है। गरीब, अनपढ़ परिवारों की ये महिलाएँ, अगर उनके पास निकाहनामा है भी तो उन्हें नही मालूम कि उसमें लिखा क्या है। उनका सम्बन्ध विच्छेद तो जरूर पति के द्वारा तीन बार तलाक! तलाक! तलाक! कहने से हो जाता है, लेकिन मेहर की रकम प्राप्त करना उनके लिए एक टेढ़ी खीर होती है। बहुधा यह पुरुष की कामयाबी का प्रतीक भी मान लिया जाता है अगर वह अपने प्यार और विश्वास और खुदा का वास्ता देकर पहली ही मुलाकात में अपना मेहर माफ करा लेता है।

ईसाई समुदाय का पर्सनल लॉ (इंडियन क्रिश्चियन मैरिज एक्ट-1872) आज भी उसी रूप में लागू है और उसे बदलने की जरूरत कभी नहीं महसूस की गयी। हाँ, ईसाइयों के विवाह में सरकार द्वारा रजिस्ट्रार की नियुक्ति आवश्यक रही है। इसलिए उनके यहाँ तलाक की प्रक्रिया आसान नहीं है। पिता की सम्पत्ति में अधिकार के लिए भी उनकी लम्बी लड़ाई होती है लेकिन विवाह को नकारने की घटनाएँ कम नज़र आती हैं।

परम्परा, धर्म, नैतिकता और मर्यादा जैसे भारी भरकम शब्द या धार्मिक रस्मो-रिवाज़ कभी किसी भी समुदाय की स्त्री के पक्ष में नहीं होते हैं। पुरुष और परिवार के ऊपर स्त्री की निर्भरता की स्थिति भी अभी आसानी से नहीं

बदलनी है। इसके लिए स्त्री शिक्षा की अनिवार्यता और उनको काम करने के अधिकार और अवसर उपलब्ध कराना जरूरी है। ये मुद्दे सामाजिक व्यवस्था और राजनैतिक प्रक्रिया से जुड़े हुए हैं। हमारे समाज में विवाह संस्था एक बहुत बड़े स्त्री समुदाय को आश्रय और परिवार प्रदान करती है। ऐसे में इस संस्था द्वारा प्राप्त सम्बल को पुख्ता बनाना भी व्यवस्था का कर्तव्य है। अतः हर समुदाय, हर जाति और वर्ग के लिए विवाह को पंजीकृत कराने के लिए कानून बनाकर लागू करना ऐतिहासिक कदम होगा। आमतौर पर स्त्रियों के पक्ष में जब सुधारवादी कानूनों को लागू करने का मुद्दा होता है तो अल्पसंख्यक समुदायों के नेतागण और उनके पुरोहित हल्ला करने लगते हैं कि वह हमारे समुदाय की अस्मिता पर खतरा है और कि किसी सरकार को उनके पर्सनल लॉ से अलग कोई कानून बनाने का हक नहीं है। हमारी सरकारें सत्ता-राजनीति और तुष्टिकरण के तहत उस समुदाय की औरतों को उनके हाल पर छोड़ देती हैं कि भुगतो अपने पर्सनल लॉ को। शाहबानो केस का उदाहरण सबके सामने है।

इस कानून को बनाने और लागू करने में किसी समुदाय के पर्सनल लॉ को आड़े नहीं आने दिया जाय। हमेशा ऐसे मौकों पर खासतौर से अल्पसंख्यक समुदायों के धार्मिक नेता अपनी कौम की औरतों के आगे आकर खड़े हो जाते हैं कि उन्हें इन कानूनों के जरूरत नहीं। उनके यहाँ यह सब कुछ पहले से ही है। ठीक वैसे ही जैसे हमारे हिन्दूवादी बौद्धिक नयी से नयी हर वैज्ञानिक उपलब्धि, हर नयी टैक्नोलॉजी की ओर मुँह बिचका कर घोषणा करते हैं कि यह सब तो वेदों में पहले से है। धार्मिक आधार पर अपने अपने समुदाय के प्रवक्ता हमेशा औरतों के प्रति होने वाले उत्पीड़न और अन्याय के लिए जिम्मेदार रहे हैं। उन्हें देश के कानून को बनाने और उसको अनिवार्य रूप देने के लिए आड़े नहीं आने देना चाहिए। समान कानून संहिता को जाने अनजाने राजनीतिक पार्टीबन्दी का रूप देकर विभिन्न अल्पसंख्यक समुदाय की औरतों के साथ अन्याय होता रहा है। अब तक केवल 'विशेष विवाह कानून अधिनियम (1954) में ही अदालत में विवाह के रजिस्ट्रेशन का प्रावधान है जिसमें पति-पत्नी, चाहे व किसी धर्म के हों, आपस में विवाह कर सकते हैं।

यह भी जरूरी है कि इस कानून की प्रक्रिया आसान बनायी जाय ताकि गरीब और अनपढ़ समुदाय के लोग इसे सहजतापूर्वक अपना सकें। कोर्ट कचहरी के दंदफंद से भरे वातावरण से वे भयभीत न हों और न ही इसे एक झंझट भरी प्रक्रिया समझ बैठें। रजिस्ट्रेशन की प्रक्रिया को लालची और संवेदनशील वकीलों की जमात से भी बचाया जाय।

यह रजिस्ट्रेशन की प्रक्रिया भारत के समस्त नागरिकों पर समान रूप से लागू होगी तभी स्त्री समुदाय का कल्याण होगा और वे सामाजिक अन्याय और धोखाधड़ी की घटनाओं से बच सकेंगी। स्त्रियों के जनतान्त्रिक अधिकारों के लिए आन्दोलनरत सभी संगठन औरतों का उत्पीड़न रोकने में सहायक सुप्रीम कोर्ट की इस पहल कदमी का स्वागत करेंगे। अब महिला संगठनों को एकजुट होना पड़ेगा कि इस कानून को वे सभी समुदायों के लिए समान रूप से लागू करायेंगे। तभी महिलाओं की अस्मिता और सम्मान की रक्षा हो सकेगी।

◆◆◆

चाहे धार्मिक रीतिरिवाज से शादी की गयी हो या आपसी सहमति से, विवाह सम्बन्ध को नकारने की स्थितियों पर विवाह रजिस्ट्रेशन रोक लगा सकता है। वहीं दूसरी ओर आधुनिक समाज में 'लिव-इन-रिलेशन शिप' की प्रवृत्ति से नयी समस्याएँ भी पैदा हो रही हैं। एक खाता-पीता वर्ग अपनी मर्जी से सम्बन्ध बनाता है और ज़रूरत पड़ने पर सम्बन्ध टूट भी जाते हैं। किसी भी पक्ष को परेशानी नहीं होती। धन-दौलत, सम्पत्ति और उन्मुक्त वातावरण अनेक सामाजिक वर्जनाओं से मुक्त करता है। जाने या अनजाने में विवाहेतर सम्बन्ध और उनसे उत्पन्न सन्तानों का भविष्य और परवरिश बड़े सवाल पैदा करते हैं। कई बार आपसी सहमति से और बहुधा धोखे से भी अनेक महिलाएँ पुरुषों से विवाह की रस्म निभाकर या बिना निभाये भी दाम्पत्य जीवन का निर्वाह करती हैं। ऐसे में अवैध कहलाये जाने वाले सम्बन्धों से उत्पन्न सन्तानों का भविष्य संकट में हो जाता है। ऐसा संकट जिसके लिए बच्चे कतई जिम्मेदार नहीं होते। यूँ भी भारतीय समाज में औरतों के लिए तो पहरे के सात दरवाज़े और आदमी! बस चले तो सत्तर दरवाज़े तोड़कर चला जाये और कब्ज़ा कर लाये औरत को। यौन-शुचिता के आग्रह पर सदियों तक बाल-विवाह फलता-फूलता रहा।

विवाह संस्था सामाजिक जीवन में पारिवारिक संरचना को नियंत्रित करती है, अनुशासनबद्ध करती है। यह अनुशासन भी पुरुष बनाता है और अतिक्रमण कर मनमानी भी वही करता है। विवाहेतर सम्बन्ध जहाँ असुविधाजनक प्रतीत होने लगे, जब भी जाल में फँसी औरत ने सामाजिक तौर पर रिश्तों की वैधता चाही, अपना मनुष्योचित सम्मान और अधिकार चाहा, उसे दूध की मक्खी की तरह निकाल कर फेंक दिया गया। वह दर-दर भटके, नदी-कुओं की शरण ले...यह उसकी मर्ज़ी! न समाज के दिल में उसके लिए जगह और न ही क़ानून उसके पक्ष में। सारी नैतिकता के नियम-क़ानून उसके पल्ले में बँधे हुए। बहुत

साहसी हुई (या कायर हुई कि मरने का साहस न जुटा सकी) तो जीवन भर अवैध कहलाने वाले सम्बन्धों का भार ढोती रही। ख़ुद भी अभिशप्त रही और ऐसा ही अभिशप्त जीवन उसकी अवैध कहलायी जाने वाली सन्तानें ढोती रहीं। इसीलिए, सभ्य समाज के पुरुषों ने वेश्यालय बनाये, देवदासियाँ बनायी और आधुनिक भाषा में कहें तो 'रेड लाइट एरिया' का निर्माण कराया।

अब ऐसी मजबूर औरत को सहारा मिला है—आधुनिक भारत की जनतान्त्रिक व्यवस्था में। निश्चित रूप से औरत को समाज में मनुष्य का दर्ज़ा देने की ओर यह एक प्रयास है। सैकड़ों साल से सभ्य समाज की औरत की गाथाएँ समय के शिलालेख पर उनके आँसुओं से अंकित होती रही हैं। इस समाज में सिर्फ़ माँग का सिन्दूर ही उसे सामान्य जीवन-यापन की स्थितियाँ प्रदान कर सकता था। उसे 'बुरी औरत' जैसे अभिशाप से मुक्त करता था। उसकी सन्तानों को उस अभिशप्त जीवन की नियति से मुक्ति दिला सकता था, जिस के लिए वे क़तई उत्तरदायी नहीं थी। अभी हाल में सुप्रीम कोर्ट के फ़ैसलों ने ऐसी औरतों के प्रति होने वाले सामाजिक अन्याय और अपमान से उन्हें मुक्ति दिलायी है। निश्चित रूप से ये फ़ैसले बेहद स्वागतयोग्य हैं।

दरअसल, सुप्रीम कोर्ट के ये फ़ैसले आधुनिक समाज में टूट रही विवाह-संस्था के परिणामों का भी निष्कर्ष हैं। औरत की पराधीनता के वातावरण में उसका जीना-मरना पुरुष समाज की इच्छा और सहयोग पर निर्भर करता था। परिवार के नियम और कठोर सामाजिक बन्धन, अशिक्षा, अस्तित्वहीनता और पराधीनता के वातावरण में औरतों का समाज में स्थान केवल माँ, बहिन, पत्नी के रूप में या पारिवारिक रिश्तों के रूप में था। वहाँ सम्बन्धहीन औरत केवल वेश्या ही हो सकती थी। राधा-कृष्ण वाली हमारी संस्कृति में व्यवहार में प्रेयसी का कोई स्थान नहीं था। विवाहेतर सम्बन्ध सिर्फ़ पुरुषों का अधिकार और मनबहलाव था। उसकी सामाजिक अथवा नैतिक ज़िम्मेदारी उस पर लेशमात्र भी नहीं थी। वह जब चाहे 'खेल' से अपने को अलग कर सकता था और सुरक्षित, दायित्वहीन रहता था।

आज भारत की डेमोक्रेसी में समीकरण गड़बड़ा गये हैं। अब औरतें पढ़ी-लिखी हैं। आत्मनिर्भर हैं। वे अपना जीवन अपनी तरह से जीना चाहती हैं और अपनी शर्तों पर जीने की राह खोज रही हैं। विवाह सम्बन्ध अगर उन्हें असुविधाजनक लगते है, तो वे उसे दरकिनार कर सकती हैं। स्त्री-पुरुष के प्राकृतिक सम्बन्धों को वे बिना विवाह की मोहर लगाये भी जी सकती हैं। सबसे बड़ी बात यह है कि 'बुरी औरत' के तमग़े की परवाह किये बिना वे अपने यौन-सम्बन्धों को

स्वीकार कर सकती हैं और अपनी सन्तान तथा स्वयं अपने लिए अधिकार की माँग कर सकती हैं। जी हाँ! अब 'अवैध' पत्नी भी अपने तथाकथित पुरुष के साथ अपने सम्बन्धों से उत्पन्न स्थितियों के लिए अधिकार माँग सकती हैं। अपनी 'अवैध' सन्तान के लिए उसके पूरे हक़ माँग सकती है। अब पहले की तरह नहीं होगा कि बहलाया, फुसलाया, प्रेम का नाटक रचाया, बहुत हुआ तो मंदिर के एकांत में माला अदल-बदल कर गंधर्व विवाह रचाया...जब तक दिल किया, साथ रहे और फिर दिल भर गया तो रफ़ूचक्कर। अब यह औरत के लिए है कि आप सिद्ध करिए कि आपकी शादी हुई थी। सबूत लाइए। क़ानून सबूत माँगता है। नहीं सिद्ध कर सके...आप के सम्बन्ध अवैध थे...आपके लिए उस पुरुष की सम्पत्ति, परिवार में और यहाँ तक कि समाज में भी कोई स्थान नहीं है। भला हो विज्ञान की प्रगति का, अब डी.एन.ए. टेस्ट द्वारा सन्तान का पितृत्व (मातृत्व भी) सिद्ध हो जाता है। दूध का दूध, पानी का पानी। अब यह भी सम्भव नहीं कि घरेलू कलह तथा दहेज-प्रताड़ना में पत्नी को घर से निकाल दिया। इल्ज़ाम लगा कि 'यह सन्तान मेरी नहीं है', कि 'पत्नी चरित्रहीन है या कि हमारी शादी ही नहीं हुई थी।

विवाह-संस्था के दरकने से एक बड़ा सामाजिक बदलाव आज पैदा हो रहा है। अच्छा है या बुरा है...यह अलग चर्चा का विषय है। बड़े महानगरों में बिना विवाह के स्त्री-पुरुष साथ रहने लगे हैं। महानगर में नौकरी। पर्याप्त वेतन नहीं कि स्वतंत्र रूप से रह सकें। छोटे शहरों से आयी लड़कियाँ पढ़ लिख गयी हैं। महानगरों में नौकरी के मौके मिले हैं जिन्हें गंवाना नहीं चाहतीं। महत्वाकांक्षी हैं। आधुनिक जीवन, रहन-सहन अपनाती हैं। इस तरह विकल्प सामने आता है कि न सही लड़कियों का साथ, किसी लड़के के साथ रह लेंगी। एडवेंचर भी है। बॉय-फ्रेंड की कमी भी पूरी हो जाती है। तो कुछ आर्थिक और कुछ वातावरणजनित मजबूरियाँ हैं। सामाजिक सुरक्षा भी एक कारण है। जल्दबाजी में अनचाहे सामाजिक बन्धन को स्वीकार न करने की मंशा भी है। यह आधुनिक जीवन-पद्धति स्त्री-पुरुष दोनों को सुविधाजनक लग रही है। इस वातावरण से उत्पन्न परिस्थितियों का दबाव आज न्यायपालिका को अपना रुख़ बदलने के लिए मजबूर कर रहा है। आख़िर न्यायपालिका के संचालक भी इसी समाज के, इसी व्यवस्था के अंग हैं। उनके निर्णयों में परम्परागत पुरुषवादी मानसिकता स्वाभाविक है, तो परिवर्तनों के प्रति संवेदनशील होना भी विवेकपूर्ण है।

मौजूदा क़ानून में कोई हिन्दू पत्नी तलाक होने पर गुज़ारा-भत्ते के अधिकार का दावा या तो हिन्दू विवाह क़ानून के अन्तर्गत कर सकती है अथवा आपराधिक

प्रक्रिया की उपयुक्त दंड संहिता के अन्तर्गत कर सकती है। सुप्रीम कोर्ट ने हाल-फ़िलहाल में दो निर्णय दिये।

एक केस में एक 'विवाहिता' को अवैध माना गया क्योंकि उसने अपने पहले पति को तलाक दिये बिना दूसरे आदमी से विवाह कर लिया। दूसरे केस में उस विवाहिता के विवाह को ही अवैध माना गया, जिसने एक शादीशुदा आदमी से विवाह किया जिसका पूर्व पत्नी से तलाक नहीं हुआ था।

पहले केस में सर्वोच्च न्यायालय ने कहा कि उस औरत की पहली शादी अभी क़ायम है, इसलिए उसका दूसरा विवाह क़ानूनन मान्य नहीं है। अतः उसका दूसरा पति तलाक का हक़दार है। लेकिन हिन्दू विवाह कानून की धारा-25 के अन्तर्गत वह औरत और उसकी सन्तान उस दूसरे पति से मासिक गुज़ारा-भत्ता लेने की हक़दार है। यहाँ पत्नी का यह दूसरा विवाह अवैध हो सकता है, लेकिन अनैतिक नहीं। अतः आर्थिक रूप से कमज़ोर पत्नी गुज़ारा-भत्ते की हक़दार हो सकती है।

दूसरे केस में एक स्त्री ने पहले से ही शादीशुदा व्यक्ति से विवाह कर लिया, जिसका अपनी पत्नी से तलाक नहीं हुआ था। इस स्त्री से कुछ समय बाद उस पुरुष ने सम्बन्ध-विच्छेद करना चाहा। तब स्त्री ने उस पुरुष पर भारतीय आपराधिक प्रक्रिया संहिता की धारा-125 के अन्तर्गत न्याय की अपील की। यह धारा पति द्वारा उपेक्षित महिलाओं के भरण-पोषण के अधिकार का संरक्षण करती है। यहाँ अदालत ने कहा कि उस स्त्री की शादी ही अमान्य है, अतः वह गुज़ारा-भत्ते की हक़दार नहीं। इसके बावजूद उनके सम्बन्धों से उत्पन्न बालक भरण पोषण के लिए गुज़ारा-भत्ते का पूर्ण अधिकारी है।

इन दोनों निर्णयों से स्पष्ट है कि अब क़ानूनन ऐसी स्त्रियाँ, जिनकी शादी वैध नहीं है, उनके भी अपने अधिकार हैं। वे अथवा उनकी सन्तान (या दोनों ही, जो परिस्थितियों पर निर्भर करता है) पति एवं पिता की सम्पत्ति के हक़दार हैं। उन्हें भरण-पोषण का गुज़ारा भत्ता मिलना ही चाहिए। सर्वोच्च न्यायालय का यह फ़ैसला स्वागत-योग्य है।

आधुनिक समाज में विवाह संस्था धीरे-धीरे टूट रही है, लेकिन स्त्री अगर अभी आत्मनिर्भर नहीं है, तो उसे सहारा चाहिए। ऐसे में, ये फ़ैसले स्त्री-समाज को बल देंगे। युग-युग से 'अवैध' सम्बन्ध के नाम पर प्रताड़ित हो रही स्त्री को सम्मानपूर्वक जीने का अवसर देंगे।

परिदृश्य

आज के समय में प्रेम

कुछ समय पहले हिन्दी की दो पत्रिकाओं ने प्रेमकथा विशेषांक निकालने की घोषणा की तो बहुत राहत महसूस हुई। परस्पर स्नेह और प्रेम जैसी उदात्त भावनाएँ तो साहित्य और समाज से लोप हो रही हैं। इतिहास का हिस्सा बन चुके कालजयी प्रेमाख्यान आम आदमी के जीवन को और सामाजिक मनोभावों को उद्वेलित करते रहे हैं। युवा मन के कोनों में ये प्रेम कहानियाँ चिनगारी जैसी सुलगती-बुझती रही हैं और विविध रंगों के अन्दाज में नयी कहानियाँ बनती रही हैं। उदात्त प्रेम के चरित्र कभी पारो के देवदास के रूप में तिलतिल कर जलते मरते रहे तो कभी 'वुदरिंग हाइट्स' के हीथक्लीफ की तरह अपने प्रेम को कैद करके खुद भी मरते रहे और उसे भी खत्म करते रहे। तुर्गनेव के फादर्स एण्ड संस का बज़ारोव हो या स्वयं चित्रकार वॉनगॉन, उनके उत्कट प्रेम का अन्त किसी न किसी रूप में खामोशी से आत्मोत्सर्ग में ही हुआ है। मन और शरीर के दो धरातलों पर टिकी प्रेम की भावना कब एकाकार हो जाती है और कब पृथक स्वरूप ग्रहण करती है...कहा नहीं जा सकता। खामोशी, त्याग और प्रेम एक दूसरे के पर्याय हैं। ऐसी ही मिसाल भारतीय संस्कृति में राधा का कृष्ण के प्रति अनुराग है।

शायद मानव जीवन के समस्त भावों में सर्वोत्कृष्ट इस प्रेम भावना का ही वह उदात्त रूप है जो एक ऊँचाई पर पहुँचकर परिधि से परे हो जाता है और अलौकिक रूप धारण कर मनुष्य की आत्मा का अंश बन जाता है जहाँ प्राप्ति की इच्छा अन्ततः समर्पण में रूपांतरित होकर अमर हो जाती है। समय के प्रवाह के साथ इतिहास और तथ्य धूमिल होते रहते हैं और घिस-घिस कर चिकने, सजीले, मिथकीय रूप ग्रहण करने लगते हैं। एक स्थिति में मीरा की उदात्त कृष्ण भक्ति रहस्य बनने लगती है तो 'आधुनिक मीरा' के रूप में महादेवी वर्मा के प्रेमोच्छवास की वेदना से भरी काव्यानुभूति 'रहस्यवाद' जैसी काव्यधारा का ही निर्माण कर देती है। जायसी के पद्‌मावत का सन्दर्भ लें तो बात इस प्रकार

हो सकती है कि ये प्रेम ही तो है जो जीवन का अर्थ बदल देता है और मनुष्य को एक श्रेष्ठतम, सुसंस्कृत और भावमय जीवन का स्वामी बनाता है। वन-पर्वत मालाओं, रेगिस्तानों को लांघते हुए शीरीं फ़रहा़द और लैला-मजनू के किस्से भी अब वैश्विक समाज में प्रेम के त्याग और उत्सर्ग की अमर गाथाएँ हैं। प्रेम का यह स्वरूप अनिवार्य रूप से समाज व्यवस्था के स्वरूप और पारिवारिक संरचना द्वार संचालित जीवन मूल्यों से जुड़ा होता है...यह प्राचीन प्रेमाख्यानों के ऐतिहासिक सन्दर्भों से हम जानते हैं।

आज की नौजवान पीढ़ी प्रेम की इन 'हमारे ज़माने' की मान्यताओं को जैसे ध्वस्त कर रही है। हालाँकि यह कोई नयी बात नहीं है। ज़माना बदलता है, मान्यताएँ बदलती हैं। हर नयी पीढ़ी इसी तरह ध्वंस करती है और नया निर्मित होता है। यह शाश्वत नियम है। ऐसा न हो तो दुनिया वहीं अटकी रहती जहाँ आदिम समाज था, आदिमानव था। जहाँ आदमी और औरत सिर्फ दो यौनिक इकाईयाँ भर थे।

सामंती समाज में स्त्री-पुरुष सम्बन्ध घर के भीतर और बाहर, दो भिन्न धरातलों पर थे। घर के भीतर की स्त्री मात्र भोग्या थी-सन्तान उत्पन्न करने और परिवार की वंशबेल वृद्धि का साधन थी। प्रेम का स्वरूप चाहे दैहिक हो या भावनात्मक, घर से बाहर ही तलाशा गया। विवाह संस्था को अगर एक यौन इकाई द्वारा दूसरी यौन इकाई पर पूर्ण कब्जे का षड़यंत्र समझा गया (सामंती समाज में विवाह संस्था परिवार और सम्पत्ति पर ऐंगल्स) तो इसके विपरीत यशपाल ने 'दिव्या' उपन्यास में दिव्या और मारिश के सम्बन्धों के माध्यम से यह स्थापित करने का प्रयास किया कि सार्थक और प्रेमपूर्ण स्त्री पुरुष सम्बन्ध परस्पर सम्मान सहयोग और समानता के द्वारा ही स्थापित हो सकते हैं।

आज पढ़ी लिखी, चेतना सम्पन्न स्त्रियाँ निश्चय ही सुविधापूर्ण स्थिति में हैं और खासी मनमानी करने की छूट हमें मिल गयी है। आज समाज व्यवस्था पूँजी आधारित है। राज्य व्यवस्था बाजार के दर्शन से संचालित हो रही है। उच्च-तकनीकी साधनों ने जीवन का स्वरूप और रहन सहन का स्तर दिया है तो स्त्री-पुरुष सम्बन्धों का स्वरूप बदलना लाजिमी है। अब विरोधाभास यह है कि यह परिवर्तन का स्वरूप एक जैसा नहीं है। एक ओर घोर तकनीकी रूप, दूसरी ओर परिवार में सामंती वर्चस्व। परम्परा, आधुनिकता और टैक्नोलॉजी के विविध स्तरों पर झूलते, ऊपर नीचे होते परिवारों की उहापोह और संशयपूर्ण जीवन पद्धति एक स्पष्ट सोच और मूल्यों के निर्धारण में बाधक बन रही है।

तो क्या मान लें कि आगे आने वाले समाज में सिर्फ बाजार रहेगा और देह

रहेगी। परस्पर स्नेह, समर्पण और प्रेम जैसे भाव बीते समय की शब्दावली के साथ इतिहास की वस्तुएँ बन जायेंगी और नये जमाने में सिर्फ सैक्स रहेगा और बाजार रहेगा। आपसी सम्बन्ध और भावनाएँ सिर्फ शरीरों तक सिमट जायेंगी और वे दाम वसूलने का साधन बनकर यत्र-तत्र-सर्वत्र धूल की भांति बिखेर दी जायेगी। आपसी रिश्तों में क्या कोई भी निजता का भाव नहीं होता? कोई सम्बन्ध अन्तरंग होने का गौरव हासिल नहीं करता? सब मार्केट की भेंट चढ़ जाता है? सब साझे का होता है? रोज़ अखबारों में रेप के या गैंगरेप के समाचार आते हैं। प्रेमी-प्रेमिका के बीच रिश्तों की अवधारणा ही बदल गयी है। प्रेमी अपने प्रेम को सिर्फ भोग के लिए खींच लाता है और फिर गैंग के सुपुर्द कर देता है? मानो अपने पुरुषार्थ का सबूत मित्रों के सामने बयान कर रहा है। इसीलिए दोस्ती की गम्भीरता, प्रेम की अनुभूति अपने अर्थ खो चुके हैं। पूरी पीढ़ी मानो क्षणवाद के दर्शन में जी रही है।

क्या नौजवान पीढ़ी के सामने कोई भविष्य के सपने नहीं हैं? कोई आकांक्षा, महत्त्वाकांक्षा नहीं रह गयी है? कुछ कर गुजरने की तमन्ना, कुछ तारे तोड़ लाने का हौसला... कुछ भी नहीं है?

ये बेचैनी, ये लगातार उठते सवाल उन घटनाओं से हैं जो पिछले दिनों से सुर्खियों पर छाए हैं। किशोर छात्र-छात्राएँ किस समाज का प्रतिनिधित्व कर रहे हैं? दुनिया-जहान से कटी, ये नयी पीढ़ी अपने समाज से भी कटती जा रही है। अपने चारों ओर के वातावरण में क्या घट राह है, क्या चल रहा है, उसे मतलब नहीं है। अर्जुन की तरह सिर्फ चिड़िया की आँख पर ध्यान रहता है। मेरे एक मित्र ने बताया कि अभी रेल यात्रा के दौरान उनके साथ एक 24-25 साल की स्मार्ट, तेज तर्रार युवती सफर कर रही थी। इंजीनियरिंग का कोर्स करने के बाद उसने एम.बी.ए. कर लिया था और जल्दी ही बाहर जाने वाली थी। मेरे मित्र जो एक लेखक तथा सामाजिक कार्यकर्ता हैं उन्हें बहुत धक्का लगा जब उस स्मार्ट युवती ने अनभिज्ञता जाहिर की कि उसने शहीद भगत सिंह का नाम तो सुना है लेकिन वह उनके बारे में खास कुछ नहीं जानती। मेरे मित्र ने जब राजगुरु, सुखदेव, बिस्मिल, अशफाकउल्लाह खाँ के नाम लिए तो वह हँसने लगी और उसने अपने कंधे उचकाकर नाजानकारी जाहिर की।

सवाल इस बात का है कि ये नौनिहाल जो आज शिक्षा प्राप्त कर रहे हैं और भविष्य के कर्णधार हैं उनका वर्ग क्या है? उस वर्ग की चिन्ताएँ क्या हैं? समाज और जीवन के प्रति नजरिया क्या है? ये ब्लैकमनी धारित धनाढ्य और नवधनाढ्य वर्ग जो आजादी के बाद भ्रष्टाचार और काले धन की खाद मिट्टी से

उपजा, बढ़ा है, उसकी न तो कोई जीवन दृष्टि है और न ही सामाजिक सरोकार। टैक्नोलॉजी के सारे लाभ धारण किये इन घरों के बच्चों को न तो परिवार मिलता है और न परिवारजन्य संस्कार मिलते हैं। मिलता है तो बस नवीनतम तकनीक का मोबाइल, दौड़ाने को गाड़ी और अन्धाधुंध खर्च करने के लिए पैसा जो स्टेटस सिम्बल है। इसी स्टेटस सिम्बल में है लड़के-लड़कियों की दोस्तियाँ और जल्दी से जल्दी प्राप्त होने वाले यौन अनुभव। हमारी फिल्में, वीडियो एलबम, विदेशी चैनल और मीडिया पहले से ही खाद, पानी, मिट्टी तैयार किये हुए हैं। अब लड़के-लड़कियों के बीच पुराने किस्म का दबा छुपा प्रेम, किताबों के पन्नों में छिपे प्रेम पत्र, एक दूसरे को आँख भर देख लेने की कुल इच्छा...सब कुछ नहीं होता। सीधे-सीधे सब काम होते हैं अब। प्रेम नहीं सिर्फ देह सम्बन्ध होते हैं। प्रेम करो...माफ कीजिए, सम्बन्ध करो, मोबाइल से वीडियो फिल्म खींच लो, दोस्तों को एम.एम.एस. करो, सी.डी. बनाओ और ऊँचे दामों में बेचो। प्रेम भी, भोग भी और व्यापार भी। आज धनिकों के बच्चे बचपन में ही नये-नये व्यापार के गुर सीख लेते हैं। यही बाजारवाद की संस्कृति है। यहाँ सब कुछ बिकाऊ है। आपका प्रेम, आपका भोग, आपकी दोस्ती, सम्बन्ध...आम के आम गुठलियों के दाम। मानवीय सम्बन्ध और गरिमा जिन्हें अपनी हजारों साल की सभ्यता और संस्कृति की यात्रा में मानव समाज ने अर्जित किये उनका इस वर्ग के लिए अब कोई मूल्य नहीं। उनके लिए सब बेकार है।

आज बॉयफ्रेंड और गर्लफ्रेंड कल्चर है। दोस्तियाँ होना सहज स्वाभाविक है। लेकिन ये दोस्ती प्रकरण स्थाई नहीं होते। कोई दूसरी 'गर्ल' मिल गयी, दूसरा अधिक स्मार्ट, अधिक खर्च करने वाला 'बॉय' मिल गया तो फौरन बदलाव हो जाता है। अब कुछ भी स्थायी नहीं होता। किशोर वय लड़के-लड़कियों के लिए गर्ल फ्रेंड या बॉय फ्रेंड बनाना जैसे अनिवार्य प्रक्रिया हो। गाँव-देहात से शहर में आने वाले लड़के-लड़कियाँ इस 'फ्रेंडशिप' कल्चर से ज्यादा प्रभावित होते हैं। गाँव की सामाजिक बंदिशों वाले वातावरण से यह आज़ादी उन्हें अपेक्षाकृत अधिक आकर्षित करती है। पंद्रह-सोलह साल की उम्र तक अगर बॉयफ्रेंड न बना-गर्लफ्रेंड न बनी तो 'वृथा जनम हमारो।'

ये दोस्तियाँ गम्भीर नहीं होती हैं। 'टाइम पास' का और मस्ती का साधन हैं। अक्सर इनकी परिणति रेप या गैंगरेप में होती है। अब दिल भर जाये, कोई ज्यादा स्मार्ट बन्दा मिल जाये तो पुराना फ्रेंड आउट और नयी फ्रेंडशिप शुरू। कई बार पूर्व प्रेमिका की नृशंस हत्या या हमलों के समाचार भी मिलते रहते हैं। प्रेम की परिभाषा ही बदल गयी है। अब नौजवान लड़के-लड़कियाँ बिना प्रेम के साथ

रह लेते हैं। दोनों अपना-अपना हित साधन कर रहे हैं। सभी तरह की जरूरतें पूरी करते हैं 'लिव इन रिलेशनशिप' में। ज़रूरत खत्म हुई, अलग हो गये। प्रेम अब त्याग, समर्पण नहीं, बाजारवाद के युग में व्यवहारिक हो गया है।

तथाकथित प्रेम के बीच रेप या गैंगरेप की सुर्खियों के बीच मीडिया के दोनों हाथों में लड्डू हैं। मीडिया इसे लोगों के सामने अपनी ओर से परोसता है तो लड्डू और उसके निषेध में भी वही सब दर्शकों के सामने प्रस्तुत करता है तो भी लड्डू। कुछ साल पहले एक अभिनेता और अभिनेत्री जो अपने सम्बन्धों के कारण चर्चित थे उनके अन्तरंग क्षणों को अगर कोई महाशय चुपचाप अपने मोबाइल कैमरे में उतार लेते हैं तो पूछा जाना चाहिए कि क्या उनको यह हक है? यह तस्वीरें उन्हीं की हैं या नहीं, इस बहस के साथ क्या किसी अखबार को उन्हें छापने का हक है? और...इस बहस को आगे बढ़ाने का दायित्व इलैक्ट्रानिक मीडिया का है। बार-बार उन्हें हर चैनल पर पूरे-पूरे दिन दिखाते रहना...।

क्या इसका औचित्य है? कभी-कभी लगता है कि सारे विषय समाप्त हो गये, सारी समस्याओं का समाधान हो गया, इसलिए बचे हैं अब केवल रीतिकालीन सन्दर्भ और देह से जुड़े सवाल। कुएँ में ही भांग पड़ी है। ऐसे में अगर कोई पत्रिका 'प्रेम विशेषांक' निकालने की बात करती है तो लगता है कि शायद समाजशास्त्रीय स्तर पर विमर्श की सम्भावना बने। लेकिन जैसा ऊपर कहा, आखिर सेठाश्रयी संस्थान से निकलने वाली पत्रिका को आखिर व्यापार भी तो करना है। इसलिए सम्पादक महोदय की परिकल्पना के अनुसार 'प्रेम' की परिणति 'बेवफाई' और 'सुपर बेवफाई' जैसे अंकों के रूप में होती है।

इक्कीसवीं सदी में प्रेम क्या इसी रूप में बदलने के लिए अभिशप्त है...यह प्रश्न परेशानी का सबब बनने लगता है।

किसकी चॉयस-कैसा स्वातंत्र्य

2015 में महिला दिवस के दौरान दो वीडियो चर्चा में रहे। स्त्री सशक्तीकरण की अवधारणा कारपोरेट जगत किस प्रकार पूँजीवादी नज़रिये से प्रस्तुत करता है, इस अध्ययन के लिए ये उपयुक्त उदाहरण हैं। मीडिया पूँजीवादी सत्ता के हथियार के रूप में भूमिका निभाता है। व्यवस्था में जो वर्ग ताकतवर होगा, हथियार उसी के हाथ में होगा। मीडिया की वातावरण निर्माण में महत्वपूर्ण भूमिका है, इसका प्रमाण 2014 के चुनावों के परिणामों में स्पष्ट दिखाई दिया। मीडिया अगर सत्ता वर्ग का हथियार है तो सामाजिक संगठनों और समाज के चिन्तनशील वर्गों का भी माध्यम बन रहा है। इन दोनों वीडियो पर सोशल मीडिया में लोगों की प्रतिक्रियाएँ आती रही हैं। दोनों ही वीडियो स्त्री-मुद्दों पर फिर से लम्बी बहस के साथ-साथ आधारभूत प्रश्नों पर एक बार फिर बात करने का रास्ता खोल देते हैं। बी.बी.सी. के लिए लेस्ली उडविन द्वारा बनाई गयी फिल्म 'इंडियाज़ डॉटर' में दिसम्बर 2012 में पाशविक तरीके से निर्भया का सामूहिक बलात्कार कर उसे मौत के मुँह में पहुँचाने का काम करने वाले बलात्कारियों में से एक मुकेश सिंह और उसके पैरोकार वकीलों के इंटरव्यू पर चर्चा भी लगातार चलती रही है। दिसम्बर 2012 के जनआक्रोश की झलक एक बार फिर संसद से लेकर सड़क तक दिखाई दी और सबसे (सस्ता और) आसान समाधान दिखा कि इंटरव्यू को प्रतिबंधित कर दिया जाय-उसे सोशल मीडिया से हटा दिया जाय। ये आवाज़ें भी आयीं कि मुकेश सिंह को कल दी जाने वाली फाँसी की सज़ा भी तुरत-फुरत आज ही दे दी जाय।

अवांछित, शर्म दिलाने वाले प्रकरणों को सामने आने से रोक कर, प्रतिबन्धित कर ये घटनाएँ न रुकी हैं, न रुकेंगी। निर्भया प्रकरण में ही पूरा देश जब उबाल पर था, मध्यवर्ग पूरी संवेदनशीलता के साथ प्रतिरोध की आवाज़ तेज कर रहा था, उस समय भी देश के नेता, धर्मगुरु, सन्त-महंत क्या प्रतिक्रियाएँ दे रहे थे, यह सभी को याद है। यानि 'ऐसे हालात के लिए खुद जिम्मेदार हैं स्त्रियाँ...' जैसा भाव ही प्रसारित किया जा रहा था। स्त्री संगठन और सिविल सोसायटी

के लोगों ने फिर इन सब प्रलापों को शर्मनाक करार दिया और चारों ओर जब ऐसे पुरुषवादी उद्गारों की भर्त्सना हुई तो सफाइयाँ पेश की गयीं, 'बयानों को तोड़ मरोड़ कर प्रस्तुत करने' के लिए मीडिया को जिम्मेदार ठहराया जाने लगा। आखिर हमारे नेता भी उसी पुरुषवादी समाज के हिस्से हैं। वे साधन और शक्ति सम्पन्न हैं। फिर धार्मिक नेताओं, सन्त-महंत, गुरुओं से तो इसके अलावा कुछ और उम्मीद की भी नहीं जा सकती। स्त्री की गुलामी के लेखाकार तो हमारे धर्मग्रन्थ ही हैं इसलिए निर्भया जैसी स्थितियों के लिए स्त्री नैतिकता का पाठ इसी रूप में पढ़ाया जा सकता था...और पढ़ाया जा रहा है।

इसके बरअक्स, 'माय चॉयस' नाम से अभिनेत्री दीपिका पादुकोन तथा उनके साथ ढेर सारी अन्य मॉडल्स का जो वीडियो जोर-शोर से चर्चा में रहा उसने स्त्री सशक्तीकरण और आज़ाद स्त्री की बहस का रुख ही मोड़ देना चाहा। यह अतिवाद का दूसरा छोर था। 'वॉग' पत्रिका फैशन की दुनियाँ के बड़े मल्टीनेशनल ब्रांड के सौन्दर्य प्रसाधनों और पोशाकों के लिए जानी जाती है। अक्सर इस पत्रिका के पन्नों में आने वाली अभिनेत्रियाँ; मॉडल्स विवाद का विषय भी बनती रही हैं। यह कोई खास बात नहीं है क्यों कि सौन्दर्य-फैशन और स्त्री, विज्ञापन की दुनिया में समानार्थी हो जाते हैं और व्यापार जगत के लिए आवश्यक बन जाते हैं। इसी वॉग पत्रिका के इंडिया संस्करण के लिए दीपिका पादुकोन सहित ढेर सारी अन्य मॉडल्स के साथ बने इस वीडियो को होमी अडजानिया ने प्रस्तुत किया था। होमी आडजानिया फैशन और विज्ञापन की दुनिया में एक बड़ा नाम है जो कभी-कभी फिल्में भी बनाते हैं। यह वीडियो दरअसल वॉग पत्रिका ने 'कॉरपोरेट सोशल रेसपॉन्सिबिलिटी' के नाम पर बनाया जो हिन्दुस्तान के स्त्री समाज के सशक्तीकरण के नाम पर न सिर्फ छल था बल्कि गैरजिम्मेदाराना भी। यूँ भी आजकल बड़ी-बड़ी कम्पनियाँ अपने सौन्दर्य प्रसाधनों और उत्पादों के प्रचार में यह चिपकाना नहीं भूलतीं कि इस उत्पाद से प्राप्त मुनाफे का एक प्रतिशत-दो प्रतिशत सामाजिक कार्यों, जैसे बच्चों की शिक्षा, उनके पुनर्वास...जैसे कामों में लगाया जायेगा। यह प्रचार कैसा छलावा है कि आज तक ऐसी कोई योजना का प्रारूप या उसका क्रियान्वयन जनता के सामने, जरूरतमन्द समूहों के सामने प्रत्यक्ष दिखाई नहीं देता।

कारपोरेट कम्पनी का स्त्री सशक्तीकरण का वीडियो होगा इसलिए सौन्दर्य का प्रतिमान देह तो होगा ही। इसलिए इस वीडियो 'माय चॉयस' में दीपिका पादुकोन तथा अन्य मॉडल्स मस्ती से नाच रही हैं, झूम रही हैं और अपनी स्वतंत्रता की घोषणा कर रही हैं : मैं कैसे रहूँ...क्या करूँ, यह मेरी मर्ज़ी (चॉयस) है। मैं कैसे

कपड़े पहनूँ, न पहनूँ मेरी मर्ज़ी है। मैं प्रेम करूँ न करूँ मेरी मर्ज़ी है। मैं किसी के साथ स्थाई प्रेम करूँ...अस्थाई करूँ मेरी मर्ज़ी है। मैं किसके साथ सेक्स करूँ...न करूँ मेरी मर्ज़ी है। मैं वैवाहिक सम्बन्ध बनाऊँ, विवाहेतर सम्बन्ध बनाऊँ मेरी मर्ज़ी है...घोषणाओं की सूची लम्बी है जो स्त्री सशक्तीकरण की कॉरपोरेटीय अवधारणा प्रस्तुत करती है।

दीपिका पादुकोन और अन्य ने स्त्री स्वातंत्र्य और अधिकार का जो चित्र प्रस्तुत किया उसके समक्ष लेस्ली उडविन का 'इंडियाज़ डॉटर' दूसरे विपरीत छोर पर दिखाई देता है। सुना गया था कि लेस्ली उडविन ने इसके लिए मुकेश सिंह की माँ से सम्पर्क किया था और उन्हें तैयार किया था। दिल्ली के ही किसी पत्रकार ने बातचीत में यह भी बताया कि इसके लिए मुकेश सिंह ने लम्बी चौड़ी रकम भी माँगी थी जिस पर आपसी बातचीत द्वारा उसे कम कराया गया। पैसा तो मिल ही रहा था, सम्भवतः मुकेश सिंह और उसकी माँ ने सोचा हो कि हो सकता है कि इस इंटरव्यू के द्वारा उन्हें मुकदमे में कुछ मदद मिले। मुकेश सिंह के सामने दो विकल्प थे। या तो बचाव की मुद्रा में वह आरोपों से मुकरता जो सारे सबूतों और उसके बाद अपराध कबूलने की स्थिति में सम्भव नहीं था। इसलिए ये स्वाभाविक लगा कि वह अपने कृत्य को तर्कसंगत ठहराये और अपराध की आत्म स्वीकृति के बाद अपराध होने की जिम्मेदारी का ठीकरा दूसरे के ऊपर, यानी बलत्कृत हुई स्त्री पर फोड़े जो हमारे समाज में पुरुषवादी मानसिकता के कारण सामान्य सी बात है। इसीलिए जब अपराधी ढिठाई से अपने द्वारा किये गये (अमानुषिक) कृत्य के लिए पीड़िता को जिम्मेदार ठहरा रहा हो तो उसका प्रत्यक्ष और अप्रत्यक्ष समर्थन समाज का एक हिस्सा भी कर रहा होता है। नेताओं, महंतों, स्वामियों और धर्मगुरुओं को सार्वजनिक बयान भी देने होते हैं इसलिए हम लोग कभी इनके उद्गारों से अचंभित नहीं हुए। जिन्होंने बयान नहीं दिये उनमें भी बड़े हिस्से की शायद यही अवधारणा रही होगी। अब अगर निर्भया ने छोटे कपड़े नहीं पहने थे तो 'वह रात को क्यों घर से बाहर निकली'...'क्यों अपने पुरुष मित्र के साथ थी'–जैसे सवाल भी उठे थे। यानि खरबूजा छुरी पर गिरे या छुरी खरबूजे पर, कटना तो खरबूजे को ही होगा। मुकेश सिंह ने अपने कृत्य को सही ठहराते हुए कहा था कि लड़कियों को रात के नौ बजे अपने पुरुष मित्र के साथ नहीं निकलना चाहिए। यानि आज भी स्त्री-पुरुष के बीच मित्रता का अर्थ यौन सम्बन्धों से ही आंका जाता है...और फिर भाव वही कि अगर एक के साथ सम्बन्ध हो सकते हैं तो फिर हमारे साथ क्यों नहीं? उसने अपने इंटरव्यू में यह भी कहा कि अगर वह प्रतिरोध नहीं करती और चुपचाप बलत्कृत होती रहती

तो उसकी दुर्गत न होती। इसी के साथ सुर में सुर मिलाते हुए उसके वकील ने कहा कि—जो लड़कियाँ रात-बिरात घर से बाहर निकलती हैं, उनका यही हाल होता है। मेरी लड़की अगर पुरुष-मित्र के साथ रात में घर से बाहर होती तो मैं उसे ज़िन्दा जला देता। ...यह सोच आज भी हिन्दुस्तान के वृहत्तर समाज का सच है जहाँ अधिकांश लोग ऐसे ही सोचते हैं जैसे मुकेश सिंह ने सोचा और कहा, उसके वकीलों ने कहा...और समाज के बहुत-बहुत सारे 'जिम्मेदार' लोगों ने कहा।

◆◆◆

दीपिका पादुकोन का वीडियो स्त्री सशक्तीकरण की जिस अवधारणा को प्रस्तुत करता है, वो स्त्रियाँ कहाँ हैं...किस वर्ग से हैं और कितनी संख्या में हैं? कारपोरेट घराने, उनके व्यवसायिक संस्थान लम्बी शृंखला के ब्रांडेड सौन्दर्य प्रसाधन बनाते हैं, पोशाकें बनाते हैं और बहुविध तरीकों से उनका प्रचार करते हैं। हिन्दुस्तान में सामाजिक विकास की प्रक्रिया आज अजीब चाल से चल रही है और गहन अन्तर्विरोधों को उजागर कर रही है। एक ओर कारपोरेट घरानों की पूँजी बढ़ रही है, नये खिलाड़ी सत्ता और शासन की छत्रछाया में शीर्ष पर पहुँच रहे हैं। उन्हें मालूम है कि व्यापार में प्रतिस्पर्धा में रहना है तो मीडिया को भी नियंत्रित करना होगा। मीडिया आज सिर्फ राजनीति और सत्ता के मंतव्यों को ही नहीं बल्कि व्यवसायिक घरानों के व्यापारिक हितों के लिए भी चाकरी कर रहा है। मल्टीनेशनल ब्रांड की कम्पनियों के लिए भारत का मध्यवर्ग एक बड़ा चरागाह है। विज्ञापन जगत के धुरन्धर आज सौन्दर्य के प्रतिमानों को स्त्री देह तक ही सीमित किये दे रहे हैं। स्त्री देह कितना पुरुषों को लुभा सकती है, यही उसकी सार्थकता है, उसके जीवन की अन्तिम नियति है...यही समझाने का प्रयास मध्यवर्ग से लेकर शहरी निम्न-मध्यवर्ग को कर रहे हैं। वह सौन्दर्य, वह देह जो पुरुष को मोह सके, सफलता की कुंजी है...यह मंत्र दिया जा रहा है। नगरीय जीवन में, शहर के चमकते वातावरण में जगह-जगह पर जो स्लम क्षेत्र उपस्थित हैं वे मानो 'फेयर एंड लवली' से चिकने चमकदार किये चेहरे पर धब्बों के रूप में दिखाई देते हैं। ये अलग बात है कि बड़े शहरों या महानगरों में अगर ये स्लम न हों तो सम्भ्रान्त और सम्पन्न वर्ग की महिलाओं का जीवन कष्टमय हो जायेगा। तकलीफ इस बात की है कि स्लम में रहने वाले श्रमिक परिवारों में न केवल स्त्रियाँ घरेलू नौकरानियों के रूप में काम करती हैं बल्कि बारह-चौदह साल से ही इनकी बच्चियाँ भी माँ के साथ या स्वतंत्र रूप में काम करने लगती हैं। मुझे घरों में काम करने वाली इन लड़कियों/ बच्चियों में आज तक कोई नहीं मिली

जो पढ़ी-लिखी हो या पढ़ाई में रुचि रखती हो। ये लड़कियाँ दो-तीन हजार रुपया स्वतंत्र रूप से कमा लेती हैं। मल्टी नेशनल ब्रांड इस वर्ग की आपूर्ति के लिए भी साबुन से लेकर गोरा होने की क्रीम, पाउडर तथा अन्य अनेक प्रसाधन सामग्री का निर्माण कर रहे हैं और उनके कठिन श्रम की कमाई से मुनाफा बटोर रहे हैं। उनके रोल मॉडल टी.वी. में दिखाई देने वाली वे अभिनेत्रियाँ हैं जो विज्ञापनों में अपने सौन्दर्य प्रसाधनों के बल पर ही पुरुषों को रिझा रही हैं। इसीलिए सौन्दर्य प्रसाधन हैं...तो प्रेम है...तो फिर बॉय फ्रेंड है...तो फिर दोस्ती है। दोस्ती हो गयी तो फिर मिलना मिलाना अनिवार्य है। अब दोस्त अपनी उपलब्धि का अकेले उत्सव नहीं मना सकता इसलिए इस प्रेम का अन्त 'गैंगरेप' में होता है। यह ध्यान देने वाली बात है कि 'रेप' और 'गैंगरेप' की घटनाओं में पीड़िता नब्बे प्रतिशत निम्न और निम्नमध्वर्ग से आने वाली लड़कियाँ हैं। अति सम्पन्न वर्ग में लड़के-लड़कियों की अपनी जीवन शैली से ये प्रकरण अलग ही स्थितियाँ प्रदर्शित करते हैं। विज्ञापन संसार की इस आभासी दुनिया ने सौन्दर्य के प्रतिमान बदल दिये हैं, स्त्री देह को एक बार फिर भोगवादी प्रवृत्तियों का साधन बना दिया है।

इन दोनों वीडियो में दीपिका पादुकोन का बयान स्त्री देह की स्वतंत्रता के अर्थ को जिस रूप में स्थापित कर रहा है, मुकेश सिंह के बयान की परम्परागत पुरुषवादी सामंती प्रवृत्ति की स्पष्टता के साथ एक जैसा दिखाई देने लगता है। कुछ वर्ष पहले किंग फिशर एयर लाइंस के मालिक विजय माल्या सत्ता पक्ष के बहुत चहेते थे। विजय माल्या उन दिनों अन्य अनेक कारणों के अलावा अपने इंटरनेशनल ब्रांड के कैलेंडरों के लिए भी चर्चित थे। एक बार उनका बयान पढ़ा कि अब हिन्दुस्तान भी विकास कर रहा है, क्योंकि उनके द्वारा कैलेंडरों का निर्माण इंटरनेशनल स्तर का है। टी.वी. में दिखाये गये उनके द्वारा निर्मित इन कैलेंडरों में मशहूर मॉडल्स के न्यूनतम वस्त्रों में उत्तेजक भाव भंगिमाओं के साथ फोटो थे और ये फोटोशूट दुनिया के विभिन्न समुद्र तटों पर किये गये थे। विपुल सम्पत्ति के मालिक विजय माल्या आज भी एक आइ.पी.एल. क्रिकेट टीम के स्वामी हैं। किंग फिशर एयर लाइंस तो बन्द हो गयी और उन्होंने अपने को दीवालिया बना लिया। उसके कर्मचारियों द्वारा लम्बी अवधि के वेतन का भुगतान न होने के कारण गाहे-बगाहे उनके प्रतिरोध के समाचार आते रहते हैं। तो उन जैसे बड़े शराब के व्यवसायी समाज के विकास का पैमाना अन्तर्राष्ट्रीय स्तर पर स्त्री की देह का प्रदर्शन ही मानते हैं क्योंकि वह व्यापार का साधन बनती है। उनका व्यवसायिक प्रभामंडल बरकरार है इसलिए पूँजीपति जो अपने मजदूरों के साथ करता है, वैसा ही उन्होंने अपने कर्मचारियों के साथ किया।

सवाल ये है कि दीपिका पादुकोन और उनकी सहयोगी फैशन की दुनिया की ये मॉडल्स कितने प्रतिशत स्त्री समाज का प्रतिनिधित्व करती हैं। इन नाचती-गाती, मस्ती में थिरकती मॉडल्स को देखकर लगता है कि क्या सचमुच हमारी स्त्रियाँ इतनी स्वतंत्र हैं, खुशहाल हैं? दिमाग में यूनाइटेड नेशन्स की विकासदर निर्धारित करने वाली कमेटी की रिपोर्ट उभरती है जिसमें कहा गया है कि भारत में अधिकांश (74 प्रतिशत गर्भवती और 70 प्रतिशत सामान्य) स्त्रियाँ कुपोषित हैं। दुनिया की कुपोषित बच्चियों में हर दूसरी कुपोषित बच्ची हिन्दुस्तानी है। आज भी प्रसव के दौरान बड़ी संख्या में औरतें (198 से लेकर 300 तक प्रति एकलाख में) काल कवलित हो जाती हैं। गाँव-देहात में स्त्री साक्षरता 50 तक भी नहीं पहुँच पायी है-माध्यमिक और उच्च शिक्षा की कौन कहे। क्या ये चिन्ता की बात नहीं कि स्त्री विकास के सूचकांक को देखते हुए हमारा देश 187 देशों की सूची में 132 वें नंबर पर रहता है। विकास और स्त्री सशक्तीकरण की स्थितियों में हम गरीब-पिछड़े सहारा क्षेत्र के अफ्रीकी देशों के साथ हैं। हाँ, हम खुश हो सकते हैं कि हमारे यहाँ लगातार कितनी सुन्दरियाँ मिस वर्ल्ड और मिस यूनीवर्स चुनीं गयीं और आज बड़े अन्तर्राष्ट्रीय व्यापारिक घरानों के सौन्दर्य उत्पाद बेचने में उनकी स्त्री देह अग्रणी है।

'माय चॉयस' में दीपिका और उनकी साथी अपने प्रेम, अपने सम्बन्धों और यौन सम्बन्धों की स्वतंत्रता पर, अपनी पोशाक, कपडे, पहनने, ना पहनने को लेकर जो घोषणाएँ करती हैं, वह उनकी मर्जी हो सकती है। हमारी चिन्ता मध्यवर्ग से लेकर निम्नवर्ग तथा निम्नमध्यवर्ग के स्त्री समाजों को लेकर है। इसके अलावा इसका प्रभाव नौजवान वर्ग भी ग्रहण करता है और यौन विकृतियों का शिकार होता है। दिसम्बर 2012 में निर्भया कांड के बाद पूरा देश जैसे गुस्से से उबल रहा था। इसके दूसरे-तीसरे दिन ही पाँच साल की बच्ची के साथ वैसा ही पाशविक अत्याचार हुआ। फिर लगभग एक हफ्ते बाद एक और तीन साल की बच्ची ऐसे ही हादसे का शिकार हुई। इन सभी केसों में आरोपी अधिकतर गाँव-देहात से छोटी नौकरी करने वाले, शहरों में सिर छिपाने की जगह ढूँढ रहे नौजवान रहे हैं। उन्मुक्त प्रेम प्रदर्शन करने वाले वीडियो ऐसे साधनहीन, भटक रहे नौजवानों की मानसिकता को और विकृत कर उन्हें उकसाते हैं। अब दीपिका पादुकोन सरीखी महिलाएँ तो ऐसे भटके कुंठित, रोजी-रोटी के लिए जूझ रहे नौजवानों के लिए आकाश कुसुम हैं लेकिन उनकी उत्तेजना और विकृत यौनेच्छा का शिकार असहाय, मासूम बच्चियाँ, स्कूल जाती या काम पर जाने वाली श्रमिक लड़कियाँ बनती हैं। ''हम जैसे चाहें कपड़े पहने, यह हमारी आज़ादी है और इसका कोई सम्बन्ध बलात्कार से नहीं है''—जैसी अवधारणा उनके लिए ठीक है जो 'स्लट' मार्च में शामिल होती है या

'माय चॉयस' में नाच रही होती है। लेकिन इसका प्रभाव पुरुषों, विशेषरूप से लुंपन, साधनहीन युवकों पर पड़ता है और बच्चियाँ और मासूम लड़कियाँ उनका शिकार बनती हैं जिनका सम्बन्ध सशक्तीकरण की इस बाजारवादी व्यवसायिकता द्वारा निर्मित स्त्री स्वातंत्र्य की इस अवधारणा से दूर-दूर तक नहीं है।

फिर मुकेश सिंह पर आते हैं। निश्चित रूप से उसका बयान घृणित है। पुरुषवादी सामंती मानसिकता का प्रतीक है जहाँ स्त्री केवल यौनिक इकाई है, भोगवाद का साधन है। सवाल ये है कि समाज में मुकेश सिंह जैसे बलात्कारी लोगों की संख्या लगातार क्यों बढ़ रही है? क्या ये व्यवस्था का संकट नहीं है? किसान कहीं राजी-खुशी जमीन बेच रहा है तो कहीं जबरन उससे जमीन खरीदी जा रही है। मुआवजा उसे स्वर्ग के सपने दिखाने लगता है। मुआवजे की रकम कुछ दिन तो स्वर्ग की सैर कराती है और फिर वहीं वापिस ले आती है। गाँव के नौजवान हों या उजड़ा हुआ, विस्थापित आदिवासी समाज हो, रोजगार के लिए शहरों में भटकता है। अपने समाज, सामूहिक जीवन पद्धति से कटकर आसमान में कटी पतंग की तरह शहर में डोलता है। घर-परिवार से दूर कुंठाओं में जीता नौजवान है। भविष्य की कोई आशा नहीं। पत्नी, बच्चों से दूर उसे घर-परिवार का सुकून नहीं। ऐसे में अपने समाज, परिवारीजनों से कटे, शहरों के ये नौजवान मुकेश सिंह में ही तब्दील होने लगते हैं।

इसीलिए देखा जाय तो 'माय चॉयस' न दीपिका पादुकोन की है और न उन जैसी अन्य मॉडल्स की। ये चॉयस कॉरपोरेट घरानों की है, उत्पाद बेचने वाली कम्पनियों की है, बाजार की है। सामाजिक दायित्व (सोशल रिसपान्सिबिलिटी) की पूर्ति के नाम पर बनाया जाने वाला वीडियो कौन सा सामाजिक दायित्व निभा रहा है, कौन सी कल्याणकारी परियोजना शुरू कर रहा है, कौन सी मुफ्त स्वास्थ्य सेवा देने वाला सामुदायिक अस्पताल चला रहा है। इसका कोई विवरण, सूचना लोगों को नहीं होती। कोई सरकार, कोई व्यवस्था अभी तक उजड़े आदिवासी, विस्थापित समुदायों के पुनर्वास के लिए, उनके रोजगार के लिए प्रभावी परियोजनाएँ नहीं निर्मित कर सकी हैं। हाँ, बड़े व्यापारिक घरानों और पूँजीपतियों के हितों की रक्षा ज़रूर सत्ता-व्यवस्था कर रही है।

स्त्री स्वातंत्र्य की अवधारणा अपने देश में एक वर्ग आधारित विमर्श की माँग करता है। बाजारवाद पर आधारित वीडियो 'माय चॉयस' दिग्भ्रमित करने का और मध्यवर्गीय चेतना को कुंठित करने का प्रयास है।

इस बाज़ार में हँसी दुर्लभ है!

बात सात-आठ साल पुरानी है लेकिन है दीगर। विश्वसुन्दरी, एक सुपर मॉडल, सुन्दर चेहरे और खूबसूरत देह की स्वामिनी नफ़ीसा जोज़फ एक रात कमरे में फंदे से लटक कर जान दे देती है।

कहते हैं कि जिन्दगी की हर खुशी दौलत से खरीदी जा सकती है। किसी औरत की खूबसूरती का पैमाना है उसका चेहरा, उसकी देहयष्टि! विश्वसुन्दरी के खिताब का ताज पहने लाखों दिलों की धड़कन है वह लेकिन इस सुख का अन्त होता है अवसाद में-आत्म हत्या में।

यह मेरी जिन्दगी है और कि यह मेरी देह है—के नारों को जीवन में उतारती एक सफल औरत—वर्जनाओं के बन्धन से मुक्त-लिबरेटेड वूमन। वह क्यों जान दे रही है! शादी!! बार-बार शादी टूटती है? क्यों!! मॉडल, फिल्म अभिनेता, बिजनेस मैन-इनकी जिन्दगी का दर्शन भी तो वही है कि खाओ-पीओ, मस्ती करो। शादी-ब्याह? रबिश! क्या कहा? नफ़ीसा जोज़फ शराब बहुत पीती थी? यारो, अब आप लोगों की पार्टियों में शराब जैसे सात्विक पेय का क्या काम। बिना ड्रग्स के कॉम्बीनेशन के शराब क्या! अरे ऐसा किक् माँगता कि सीधा ऊपर। दो दिन तक लगातार नाच सकता, फास्ट, एक रात में कितनी बार, कितनी लड़कियों के साथ सेक्स कर सकता! व्हॉट अ लाइफ़, फुल ऑफ थ्रिल, किक्-किक्।

फिर, इसके बाद? मोर थ्रिल! मोर किक्, नया ड्रग ट्राई किया क्या?

इतना सुख, इतनी मौज मस्ती, फिर उसके बाद ये डिप्रेशन क्यों है। इससे भी ज़्यादा कुछ माँगता? पैसा! बहुत है। ब्लैक मनी है। पैसा कमाना है? बहुत तरीके हैं। दिमाग चाहिए। अक्ल हो तो दुनिया क़दमों पर। हर्षद मेहता को देखा। आज तो अनेकों हर्षद मेहता दिखाई देते हैं। वह कितना जीनियस। कितने हजार करोड़ कमा लिया। यंग आदमी, कितना डायनेमिक। सब अक्ल का चमत्कार। लेकिन कैसे गड़बड़ हुआ! इतनी जल्दी हार्ट धोखा दे गया। खुद तो गये सनम हमें भी ले डूबे। दो बड़े बैंक अधिकारी, उन्हें पहले ले मरा हर्षद मेहता। वे बेचारे

उम्र दराज़ ठहरे, नहीं झेल पाये छाती पर पैसे की गठरी का बोझ।

पैसा भी क्या चीज है। गले में पत्थर बाँधकर मरने के माफिक है।

लेकिन पैसे के बिना कोई लाइफ है? दुनिया में कितनी मस्ती है। कोई दुबई बुलाता शॉपिंग के लिए। कोई बोला सिंगापुर जाओ वीक ऐंड पर। शॉपिंग करो-मौज मस्ती करो। गर्मी की छुट्टी में स्विट्ज़रलैंड। न हो तो योरोप का पूरा एक चक्कर लगा आओ। व्हॉट अ फूल यू आर, बीवी के साथ कौन जाता है! गो विद अ यंग न्यू कम्पैनियन। अगर पैसा है तो, सब कुछ उपलब्ध है।

बीवी! वो अपना इन्तजाम कर लेगी। बहुत बेकारी है आज नौजवानों में, कोई मिल जायेगा। नया लड़का, यंग स्टूडेंट! बेटे का दोस्त! चलेगा। इस चमकीली, चौंधियाती दुनिया में देखो, सब कितना हँस रहे हैं। हर नौजवान जोड़ा थिरक रहा है। हाथों में जाम है, पसीने में लथपथ आपस में लिपटे-गुंथे। आँखों में नशे की डोरियाँ खिंची है। पूरी रात नाचेंगे, गायेंगे, मस्ती करेंगे, अकेले में, समूह में। नये नये प्रयोग। न हुए मुनि वात्स्यायन! कामसूत्र को अपडेट करने की जरूरत है।

फिर? व्हॉट नेक्स्ट!! ये जिन्दगियाँ बेमतलब कब तब प्रेतछाया सी डोलेंगी। क्यों इस रात की खिलखिलाहट का अन्त अवसाद में होता है। क्यों शरीर इतनी जल्दी बुढ़ाने लगता है। क्यों हाथ पैर अशक्त होने लगते हैं। कांपने लगते हैं और क्यों फिर नींद की गोलियों के सहारे रातें गुजरती हैं और एक रात ढेर सारी नींद की गोलियाँ लेकर चिरनिद्रा के लिए मन तड़पता है। बरसों पहले सौन्दर्य साम्राज्ञी मर्लिन मनरो की याद आती है। अमरीकी समाज के शीर्षस्थ हस्तियों की चहेती, दुनिया के युवाओं के हृदय की रानी, मर्लिन मनरो इतनी जल्दी अवसाद ग्रस्त होकर आत्महत्या कर लेगी, किसी ने न सोचा था।

◆◆◆

पूँजी और बाज़ार के रिश्तों में नैतिक-अनैतिक कुछ नहीं होता। व्यापार में भी सब कुछ जायज़ है। नज़र कमाई और मुनाफे पर होती है। बाजारवाद में पैसा-व्यापार और भोगवादी जीवन पद्धति होती है। जब औरत की देह बाजार में होती है... मीडिया की पूँजी होती है। देह व्यापार पुराने जमाने के कोठों में या रेड-लाइट एरिया में नहीं होता अब। अब सम्भ्रान्त और हाइ क्लास सोसाइटी का हिस्सा बनकर पूँजी और देह का सम्बन्ध बनता है। लाभ और हानि के इस गणित में प्रेम...संवेदना और नैतिक मूल्य जैसे शब्द किसी दूसरी दुनिया की शब्दावली लगते हैं। इसीलिए जब दो नावों पर सवार होने की कोशिश होती है तो फिर अवसाद जैसी बीमारियाँ घेरने लगती हैं। पिछले बरसों में हरियाणा के कद्दावर राजनेता

(और मंत्री रहे) गोपाल टांडा और गीतिका शर्मा का प्रकरण लोगों की स्मृतियों में है। आखिर टीन एजर लड़की में ऐसी क्या योग्यता थी कि वह गोपाल टांडा की एयर लाइन की मात्र परिचारिका बन कर लाखों कमा रही थी। वह भी प्रसन्न, घरवाले भी प्रसन्न...आखिर सुयोग्य कमाऊ लड़की थी परिवार की। इस बाजार की यही शर्त होती है। 'खुल जा सिम सिम...' वाले दरवाजे से झांकती दौलत और ग्लैमर की चकाचौंध...यहाँ जाना आपकी मर्जी से होगा लेकिन वापिस लौटने का दरवाजा नहीं होता। देह के बाजार में शर्तें बाजार की होती हैं। ऐसा ही प्रसंग यशपाल के 'दिव्या' उपन्यास में मारिश और गणिका बन चुकी दिव्या के बीच है। दिव्या कहती है कि वह अपने इस जीवन से प्रसन्न है क्योंकि वह स्वतंत्र जीवन जीने की आकांक्षा रखती है। वह कहती है कि उसकी देह पर उसका अधिकार है और वह स्वतंत्र नारी है। मारिश और दिव्या के बीच लम्बा वाद-विवाद होता है। मारिश कहता है कि जब देह व्यापार का साधन बन जाती है तो फिर स्वयं का अधिकार नहीं रह सकता। उसके प्रशंसक-ग्राहक और व्यापार के नियम इस अधिकार को तय करते हैं।

ग्लैमर का बाजार भी अपनी शर्तों से संचालित होता है। संस्कार, परम्परा, नैतिकता के पाठ...यह बाजार से टकराते भी हैं और मानसिक अन्तर्द्वन्द्व का वातावरण भी रच सकते हैं जिसकी स्वाभाविक परिणति अवसाद में ही है। श्रम आधारित सामाजिक समानता की अवधारणा स्त्री मुक्ति की पहली शर्त है। स्वावलम्बन और आत्म निर्भरता ही स्त्री स्वातंत्र्य की राह बनाते हैं। इसके बिना 'देह की स्वतंत्रता' का मुद्दा मात्र एक नारा बन कर रह जाता है जो भ्रामक है और स्त्री देह को बाजारवाद के उपभोग के लिए धकेल रहा है। गीतिका शर्मा भी इस कुचक्र का शिकार हुई और आत्महत्या के अतिरिक्त इससे निकल छूटने का कोई रास्ता उसके लिए नहीं बचा।

कुछ ही वर्ष हुए हैं फिल्म स्टार आदित्य पंचोली और उनकी पत्नी ज़रीना वहाब के पुत्र सूरज पंचोली की गिरफ्तारी हुई कि वह अपनी महिला मित्र ज़िया खान की आत्महत्या का सबब बना। ग्लैमर के बाजार में हारे हुए खिलाड़ी अवसाद ग्रस्त होकर आत्महत्या ही करते हैं। 'ईज़ी मनी' की आदत पड़ जाती है तो फिर हाथ पैर हिलाना और मेहनत करना किसे भायेगा। और कुछ पीछे जायें। एक सम्भ्रान्त सी दिखने वाली नवयुवती जो आधुनिक परिधान में तो थी लेकिन कपड़े मैले थे, बाल अस्त-व्यस्त। बदहवासी की स्थिति में भीख माँग रही थी। पता चला कि वो कोई मॉडल रही है, छोटे-मोटे रोल भी किये हैं फिल्मों में। अब माँग नहीं है उसकी। सो नशीली गोलियाँ लेने लगी। जब उसके लिए भी

पैसे नहीं रहे तो भीख माँगना शुरू कर दिया और खबर अखबारों की सुर्खी बनी।

कुछ दिनों पहले की एक और खबर। ग्लैमर की दुनिया की एक और नवयुवती शिखा जोशी ने भी आत्महत्या कर ली। कुछ छोटे-मोटे फिल्मी रोल किये, कुछ मॉडलिंग की। इस बाजार में भी धकापेल है। कार से लेकर नल की टोंटी तक, बाथरूम से लेकर फर्श और टाइल्स तक...सभी स्त्री देह से सजे हैं। अपनी देह लेकर 'स्वतंत्र' बनने की राह में लम्बी कतारें हैं और धक्का मुक्की है। नित 'नयेपन' से बाजार का आकर्षण बनता है और पीछे धकियाते गये लोग या तो नशे के आदी होकर या अवसाद ग्रस्त हो आत्महत्या करते हैं। कभी-कभी होटलों आदि में देह व्यापार के रैकेट में पकड़ी गयी लड़कियों के झुंड में भी मॉडल या कलाकार दिखाई दे जाते हैं जो अब ग्लैमर के बाजार से धकिया दिये गये हैं।

◆◆◆

पिछले दिनों अखबारों में एक खबर प्रमुखता से छपी थी। कई सवाल फिर खड़े हो गये। तेलुगु फिल्मों की एक लोकप्रिय हीरोइन आरती अग्रवाल की मृत्यु अमरीका के एक अस्पताल में हो गयी। इकत्तीस वर्षीय हीरोइन की वहाँ कॉस्मेटिक सर्जरी हो रही थी। उसे लगता था कि वह कुछ मोटी हो रही है। उसे तुरंत अपनी देहयष्टि संवारनी थी और कोमल तन्वंगी काया में अवतरित होना था। आजकल कॉस्मेटिक सर्जरी में त्वचा के नीचे अतिरिक्त वसा को 'लिपो सक्शन' आपरेशन में गलाकर सक्शन विधि से पंप द्वारा खींचकर बाहर निकाल दिया जाता है।

अखबार की ही खबर के मुताबिक हैदराबाद के कॉस्मेटिक सर्जन ने अभिनेत्री आरती अग्रवाल से कहा कि उसकी त्वचा के नीचे वसा नहीं के बराबर है, अर्थात् पहले भी उसकी यह सर्जरी हो चुकी है। सिर्फ पेट के नीचे के हिस्से में थोड़ा मोटापा है जिसकी सर्जरी कराने की सलाह वह नहीं देंगे।

अब सौन्दर्य का बाज़ार तो देह के आकर्षण पर ही टिका है। देह का ग्लैमर है तो उसका मूल्य है। इसलिए समय गंवाना सम्भव नहीं। उम्र को परे रखकर उसे तुरंत अपनी कोमल तन्वंगी देहयष्टि चाहिए थी। सर्जरी यहाँ नहीं तो अमरीका में सही। पैसा है तो सब कुछ हो सकता है। पैसे से ही पैसा आता है। आखिर बाज़ार किसी का इंतजार नहीं करता। नित नया स्वरूप बाज़ार की ज़रूरत है। आरती को इसकी कीमत अपनी जान से चुकानी पड़ी। आखिर प्रकृति के भी अपने नियम होते हैं।

बाजारवाद का यही चरित्र है, यही रूपरंग है और यही नियति है। यहाँ हर चीज़ बिकाऊ है। यह शरीर, व्यक्तित्व। इसीलिए यह बाजार नैतिकता शून्य है।

ऊँची से ऊँची बोली के इस बाजार में यह मूल्यहीनता का दौर है। यहाँ राजनीति, धर्म, संस्कृति सब बिकाऊ बनने की प्रक्रिया में हैं। जो इस बाजारवाद में डूबे हैं वे हँसते-खिलखिलाते हुए मर जाते हैं। रात की मस्ती सवेरे के अवसाद को नहीं झेल पाती। सूरज की रोशनी में रात के बदनुमा दाग उजागर होने पर उन्हें देखने की ताब नहीं रहती।

जो इस बाजारवाद की दौड़ में शामिल नहीं हो सकते वे बाजार तक न पहुँच पाने की निराशा से गर्त में डूबने लगते हैं। यह सामाजिक निराशा का दौर है। भविष्य के लिए सुनहरे सपने देखते नौजवानों का समाज, कलाकार, लेखक, संस्कृति कर्मी सब इस सर्वग्रासी बाजार के विस्तार से हैरान हैं, परेशां हैं और निराश हैं। वे विज्ञापित नहीं हैं। उनके पास धन नहीं है-मार्केटिंग के नुस्खे नहीं हैं—उनके पास मार्केट नहीं है!

इसीलिए किशोर से लेकर बूढ़ेपन की दहलीज तक पहुँचे सब दौड़ रहे हैं, हाँफ रहे हैं। सबको कुछ पाना है! लेकिन कहाँ है मंजिल। कहाँ है अभीष्ट!! कोई सन्तुष्ट नहीं। उसकी कमीज़ मेरी कमीज़ से ज्यादा सफेद कैसे? उसकी साड़ी मेरी साड़ी से ज्यादा चमकीली कैसे-कैसे??

सबको सब कुछ चाहिए, जल्दी-जल्दी चाहिए। चोरी करो-डकैती डालो, मालदार दोस्त हो, उसे मार डालो, अपना ही घर लूट लो, फ्रॉड करो। दहेज झटको, बहू जलाओ! जो दिल चाहे करो लेकिन जल्दी-जल्दी पैसा लाओ और लाओ मौज मस्ती, रंगरेली।

◆◆◆

इस अवसाद के दौर को समझने के दो रास्ते हैं। एक तरीका है आध्यात्म का। जेहि विधि राखिये राम तेहि विधि रहना होय—लेकिन यह प्रवृत्ति अकर्मण्यता की है। यथास्थितिवाद की है। सामाजिक ठहराव की है। जो भी जैसा मिल रहा है उसे उसी रूप में स्वीकार कर भाग्यवाद के भरोसे बैठ जाने की है। इससे किसी का भी भला नहीं हो सकता। अवसाद की काली छाया इससे और गहरा जाती है तथा रास्ता और कठिन होता जाता है। भविष्य के लिए कोई सकारात्मक सार्थक सम्भावना की तलाश के रास्ते नहीं मिलते हैं इससे।

दूसरा रास्ता इस निराशा के दौर का कारण समझना और उसे विश्लेषित करना बुद्धिजीवियों, लेखकों और सामाजिक कार्यकर्ताओं की चिन्ता का अनिवार्य हिस्सा बनता है। यह बाजारवाद और मूल्यहीनता का दौर इस व्यवस्था की चरम पतनशील अवस्था है। पूँजी पर आधारित समाज व्यवस्था अन्ततः बाजार व्यवस्था

का रूप ले लेती है। व्यवस्था इस संकट को सार्वजनिक क्षेत्रों, कल्याणकारी सामाजिक कार्यक्रमों और योजनाओं को समाप्त कर सभी उद्योगों, परियोजनाओं को निजी क्षेत्र में सौंप कर हल करने का प्रयास करती है। निजी क्षेत्र में फिर पूंजी के वर्चस्व (मनॉपली कैपिटलिज़्म) की स्थापना के साथ यह विषमता चक्र बढ़ता ही जाता है। इसकी परिणति अन्ततः राष्ट्र व्यापी आर्थिक संकट है। घनघोर पूँजी असन्तुलन है। बेरोजगारी लगातार बढ़ती जाती है। आप अगर अपनी कला, अपनी बुद्धि, कौशल, अपना शरीर, श्रम, अपना परिवार, सम्बन्ध, सुख चैन सब कुछ बाजार में लेकर खड़े हो सकते हैं, दाँव पर लगा सकते हैं तो ठीक, वर्ना इस चकाचौंध भरे बाजार से धकिया कर अँधेरे में गिरा दिये जायेंगे।

इस प्रक्रिया को समझने के बाद सामाजिक परिवर्तन की इच्छा और आकांक्षा रखने वाले लेखक, बुद्धिजीवी, संस्कृति कर्मी और सामाजिक कार्यकर्ताओं का एजेण्डा तय हो जाता है। अवसाद के घटाटोप में निराशा नहीं बल्कि भविष्य की कार्ययोजना बनने लगती है। सामाजिक परिवर्तन के लिए सामूहिक प्रयासों के कार्यक्रमों की शुरुआत होने लगती है।

सूखे से चटकी जमीन पर जब झमाझम बारिश होती है तो किसान की हँसी कभी देखी है। बड़ी इमारतों के निर्माण में लगे परिवारों को दोपहर के समय जब बड़ी बूढ़ी औरत रोटियों के ऊपर मिर्च की चटनी के साथ थोड़ा साग-सब्जी भी रख देती है तो उस समय रोटी खाते हुए आँखों में चमक और होंठों पर भोली हँसी देखी है! यही जीवन का सार है जो सन्तुष्टि से मिलता है। यह हँसी बाजार में खड़े लोगों में दुर्लभ है।

देहगाथा : संगे-सबूर

स्त्री-चेतना के विभिन्न सोपान हैं। आज के सवाल–स्त्री स्वातंत्र्य, स्त्री समानता के साथ-साथ स्त्री-यौनिकता को केन्द्र में रखकर भी हैं। स्त्री स्वातंत्र्य का अर्थ समान इन्सानी रिश्ते हैं, सभी को सम्मान मिले, घर के भीतर भी और घर के बाहर भी। आज व्यवस्था ने लोकतान्त्रिक अधिकार दिये हैं, स्त्री समानता आज स्त्री आन्दोलन के केन्द्र में है, इसके बावजूद यौन-प्रश्नों पर घर और संसद तक सभी मौन हैं। या तो आरम्भ से चली आ रही वर्जनाएँ हैं या फिर 'जैसा कोई पुरुष कर सकता है, वैसा हम क्यों नहीं कर सकते'–जैसी अवधारणा भी निर्मित हो रही है। स्त्री-यौनिकता की लौह-वर्जनाओं और 'कमर पेटियों' के टूटने पर देह की स्वतंत्रता और अपने शरीर पर अपने स्वयं के अधिकार के स्वर भी बुलंद होने लगे हैं। कहीं पर यह दैहिक स्वतंत्रता उत्सवधर्मी हो रही है, तो कहीं बीच बाज़ार में वस्तु बनकर अपनी क़ीमत तय कर रही है। फ़र्क़ इतना है कि अब यह खुली हवा में साँस लेती स्त्री का स्वयं का निर्णय है। स्त्री-यौनिकता के सवाल वास्तव में चेतनासम्पन्न, आत्मनिर्णय के साहस से भरी स्त्री के सवाल हैं, जो किसी लोकतान्त्रिक व्यवस्था में ही सम्भव हो सकते हैं। सामंती, क़बीलाई समाज में धर्म की बेड़ियों से जकड़ी स्त्री के लिए आज भी ये सवाल किसी सपने की तरह हैं। वहाँ स्त्री आज भी पत्थर की मूर्ति है, हुक्म बजाती, चलती-फिरती मशीन है, जिसका एकमात्र उद्देश्य पति की सेवा करना, उसे हर हाल में खुश रखना है। मौका मिलते ही व्यवस्था के प्रति, घर-समाज, पति-परिवार के प्रति उसके दमित जीवन और हताशा से उपजी घृणा फूट-फूटकर निकलती है। यह आर्त्तनाद, स्त्री का यह चीत्कार बहुसंख्य स्त्री समाज का है जो आधुनिक यौन-विमर्शों की धज्जियाँ उड़ा देता है–जब उसे कहने का मौका मिलता है। यह मौका उपन्यास 'संगे-सबूर' की नायिका के माध्यम से सम्भवतः पहली बार विस्फोट के रूप में आता है।

अफ़ग़ान मूल के प्रतिष्ठित फ्रेंच लेखक अतिक् रहिमी का उपन्यास 'संगे-सबूर' स्त्री यौनिकता के प्रश्न को जिस रूप में उठाता है वह अप्रतिम है। प्रसंगवश

अनुवादक डॉ. शरद चन्द्रा का ज़िक्र करना ज़रूरी है जिन्होंने फ्रेंच से हिन्दी में इसका बेहतरीन अनुवाद किया है और लेखक के कथानक और उसके द्वारा सृजित वातावरण के मंतव्य को ज्यों का त्यों प्रस्तुत किया है। इस उपन्यास में लेखक ''संसार की उन असंख्य औरतों की जुबान को हरकत दे रहे हैं जो सदियों से खामोश हैं और जिनके पास ऐसी जाने कितनी कहानियाँ अनकही पड़ी हुई हैं जो सामने आयें तो पत्थरों के भी कलेजे बेसाख़्ता फट पड़ें...। एक फ़ारसी लोककथा के अनुसार 'संगे-सबूर' एक जादुई काला पत्थर होता है जो मनुष्य के दुखों को सुनता है, अपने भीतर समाता है और जब भर जाता है तो फट पड़ता है। अपने भीतर जमा सारे दुखों को वापिस दुनिया के ऊपर पलट देता है और यहीं दुनिया का अन्त होता है–(उपन्यास के ब्लर्ब से)। 250 पृष्ठों में फैला 'संगे-सबूर' उपन्यास स्त्री के जीवन की, उसके मनोजगत में उमड़ते प्रश्नों की पर्त-दर-पर्त उघाड़ता अन्त में उसके मर्म तक जा पहुँचता है। पत्थर की मूरत बनी स्त्री अफ़ग़ानिस्तान या उस जैसे किसी भी देश की हो सकती है। पति हो या पिता हो, पुरुषों के अधीन गुलामों जैसी ज़िन्दगी बिताने वाली ये किसी भी समाज की औरत की कहानी हो सकती है। आतंकी वातावरण में पर्दे में बन्द औरत की यातना में स्त्री-विरोधी धार्मिकताओं से संचालित कुछ और नये आयाम जुड़ जाते हैं। यहाँ जेहाद के नाम पर आपस में अपने ही लोगों का गला काट रहे जिहादी समूह हैं। धर्म के नाम पर घर-परिवार के बीच शोषण है, तो धार्मिक रहनुमाओं के फ़तवे इसे और बढ़ाते हैं।

मुझे लगता है कि इस पुस्तक के माध्यम से स्त्री-यौनिकता पर विस्तृत चर्चा हो सकती है। जेहाद के नाम पर जो आतंकवादी कहर समाज पर ढाया जा रहा है, उसकी सर्वाधिक शिकार स्त्रियाँ हैं। अतिक् रहिमी का यह उपन्यास धार्मिक आतंकवाद से आच्छादित वातावरण में पूरे समाज का चित्र तो खींचता ही है, पर्दे में लिपटी, चार दीवारी में क़ैद स्त्री के माध्यम से स्त्री-यौनिकता के आधारभूत प्रश्न भी खड़े करता है। ये प्रश्न लेखक की ओर से नहीं हैं, बल्कि एक ऐसी स्त्री की ओर से हैं, जिसका पति 'भाईमार' जेहादियों की आपसी लड़ाई में घायल होकर पत्थर समान निर्जीव, 'कोमा' में पड़ा है। घर-परिवार के सब लोग भाग गये हैं और वह अकेली, अपनी दो छोटी बच्चियों के साथ उस मृतप्राय अपने आदमी की सेवा-सुश्रुषा के लिए वहाँ पड़ी हुई है। यहाँ उस कोमा में पड़े पति के शरीर के सामने वह अपने वैवाहिक जीवन के दस सालों, जिनमें केवल तीन साल वह पति के साथ रही थी, की एक-एक पर्त खोलती है; एक-एक दिन-पल को याद करते हुए हिसाब माँगती है।

स्त्री यौनिकता के सवाल बीसवीं-इक्कीसवीं सदी में ही उठ सकते थे। इससे पहले स्त्री की लम्बी जद्दोज़हद इन्सान के रूप में मान्यता प्राप्त करने की ही रही। भारतीय सन्दर्भों में उन्नीसवीं सदी से आरम्भ हुआ यह बन्धन मुक्ति का संघर्ष बीसवीं सदी में समान अधिकारों, सामाजिक अन्याय के प्रतिकार के लिए किये जाने वाले प्रयासों और आन्दोलनों के लिए जाना जायेगा जो निश्चित रूप से लोकतान्त्रिक राज्य व्यवस्था में ही सम्भव है।

हिन्दी में और दूसरी भारतीय भाषाओं में स्त्री-स्वातंत्र्य की अवधारणा को सम्मुख रखते हुए विपुल साहित्य लिखा गया है। घर-परिवार में स्त्री समाज की यातना और दारुण जीवन पर भी लिखा गया है। पिछले कुछ वर्षों में अनेक प्रबुद्ध और प्रतिष्ठित लेखिकाओं ने अपनी आत्मकथाएँ लिखीं और यौन सम्बन्धों पर बेबाकी से लिखा। छठे-सातवें दशक में कमलादास की आत्मकथा और अमृता प्रीतम की 'रसीदी टिकट' अपनी बोल्ड अभिव्यक्ति के कारण बेहद चर्चित रहीं। पिछले वर्षों में मैत्रेयी पुष्पा की आत्मकथा 'कस्तूरी कुंडल बसै' और 'गुड़िया भीतर गुड़िया' में भी अपने जीवन की पर्तें खोलते हुए बेहद ईमानदारी के साथ इस पुरुष वर्चस्ववादी समाज में अपने सम्बन्धों को, विशेष रूप से पुरुष समाज के लोगों के साथ सम्बन्धों को पाठकों के साथ साझा करती हैं। तसलीमा नसरीन भी अपनी आत्मकथात्मक पुस्तकों के लिए चर्चित रहीं। यह लेखकीय ईमानदारी ही कही जायेगी कि वे न केवल स्वयं को बल्कि अपने आसपास, मित्र, सम्बन्धी, निकटतम ही क्यों न हों उजागर करने में मैत्रेयी पुष्पा और तसलीमा नसरीन ने किसी को नहीं बख्शा। यहाँ हिन्दी के सुप्रसिद्ध कथाकार और हंस के यशस्वी सम्पादक राजेन्द्र यादव का जिक्र करना प्रासंगिक होगा। स्त्री लेखन और विमर्श को साहित्य के केन्द्र में लाने वाले राजेन्द्र यादव जी ने लेखिकाओं को हमेशा यह मंत्र दिया कि वे अपने बारे में, अपने प्रेम सम्बन्धों के बारे में, अपने नितांत अन्तरंग अनुभवों के बारे में लिखें। उनका मानना था कि यह स्त्री लेखन को एक नया आयाम देगा। कृष्णा अग्निहोत्री और रमणिका गुप्ता ने भी अपने प्रेम तथा सम्बन्धों के अन्तरंग प्रसंगों के साथ अपनी आत्मकथा लिखी।

इन आत्मकथाओं में अगर बेबाकी है, खुलापन है तो वह स्त्री-पुरुष सम्बन्धों के रूप में है। यह अपने जीवन के अन्तरंग प्रसंगों को, अपने प्रेम सम्बन्धों को खुलेपन से स्वीकार करने की ईमानदारी है। मैत्रेयी पुष्पा अपने उपन्यास 'चाक' में उसकी प्रमुख पात्र सारंग को पूरी छूट देती हैं कि वह गाँव के स्कूल में अध्यापक श्रीधर से प्रेम करे और शारीरिक सम्बन्ध स्थापित करे। पति अपने स्थान पर है लेकिन प्रेम अगर दूसरे पुरुष से है तो वह स्त्री की स्वतंत्र

चेतना और प्रेम करने के अपने अधिकार पर है। 'मेरी देह-मेरा अधिकार' की अवधारणा जो अब इक्कीसवीं सदी में स्त्री चेतना की अभिव्यक्ति का रूप बन रहा है, वह इस उपन्यास में भी स्थापित होता है।

इसके विपरीत 'अल-सबूर' में जो स्त्री है वह बेहद मामूली स्तर की है, परम्परागत है, घर के भीतर दबी-कुचली है, घर से बाहर नैतिकतावादी धार्मिक परम्परागत माहौल की है, धार्मिक रूप से कट्टरपंथी पुरुषवर्चस्व वाले वातावरण में जीती है। वह लाखों-करोड़ों की तरह एक सामान्य स्त्री है। लेखक द्वारा सृजित वातावरण में, वह सामान्य स्त्री (जिसका कोई नाम नहीं है) स्त्री यौनिकता के सवाल उठाती है। उसकी दमित, दलित यौन इच्छाएँ स्त्री-पुरुष के बीच यौन सम्बन्धों के स्वरूप पर सवाल उठाती हैं और मानसिक स्तर पर चलने वाले अन्तर्द्वन्द्व को विस्फोटक रूप में प्रस्तुत करती हैं। उसकी अभिव्यक्ति में, आत्मस्वीकृतियों में कोई निषेध, वर्जना का प्रतिरोध नहीं है। वह कह पा रही है क्योंकि उसका पति कोमा में है, घर-परिवार, समाज का कोई सदस्य वहाँ नहीं है। चारों ओर हिंसाग्रस्त वातावरण है। वह न केवल भयभीत है बल्कि मुर्दा समान पड़े पति की सेवा करते थक चुकी है। ऐसे ही तनावपूर्ण, अनिश्चिंतता से भरे माहौल में सम्भवतः युगों से जमा आक्रोश बह निकलता है और स्त्री अपने शरीर को, पति के शरीर को टटोलती है, पति रूपी पुरुष के साथ अपने सम्बन्धों का परीक्षण करती है।

◆◆◆

अपने होने की शिनाख़्त करते हुए इन्सान का दर्ज़ा पाने के लिए औरत ने शताब्दियों का सफ़र तय किया है। याद करना मुश्किल होता है कि इस दुनिया में उसका वजूद कब था और कब से नहीं रहा। विलुप्त प्रजाति की तरह खोज का विषय है यह कि खोयी हुई अस्मिता की, अपने अस्तित्त्व की खोज कब शुरू हुई? शायद सृष्टि के आरम्भ से ही? शायद जीव के विकास-क्रम में इन्सान बनने की प्रक्रिया के बाद से ही! शायद स्त्री बनाम पुरुष की पहचान के बाद से ही! शायद सामाजिक नियमबद्धता से आच्छादित स्वर्ग में वर्जित फल खाने और अपने होने के अहसास के बाद से ही! शायद सृष्टि के निर्माण और शेषनाग के असमानता, भेदभाव और अन्याय के शिरों पर पृथ्वी के अवस्थित होने के बाद से ही! इसके लिए मानव-समाज के विकास के अन्तिम छोर तक जाना होगा, जहाँ इतिहास की कुछ झलकियाँ भर होती हैं...शेष पृष्ठों पर धर्मशास्त्र होते हैं, पौराणिकता फैली होती है, प्राचीन आख्यान होते हैं और अँधेरे बन्द, कील ठुके ताबूतों में क़ैद सच्चाइयाँ होती हैं।

आज की उजली किरणों तक पहुँचने के लिए बहुत लम्बा सफ़र तय किया है मनुष्य के इस रूपाकार ने। यह कैसा सत्ता-विधान है जो अपने जैसों को पशुतर जीवन जीने को विवश करता है, चाहे जाति बनाकर हो, चमड़ी के रंग को आधार बनाकर हो या लिंग-भेद पर आधारित स्त्री-समूह हो। बीसवीं सदी उथल-पुथल भरा ऐसा कालखंड रहा कि तख़्त पलट गये, सृष्टि के विधान बदल गये और ग़ुलामों के समूह अपनी बेड़ियाँ तोड़ने लगे, खुली हवा में बाहर आ गये और झुकी कमर सीधी कर माथा ऊँचा करने लगे। अब टॉम काका की सन्तानें उजले श्वेत महाद्वीपों के शीर्ष पर आसीन हैं। अपने यहाँ जिन समूहों की परछाईं भी दूसरे लोगों के जीवन को विषाक्त करने के अपराध के कारण क्षम्य नहीं थी, समाज के शीर्ष पर आसीन राजदंड सँभाले हुए हैं।

क़दम-दर-क़दम बढ़ता स्त्री-समूह भी निरन्तर अपनी अस्मिता की खोज में है। अपने मनुष्य होने का अहसास होना ही इस दिशा में पहली उपलब्धि है और इसी के बल पर अपने लिए बराबर की जगह बनाने की लड़ाई लड़ी जाती रही है। आज क़लम थामे 'एक अज्ञात औरत' के हज़ारों, लाखों...अनगिनत नाम हैं।

मनुष्य का जीवन है तो विचार, ज्ञान और तर्क भी हैं। प्रश्न हैं, तो उनके समाधान की खोज भी है और यह खोज तो बहुत दूर तक जाती है—चाँद-सितारों के पार झाँकती है। बुद्धि है, तो इसके साथ शरीर भी है। संवेद हैं तो आवेग है; शरीर की जैविक क्रियाएँ हैं तो प्रतिक्रियाएँ भी हैं...जगत के व्यवहार-व्यापार हैं, तो मनोजगत का अपना साम्राज्य है...अपना राग-विराग भी है...यही एक सम्पूर्ण जीवन का लेखा-जोखा है। लेकिन, जिस समूह को मुकम्मल इन्सान का दर्ज़ा ही न दिया गया हो, वहाँ इस चर्चा का क्या काम हो सकता है?

स्त्री-आन्दोलन में जब यौनिकता पर सवाल उठे, स्त्री-पुरुष सम्बन्धों के बीच प्रेम, सेक्स और देह की स्वतंत्रता का मुद्दा भी उठा। धर्म की भूमिका पर भी सवाल उठने लाज़िमी थे जिसने स्त्री-विरोधी सामाजिक वर्जनाओं को नीतिसम्मत घोषित किया। यशपाल ने 'दिव्या' में ऐतिहासिक सन्दर्भों के साथ बौद्धकालीन भारत में, जब अपेक्षाकृत खुला समाज था, स्त्री की स्वतंत्र चेतना के सवाल उठाये; व्यवस्थाजनित और धर्मसम्मत बन्धनों की कथा विस्तार से रची और स्त्री की ग़ुलाम स्थिति को स्पष्ट किया। देह की स्वतंत्रता के सवालों पर, उसकी सामाजिक स्थिति, उसके मान-सम्मान और समानता की चर्चा की। धार्मिक संस्थाओं द्वारा स्त्री को दासत्व तक पहुँचाने और उसके दैहिक शोषण की गाथा अनंत है; लेकिन उल्लेखनीय है वह साहस, जो उसे उघाड़ता है और समाज को, उसके नीति-निर्माताओं को कठघरे में खड़ा करता है। बीसवीं सदी

के चौथे दशक में डा. रशीद जहाँ ने अपनी कुछ कहानियों और नाटकों में तथा आगे चलकर इस्मत चगताई ने बन्द मुस्लिम स्त्री-समाज के बारे में कहने की कोशिश की; लेकिन अन्तिम दशक तक आते-आते तहमीना दुर्रानी ने 'कुफ़्र' तथा 'माय फ़्यूडल लॉर्ड जैसे उपन्यास लिखने का साहस किया। अतिक़् रहिमी का 'संगे-सबूर' स्त्री की देह-गाथा के आर्त्तनाद का चरम है, जहाँ कलात्मकता का सर्वोच्च स्वरूप भी दिखायी देता है। यह कथानक के उद्‌देश्य के प्रति गहन संवेदना और उद्‌देश्य के प्रति समर्पण के साथ कलात्मकता का उत्कर्ष है कि शारीरिक सम्बन्धों और यौन प्रसंगों की पूरी बेपर्दगी के बाद भी अश्लीलता का भाव नहीं आता बल्कि ये प्रसंग स्तब्ध करते हैं, स्त्री के दुखों की अभिव्यक्ति से चेतना के संगे-सबूर को फट पड़ने की सीमा तक आहत करते हैं।

उपन्यास में पति कोमा में है, इसीलिए वह स्त्री अपने मन की छटपटाहट व्यक्त कर पाती है। वह साहस कर पाती है कहने का—''और हाँ, मेरे संगे-सबूर, ये दोनों लड़कियाँ तुम्हारी नहीं हैं', वह अकड़कर सीधी तन गयी...'और जानते हो क्यों? क्योंकि बाँझ तुम थे, मैं नहीं...सारी दुनिया समझती थी कि मैं बाँझ हूँ। तुम्हारी माँ चाहती थी कि तुम दूसरी शादी कर लो। और, मेरा क्या होता?'' यही वह सुरक्षा, जीवनयापन के लिए आश्रयदाता की भूमिका पुरुष की होती है, जिसे पाने के लिए औरत हर अग्नि-परीक्षा से गुज़रती है। अपने वजूद को ज़िन्दा रखने के लिए समझौते करती है।

उस स्त्री ने अपनी फूफी का हश्र देखा है। बाँझ कहलायी जाने वाली फूफी से उसका ससुर बलात्कार करना चाहता है तो वह उसका सर फोड़ देती है। नतीजा, वह घर से निकाल दी गयी और मृतक समान है, जो कहीं और देह के सहारे जीवन बिता रही है।

स्वयं यह औरत अपने पति के साथ बिताये अन्तरंग क्षणों को याद करती है, जो कतई सुखद नहीं हैं। यहाँ प्रेम की ऊष्मा, भावनाओं की कोमलता नहीं है, सिर्फ़ शरीर की माँग की पूर्ति भर है। आनन्द भी ऐसा, जो एकतरफ़ा है। उसकी फूफी का यह कहना ग़लत नहीं है कि ''जो प्यार करना नहीं जानते, वे लड़ाई में चले जाते हैं।''

आधुनिक हिन्दी साहित्य में कृष्णा सोबती की कहानी 'मित्रो मरजानी' में पहली बार स्त्री यौनिकता के प्रश्न उठाये गये हैं। सुमित्रावंती जीवन का अर्थ समझती है, जहाँ मन और देह एकाकार होते हैं और जिसमें भरे पूरे अर्थवान जीवन के निहितार्थ होते हैं। अतिक़् रहिमी की यह औरत विषाद और दुख के इस उदास वातावरण में जीवन को नये सिरे से याद करना चाहती है, कभी

सम्पूर्णता में न जी सके उन अन्तरंग क्षणों को फिर पूरे आवेग और संवेदना के साथ जीना चाहती है, जिसमें निमित्त बनता है एक जेहादी नौजवान, जो अपने एक साथी के साथ वहाँ घुस आया था—लूटपाट करने और उस औरत को भोगने के इरादे से। वह स्त्री उन लोगों के हाथों होने वाली दुर्गति से बचने के लिए झूठ बोलती है और कहती है कि वह अकेली है और वहाँ रहकर अपना शरीर बेचती है। नेतानुमा जेहादी उसके ऊपर थूककर और उसे गालियाँ देता हुआ चला जाता है। दूसरा किशोरवय जेहादी दूसरे दिन ही लूटी हुई धनराशि लेकर उसके पास आ धमकता है और उससे सम्बन्ध बनाता है। आरम्भिक प्रतिरोध के बाद स्त्री उस किशोर के साथ सहयोग करती है...किशोर का अनाड़ीपन उसे पति के सान्निध्य की स्मृतियों में ले जाता है, जहाँ से वह उसके साथ बिताये समय और देहगाथा की धज्जियाँ बिखेरते हुए पहली बार समूचे सत्य के साथ उपस्थित होती है और अपनी देह के स्वत्व से साक्षात्कार करती है।

वह स्मरण करती है कि पति के लिए वह मांस के टुकड़े से ज़्यादा कभी कुछ नहीं रही। उसका पति सहवास के बाद उससे चिल्लाकर कहता था—''ढक अपने मांस को।'' चेतना शून्य पड़े पति के सामने वह अपने बदन की आवाज़ सुनने की बात कह पाती है, जो उसके ज़िंदा रहते कभी नहीं कह सकती थी। अपने शरीर की आवाज़ इस भयावह वातावरण में भी उसे बेचैन करती है और वह बरसों के अनुभवों का लेखा जोखा करती है।

स्त्री जिसकी सगाई और निकाह पति की अनुपस्थिति में होता है। जिहाद के नाम पर गुटों के बीच होने वाली हिंसा और मारकाट के बीच उस स्त्री का शहर और मुल्क फंसा है। पूरा समाजी वातावरण धार्मिक कट्टरता का है। ज़ाहिर है इस धार्मिक कट्टरता की सबसे बड़ी शिकार स्त्रियाँ हैं, बच्चियाँ हैं।

सभी धार्मिक कट्टरवादी समाज पुरुषोचित हिंसा और उनके मनमाने व्यवहार से ही संचालित होते हैं। इस उपन्यास की इस मुख्य स्त्री पात्र की भी यही नियति है। ऐसे समाजों में संवेदना, स्त्री समानता और अधिकार की बात स्वप्न में भी नहीं सोची जा सकती। बीसवीं सदी के पहले दशक में बंगला (और अंग्रेजी) में लिखने वाली रूकैया सखावत हुसैन ने अंग्रेजी में कहानी लिखी थी-सुल्ताना का सपना। पुरुषों के समान जीवन व्यतीत करने की चाहत को लेखिका ने सपने के रूप में प्रस्तुत किया था।

यहाँ वह चाहत भी सम्भव नहीं है। अन्ध धार्मिकता और कट्टरवाद, किसी भी समाज में हो, स्त्रियों का दमन और दलन अनिवार्य है। स्त्री की स्वतंत्र इच्छा और भावना का प्रदर्शन या पोषण असम्भव है। चाहे वह पिता का घर हो, पति

का या समाज में कहीं और। उपन्यास की नायिका बचपन से इन्हीं अनुभवों से गुजरी है। सगाई और विवाह की रस्म के तीन साल बाद जब वह जिहादी मोर्चे से वापिस आता है तब पहली बार उसका सामना उससे होता है। पति के साथ पहली रात! कौमार्य की निशानी रक्त। वह घबड़ाई हुई है...रक्त न निकला तो... मुर्दा पड़े पति के सामने उसकी स्वीकारोक्ति। वह पूछती है—"तुम मर्दों में गर्व, गुमान, अहंकार का अहसास खून से इतना क्यों जुड़ा हुआ है।"

और फिर वही खून उसके लिए हिंसा का सबब भी बनता है। एक रात जब वह सो रही थी, उसका पति शराब में धुत जबरदस्ती उससे सम्बन्ध बनाता है और फिर यह जानने के बाद कि वह माहवारी से थी, उसे खूब मारता है कि उसने उसे नापाक कर दिया था। अब उसका पति इतने लम्बे समय से मुर्दा पड़ा है। सिर्फ उसका सांस चल रही है। मुल्ला जी रोज़ आते हैं और दुआ पढ़कर चले जाते हैं। वह रोज पति का शरीर, उसके सभी अंग साफ करती है। आज वह उसके शरीर को, उसके अंगों को मनमाने ढंग से बरत सकती है। इसके साथ ही थोड़े-थोड़े समय बाद उसकी ड्रिप से जुड़ी सलाइन की थैली बदलती है। वह घोर असुरक्षा और भय के वातावरण में है, आशंकाओं से घिरी अकेली है, दो छोटी बच्चियों के साथ उस मुर्दा पड़े उस शरीर की पूरी निष्ठा के साथ देखभाल कर रही है जिसकी केवल सांस चल रही है। ऐसे वातावरण में जब वह वर्जनाओं से मुक्त है, पति-परिवार और समाज की वर्जनाओं से मुक्त है...वह साहस कर रही है, आत्मस्वीकृतियों के ज़रिये अपने सम्बन्धों के बारे में बात कर रही है। यौनेच्छाओं के बारे में बात कर रही है जिनके बारे में सोचना भी वर्जित ही नहीं, घोर पाप है। उसके अपनी कल्पना में स्त्री-पुरुष के बीच प्रेम का, भावना जनित सम्बन्धों का जो रूप सृजित किया था, उसे साकार करने में अब कोई बाधा नहीं है। उसका पति जिस प्रकार उससे सम्बन्ध बनाता था, उसके लिए वह भावना-शून्य बलात्कार भर ही होता था जिसके अन्त में उसे अपमान जनक शब्द सुनने होते थे। आज जिस अवस्था में उसका पुरुष है...उसे अवसर है। उसके पति का शरीर, उसके अंग, उसकी मर्दानगी उसके वश में है। ऐसा अवसर उसे जीवन में पहले कभी नहीं मिला था-मिल भी नहीं सकता था।

धुएँ और अँधेरे के वातावरण में वह गिनती करती है—"हमारी शादी को दस साल से ज्यादा हो गये लेकिन हम साथ रहे केवल दो या तीन साल। ...गिनने में अब बैठी हूँ। आज मैं यह सब हिसाब किताब कर रही हूँ... ।"

वह यह भी याद कर रही थी कि किस तरह सगाई के बाद भी जब तीन साल से ज्यादा हो गया और नहीं लौटा तो उसकी शादी पति के फोटो जिसके

पास एक खंजर रखा था हो गयी और सास के कठोर बन्धनों में वह रहने लगी। उसे किसी के साथ मिलने जुलने की इजाज़त नहीं थी।

जिहादी संस्कृति वाले समाज में जो बच्चे पले-बढ़े होते हैं उनकी मानसिकता का अन्दाज़ा उनके खेलों के स्वरूप से लगता है। लेखक ने वर्णन किया है... ''बच्चों ने खेलना शुरू किया। वह उन्हें सुनने लगी।

—हाजी मोरा ले?

—वाले?

—किसको चाहिए पैर किसको सिर?

काश्लीनिकोव से होने वाली गोलीबारी, धुएँ और अँधेरे से, भय और आशंका से घिरे वातावरण में वह जी रही है। अब वह पूरी परिस्थिति से तंग आ चुकी है। उसके परिवार वाले उसे छोड़कर जा चुके हैं। वह सोचती है कि एक गोली पति को और लग जाती तो किस्सा ही खत्म होता। वह अपनी इन भावनाओं को व्यक्त करती है, वह कर पा रही है क्योंकि अब उसे अपने पति का, परिवार का खौफ़ नहीं है। लेकिन जब-जब वह ऐसा करती है उसे लगता है कि उसके अन्दर एक राक्षसी है। वह स्वीकार करती है कि वह बचपन से ही एक राक्षसी थी क्योंकि उसके पिता ऐसा ही सोचते थे। वह स्वीकार करती है...''मैंने जो कुछ भी किया तुम्हारी भलाई के लिए किया। ...नहीं, सच पूछो तो इसलिए कि तुम मेरा ध्यान रखो। ताकि तुम मुझे छोड़ न पाओ...इसलिए कि मैं तुम्हारे साथ रह सकूँ। खासतौर से, इसलिए नहीं कि मुझे तुमसे प्यार था बल्कि इस लिए कि कहीं तुम मुझे छोड़ न दो। तुम्हारे बिना मैं कुछ होती ही नहीं। सारी दुनिया मुझे छोड़ देती।'' यह है स्त्री की त्रासदी जहाँ पति नहीं तो कोई आश्रय नहीं। इसीलिए स्त्रियाँ न चाहते हुए भी विवश होती हैं पति को बरदाश्त करने के लिए। चाहे-अनचाहे उसे ढोने के लिए।

'द हिन्दू' में एक शोध रिपोर्ट छपी थी। शायद जून, 2015 के दूसरे सप्ताह के किसी दिन के अंक में। वैवाहिक यौन हिंसा के बारे में थी वह रिपोर्ट। शोधकर्त्री ने उत्तर भारत के कुछेक गाँवों में स्त्रियों से बातचीत की थी और उसको धक्का लगा जब अधिकांश औरतों ने विवाह के बाद की पहली रातों के अपने अनुभव बताये। वहाँ पति-पत्नी के मिलन में कोई प्रेम नहीं था, भावनाएँ-संवेदना नहीं थी, था तो केवल बलात्कार...ऐसी नोच-खसोट और हिंसा मानो वह स्त्री उसकी जीवन साथी नहीं बल्कि दुश्मन हो। वैवाहिक जीवन की शुरुआत ही भय और हिंसा से हुई। उन औरतों ने स्वीकार किया कि उन्होंने सिर्फ सहा है, पाया नहीं। वह भय ताउम्र उनका साथी रहा है। न केवल शारीरिक बल्कि यौन हिंसा उनकी नियति है।

सामाजिक संस्थाओं में काम करते हुए कुछ ऐसा ही अनुभव मुझे भी हुआ। भारत ज्ञान विज्ञान समिति और यूनीसेफ का एक संयुक्त कार्यक्रम बीसवीं सदी के अन्तिम दशक में ग्रामीण क्षेत्रों में स्त्री-स्वास्थ्य को लेकर था। लखनऊ के आस-पास के कुछ गाँवों में औरतों से मिलने का मौका मिला। स्वास्थ्य सम्बन्धी चर्चा हुई। कुछ औरतों ने अनुनय करते हुए कहा कि हम लोग क्या कुछ ऐसा कर सकते हैं कि रोज उन्हें अपने पतियों के आक्रमण का सामना न करना पड़े? उन स्त्रियों के लिए यौन सम्बन्ध और पति का साहचर्य रोज एक भय और त्रासद घटना होती थी। एक स्त्री ने कहा-कि हर नौकरी में अक्सर छुट्टी भी मिलती है। क्या कभी इस ड्यूटी से छुट्टी नहीं मिल सकती...।

गहन अन्तरंग क्षणों की तथा अपने भीतर उठते ज्वार में आत्म-स्वीकृतियों के साथ-साथ अतिक् रहिमी स्त्री-मन के भीतर गहरे पैठे अपराध-बोध की हक़ीक़त को भी नज़रअन्दाज़ नहीं करते। मन की और शरीर की हर धड़कन जब ज़ुबान पर आ जाये, प्रकाशित हो जाये, अहसास के स्तर पर ऊपर तैर आये, तब... सदियों से जमा वर्जनाओं और निषेधों के जाल, ईश्वर का भय, नैतिकता के आग्रह भी साथ-साथ जाग्रत होते हैं और तब गहरे अपराध-बोध में डूब रही औरत अब अपने भीतर समा गयी उस 'राक्षसी' को ढूँढने लगती है, जो उसकी आत्म-स्वीकृतियों का कारण है। यह उस राक्षसी का काम है, जो उसे धर्म से च्युत कर रही है। पिछले सत्रह दिनों से वह अल्लाह को पुकारे जाने वाले नामों का जाप कर रही है, अल-क़हर...अल-वहाब...अल-रहीम...अल-मू'अख़िर...उसका जाप उसकी अपनी साँसों की धड़कन बन चुका है, घायल होकर चेतनाशून्य पड़े पति की चल रही साँसों के साथ लय में मिल चुका है। फिर, अब वह लगातार जाप करने से विमुख क्यों हो रही है? मस्जिद के मौलवी ने यही बताया था कि अल्लाह के नब्बे नामों में से हर रोज़ एक नाम का पूरे दिन जाप करना...उसका पति कोमा से जी उठेगा। लेकिन अब उसका मन क्यों नहीं लग रहा है? वह थक गयी है।

लेखक स्त्री-जीवन को संचालित करने वाले अपराध-बोध के यथार्थ को भी बताना चाहता है। इन्सानी वजूद को पाने, अपने मन और मस्तिष्क की जद्दोज़हद से अपनी अस्मिता की खोज में परम्परागत संस्कारों से उपजने वाला अपराध-बोध स्त्री के राह में कितनी बड़ी बाधा बन सकता है...जिसकी निर्मिति भी उन्हीं गहरे धँसे सामाजिक नैतिकता के पाठों से हुई है, जहाँ ईश्वर का भय है, समाज का, धार्मिक संस्कारों से उत्पन्न नियमों के उल्लंघन का भय है...।

तहे दिल से तीमारदारी में जुटी वह अनाम स्त्री अपनी वंचनाओं और सम्बन्धों

के बीच हमेशा काँटों की तरह उगे गुस्से और नफ़रत को शब्द देती है। अनुवादक के शब्दों में कहें तो वह अपने यौन सम्बन्धों के रहस्यों से पर्दा उठाती है, अपने दुखों का हिसाब माँगती है और एक लोमहर्षक कथा बुनती है।

वह पति है क्योंकि वह उसका आश्रय दाता है। वह उससे नफ़रत करती है क्योंकि वह उसे सिर्फ मांस का लोथड़ा समझता है। वह नफ़रत अपने बाप से भी करती है क्योंकि वह भी उस जैसा ही था। उसका पूरा प्रेम तीतर और मुर्गों के लिए था। उसकी माँ के लिए, वह पति जैसा ही हिंसक और डरावना था। वही सिर्फ तीतरों से प्रेम करता था और उन्हें अपने अंडरवियर के भीतर रख लेता था। वह उसका परम सुख था। उसके बाप ने बहुत पैसा देकर एक मुर्गा खरीदा। उसे तैयार किया और फिर लड़ाया। मुर्गा हार गया। वह मुकाबले की रकम नहीं अदा कर पाया तो उसने अपनी सात बेटियों में से एक तेरह साल की बहन को उस उम्रदार आदमी के हवाले कर दिया। इस स्त्री ने एक दिन मुर्गे का पिंजरा खोल दिया और उनके घर की बिल्ली मुर्गे को खा गयी। वह खुश थी कि इस मुर्गे की वजह से ही उसकी बहन को बाप ने बेच दिया था। सजा के तौर पर उसे कई दिन कबाड़भरी अँधेरी कोठरी में बन्द होकर काटने पड़े। उसने बाप ने कहा कि उसके भीतर राक्षसी है।

उसकी आत्मस्वीकृतियों के बीच बार-बार यही राक्षसी उसे अपने होने का अहसास कराने लगती है।

और फिर, लेखक फ़ैंटेसी रचता है कि उसकी समस्त आत्म-स्वीकृतियाँ, जैसाकि उसे विश्वास है, कोमा में पड़ा उसका पति सुन सकता है। उसके लगता है अचानक उसका पति उसकी आत्म स्वीकृतियाँ सुनकर ज़िन्दा हो गया है। अब उसका परिणाम यह है कि कोई उसका सर दीवार से टकरा-टकराकर उसे मार रहा है। वह स्वयं भी लहूलुहान होकर मर रही है। और, तभी एक खंजर उसके हाथों में आ जाता है, जिसे वह अपने पति की छाती में भोंक देती है। सामाजिक परिवेश जनित उसका अपराधबोध अगर स्त्री की आत्म-स्वीकृतियों की सज़ा दे रहा है, तो वह पत्थर की मानिन्द पड़ा पति-पुरुष भी मारा जा रहा है। बेहद अर्थवान फ़ैंटेसी इस उपन्यास का मानो समाहार प्रस्तुत करती है। देहवादी विमर्श का यह आख्यान, जो उस बेनाम औरत के अन्तर्मन की हर गाँठ को खोलकर सामने बिछा देता है, स्त्री-यातना का वृहद लेखा-जोखा है। 'एक अज्ञात हिन्दू औरत' ने 'सीमंतनी उपदेश' में पहली बार भारतीय स्त्री की दुर्दशा और दारूण जीवन को प्रस्तुत करने का प्रयास किया था। उसके बाद 'बंग महिला' राजेंद्रबाला घोष ने लिखा था कि ''स्त्री का जीवन रसोई घर से शुरू होकर शयन कक्ष तक समाप्त

हो जाता है।'' उसी सूत्र की पड़ताल ढाई सौ पृष्ठों के उस उपन्यास में की गयी है। तालिबानी शासन में अफ़ग़ानिस्तान की औरतों की गाथा हमने सुनी-पढ़ी, लेकिन ऐसे धार्मिक जेहादी समूहों के बीच स्त्री का यह संसार कमोबेश हर जगह दिख सकता है। अन्तिम समय में अपराध-बोध से गुज़रती, प्रार्थना बुदबुदाते हुए वह निष्कर्ष पर पहुँचती है—''अगर मज़हब सिर्फ़ प्रकटीकरण का एक विवरण है—एक सत्य का प्रकटीकरण, तो फिर संगे-सबूर, हमारा वृतांत भी हमारे लिए एक मज़हब हुआ। हमारा अपना मज़हब... हाँ! शरीर हमारा प्रकटीकरण है।''

शरीर के इस प्रकटीकरण की गाथा स्त्री-विमर्श को नये आयाम देती है, उसके बन्धनों की भीतरी गाँठों की ओर इंगित करती है। यहाँ देह का उत्सव नहीं है। देह का व्यापार...उसकी क़ीमत भी नहीं है। वह स्त्री-अस्तित्त्व का यथार्थ है। 'संगे-सबूर', वह सहनशील पत्थर है, जो युगों-युगों से यातना सहते हुए जब एक दिन फट जाता है, तो वह दिन उसकी मुक्ति का होता है, उसकी स्वतंत्र चेतना की स्थापना का होता है। उसके सहृदय ससुर ने संगे-सबूर की यही कहानी उसे बतायी थी। उसे अब लगता है कि यातनाओं से भरा उसका जीवन, उसके यौनिक सम्बन्ध, घर-परिवार, समाज में पति के साथ उसके रिश्तों का खुलासा करती उसकी आत्म स्वीकृतियाँ आज संगे-सबूर के लिए हैं। वह निश्चित ही फट जाने की अवस्था में होगा।

स्त्री-मन के रेशे-रेशे के साथ गुँथी, काले सन्नाटे में गूँजती स्त्री के प्रेम-उच्छ्वासों के साथ देह की अनुपम गाथा एक ऐसा वातावरण निर्मित करती है, जहाँ पाठक स्तब्ध है, सनाका खाया हुआ, सिर्फ़ सुनता है और देखता है। यही उपन्यास की कलात्मकता का उत्कृष्ट रूप है। यहाँ चटखारे नहीं हैं, देह का बाज़ारवादी, भोगवादी विमर्श भी नहीं है। कभी ऐसी कोशिश उर्दू में मंटो ने अपनी अनेक कहानियों में की थी।

हिन्दू कोड बिल बनाम कॉमन सिविल कोड

देश में समय समय पर स्त्रियों के सामाजिक जीवन और कल्याण से सम्बन्धित कानूनों में सुधार होता रहा है। इसके साथ ही समान नागरिक संहिता का सवाल भी अक्सर उठता रहा है। अफसोस की बात है कि समान नागरिक संहिता का मुद्दा केवल राजनीतिक मंतव्य बन कर रह गया है। देश की लगभग अस्सी प्रतिशत हिन्दू जनता को हिन्दू कोड बिल के माध्यम से विवाह, तलाक, सम्पत्ति और बच्चों के संरक्षण सम्बन्धी अधिकार प्राप्त हुए लेकिन अल्पसंख्यक समुदाय की स्त्रियाँ आज भी उनसे वंचित हैं। हिन्दूवादी संगठनों के नेता अक्सर अपने मंचों से समान नागरिक संहिता का प्रश्न उठाते हैं तो मुस्लिम धार्मिक संगठनों के नेता उसका भरपूर विरोध करते हैं। दोनों ही पक्षों द्वारा समान नागरिक संहिता का मुद्दा साम्प्रदायिक राजनीति की बलि चढ़ता रहा है। इन सबके बीच अल्पसंख्यक समुदाय की स्त्रियों के भाग्य का फैसला उनके धार्मिक संगठनों और नेताओं पर छोड़ दिया गया है। दूसरे राजनीतिक दलों ने इस विषय पर हमेशा चुप्पी साधी है कि कौन भिड़ के छत्ते में हाथ डाले क्योंकि उनके दलों के मुस्लिम सदस्य इस मुद्दे को 'पवित्रतम' मानते हुए छू नहीं सकते और छूने की इजाज़त भी नहीं दे सकते।

प्रगतिशील और वामदल भी 'भाषा और संस्कृति' के सवालों की तरह समान नागरिक संहिता के विषय पर बात नहीं करना चाहते। अल्पसंख्यक समुदाय के हितों की रक्षा करना निश्चित रूप से वामदलों का एजेंडा होना चाहिए लेकिन इसके साथ ही उनके मानवाधिकार और सम्मान की रक्षा का एजेंडा भी होना चाहिए। सामाजिक न्याय की हकदार प्रत्येक समुदाय की स्त्री है लेकिन वोट की राजनीति अवसरवादी नारे गढ़ने की सुविधा सभी राजनीतिक दलों को देती है।

इसीलिए सामाजिक संगठनों के साथ ही प्रगतिशील समूहों की जिम्मेदारी बढ़ जाती है। इस बीच कुछ उत्साहवर्धक स्वर सुनायी दिये हैं। इस राजनीतिक-सामाजिक गतिरोध को दूर करने के लिए ज़रूरी है कि मुस्लिम महिला संगठन और प्रगतिशील,

जागरुक सोच की महिलाएँ अपने समाज में स्त्रियों के प्रति होने वाले अन्याय के खिलाफ स्वयं आवाज़ उठायें। धार्मिकता के नाम पर होने वाले सामाजिक अन्याय के विरुद्ध लड़ाई आसान नहीं होती और इसलिए विरोध को एक आन्दोलनकारी संगठित रूप देना बेहद जरूरी हो जाता है। 1985 में शाहबानो केस के समय मुस्लिम पर्सनल लॉ (शरीयत) के और देश के कानून के बीच फ़ैसले की सूरत नज़र आयी थी जब तलाकशुदा वृद्धा शाहबानो ने अपने पति पर भरण पोषण के लिए कानूनी दावा अदालत में किया था। मुस्लिम संस्थाओं और धार्मिक संगठनों ने इस पर बहुत बवाल मचाया और कहा कि अदालतों को मुस्लिमों के तलाक और भरण पोषण के मामलों पर फैसला लेने का अधिकार नहीं है। इस पर अनेक महिला संगठनों ने शाहबानो के पक्ष में आवाज़ उठाई, प्रदर्शन किये। राजनीति के चलते तत्कालीन राजीव गाँधी की कांग्रेस सरकार मुस्लिम धार्मिक नेताओं के आगे झुक गयी और शाहबानो का केस वापिस हो गया। यह संविधान प्रदत्त अधिकार से वंचित मुस्लिम महिलाओं के लिए यह एक बड़ा झटका था।

इसके बाद की कुछेक घटनाओं का उल्लेख करना इस सन्दर्भ में समीचीन होगा। यह प्रकरण एक समय अखबारों की सुर्खियाँ बनते रहे। उत्तर प्रदेश में मेरठ के पास के एक गाँव का गुड़िया का प्रसंग उल्लेखनीय है। गुड़िया का पति फ़ौज से लापता था। कई साल इंतज़ार के बाद यह मानकर कि उसकी मौत हो गयी है, उसका दूसरा विवाह कर दिया गया। दूसरे पति से वह गर्भवती थी कि तभी आरिफ़ वापिस आ गया। धार्मिक नेताओं के फ़तवे के कारण उसे वापिस आरिफ़ के पास जाना पड़ा, इस शर्त के साथ कि उसका बच्चा दूसरे पति के परिवार के पास रहेगा। इस सामाजिक उठा-पटक की शिकार गुड़िया की राय, उसकी इच्छा-अनिच्छा का कहीं कोई ज़िक्र नहीं था। वह किस मानसिक यंत्रणा से गुजर रही होगी-इसकी चिन्ता भी किसी को नहीं थी। प्रसव के दौरान गुड़िया मृत्यु को प्राप्त हुई, जो सम्भवतः उसकी यातना से मुक्ति भी थी। एक अन्य प्रसंग में मुजफ़्फ़नगर के गाँव की इमराना भाग्यशाली थी कि उसे महिला संगठनों की सहायता मिली। पाँच बच्चों की माँ इमराना अपने ससुर द्वारा बलत्कृत होती रही। जब उसने पुलिस में शिकायत की तो ससुर गिरफ़्तार हुआ। तभी फ़तवे बाजी शुरू हो गयी और इमराना को आदेश मिला कि अब उसे अपने ससुर की पत्नी बनकर रहना पड़ेगा। महिला संगठनों की सक्रियता और अदालत की कार्यवाही से इमराना को न्याय मिला और उसके ससुर को जेल हुई। इसी तरह उड़ीसा में भद्रक की रहने वाली नज़मा का प्रकरण है। उसके पति ने शराब के नशे में तीन बार तलाक कहकर तलाक दे दिया। होश में आने पर पति ने क्षमा

याचना कर ली और वे पहले की तरह रहने लगे। किसी बन्दे ने उन्हें सलाह दे दी कि एक बार जाकर किसी मौलवी से सलाह ले लो। सलाह ये मिली कि अब यह सम्बन्ध नाजायज है और हलाला का आदेश दिया। आदेश न मानने पर उन्हें गाँव से बाहर खदेड़ दिया गया। नज़्मा और उसके पति को भी अन्ततः न्यायालय से ही न्याय मिला।

इस बीच एक खबर के अनुसार फरवरी, 2016 में देहरादून की सायराबानो ने अपने पति के विरुद्ध अदालत में केस दर्ज कराया है। तीन तलाक के द्वारा उसके पति ने उसे तलाक दे दिया। सायराबानो ने तीन तलाक, हलाला और बहुविवाह के खिलाफ़ शरीयत कानून को अदालत में चुनौती दी है। हलाला के अन्तर्गत यदि एक तलाकशुदा स्त्री अपने पति के साथ पुनः विवाह करके रहना चाहती है तो उसे पहले किसी अन्य व्यक्ति से विवाह करना पड़ेगा। अदालत ने उसकी याचिका का संज्ञान भारतीय संविधान द्वारा दिये गये कानूनों के अन्तर्गत लिया है।

◆◆◆

इस सन्दर्भ में दिसम्बर 2015 में अंग्रेज़ी की सुप्रसिद्ध लेखिका नयनतारा सहगल का अलीगढ़ मुस्लिम विश्वविद्यालय में दिया गया व्याख्यान उल्लेखनीय है। अवसर था 'के.पी. सिंह स्मृति व्याख्यान' जिसका यह छठा संस्करण था। नवंबर 2009 में अलीगढ़ मुस्लिम विश्वविद्यालय के हिन्दी विभाग के प्रो. कुँवरपाल सिंह के निधन के बाद विश्वविद्यालय ने उनकी स्मृति में हर वर्ष व्याख्यान के आयोजन की घोषणा की थी।

नयनतारा सहगल पिछले समय से लगातार सुर्खियों में रही हैं और वैचारिक असहमति के कारण जो लेखक मारे गये उसके विरोध में आवाज़ बुलंद करती रही हैं। अन्धविश्वास और अवैज्ञानिक रूढ़िवाद के खिलाफ आन्दोलनकर्ता डॉ. नरेंद्र दाभोलकर, सामाजिक-राजनैतिक कार्यकर्ता गोविन्द पानसारे के बाद पिछले वर्ष जब कन्नड़ के प्रसिद्ध लेखक एम.एम. कालबुर्गी की हत्या हुई और साहित्य अकादमी सहित अन्य संस्थाएँ मौन रहीं तो जैसे उनके सब्र का बाँध टूट गया और उन्होंने अपना साहित्य अकादमी सम्मान लौटाने की घोषणा की। उसके बाद तो इन घटनाओं से चिन्तित देश के प्रबुद्धजन को अपनी चिन्ता, व्यवस्था-मौन के प्रति आक्रोश और बढ़ते साम्प्रदायिक वातावरण के लिए विरोध को प्रकट करने की एक दिशा मिल गयी। बड़ी संख्या में न केवल हिन्दी-अंग्रेज़ी-उर्दू के बल्कि अन्य भाषाओं के लेखकों, संस्कृतिकर्मियों, फिल्मकारों और वैज्ञानिकों ने भी अपने सम्मानों को लौटाने की घोषणा करते हुए पूरे राष्ट्र को और अकादमियों

तथा साहित्यक संस्थाओं को इस दिशा में सोचने और आवश्यक कदम उठाने के लिए मजबूर किया। हालाँकि इसके लिए व्यवस्था समर्थित दलों के कोपभाजन का और तरह-तरह के चरित्र हनन का शिकार भी ये लोग हुए।

सुश्री नयनतारा सहगल का व्याख्यान इसी सन्दर्भ में था। 'अनमेकिंग इंडिया' में उनका आधारभूत विचार यही था कि एकांगी और संकीर्ण विचारधारा से राष्ट्र प्रगति नहीं कर सकता और प्रधानमंत्री का 'मेक इन इंडिया' जैसा नारा जो राष्ट्र के बहुमुखी विकास के लिए है और विश्व में अपनी विशिष्ट भूमिका को रेखांकित करना चाहता है-वह अर्थहीन हो जाता है। पं. जवाहरलाल नेहरू की बहन श्रीमती विजय लक्ष्मी पंडित (जो स्वतंत्र भारत की ब्रिटेन में पहली हाई कमिश्नर बनीं) की बेटी नयनतारा सहगल ने कहा कि 1975 में जब उनकी बहन तत्कालीन प्रधानमंत्री इन्दिरा गाँधी ने आपातकाल लागू किया उन्होंने उस समय भी उसका तीव्र विरोध किया था। आज कुछ दल या संगठन पूरे देश को इस बात के लिए मजबूर नहीं कर सकते कि वे क्या खायें, क्या पहनें और क्या जीवन-पद्धति अपनायें। इन मुद्दों पर असहिष्णु होना और हिंसात्मक होना नयी विचार प्रक्रिया, रचनात्मकता और सामाजिक समरसता को नष्ट करेगा।

असहिष्णुता के मुद्दे पर पिछले एक साल से लगातार चर्चा हो रही है। कमोबेश इसने राजनैतिक रूप भी ग्रहण कर लिया है। हम राजनीति को नकार सकते हैं लेकिन इस बहस के पीछे, 'असहिष्णुता' के मुद्दे से उठने वाले ढेरों अनकहे और अनसुलझे सवाल बाकी रहते हैं। सामाजिक असहिष्णुता और वर्चस्ववाद का अन्ततः सबसे अधिक शिकार स्त्रियाँ होती हैं। वैचारिक असहिष्णुता के अलावा व्यापक स्तर पर सामाजिक और जातीय समूहों के भीतर व्याप्त कट्टरवाद भी समानता और समान नागरिक अधिकारों से स्त्रियों को वंचित करता है। अनेक समाजों में लड़कियों को आज भी अपनी पसन्द से शादी करने का अधिकार नहीं है। अन्तर्जातीय विवाह करने पर या गोत्र सम्बन्धी बात आने पर घर-परिवार और समाज द्वारा भीषण विरोध होता है और अक्सर पति-पत्नी की हत्या कर दी जाती है। अन्तर-धार्मिक विवाह के प्रकरणों में भी कई बार हिंसा होती है।

सामाजिक और राजनैतिक असहिष्णुता के सन्दर्भ में पिछले वर्षों में तसलीमा नसरीन और सलमान रश्दी की पुस्तकों पर प्रतिबन्ध लगाये जाने की चर्चा यहाँ लाज़मी हो जाती है। ये प्रकरण भी कुछ समूहों के असहिष्णुतावाद के ही परिणाम रहे हैं। ऐसा ही एक मुद्दा 'कॉमन सिविल कोड' या 'समान नागरिक संहिता' का है। नयनतारा सहगल ने खेद जताया कि आज़ादी के बाद हिन्दू समुदाय के लिए जब पार्लियामेन्ट में हिन्दू कोड बिल लाया गया तो उस जैसा बिल समान

नागरिक संहिता के रूप में सभी समुदायों पर क्यों नहीं लागू किया गया? अन्य समुदाय की औरतों को उनके धार्मिक नेताओं के भरोसे क्यों छोड़ दिया गया? बड़ी संख्या में आज भी दूसरे समुदाय की औरतें देश के समान नागरिक अधिकारों से वंचित हैं। जहाँ तक समाज विशेष से विरोध होने का सवाल है वह तो हमेशा से हर स्तर पर होता आया है। स्त्रियों के जीवन सुधार के सभी मामलों में पितृसत्तात्मक वर्चस्ववाद ने हस्तक्षेप किया है और धार्मिकता के आधार पर हमेशा समाज सुधारों का विरोध होता रहा है। यदि ऐसी धर्म आधारित परम्पराओं का जिसके कारण स्त्रियाँ अन्याय और शोषण का शिकार थीं, विरोध न किया गया होता तो आज भी स्त्रियाँ मध्यकालीन समाज की तरह सती की जातीं और चारदीवारी में बन्द रहतीं।

अलीगढ़ मुस्लिम विश्वविद्यालय के प्रबुद्ध जनसमूह में नयनतारा सहगल के इस वक्तव्य का कुछ लोगों ने मुखर तो बहुत लोगों ने मौन समर्थन किया। उनका व्याख्यान पूरे श्रोता समूह द्वारा सराहा गया।

◆◆◆

सामाजिक विकास की जब बात की जाती है तो समाज सुधार के मुद्दों पर विशेष रूप से ध्यान देने की जरूरत होती है और समाज के बड़े वर्ग के हितों की जब बात हो तो उसके लिए संघर्ष भी ज़रूरी हो जाता है। विवेक और निष्ठा के साथ एकजुट होकर ही बड़े उद्देश्यों को प्राप्त किया जा सकता है। परम्परागत वर्चस्ववाद का उपभोग करने वाले वर्ग आसानी से अपने अधिकार त्यागने को तैयार नहीं होते। ये विशेष अधिकार सामाजिक नियमों और परम्पराओं द्वारा निर्मित होते हैं जिनका आधार धार्मिक ग्रन्थों और धार्मिक गुरुओं द्वारा निर्मित होता है। उन्नीसवीं शताब्दी में शुरू हुए समाज सुधार आन्दोलनों से जुड़ी विभूतियों को भी कम संकटों का सामना नहीं करना पड़ा। सती प्रथा के विरोध में आन्दोलनरत राजा राममोहन राय को अपने परिवार का त्याग करना पड़ा। उनके सहयोगियों ने भी हर प्रकार के विरोध का सामना किया। बालविवाह प्रतिबन्ध कानून के लिए समाज सुधारकों द्वारा लगातार प्रयास होते रहे लेकिन दूसरी ओर हिन्दू समाज का व्यापक वर्ग इसके विरोध में था। बाल विवाह समर्थक धर्म और परम्परा के नाम पर इसका विरोध करते रहे। यही स्थिति विधवा-विवाह कानून की मान्यता के सम्बन्ध में थी। इन समाज सुधार कानूनों के विरोध में कट्टरवादी और परम्परावादी हिन्दू समाज के नेताओं ने बड़ी संख्या में हस्ताक्षर इकट्ठा कर ब्रिटेन की महारानी को ज्ञापन भेजे और इन कानूनों को वापिस लेने

की माँग की। उनका कहना था कि बाल विवाह को प्रतिबंधित करने से और विधवा विवाह को कानून सम्मत बना देने से हिन्दू बालाएँ चरित्रहीन हो जायेंगी और यह हिन्दू समाज के पतन का कारण बनेगा। हिन्दू धर्म के इन नेताओं को छोटी वय की, खाने खेलने की उम्र की बच्चियों की शादी के उपरांत होने वाली दुर्गत और असामयिक मौतें दिखाई नहीं देती थीं। बाल विधवाओं की अमानवीय स्थितियों से भी लोग विचलित नहीं होते थे और 'ईश्वर इच्छा' के नाम पर पुरुष समाज को हर प्रकार की छूट थी। अस्सी साल का वृद्ध अगर चाहे तो आठ साल की बच्ची से विवाह रचा सकता था और इसे सामाजिक समर्थन प्राप्त था। दिलचस्प बात यह है कि स्त्रियों की दशा सुधारने वाले इन कानूनों का विरोध अनेक प्रबुद्धजनों ने भी किया और कहा कि यह भारतीय परम्पराओं के विरुद्ध ब्रिटिश राज का अनावश्यक हस्तक्षेप है। दरअसल परम्परानुसार उस समय की सभी बड़ी हस्तियों ने कम उम्र की कन्याओं के साथ विवाह किये थे।

आज़ादी के बाद पहली जद्दोजहद भारत को एक धर्मनिरपेक्ष लोकतान्त्रिक राज्य बनाने के लिए हुई। इतिहासकार रामचन्द्र गुहा ने अपनी पुस्तक 'इंडिया आफ्टर गाँधी' में हिन्दू कोड बिल और कॉमन सिविल कोड को लेकर संविधान सभा में हुई बहस का पूरा विवरण प्रस्तुत करते हुए लिखा है कि "स्वतंत्र भारत के धर्मनिरपेक्ष राज्य का स्वरूप आज़ादी के आन्दोलन के समय ही तय हो गया था। गाँधी ने हमेशा स्वतंत्र भारत में सभी धर्मों के लोगों को एक साथ शान्ति से रहने का आग्रह किया था जिसे उनके वारिस कहे जाने वाले नेहरू ने इसी रूप में ग्रहण किया और यही भावना गाँधी के राजनैतिक गुरु कहे जाने वाले गोपाल कृष्ण गोखले की भी थी। आज़ादी के बाद अलग-अलग समुदायों के निजी कानूनों की जगह एक कॉमन सिविल कोड बनाने की चुनौती थी। परिवार में स्त्री अधिकारों की रक्षा के साथ-साथ आधुनिक समाज के लिए तथा राष्ट्र के जनतान्त्रिक स्वरूप के लिए यह एक ज़रूरी कदम था। प्रधानमंत्री जवाहर लाल नेहरू और संविधान सभा के अध्यक्ष तथा स्वतंत्र भारत के पहले कानूनमंत्री डॉ. बी.आर. अम्बेडकर दोनों ही इसके लिए कटिबद्ध थे। निजी कानूनों में सुधार नये भारत की धर्मनिरपेक्षता और आधुनिकता की अवधारणा के समक्ष एक चुनौती था। (इंडिया ऑफ्टर गाँधी, पृ. 227)

हिन्दू कोड बिल के रूप में अनेक आधारभूत अधिकारों का उपहार स्त्री समाज को आसानी से नहीं मिला। संविधान की धारा 44 में देश के सभी नागरिकों के लिए समान सिविल कोड का प्रावधान किया गया लेकिन संविधान सभा में ही इसका विरोध शुरू हुआ। सबसे पहले मुस्लिम सदस्यों ने इसका विरोध किया और

अपने धार्मिक पर्सनल लॉ को बनाये रखने के लिए बहस की। उनका कहना था कि मुसलमानों में उत्तराधिकार, विवाह, तलाक आदि के मुद्दे धार्मिक नियमों के आधार पर तय होते हैं। कुछ सदस्यों ने मुस्लिम समाज पर समान नागरिक संहिता को लागू करना संविधान की मूल भावना के विरुद्ध कहा जिसमें सभी समुदायों को अपने धर्म को मानने की पूरी आज़ादी की बात कही गयी थी। कुछ मुस्लिम सदस्यों का मानना था कि अभी पर्सनल कानूनों को बदलने की बात करने के लिए उचित समय नहीं है और भविष्य में इस पर विचार किया जा सकता है।

डॉ. अम्बेडकर इन दलीलों से सहमत नहीं थे। उनका कहना था कि भारतीय समाज के सभी समुदायों में भीषण असमानता है। स्त्रियाँ सामाजिक अन्याय और लैंगिक असमानता की शिकार हैं। आधुनिक समय की लोकतान्त्रिक व्यवस्था इसमें सुधार की माँग करती है। संविधान सभा के मुस्लिम सदस्यों के विरोध के फलस्वरूप अन्त में तय हुआ कि वृहद हिन्दू समाज (जिसमें जैन, बौद्ध, सिख समुदाय भी शामिल थे) के लिए हिन्दू कोड बिल हो। इतिहासकार रामचन्द्र गुहा का मानना है कि उस समय की परिस्थितियों में देश विभाजन की त्रासदी का घाव ताज़ा था। भारत में बसे रहने का फैसला करने वाला भारतीय मुस्लिम समुदाय राजनैतिक और सामाजिक सुरक्षा को लेकर आशंकित था। जवाहरलाल नेहरू भी इस नज़रिये से उनके प्रति संवेदनशील थे और मुस्लिम समुदाय में ऐसा कोई सन्देश प्रसारित होने देना नहीं चाहते थे जो उन्हें अपनी भारतीय नागरिकता के प्रति दुविधा ग्रस्त बनाये। डॉ. अम्बेडकर पंडित नेहरू से सहमत नहीं थे। उनका मानना था कि अगर हर धार्मिक समुदाय को अपने सामाजिक नियम कानूनों की छूट होगी तो सामाजिक सुधार जैसे कार्यक्रम सम्भव नहीं हो सकते। भारतीय समाज सामाजिक असमानताओं से भरा है और महिलाएँ भी इस गैर बराबरी की शिकार हैं। अनेक इतिहासकारों का और उस समय की संविधान सभा के अनेक सदस्यों का मानना था कि नये संविधान निर्माण के वातावरण में बावजूद अल्पसंख्यक समुदाय के विरोध के, समान नागरिक संहिता का निर्माण आसान था। अन्ततः इस पर सहमति बनी कि फिलहाल समान नागरिक संहिता की जगह कम से कम अस्सी प्रतिशत 'हिन्दू समाज' के लिए समान नागरिक संहिता का प्रावधान हो सकता है जिसमें सिख, बौद्ध, जैन जैसे सभी समुदाय सम्मिलित हों। हिन्दू समाज में यह इसलिए भी सम्भव होता दिख रहा था क्योंकि उन्नीसवीं शताब्दी के पूर्वार्द्ध से ही समाज सुधार आन्दोलनों की शुरुआत हो चुकी थी और इस दिशा में 'हिन्दू कोड बिल' के रूप में उसे आगे बढ़ाना आसान था। इसके माध्यम से भारत की सबसे बड़ी जनसंख्या को भी एकीकृत किया जा सकता था

जिसकी आज़ादी के बाद सबसे बड़ी जरूरत थी। यह एक क्रान्तिकारी कदम था जो परम्परागत रूप से दमित स्त्री समाज को पुरुषों के समान बराबरी के अधिकार देता था। हिन्दू कोड बिल में प्रस्तावित जो बिन्दु प्रमुख थे उनके अनुसार विधवा स्त्री को तथा पुत्रियों को भी सम्पत्ति में बराबर हिस्से का अधिकार था। दूसरे बिन्दु के रूप में इस कानून के द्वारा स्त्रियों को भी तलाक देने का अधिकार मिलता था। पति की गम्भीर बीमारी, अत्याचार अथवा उसके चरित्रहीन होने पर पत्नी को तलाक लेने का और तलाकशुदा स्त्री को पति द्वारा भरण-पोषण प्राप्त करने का अधिकार था। तलाक के बाद बच्चे के अभिभावकत्व के लिए भी इसमें कानूनी प्रावधान था। तीसरा बिन्दु जाति-उपजाति जैसे भेद से परे दूसरे समुदाय में होने वाले विवाह को मान्यता देने के सम्बन्ध में था। अन्तर्जातीय विवाह किसी भी विधि से हो कानून सम्मत था। इसके अतिरिक्त पुरुषों द्वारा किये जाने वाले बहु विवाह पर रोक लगाने का प्रावधान इस कानून में था और एक पत्नी के रहते दूसरा विवाह कानूनी रूप से अमान्य था। गोद लेने की प्रथा को भी जाति-वर्ग भेद से अलग करने की बात इस कानून में थी।

हिन्दू कोड बिल का विरोध न केवल बाहर बल्कि संविधान सभा में और बाद में बी.आर. अंबेडकर के सभापतित्व में बनायी गयी सलेक्ट कमेटी में भी हुआ। विशेषरूप से राष्ट्रीय स्वयं सेवक संघ, हिन्दू महासभा, द्वारका के शंकराचार्य, स्वामी करपात्री जी महाराज जैसे लोगों और उनके अनुयायियों ने भीषण विरोध किया। राष्ट्रीय स्वयं सेवक संघ समर्थक कुछ संकीर्णतावादी वकीलों द्वारा भी 'ऐंटी हिन्दू कोड बिल कमेटी' बनायी गयी और देशव्यापी आन्दोलन छेड़ा गया। राजेंद्र प्रसाद जैसे व्यक्ति जो बाद में भारत के प्रथम राष्ट्रपति बने वे भी अन्य अनेक लोगों के साथ संविधान सभा के भीतर भरपूर विरोध कर रहे थे। तर्क वही था-परम्परा और हिन्दू धर्मशास्त्र स्त्री को पुरुषों के समान बराबरी का अधिकार नहीं देते। स्वामी करपात्री जी ने तो यहाँ तक कहा कि-एक अछूत (बी.आर. अंबेडकर) को कोई अधिकार नहीं कि वो शास्त्रों से सम्बन्धित मामलों में, जो ब्राह्मणों का अधिकार क्षेत्र है, कोई दखल दे। बड़े-बड़े जुलूस निकाले गये, संविधान सभा का घेराव हुआ, तोड़-फोड़ की घटनाएँ हुईं। 1952 में हुए प्रथम आम चुनावों में संन्यासी के रूप में विख्यात प्रभुदत्त ब्रह्मचारी ने इसी विरोध के आधार पर पं. नेहरू के खिलाफ़ चुनाव भी लड़ा। नेहरू जी बहुत बड़े बहुमत से जीते। चुनाव के बाद अनेक प्रभावशाली महिलाएँ लोकसभा में आयीं। सुभद्रा जोशी, स्वराजवती नेहरू तथा अन्य अनेक महिलाओं और कम्युनिस्ट पार्टी के सदस्यों ने इन स्त्री हितों की रक्षा करने वाले हिन्दू कोड बिल का समर्थन किया। बड़ी जद्दोजहद

के साथ अन्ततः 1955 में यह बिल पास हुआ लेकिन अलग-अलग कानूनों के रूप में। 'हिन्दू मैरिज एक्ट 1955 में पारित हो सका। सम्पत्ति अधिकार, तलाक का अधिकार, भरण पोषण की प्राप्ति का तथा अवयस्क की गार्जियनशिप का अधिकार जैसे अलग-अलग कानून 1956 में बने। यह तमाम विरोधों के बावजूद पं. जवाहरलाल नेहरू की दृढ़ता तथा तत्कालीन कानून मंत्री, संविधान सभा के अध्यक्ष डॉ. बी.आर. अंबेडकर के अथक प्रयासों और धैर्य का परिणाम था कि वृहद हिन्दू समाज की स्त्रियों को बराबरी का हक मिलने की शुरुआत हुई जिसके कारण आज उनको कानून के द्वारा सामाजिक सुरक्षा और आत्मविश्वास मिला है।

उस समय लगातार इन प्रयासों की आलोचना होती रही कि केवल हिन्दू समाज के लिए ही सुधार क्यों। बिल के समर्थकों का यह कहना था कि इस दृढ़ता का परिचय इस कानून को सभी समुदायों पर लागू करके देना चाहिए। समाजवादी जे.बी. कृपलानी ने लोकसभा में बहस करते हुए कहा कि 'हिन्दू कोड बिल में एकल विवाह का प्रावधान सभी समुदायों पर लागू होना चाहिए। उन्होंने पूरे विश्वास से कहा कि मुस्लिम समुदाय भी इसके लिए तैयार है, केवल वे ही (कानून मंत्री और प्रधान मंत्री) आगे बढ़ कर हिम्मत नहीं कर रहे हैं। लोकसभा के सदस्य और पेशे से वकील हिन्दू महासभा के एन.सी. चटर्जी का भी यही तर्क था कि अगर हम सेक्यूलर राष्ट्र हैं और समझते हैं कि बहु विवाह प्रथा हिन्दू स्त्री समाज के लिए अभिशाप है तो हमारी मुस्लिम बहनें क्यों इस लाभ से वंचित रहें और सभी के लिए समान सिविल कोड हो।

आज भी समान नागरिक संहिता (कॉमन सिविल कोड) बहस का विषय है और समय-समय पर उठने वाले साम्प्रदायिक उभारों के बीच मुखर होता रहा है। संविधान सभा में जब यह बिल प्रस्तावित हुआ था तो अनेक मुस्लिम सदस्यों का मानना था कि मुस्लिम समाज के लिए अभी उचित समय नहीं है और यह आगे का विषय है। पिछले पैंसठ-छियासठ वर्षों में वोट की राजनीति मुख्यधारा का स्वरूप बन गयी है और इसका साथ जाति आधारित राजनीति ने दिया है। इस अवसरवाद ने सामाजिक प्रश्नों को पीछे धकेल दिया है। समस्या यह है कि समान नागरिक संहिता का विषय केवल हिन्दूवादी संगठनों द्वारा उठाया जाता रहा है जिसके कारण यह साम्प्रदायिक मनोभाव से जुड़ जाता है। यहाँ मुस्लिम समाज की स्त्रियों के कल्याण का उद्देश्य नहीं होता। इस तरह यह विषय साम्प्रदायिक राजनीति का प्रश्न बनकर रह जाता है। आज उन्नीसवीं सदी जैसे प्रखर सामाजिक आन्दोलन नहीं हैं। धार्मिकता का बढ़ता ज्वार दिन-ब-दिन तीव्र होता जा रहा है और इसका प्रभाव राष्ट्रीय और अन्तर्राष्ट्रीय स्तर पर दिखाई देता

है। अल्पसंख्यक समुदाय की स्त्रियाँ स्वयं जब तक इसके लिए माँग नहीं करेंगी और उठ कर आन्दोलन नहीं करेंगी तब तक लोकतान्त्रिक राज्य द्वारा प्रदत्त लैंगिक समानता के अवसर नहीं मिलेंगे। यूँ भी जिस तेजी से टैक्नोलॉजी का विस्तार हो रहा है और वह रोजमर्रा की ज़िन्दगी का भी हिस्सा बन रही है, उसी तेज़ी से पुनरुत्थानवादी और अतार्किकता का वातावरण बनाने का भी प्रयास हो रहा है। आज इक्कीसवीं सदी में मुस्लिम समुदाय की स्त्रियों के बीच पर्दे का और बुर्के का चलन आश्चर्यजनक रूप से बढ़ा है और विशेषकर नयी पीढ़ी इस ओर तेज़ी से आकर्षित हो रही है। लेकिन कहना होगा कि इन सबके बीच नयी आशा की किरणें भी उदय हो रही हैं। मुस्लिम समाज की ओर से आज अनेक उत्साहवर्धक संकेत मिल रहे हैं। 15 मार्च 2016 को महिला दिवस के अवसर पर अलीगढ़ मुस्लिम विश्वविद्यालय में भारतीय मुस्लिम महिला आन्दोलन की संस्थापक-सदस्य ज़किया सोमन ने शिक्षकों को सम्बोधित करते हुए कहा कि अब समय आ गया है कि तीन तलाक और हलाला जैसी गैर-कुरानिक मनमानी से सरकार मुस्लिम महिलाओं की रक्षा करे। उन्होंने एक से अधिक शादी के पुरुषों के अधिकार पर भी सवाल उठाया और कहा कि कुरान में इसकी छूट नहीं है क्योंकि पुरुष सभी के साथ एक सा व्यवहार तथा न्याय नहीं कर सकता। ज़किया सोमन ने कहा कि स्त्रियों के प्रति इन अन्यायपूर्ण कामों को देखने के बाद भी मुस्लिम पर्सनल लॉ बोर्ड खामोश रहता है। उन्होंने आज की परिस्थितियों में मुस्लिम लड़कियों की शादी की उम्र 18 से बढ़ाकर 21 वर्ष किये जाने की भी माँग की।

प्रसिद्ध पत्रकार और लेखक हसन सुरूर ने 'द हिन्दू' में 21 अगस्त 2015 के अपने एक लेख में मुंबई में कार्यरत मुस्लिम महिलाओं के इस प्रगतिशील संगठन के बारे में एक विवरण प्रस्तुत किया है। उनके उस लेख के अनुसार 'भारतीय मुस्लिम महिला आन्दोलन' नामक संगठन ने राष्ट्रीय स्तर पर एक व्यापक सर्वे कराया। अपने इस रिसर्च सर्वे में उन्होंने विशेष रूप से निम्न वर्गीय मुस्लिम महिलाओं को शामिल किया जो अशिक्षित थीं और आर्थिक रूप से अपने पति या माता-पिता पर आश्रित होने के कारण सामाजिक रूप से कमज़ोर स्थिति में थीं। सर्वे में शामिल ये महिलाएँ पर्सनल कानून के तहत तलाक और उसके बाद भरण पोषण और उत्तराधिकार सम्बन्धी मामलों में शरीयत आधारित प्राविधानों के कारण वंचना झेल रही थीं और शोचनीय स्थिति में थीं। इस सर्वे के अनुसार 92 प्रतिशत महिलाएँ मुँह ज़बानी या एकतरफा तीन तलाक जैसी प्रथा पर कानूनी प्रतिबन्ध चाहती थीं जिसके अनुसार कारण अकारण जब मर्जी हो, मुस्लिम पुरुष अपनी पत्नी को तलाक देकर उसे असहाय अवस्था में छोड़ सकता है जबकि

हिन्दू औरतों के साथ ऐसा नहीं होता क्योंकि उनके लिए नीतिबद्ध संवैधानिक कानून हैं। 93 प्रतिशत महिलाओं का कहना था कि सम्बन्ध विच्छेद की स्थिति आने पर तलाक से पहले अनिवार्य रूप से दोनों पक्षों के बीच आपसी विमर्श होना चाहिए। 91.7 प्रतिशत महिलाएँ एक शादी के होते हुए पति द्वारा अन्य विवाह करने के विरुद्ध थीं। 86 प्रतिशत महिलाओं का रोष मेहर की अदायगी को लेकर भी था। उनका कहना था कि अक्सर मेहर दिया ही नहीं जाता और जितना या जैसे दिया जाता है उससे तलाकशुदा स्त्री का कोई भला नहीं हो सकता। शरीयत के अनुसार मेहर की राशि निकाह के तुरंत बाद ही दी जानी चाहिए लेकिन अक्सर पुरुष अदा नहीं करते। सर्वे के अनुसार 44 प्रतिशत पुरुष मेहर अदायगी से बच निकलते हैं।

मुस्लिम धार्मिक नेता और ऑल इण्डिया मुस्लिम पर्सनल लॉ बोर्ड हमेशा इस बात का विरोध करते रहे हैं कि मुस्लिम समुदाय के लिए विवाह, तलाक, भरण-पोषण और उत्तराधिकार जैसे मामले देश के संवैधानिक कानूनों द्वारा नहीं निपटाये जा सकते अर्थात् यह उनके निजी धार्मिक कानूनों में हस्तक्षेप होगा। कहना न होगा कि 1985 में निम्नमध्यवर्गीय महिला शाहबानो के केस के बाद से आज तक स्थितियों में कोई बदलाव नहीं आया है।

भारतीय मुस्लिम महिला आन्दोलन द्वारा कराये गये इस सर्वे में राष्ट्रीय अल्पसंख्यक आयोग के पूर्व अध्यक्ष प्रो. ताहिर महमूद की बात का भी उल्लेख है जिसमें उन्होंने कहा था कि 'ऑल इण्डिया मुस्लिम पर्सनल लॉ बोर्ड' केवल अपने मिहित स्वार्थों के अलावा किसी का प्रतिनिधित्व नहीं करता। उनकी राय में बोर्ड के सदस्य शंकाग्रस्त हैं, बकवास करते हैं और बोर्ड को भंग कर दिया जाना चाहिए। उन्होंने यह भी कहा कि तीन तलाक सभी मुस्लिम देशों में प्रतिबन्धित है। भारत के मुसलमान क्यों इस सातवीं सदी की परम्परा से बन्धे रहना चाहते हैं। तीन तलाक जैसी प्रथा आज टैक्नोलोजी के ज़माने में और आधुनिक हो गयी है। आज टेलीफोन से या ई-मेल से तीन बार तलाक लिखकर कोई मुस्लिम पुरुष अपनी पत्नी को छोड़ सकता है, बिना यह जाने कि वह आगे का जीवन कैसे बितायेगी। नूरजहाँ सफ़िया नियाज़ जो स्वयं इस शोध सर्वे में शामिल रही हैं, उनका कहना है कि मुस्लिम कानूनों को भी संविधान के अनुसार संहिताबद्ध किया जाना चाहिए।

भारतीय मुस्लिम महिला आन्दोलन के द्वारा इस सर्वे (परिवार के लिए न्याय : मुस्लिम पर्सनल लॉ में सुधारों के लिए महिलाओं के विचारों का विवरण) की रिपोर्ट प्रधानमंत्री कार्यालय, राष्ट्रीय महिला आयोग के अलावा न्याय पालिका

से जुड़े अनेक प्रबुद्ध लोगों को भी भेजी गयी ताकि वे अल्पसंख्यक समुदाय की बहुसंख्यक महिलाओं की वेदना को समझ सकें, उनकी राय से अवगत हों और आवश्यक कदम उठायें।

इससे पहले भी इस 'तीन तलाक' का राष्ट्रीय महिला आयोग ने संज्ञान लिया था। दिसम्बर 12, 2004 की आयोग की एक टिप्पणी में चर्चा की गयी है कि अधिकांश इस्लामिक देशों में जिनमें हमारे पड़ोसी पाकिस्तान और बंगला देश भी शामिल हैं, 'तीन तलाक' प्रतिबंधित है। आयोग द्वारा एक पुस्तिका 'मुस्लिम महिलाओं का कल्याण (Welfare of Muslim Women) प्रकाशित की गयी है जिसमें उनके कानूनी और संवैधानिक अधिकारों की जानकारी के साथ ही अन्य इस्लामिक देशों जैसे-तुर्की, ट्यूनीसिया, अल्जीरिया, इराक, ईरान, इंडोनेशिया, पाकिस्तान, बंगला देश में शरीयत कानूनों में किये गये बदलावों की जानकारी भी दी गयी है। पुस्तक में इन बदलावों का विवरण उस समय राष्ट्रीय महिला आयोग की एक सदस्य नफ़ीसा हुसैन ने तैयार किया। उनके अनुसार पाकिस्तान में तीन तलाक को 1961 में ही प्रतिबंधित कर दिया गया था। 'पारिवारिक कानून ऑर्डिनेन्स' के द्वारा विवाह का रजिस्ट्रेशन अनिवार्य किया गया। तलाक की स्थिति में सरकारी अधिकारी की उपस्थिति में समझौते की सभी सम्भावनाओं पर विचार-विमर्श को आवश्यक बनाया गया और तलाक को केवल अन्तिम समाधान के रूप में मान्यता दी गयी। सुश्री नफ़ीसा हुसैन के अनुसार मुख्य समस्या मुस्लिम महिलाओं में जानकारी का अभाव है। दूसरे देशों में स्वयं महिलाओं ने आगे बढ़कर इन स्त्री विरोधी कानूनों के विरुद्ध आवाज़ उठाई। भारत में ऐसी सामाजिक सक्रियता का अभाव दिखाई देता है। ऑल इंडिया मुस्लिम पर्सनल लॉ बोर्ड ने भी इस दिशा में कभी कोई सुधारवादी कदम नहीं उठाये।

इस पुस्तक में दी गयी सूचनाओं के अनुसार पुरुष के बहुविवाह पर तुर्की, मिस्र, सूडान, इंडोनेशिया, इराक और पाकिस्तान में सख्त न्यायिक और प्रशासनिक नियम बना दिये गये हैं, वहीं मलयेशिया और ब्रूनई में बहुविवाह प्रतिबंधित कर दिया गया है। इसके अलावा इन इस्लामिक देशों में तलाकशुदा महिला को अपने पति से भरण पोषण के लिए धनराशि प्राप्त करने का पूरा अधिकार है। भारत में उसे वक्फ़ बोर्ड की कृपा के हवाले कर दिया जाता है। हसन सुरूर के लेख में 'न्यू एज इस्लाम' वेबसाइट के प्रधान सम्पादक सुल्तान शाहीन के लेख का सन्दर्भ भी है जिसमें वे मुस्लिम पर्सनल लॉ के मामले में सरकारी हस्तक्षेप की जोरदार वकालत करते हुए लिखते हैं कि भारत की सरकार को इन मामलों का संज्ञान लेना चाहिए। उन्हें भी कानून के अन्तर्गत वह संरक्षण मिलना चाहिए जो

पाकिस्तान, बंगलादेश सहित सभी इस्लामिक देशों की महिलाओं को मिल रहा है (सऊदी अरब को छोड़कर)।

दरअसल आज समस्या यह है कि आधुनिक विचारों वाले मुस्लिम समाज के लोग भी इन मामलों में कुछ कहने से या धार्मिक नेताओं द्वारा, मुस्लिम पर्सनल लॉ बोर्ड के नेताओं द्वारा दिये गये फ़तवों, उनके निर्णयों के विरुद्ध कुछ कहने से बचते रहे हैं। सामाजिक पिछड़ेपन और विषमताओं का कारण बनने वाली परम्पराओं के खिलाफ़ आवाज़ उठाना साहस की माँग करता है और इसके लिए व्यापक आन्दोलन का निर्माण करना पड़ता है जैसा उन्नीसवीं सदी के समाज सुधारकों ने किया था। जैसे संविधान सभा में हिन्दू कोड बिल के प्रकरण में बी.आर. अंबेडकर ने और पं. जवाहर लाल नेहरू ने झेला था।

आज अनेक मुस्लिम महिला संगठन हैं जो पर्सनल कानून के आधार पर स्त्रियों के प्रति होने वाले सामाजिक अन्याय के खिलाफ आवाज़ उठा रहे हैं। 'द हिन्दू' में छपी एक रिपोर्ट में केरल के कोजीकोड जिले में प्रगतिशील मुस्लिम महिला फोरम ('नीसा') महिलाओं के सामाजिक-वैवाहिक अधिकारों की रक्षा के लिए सक्रिय है। इसकी प्रतिनिधि वी.पी. जुहारा ने सुप्रीम कोर्ट में पिटीशन दायर करते हुए गुहार लगाई है कि मुस्लिम महिलाएँ अपने निजी कानून के प्रावधानों से, जो शरीयत कानूनों से समर्थित हैं, भीषण सामाजिक बुराइयों की शिकार हैं।

सायरा बानो ने अदालत में तीन तलाक, हलाला तथा बहुविवाह जैसे नियमों को गैरकानूनी और असंवैधानिक होने के साथ-साथ स्त्रियों के सम्मान और समानता के अधिकार का हनन करने वाला घोषित करने की जो याचिका दर्ज की थी, उसके बाद प्रोग्रेसिव मुस्लिम महिला फोरम द्वारा की गयी अपील से मुस्लिम महिलाओं की जद्दोजहद को बल मिला है। सबसे महत्वपूर्ण बात ये है कि सुप्रीम कोर्ट ने केन्द्र सरकार से पर्सनल लॉ द्वारा मुस्लिम महिलाओं के प्रति होने वाले सामाजिक अन्याय और संविधान प्रदत्त अधिकारों से उनके वंचित रहने के बारे में रिपोर्ट भी माँगी है। तीन तलाक, हलाला और बहुविवाह को चुनौती देने वाली उत्तराखंड की सायराबानो द्वारा दायर याचिका को संज्ञान में लेते हुए ऑल इंडिया पर्सनल लॉ बोर्ड ने लखनऊ में अपनी एक बैठक की। अमर उजाला (रविवार 17 अप्रैल 2016) तथा अन्य समाचार पत्रों में छपी रिपोर्ट के अनुसार बोर्ड ने तीन तलाक को जायज़ करार दिया। बोर्ड ने तीन तलाक, गुजारा भत्ता, चार शादियाँ जैसे मामलों में शरीयत कानून के खिलाफ आ रहे अदालती फैसलों को पर्सनल लॉ में दखलअन्दाजी माना है। साथ ही कहा गया कि बोर्ड उत्तराखंड की सायराबानो व एक अन्य मामले में सुप्रीम कोर्ट में स्वयं पैरवी करेगा।'

'अमर उजाला' की एक अन्य खबर के अनुसार बोर्ड के इस फैसले पर लखनऊ की महिलाओं ने नाराज़गी भी जताई है। सामाजिक कार्यकर्ता और लेखिका नाइश हसन ने सवाल उठाया कि अधिकांश इस्लामिक देशों में तीन तलाक गैरकानूनी है, फिर भारत में ही यह क्यों लागू है। तीन तलाक कुरान की मूल भावना के भी विरुद्ध है। यह प्रथा औरत को डरा कर रखने और नियंत्रित करने का एक मजबूत हथियार है। इसी समाचार में बज़्म-ए-ख्वातीन की अध्यक्ष बेगम शहनाज सिदरत ने भी कहा कि एक ओर बोर्ड तीन तलाक को सही मानता है, साथ ही महिलाओं के कोर्ट में जाने का विरोध करता है।

अभी एक अन्य समाचार ईसाई समुदाय की स्त्रियों के हित में प्रकाशित हुआ है। तलाक के नियमों में सुधार करके तलाक के इच्छुक पति-पत्नी के अलग रहने की अवधि को दो साल की जगह एक साल कर दिया गया था। अब यह प्रावधान ईसाई निजी कानून में भी शामिल कर लिया गया है और तलाक के लिए अलग रहने की अवधि उनके लिए भी एक वर्ष हो गयी है।

मध्यकालीन समाज बनाने वाली प्रवृत्तियों के खिलाफ़ व्यवस्था जनित प्रयास जरूरी हैं तो प्रबुद्ध नागर समाज द्वारा बिना किसी प्रकार की अवसरवादिता के प्रगतिशील और जनतान्त्रिक मूल्यों के लिए गहन प्रयास भी करने होंगे।

यह विडंबना है कि संकीर्ण परम्परावादी लोग सहज एकजुट हो जाते हैं और निहित स्वार्थों की रक्षा के लिए अधिक सक्रिय होते हैं। स्त्री समानता और जनतान्त्रिक मूल्यों के लिए प्रबुद्ध समाज को आन्दोलनकारी के रूप में सक्रिय होना पड़ेगा। परम्परागत सामाजिक दबावों का सामना करके ही समस्त स्त्री समाज को न्याय दिलाया जा सकता है।

❑❑